民國文化與文學研究文叢

七　編

第 **15** 冊

因性而別
──中國現代文學家庭書寫新論

陳千里 著

國家圖書館出版品預行編目資料

因性而別——中國現代文學家庭書寫新論／陳千里 著 -- 初版

--- 新北市：花木蘭文化事業有限公司，2017〔民 106〕

目 2+274 面；19×26 公分

（民國文化與文學研究文叢 七編；第 15 冊）

ISBN 978-986-485-058-7（精裝）

1. 中國當代文學 2. 文學評論

820.9　　　　　　　　　　　　　　　　　106013221

ISBN-978-986-485-058-7

9 789864 850587

民國文化與文學研究文叢

七　編　第十五冊　　　　ISBN：978-986-485-058-7

因性而別
——中國現代文學家庭書寫新論

作　　者　陳千里

總 編 輯　杜潔祥

副總編輯　楊嘉樂

編　　輯　許郁翎、王　筑　美術編輯　陳逸婷

出　　版　花木蘭文化事業有限公司

社　　長　高小娟

聯絡地址　235 新北市中和區中安街七二號十三樓

　　　　　電話：02-2923-1455／傳真：02-2923-1452

網　　址　http://www.huamulan.tw 信箱 hml810518@gmail.com

印　　刷　普羅文化出版廣告事業

初　　版　2017 年 9 月

全書字數　231801 字

定　　價　七編 31 冊（精裝）新台幣 58,000 元

因性而別
——中國現代文學家庭書寫新論

陳千里　著

作者簡介

陳千里，女，南開大學文學院副教授。主要從事中國現代文學、文化與性別研究，著有《因性而別——中國現代文學家庭書寫新論》，主編叢書《加拿大華裔獲獎文學譯叢》，在《文學評論》、《文藝研究》、《天津社會科學》等期刊發表《中國現代文學中的家庭衝突書寫》、《家庭敘事的意義——以〈畫皮〉的影視改編爲例》、《「女性同情」背後的「男性本位」》論文二十餘篇，參與完成教育部重大課題、國家社科基金等項目，獲得「第三屆中國婦女研究優秀成果」獎。

提　　要

　　本書主要以中國現代文學爲關照對象，探討作家的性別視角對家庭題材寫作的影響、意義。第一、二章鑒於文化傳統的延續性，首先溯源中國古代的家庭文化，闡發近現代家庭制度、形態及觀念的變革，分析《紅樓夢》、《金瓶梅》、《林蘭香》、《醒世姻緣傳》等作品中的家庭書寫與性別視角的關聯。第三章聚焦現代男作家有代表性的家庭書寫個案，探討了諸如魯迅筆下家庭觀念的叛逆與親情不可違逆間的矛盾；張恨水在《金粉世家》裏表現出的新舊雜糅的敘事立場；老舍《離婚》中的「恍惚者」形象與圍城意識的關係等。第四章聚焦現代女作家家庭書寫典型案例，分析了諸如蕭紅《生死場》中對家庭的恐懼性想像與顛覆；冰心在《兩個家庭》等小說中隱含的妻性與母性實現的衝動；張愛玲《金鎖記》如何脫胎於《紅樓夢》等。第五章在前述文本發掘的基礎上，採取定量與定性相結合的方式進行統計、分析，就家庭關係類型、家庭文化表現、家庭衝突的種類等問題展開性別角度的比較、辨析，指出差異原因既有一般意義上不同性別之間的隔膜，也有習焉不察的文化慣性。即使在力主男女平等的作家中，性別視角仍然遮蔽、扭曲家庭的某些眞相。

中國現代文學史研究中的「民國文學」概念——《民國文化與文學研究文叢》第七編引言

李　怡

與政治意識形態淵源深厚的文學學科

　　大陸中國現代文學研究，最近 10 來年逐漸失去了 1980 年代的那種「眾聲喧嘩」、「萬眾矚目」的熱烈景象，進入到某種的沉靜發展的狀態，如果說，在這種沉靜之中，有什麼值得注意的現象的話，那就是「民國文學」概念的提出以及引發的某些討論。

　　對於海外中國文學研究者而言，現代中國很自然地分作「民國時期」與「人民共和國時期」，這是一種相當自然的歷史描述，作爲文學史的概念，也完全有理由各取所需地採用不同的概念：現代中國文學、中國現代文學、中國文學（民國時期）、中國文學（中華人民共和國時期）等等，這裡有思想的差異或者說審美意識形態的分歧，但是卻基本不存在嚴重的政治較量和衝突。站在海外漢學的立場上，人們難免困惑：現代文學也好，民國文學也罷，不過就是一種文學史的稱謂而已，是不是有如此鄭重其事地加以闡發、討論的必要呢？

　　這裡就涉及到對大陸中國現當代文學學科存在格局的認識。其實，嚴格的學科意義上的「中國現當代文學」並不是在 1949 年以前的民國時期建立的，儘管那時已經出現了「中國現代文學」的大學教育，也誕生了爲數可觀的「中國現代文學史」著作，但是主要還是講授者（如朱自清）、著作者的個人選擇，體系化的完整的知識格局和教育格局尚不完整。眞正出現自覺的「學科建設」的意識是在 1949 年中華人民共和國成立以後，各學科教育大綱的編訂、樣板

式教材的編寫出版乃至「群策群力」的從思想到文字的檢討、審查，都意味著「中國現代文學」學科由此納入到了政治意識形態的一體化架構之中，因此，討論「中國現代文學」學科的任何問題——從內容、結構到語言、概念都是非同小可的「國家大事」，在此基礎上的任何一次新的概念的設計和調整，都不得不包含著如何面對政治意識形態以及如何回答一系列「思想統一」的結論的問題，這裡不僅需要學術思想創新的智慧，更需要政治突圍的勇氣和決心。

回頭看大陸新時期以來的每一次文學史概念的提出，都兼有如此的「智慧」和「勇氣」：例如最有影響的概念——二十世紀中國文學。提出這一概念，其意義主要不是重新劃分晚清——近代——現代——當代的文學史時間，不在於從過去的歷史分段中尋找歷史的共同性；而是為了從根本上跳脫政治化的「現代」概念對於文學的捆綁。

作為學科史意義的「中國現代文學」的「現代」概念，其實已經與它在五四文壇出現之初就有了巨大的差異，完全屬於一種政治意識形態的產物。眾所周知，最早的「現代」概念與「近代」概念一樣都來自日本，最早用「近代」更多，到 1930 年代以後「現代」的使用頻率則超過了「近代」——在那時，中國的「現代」基本上匯通著世界史學界的理解框架，將資本主義發展、傳統世界自我封閉格局得以打破的「現時代」當作「現代」；但是，1949 年以後作為學科史意義的「中國現代文學」的「現代」概念卻又不同，它更多地師法了前蘇聯的歷史觀念：由斯大林親自審查、聯共（布）中央審定、聯共（布）中央特設委員會編的《聯共（布）黨史簡明教程》和由蘇聯史學家集體編著的多卷本的《世界通史》重新認定了歷史的意義和分段方式，〔註1〕馬列主義的五種社會形態進化論成為劃分歷史的理論基礎，1640 年英國資產階級革命由於「階級局限性」屬於不徹底的「現代」，只能稱作是「近代」的開始，而「現代」演進關鍵點是十月社會主義革命的重大勝利，中國的歷史劃分是對蘇聯思維的仿傚：1840 年的鴉片戰爭被當作「近代」的開端，而標誌著「工人階級登上歷史舞臺」、「馬克思主義開始傳播」的「五四」運動則被當作了「現代」，後來考慮到「五四」之時，中國共產黨尚未成立，無法認定

〔註 1〕　《聯共（布）黨史簡明教程》於 1938 年在蘇聯出版，人民出版社 1975 年正式出版中譯本。《世界通史》於 1955～1979 年出版，全書共 13 卷。中譯本《世界通史》（1-13 卷）於 1978～1987 年分別由三聯書店、吉林人民出版社和東方出版社出版。

其十月革命式的政治勝利，所以又在「現代」之外另闢 1949 年以後爲「當代」，以彰顯社會主義與共產主義社會的到來，由此確定了中國文學近代／現代／當代的明確格局——這樣的劃分不僅時間分段上不再模糊，而且更具有明確的思想的內涵與歷史文化質地：資產階級文學（舊民主主義革命文學）、新民主主義革命文學與社會主義文學就是近代——現代——當代文學的歷史轉換。

　　「二十世紀中國文學」是中國文學研究界學術自覺，努力排除前蘇聯「革命」史觀影響、尋求文學自身規律的產物。正如論者當年意識到的那樣：「以前的文學史分期是從社會政治史直接類比過來的。拿『近代文學史』來說，從一八四〇年鴉片戰爭到一八九八年戊戌變法，半個多世紀裏頭，幾乎沒有什麼文學，或者說文學沒有什麼根本的變化。」「政治和文學的發展很不平衡。還是要從東西方文化的撞擊，從文學的現代化，從中國人『出而參與世界的文藝之業』，從文學本身的發展規律，從這樣的一些角度來看文學史，才比較準確。」「『二十世紀中國文學』這一概念首先意味著文學史從社會政治史的簡單比附中獨立出來，意味著把文學自身發生發展的階段完整性作爲研究的主要對象。」〔註2〕

　　自「二十世紀中國文學」開啓歷史性的「重寫文學史」以來，中國現代文學的研究一直是富有勇氣地走在這一條「學術創新——政治突圍」的道路上，力圖讓文學回歸文學，歷史還原給歷史。可以說，「民國文學」也屬於這樣的努力，是「重寫文學史」的一種方式。

可疑的「現代性」

　　當然，這種方式也體現出了對既往文學研究的一種反思。

　　「二十世紀中國文學」這一歷史架構顯然具有重大的學術價值，直到今天依然是影響最大的文學史理念。然而，在「民國文學」的視野之中，它也存在著需要克服的問題：「二十世紀中國文學」這一概念是否已經具備了學科的穩定性？例如，在「二十世紀」業已結束的今天，它是否能有效地參照當下文學的異質性？如果說，「二十世紀中國文學」曾經闡發過的諸多概念都依然適用於今天，如果「新世紀文學」的基本性質、使命、遭遇的問題等等幾

〔註2〕黃子平、陳平原、錢理群：《二十世紀中國文學三人談》36 頁、25 頁，北京：人民文學出版社 1988 年。

乎都與「舊世紀」無甚區別，那麼這一概念本身的內涵和外延至少也是不夠確定，需要我們重新推敲的了。對於「二十世紀中國文學」而言，其擺脫政治意識形態束縛的核心理念是文學的現代性（當時提出者稱之爲「現代化」）追求。但是，隨著 1990 年代中期以來，「現代性」話語逐漸演變成了我們文學研究的基本語彙，它內在的一系列矛盾困擾也日顯突出了。

在新時期，「現代化」與「現代性」主要指代我們打破封閉、「走向世界」的強烈渴望，在那時，「現代」的道義光芒與情感力量要遠遠重於其知識性的合理與完整，或者說，呼喚文學的現代性就如同建設「四個現代化」一樣天經地義，我們根本無暇追問這一概念的來源及知識學上的意義和限度，所以才會出現如汪暉所述的「現代」之問。在 1980 年代，汪暉曾就何謂「現代」向唐弢先生質詢，而作爲學科泰斗的唐先生也只是回答說，這是一個「很複雜」的問題。〔註3〕到了 1990 年代，中國學術界開始惡補「現代」課，從西方思想界直接輸入了系統而豐富的「現代性知識」，先是經過了短時間的「現代性終結」之論，接著便是在西方學術的鼓勵之下，迅速舉起「未完成的現代性」旗幟，對各種文化現象展開檢視分析，我曾經借用目前收錄最豐富、檢索也最方便的中國期刊網 CNKI 對 1979 年以後中國學術論文上的一些關鍵詞作數理統計，下面就是「現代性」一詞在各年的出現情況：

	79	80	81	82	83	84	85	86	87	88	89	90	91	92
按篇名統計	0	0	0	0	0	0	0	0	0	2	0	0	0	0
按關鍵詞統計	0	0	0	0	0	0	0	0	0	0	0	0	0	0

	93	94	95	96	97	98	99	00	01	02	03	04
按篇名統計	4	16	26	28	48	60	108	128	166	213	268	381
按關鍵詞統計	0	0	5	11	11	20	69	109	165	225	287	443

表格説明：

1. 統計單位爲「篇」。

2. 檢索的學科涵蓋「文史哲」、「經濟政治與法律」、「教育與社會科學」。

3. 自動檢索中有極少數詞語誤植的情形，如「現代性愛小説」「現代性」統計，另外個別長文（如高遠東《未完成的現代性》分上中下發表，被統計爲三篇，爲了保證檢索統計的統一性，以上數據有意識忽略了

〔註3〕汪暉：《我們如何成爲「現代」的？》，《中國現代文學研究叢刊》1996 年 1 期。

這些情形。

研究一下以上的表格我們就可以知道，從 1979 年到 1987 年整整九年中，中國人文社科的學術論文中沒有出現過一篇以「現代性」為題目的文章，1988 年出現了兩篇，但很快又消失了，直到 1993 年以後才連續出現了「現代性」論題。這些論文的代表作包括張頤武的《對「現代性」的追問——90 年代文學的一個趨向》（《天津社會科學》1993 年 4 期）、《「現代性」終結——一個無法迴避的課題》（《戰略與管理》1994 年 3 期）、《重估「現代性」與漢語書面語論爭——一個 90 年代文學的新命題》（《文學評論》1994 年 4 期），韓毓海的《「現代性」與「現代化」》（《學術月刊》1994 年 6 期），韓毓海與李旭淵《第三世界的現代性痛苦與毛澤東思想的雙重含義——兼說中國當代文學》（《戰略與管理》1994 年 5 期），汪暉的《傳統與現代性》（《學術月刊》1994 年 6 期），彭定安《20 世紀中國文學：尋找和創造現代性》（《社會科學輯刊》1994 年 5 期），文徵《後現代性與當代社會思潮》（《國外社會科學》1994 年 2 期），趙敦華《前現代性、現代性與後現代性的循環關係》（《馬克思主義與現實》1 年 4 期）等。

對概念的提煉和重視反映的是一種學術目標的自覺。當然，按照中國學術期刊的學術規範，由作者列舉「關鍵詞」的慣例是 1992 年以後才逐漸推行開來的，整個 20 世紀 80 年代的中國學術論文之前都不存在這樣的標誌性的「關鍵詞」，這也給我們通過統計來顯示中國學者概念的提煉製造了難度，不過即便如此，分析表格中作為「篇名」的「現代性」話題的增長與作為關鍵詞的現代性概念的增長，我們也依然可以十分清晰地看出：隨著 1993 年以後中國學者對「現代性」話題的越來越多的關注，「現代性」理念作為重點闡述的對象或立論的主要依託才逐漸堂皇地進入學術文本，構成其中的關鍵詞語，大約在 1995 年以後開始「傲然挺立」起來。到新世紀第一個十年的中期，無論是作為論題還是語彙的「現代性」都達到了空前的規模，對西方文化意義的「現代性」含義的追溯和「考古」業已成為了我們的學術「習慣」。同時，在中國文化範圍之內（包括古代與現代）所進行的「現代性闡釋」更層出不窮，幾近成為了現代中國文學與文化研究的基本語彙。到 2004 年，我們的統計已經可以見出歷史的重要轉變。可以說至此，「現代性批評話語」真的正在實現著對於 20 世紀 80 年代一系列基本概念的置換。

這樣的置換當然首先還是得力於同一時期西方文學理論與文化理論的引

入，1990 年代中期以後，活躍在中國理論界的主流是後現代主義、解構主義、後殖民批判理論與西方馬克思主義，而「現代性」則是這些理論的核心概念之一，正是借助於這些西方理論的輸入，中國現代文學界可以說是獲得了完整的「現代性知識」。在這個知識體系中，人們對現代、現代性、現代化、現代主義的辨析達到了前所未有的深入和細緻，對文學的觀照似乎也獲得了令人激動不已的效果和不可估量的廣闊前程，中國現代文學史至此有望成為名副其實的「現代性」或「現代學」意義的文學敘述。

　　應當承認，1990 年代對「現代」知識的重新認定的確是為我們的文學史研究找到了一個更具有整合能力的闡釋平臺，借助福柯式的知識考古，我們固有的種種「現代」概念和思想得到了清理，現代、現代性、現代化，這些或零散或隨意或飄忽的認識都第一次被納入到了一個完整清晰的系統當中，並且尋找到了在人類精神發展流程裏的準確的位置。最近 10 年，「現代性」既是中國理論界所有譯文的中心語彙，也幾乎就是所有現當代文學史研究的話語支撐點。

　　但是，從另一方面來看，我們的「現代」史學之路卻難以掩飾其中的尷尬。追溯「現代性」理論進入中國的歷史，我們都會發現一個有趣的轉折：在 1990 年代初期，恰恰也是其中的一些論斷（後現代主義對社會現代性的批判）導致了我們對現代文學存在價值的懷疑和否定，而到了 1990 年代中後期，當外來的理論本身也發生分歧與衝突的時候（例如哈貝馬斯對現代性的肯定），我們竟又神奇地獲得了鼓勵，重新「追隨」西方理論挖掘中國文學的「現代性價值」——中國文學的意義竟然就是這樣的脆弱和動搖，只能依靠西方的「現代」理論加以確定？！這足以提醒我們，中國學者對「現代性」理論的理解和運用在多大的程度上是以自身的文學體驗為依據的？同樣，在「現代性」視野下的中國現代文學研究當中，中國現代文學的種種現象也一再被納入到全球資本主義時代的共同命題中，例如「兩種現代性」、「民族國家理論」、「公共空間理論」、「第三世界文化理論」等等……跨越了歷史境遇的巨大差異，東西方文學的需要是否就這麼殊途同歸了？他者的理論是否真讓我們的文學闡釋一勞永逸？中國文學的現代之路難道就沒有自成一格的更豐富的細節？

　　較之於直接連通西方「現代性」闡釋之路的言說，「民國文學」這一概念首先試圖表達的就是擺脫先驗的理論、返回歷史樸素現場的努力。

1997 年，陳福康借助史學界的概念，建議中國文學的現代／當代之名不妨「退休」，代之以中華民國文學／中華人民共和國文學之謂。後來，張福貴、湯溢澤、張中良、李怡等人都先後提出這一新的命名問題，〔註4〕我將這樣的命名方式稱之為「還原」式，就是因為它所指示的國家社會的概念不是外來思想的借用——包括時間的借用與意義的借用——而是中國自己的特定生存階段的真實的稱謂，借助這樣具體的國家社會形態框架，我們的文學史敘述有可能展開為過去所忽略的歷史細節，從而推動文學史研究的深入。

在多少年紛繁複雜的理論演繹之後，中國文學研究需要在一種相對樸素的歷史描述中豐富起來，自我呈現起來。

「民國文學」研究的幾種可能

當然，「民國文學」概念提出來以後，各方面也不無爭論和質疑，這些爭論和質疑的根本原因有二：長期以來「民國」概念的陰影不去，至今仍然以各種「成見」干擾著我們的思想，或者對我們的自由探索構成某種有形無形的壓力；新概念的倡導者較長時間徘徊在概念本身的辨析之中，文學史的細節研究相對不足，暫時未能更充分地展示新研究的獨特魅力，或者其他的同行業也未能從林林總總的研究中發現新思路的廣闊空間。

關於「民國文學」研究，有這樣幾個方面的問題可以澄清和深發。

一、「民國文學」是民國時期的現代文學，可以涵蓋絕大多數的現代文學現象。不僅可以對傳統的新文學傳統深入解釋，而且可以將舊體文學、通俗文學等等「新文學」之外的文學現象有效納入，在一個更高的精神性框架中理解古今中西的複雜對話關係；不僅可以包括從北洋政府到國民黨政府控制區域的文學現象，而且也能有效解釋紅色蘇區文學、抗戰解放區文學，因為後兩者也發生在民國歷史的總體進程當中，民國文學的概念不僅可以解釋後

〔註4〕 參看張福貴《從意義概念返回到時間概念——關於中國現代文學的命名問題》（香港《文學世紀》2003 年 4 期）；湯溢澤、郭彥妮《論開展「民國文學史」研究的必要性與可行性》（《當代教育理論與實踐》2010 年 2 卷 3 期）；湯溢澤、廖廣莉：《論開展「民國文學史」研究的迫切性》（《衡陽師範學院學報》2010 年 2 期）；趙步陽、曹千里等：《「現代文學」，還是「民國文學」？》（《金陵科技學院學報》2008 年 1 期）；張維亞、趙步陽等：《民國文學遺產旅遊開發研究》（《商業經濟》2008 年 9 期）；楊丹丹《「現代文學史」命名的追問與反思》（《長春師範學院學報》2008 年 5 期）。

者，甚至是擴大了後者研究的新思路，解放區文化不是靠拒絕「人民之國」（民國）的理想而生存，它恰恰是以民國理想真正的捍衛者自居，最終通過批判了國民黨政權贏得了在「全民國」範圍內的聲譽；對於投降賣國的汪偽政權，它也不敢輕易放棄「民國」之號，在這裡，民國的「名與實」之間存在一個值得認真分析的張力，並影響到南京偽政府統治下的寫作方式；到華北、蒙疆特別是東北淪陷區，日本文化與偽滿洲國文化大行其道，但是，我們能不能斷定淪陷區文學就理所當然屬於滿洲國文學、蒙古文學或者日本文學呢？當然也不能，近幾年的淪陷區文學研究，相當敏銳地發掘出了存在於這些殖民地的「中華情結」，而民國文化作為現代中華文化的一種形態，依然對人們的精神發揮著根深蒂固的作用——雖然不是名正言順的「民國文學」，但是「民國文學」研究的諸多視角卻依然有效。

　　二、「民國文學」本身不是一個政治性的概念，就如同「民國」本身既有政權性含義，但同時也有政權政治所不能涵蓋的民族、社群等豐富的內涵一樣，而作為精神文化組成部分的「民國文學」更具有超越政治的豐富的意義空間。我同意張中良先生的分析：「民國作為一個國家，在政黨、政府之外，還有軍隊、司法機關、民間社團等社會組織，除了政治之外，還有新聞出版、學校教育、宗教信仰、民族傳統、地域文化、文學思潮、百姓生活等等，民國文學是在多種因素交織的社會文化背景下發生、發展起來的，因而其歷史化研究的空間無比廣闊。」〔註5〕事實在於，越是在一個現代的形態中，國家政權的強制力越有限，而作為社會文化本身的力量卻越大，包含文學藝術在內的社會精神文化，恰恰努力在民國時期呈現出了自己的獨立性和自主性。所以，「民國文學」並不等於就是國民黨的文學，自由主義文學與左翼文學都是民國文學的主體，而且由左翼文學所體現的反抗、批判精神也可以說是民國文學主要的價值取向，「民國批判」恰恰是「民國文學」的基本主題。曾經有大陸學者擔心「民國文學」研究會重新推動中國現代文學研究走入政治的死胡同，相反，也有臺灣學者對大陸「民國文學」研究刻意切割文學與政權制度的關係有所不滿，〔註6〕我覺得這兩方面的意見雖然有異，但都是出於對民國時期文學獨立性、自主性的認知不足。民國文學本身就是知識分子追求

〔註 5〕張中良：《民國文學歷史化的必要與空間》，《文藝爭鳴》2016 年 6 期。
〔註 6〕王力堅：《「民國文學」抑或「現代文學」？——評析當前兩岸學界的觀點交鋒》，《二十一世紀》2015 年第 8 期。

政治自由的體現，對政治自由的嚮往當然是將我們的精神帶離了專制政治的陷阱；而民國政權在文學政策上的某些讓步和妥協從根本上講並不來自統治者的恩賜，恰恰也是民國的社會力量、民間力量蓬勃發展、持續抗爭的結果，現代國家出現之後，其文化發展最可寶貴之處就是「明君」與「賢臣」文化的逐步消失（雖然政治家的開明和理性依然重要），同時社會性力量不斷加強、民間力量日益發展，後者才是最值得我們注意和總結的文化傳統，只有在後者被充分發掘的基礎上，政治制度的種種歷史特徵才有可能獲得真實的把握。

三、「民國文學」研究其實有別於隸屬於大眾文化、流行文化的「民國熱」。作為對長期以來「民國史」的粗暴化處理的背棄，「民國熱」已經在大陸中國流行有年，民國掌故、民國服飾、民國教育，還有所謂的「民國範兒」等等，這本身不難理解，而且我以為在「各領風騷三五年」的各種「熱」當中，「民國熱」依然保留了更多的自我反省的因素，因而相對的「健康性」是明顯的。儘管如此，我認為，當代中國社會出現的「民國熱」歸根結底屬於大眾文化潮流，而「民國文學研究」則是中國學術多年探索發展的結果，是文學研究「歷史化」趨向的表現，兩者具有根本的不同。其實，「民國文學」研究雖然與當今的「民國熱」差不多同時出現，但中國學界本著實事求是的精神，努力救正「以論代史」的惡劣現象、盡可能尊重民國史實的努力卻是由來已久了。在大陸中國，雖然因為政治原因，「民國」一詞一度包含了某種政治禁忌，需要謹慎使用，但總體來看，除了「文化大革命」這樣的極端的文化專制時期之外，對「民國史」的關注和研究一直有學人勉力進行。從新中國成立到1980 年代初，「民國史」的考察、研究一直都得到來自國家層面的高度重視，並不斷被納入各種國家級的科研計劃與出版計劃。《中華民國史》的編修工作早於《劍橋中國史》的編寫計劃，「民國史」的研究也早在 1956 年就已經列為了國家科學發展十二年規劃，民國史的出版也在 1971 年就進入了國家出版規劃。呼籲「民國史」研究的既包括董必武、吳玉章這樣的「民國老人」，又包括周恩來總理這樣的黨和國家領導人。「民國文學」的研究借概念之便，當更能夠順理成章地汲取「民國史」的研究成果，以大量豐富的歷史材料為基礎，對中國現代文學研究的「歷史化」進程作出堅實的貢獻。

當然，民國文學研究，一方面固然應當強調加強學術研究的自覺性，與大眾文化的趣味相區分，但是，也不是要刻意區隔和拒絕那些來自社會民間

的寶貴情懷，相反，有價值的研究總能從現實關懷中汲取力量，讓學術事業擁有的豐沛的社會情懷，本身也是在健康和積極的方向上為中國的當代文化貢獻自己的智慧和力量。

四、「民國文學」研究可以形成與華文文學研究諸多問題的有益對話。當「民國文學」這一概念的使用跨出中國大陸，尤其是與海峽對岸學界形成對話之時，可能就會遇到嚴重的困擾：在我們大陸學界的立場來看，它理所當然就是一個歷史性的概念，「民國」在 1949 年已經結束，我們的「民國文學」研究如果不加特別說明，肯定是指 1912 民國建立到 1949 年中華人民共和國成立這一段歷史時期的文學，使用「民國文學」概念，存在著一個嚴肅的政治的界限；但是，繼續沿用著「民國」稱號的對岸，是否就是大張旗鼓地書寫著「民國文學史」呢？弔詭的現實恰恰是，當代臺灣學界似乎比我們離「民國」更遠！在經過了日本殖民文化——國民黨統治——解嚴後思想自由——政黨輪替、「去中國化」思潮這樣一系列複雜過程之後，在一個被稱作「後民國」的時代氛圍中，「民國」論述照樣承受了「政治不正確」的壓力，其矛盾曖昧之處，甚至也不是「一個民國，各自表述」就能夠概括得了的。也就是說，在海峽兩岸這最大的華人世界裏，「民國文學」都存在相當的糾纏矛盾之處。如何解決這樣的尷尬呢？如何在兩岸學術界，建立起彼此都能夠接受的論述呢？我覺得這裡有兩個可以展開的思路。

首先是集中研討那些沒有爭議的時段。例如民國成立到 1949 年中華人民共和國成立這一歷史時期，我稱之為民國文學的典型時期，對臺灣而言，1945 年光復之後，特別是國民政府遷臺之後，民國文化與文學當然也完成了移植與建構，不過解嚴以來，本土化傾向日益強化，與「典型時期」比較，情況已經大為不同，固有的「民國文化」發生了變異、轉換與遮蔽，只有首先清理那些「典型」的民國文化，才最終有助於發掘現存的「民國性」。目前，對於研討「民國文學典型時期」的設想，在兩岸學界已經有了基本的共識。

其次是通過凸顯「民國文學」研究方法的獨特性與華文文學的其他學術動向形成有益的對話。所謂「民國文學」研究不過是一個籠統的稱謂，指一切運用「民國文學」概念創新解釋現代文學現象的嘗試，它至少包括兩個大的方向，一是對民國時期文學發展的種種問題進行新的梳理和闡述；二是通過對於「民國是中國的現代形態」這一思路的認定，生發出關於如何挖掘、描述中國知識分子「現代追求」的種種學術思路，進而對現代中國文化獨創

性問題作出令人信服的闡發，借助這一的闡發，「現代性」視野才不至於單純流於西方的邏輯，而成爲中國現代精神生產的一種獨特形式，這些努力的背後，樹立著發現現代中國精神主體性與學術主體性的深遠目標，這可謂是「民國作爲方法」的特殊價值。對於這種「文化主體性」的重視，我們同樣可以從作爲臺灣學術主流的「臺灣文學」以及史書美、王德威等人倡導的「華語語系文學」那裡看到，彼此對話的空間值得開拓。

「臺灣文學」一度有意識與中華文學相區隔，尋求自己的獨立空間，然而身居「民國」卻是寫作者不能不面對的事實，「民國」與「臺灣」在現實中相互糾纏，在歷史中前後延續、滲透、轉化、變異，無論從哪一個方向來看，離開「民國文學」的歷史與現實，都無法清晰道出現代「臺灣文學」的脈絡與底蘊，這一理念，似乎已經爲越來越多的臺灣學者所認可，臺灣文學研究者如陳芳明、黃美娥都多次出席兩岸舉辦的「民國文學研討會」，發表了梳理民國文學與臺灣文學關係的重要論文。

「華語語系文學」（Sinophone literature）是當今華文文學界的最有代表性的命題。儘管其倡導者史書美、王德威、石靜遠等人的具體觀念尚有不少的差異，但是突破華文文學的「中國中心」立場，在類似於英語語系、法語語系、西班牙語系的多樣化格局中建立各華人世界的文化獨立性和主體性，確實是他們的共同追求：「中國內地各種討論海外華文文學的組織、會議、出版，其實存在著一個不可摒除的最後界限，即要歸納在一個大中國的傳承之下，成爲四海歸心的一個象徵。很多海外學者會覺得這種做法是過去的、老派的、傳統的帝國主義的延伸，於是提出華語語系文學，使之成爲對立面的說法。」〔註7〕擺脫「西方中心主義」來談論「全球文學」，去「中心」、解「權力話語」，不再將華語文學當作某種「中國」本質的「離散」，而是始終在流動性、在地化、變異與重構中生成，這是「華語語系文學」的基本追求。應當說，「民國文學」的研究理念剛好可以與之構成有趣的對話：作爲文化主體性與學術主體性的建構，兩者顯然有著共同的意願，

不過，在不斷表述擺脫西方理論模式束縛的同時，「華語語系文學」卻將主要的批判矛頭對準了「中國性」與「中國文化」，史書美甚至爲了執著地對抗「中國」，將中國文學排除在「華語語系文學」之外。這裡就產生了一個需

〔註 7〕 李鳳亮：《「華語語系文學」的概念及其操作——王德威教授訪談錄》，載《花城》2008 年第 5 期。

要認眞探討的問題：阻擾現代華語世界精神主體性建構的力量是否就主要來自「中國」，而非實力更爲強大的歐美？或者說，在普遍由歐美文化主導的「現代性」格局中，各種現代中華文化形態的經驗更缺少相互啓迪、相互借鑒與相互支撐的可能？如果考慮到「現代性」的言說模式迄今基本還是爲歐美強勢文化所壟斷，「大華文區域」依然共同承受著這些文化壓力之時。以「在地」華文世界各自的經驗獨特性構製各自的「主體性」固然重要，在華文世界與其他世界的比照中尋找我們共同的經驗、重建華文文學本身的認同和主體價值，同樣不可或缺。而「民國文學」的經驗梳理，也就是華文世界的「現代認同」的基礎，也是華文文學主體性的主要根據，「作爲方法的民國」需要在這樣共同的文化經驗的基礎上加以提煉。

這裡具有中華文化的共同傳統與民族記憶，又都在不同的條件下融入了全球現代化的過程。文學發展的背景同樣經歷了農業文明到工業文明、後工業文明的歷史過程，同樣遭遇了從威權專制到現代民主的轉變。

就文學本身而言，同樣具備了中國古典文學的修養和基礎的積澱，同樣進入到現代白話文學的時代，雖然因爲政治意識形態的介入，中國新文學傳統的理解和繼承方式有別，彼此有過對新文學傳統的不同的認識——大陸以左翼文學爲正統，臺灣等區域可能更認同以胡適爲代表的自由主義，但是作爲大的現代文學經驗依然具有相當的同一性。〔註8〕

對主體性的任何形式的尋找最終都不是爲了將自身的族群從周遭的世界中分裂出來，而是爲了更深刻地認識自我，發現自我的價值，最終也可以與「他者」更好地溝通與共存。大陸「中國中心」意識值得警惕和批判，但是與其徑直將大陸中國的華文文化視作對立的「他者」，毋寧將其當作既挑戰自我又激發自我的「他者」，而且這樣的「他者」也不能取代我們從歐美強勢文化的「他者」中承受的壓力，換句話說，大陸中國的華文世界並不是包括臺灣在內的華文世界的唯一的壓力，各區域華文文學的成長同時也不斷感受著來自其他文化力量的持續不斷的擠壓和挑戰。如果我們能夠面對這樣的事實，那麼，就會發現，華文文學世界的「共同經驗」的分享依然有效，依然重要，依然值得進一步挖掘和發揚，而在民國——這樣一個由華人所建立的現代意義的文化形態中，存在著值得我們共同珍惜的精神遺產。正如王德威

〔註8〕 參見李怡：《命運共同體的文學表述——兩岸華文文學視野中的「民國文學」》，《社會科學研究》2013 年 6 期。

所意識到的那樣：「在我看來，將海外與中國內地相對立，是另一種劃地自限的做法……如果只強調海外的聲音這一面，就跟大陸海外華文文學各種各樣的做法沒有什麼兩樣，只不過站在反面而已。」「對於分離主義者來說，我覺得華語語系文學這個概念也適用……如果你不知道中國是什麼樣子的話，你有什麼樣的能量和自信來聲明你自己的一個獨立自主的自爲的狀態（不論是政治或是文學的狀態呢）？〔註9〕

〔註9〕 李鳳亮：《「華語語系文學」的概念及其操作——王德威教授訪談錄》，載《花城》2008 年第 5 期。

目
次

導　語

　　自從人類走入文明階段，家庭就成爲了每個人存在的必不可少的條件。

　　在形而下的層面，家庭是社會機體的基本單位，是自然人和社會人雙重屬性的集合點。

　　在形而上的層面，家庭通常是個人情感投射的第一個對象，是其歸屬感的首要選擇，同時又是其心靈休憩的最大一片綠蔭。

　　因此，家庭自然而然地成爲文學的重要題材，特別是當文學的視野降落到普通人的現實世界時。

　　在中國文學史上，家庭題材幾乎可以說是貫穿始終。從先秦《詩經》的《氓》，到清代的《浮生六記》，無數歌哭吟唱灑落在「家」中。不過，由於那漫長的兩千多年裏，中國人（這裡主要指漢族）的家庭形態沒有大的根本性變化，所以反映到文學作品中，內容也沒有大的發展變化，一般不出思念、憶舊、怨婦、手足情深、琴瑟和諧的範圍。這種情況到了上個世紀發生了根本性變化。隨著最後一個封建王朝的解體，封建家庭／家族制度也走到了盡頭。辛亥革命後的三十年，是中國家庭制度發生根本變革的時期。雖然這一變革的最後完成差不多要到二十世紀的世紀末，但舊體制的瓦解、舊觀念的崩潰卻是在那動亂的時代就邁出了決定的步伐。因此，家庭題材就成爲了中國現代文學最爲豐富的創作資源。以觀念之深刻、內容之複雜論，這個時期的「家庭文學」實在是整個文學苑囿中最爲搶眼的風景之一，與古代同類題材的經典之作比，也是不遑多讓的。

　　可是，由於這個時期的時代最強音是啓蒙與救亡，也由於相關聯的宏大敘事的話語霸權地位，「家庭文學」的「家庭」屬性長時間被遮蔽了，更不要

說對此進行專門性的研究了。這種情況和「民國家庭史」的研究有些相似，但「民國家庭史」比較早地走出了低谷，其研究成果爲我們相關的研究準備了良好的背景性資料——包括當年文學活動的現實生活背景和今天進行這方面研究的學術背景。

對上世紀初的家庭制度、形態之變革的研究，在當時就一度成爲學術熱點。二三十年代陸續出現過一批力作，如言心哲的《農村家庭調查》、費孝通的《江村經濟》等都曾產生過較大的學術影響。其後，由於和前述類似的原因，家庭問題的史學研究、社會學研究也長時期陷入沉寂。不過，八十年代以來，這些學科先後復蘇，迅速取得了一批可觀的成果，如鄧偉志的《近代中國家庭的變遷》（上海人民出版社，1994 年版）、潘允康的《中國城市婚姻與家庭》（山東人民出版社，1987 年版）等。特別是南開大學中國社會史專業 2000 級的博士生鄭全紅的學位論文《二十世紀上半期中國家庭變遷研究》，後來居上，對這個領域的學術成果有總其成的意義。近兩年內，上海人民出版社的《中國家庭、家族、宗族研究系列》是一套重量級的學術叢書，加盟其事的都是中國社會史領域的翹楚，其中馮爾康的《18 世紀以來中國家族的現代轉向》（上海人民出版社，2005 年版）對於本書的寫作，尤具參考價值。

綜合他們的研究成果，我們對於民國家庭問題（或稱之爲「二十世紀上半期中國家庭問題」）可以有以下一些粗線條的認識：

1、對於中國家庭制度來說，那是一個激變的時期，又是個處於過渡狀態的時期。

由於社會生活的急劇變化——包括自然經濟的解體、革命運動的浪潮、不斷的戰亂等，也由於西方思想文化的進入、傳播——包括馬克思主義、西方民主自由的觀念、蘇聯革命的信息等，中國的家庭制度、形態、觀念等都發生了前所未有的急劇的變化。但是，這種變化雖然激烈卻遠不徹底。

2、這種變化具有新舊雜陳、衝突尖銳的特點。

城市和農村、沿海和內地、知識階層和下層民眾，在接受新觀念放棄舊風俗上，差別天地懸隔，如「自由戀愛」一事，城市開明人家已經視爲理所當然之事了，鄉村的士紳還斥之爲「淫奔、亂交」。另外，即使口頭上很開明的人物，行爲卻十分保守，在當時也是頗不罕見的——包括本文研究對象的一些文化、文學界名流。

3、圍繞家庭問題，經濟因素、法律因素、觀念因素、文化因素互相糾纏，互妨互動。

在這個歷史階段，中國家庭變化的大趨勢可以概括爲「家庭規模在一天天地由大到小，家庭結構在一天天地由緊到鬆，家庭觀念在一天天地由濃到淡」〔註1〕。這個大趨勢儘管遇到了習慣勢力的頑強阻擋，但仍然發展著，甚至是加速發展著，其原因固然與政府的力量有關，而最重要的促進因素卻還是在經濟方面。傳統的家庭／家族制度與自給自足的農業經濟是緊密對應、相互適應的，當經濟生活發生了根本性變化的時候，家庭／家族制度不想變也得變。可是，經濟生活之變化雖是不可逆轉的，卻又是緩慢、間斷、起伏的。這時，民國政府的一些法令就往往顯得超前。於是，法令鼓勵了先覺者，傳統觀念以及保守勢力又把他們窒息。如此等等的複雜矛盾成爲這三十餘年社會家庭生活的突出的特異色彩。

4、當事人往往表現出理智與情感的矛盾。

由於家庭的功能本身就具有矛盾的傾向──既是親情的又是束縛的，既是歸屬的又是排斥的，所以當它面臨解體的時候，即使有識之士也往往在理智與情感之間出現相反的傾向。古代寫家庭的經典之作《紅樓夢》便是如此。而民國時期的家庭裂變更爲激烈，因而無論是現實生活中，還是文學藝術作品裏，這種矛盾比起《紅樓夢》皆有過之而無不及。

現代文學的家庭題材就是從這裡面汲取的，或者說，就是從這樣一塊內蘊豐富而又複雜的土壤中，生長出了中國的現代的家庭文學的奇卉異株。當我們進行下面的研究的時候，應該時時想到這塊土壤，想到上面提到的它的種種時代的、民族的特色。

上述的歷史學、社會學的同行們對民國家庭及家庭變遷的研究取得了令人敬佩的成績，也爲我們的工作打下了良好的基礎，但是，由於學科的局限，他們在討論家庭變遷的原因的時候，基本上忽視了一個重要的方面，就是文學藝術的影響。事實上，家庭問題的特殊性質，使得文藝的影響──尤其是它的「煽情」性影響，發揮了特殊的作用。因此，加強對現代文學中家庭書寫的研究，既是深化現代文學研究的需要，也是提升家庭／社會變遷史研究的重要一環。

但是，就是在我們從事專業文學研究的隊伍裏，這方面的研究狀況也同

〔註1〕參看鄧偉志《近代中國家庭的變革》，上海人民出版社，1994年。

樣尚顯不足。現代文學中的家庭題材作品數量可觀，長時間以來少有研究者從這一角度進行專門的考察。上世紀九十年代出版的幾種宏觀研究的專著，如錢理群《精神的煉獄——中國現代文學從「五四」到抗戰的歷程》、張新穎《20 世紀上半期中國文學的現代意識》、鄭家建《中國文學現代性的起源語境》，都是在部分章節中談到家庭題材，但也只是擦邊而過。倒是這段時間裏有關女性文學的一些著作，對此用了較多的篇幅進行評述。如劉思謙的《「娜拉」言說——中國現代女作家心路紀程》，只看目錄就可以知道作者的關注——其中「馮沅君：徘徊於家門內外」、「冰心：家庭問題與家庭情結」、「凌叔華：庭院深深」、「張愛玲：家庭‧女性‧時代」等章節，都是把「家庭」放到了討論的中心。喬以鋼的《多彩的旋律——中國女性文學主題研究》，把家庭題材與「婚戀主題」、「命運主題」等緊密聯繫，指出「她們對於『女性健全的人生』的探索成為一個綿延至今的女性文學主題，她們筆下那些徘徊於事業與家庭之間、彷徨於自我實現和母性職責矛盾中的女性，亦成為二十世紀中國女性文學為後世留下的一個永恒的形象。」李玲的《中國現代文學的性別意識》則通過「女性日常人生與社會事業」、「現實苦悶與哲學困惑」等問題的討論觸及了這個方面。

對於現代文學範圍內的「家庭文學」進行較為系統的專門性研究，是近十年才逐漸形成氣候的。這方面的研究又可大致分為兩類：一類是宏觀的，整體性的研究，一類是個案研究。前者的代表性著作如曹書文的《家族文化與中國現代文學》。該書從傳統的家族文化對現代文學作家群的影響、現代文學作家們普遍的家族情懷到現代文學創作中的家族母題作了鳥瞰式的描述，同時又對魯迅、巴金、曹禺等代表性人物這方面的情感、觀念與寫作進行了深入的探索。論文類則有王兆勝的《中國現代家庭文學文化意蘊闡釋》，王敏的《辛亥革命前後家庭小說「世情」模式初探》，葉永勝的《現代文學視閾中的家族》，吳暉湘《家：坍塌的神話——試論現代文學中傳統家族文化的沒落與解構》，等等。其中以王兆勝的論文最具規模與深度。文章正面提出了加強現代文學中「家庭文學」研究的必要，並對「家庭文學」加以界定，然後對其價值、文化內涵以及基本的結構模式作了較為細緻的分說。後者則為一批作家作品的專論。如王兆勝《〈金粉世家〉與〈紅樓夢〉》，李楠《老舍小說的家庭文化》，江倩《論〈寒夜〉中婆媳關係的描寫及其社會文化內涵》，丁富雲《「家」的解讀——從〈家〉、〈寒夜〉到〈家變〉看中國家庭制度的變

遷》，等等。其中王、丁兩篇都是在比較中發掘幾部作品各自的觀念、手法等方面的特色，比起一般性評述要深入一些；不過前者著眼於文學傳統之演變，後者著眼於文學所反映的社會狀況，角度上從「家庭文學研究」的立場各有偏移。

在這個時間段落裏，和家庭觀念、家庭文化有關的研究專著也陸續刊發了一些，如李桂梅的《家庭文化概論》、《衝突與融合——中國傳統家庭倫理的現代轉向及現代價值》，李軍的《「家」的寓言——當代文藝的身份與性別》，譚琳與陳衛民的《女性與家庭》，余華林的《中國現代家庭文化嬗變研究》（首都師範大學 2002 屆碩士論文），等等。後者雖然只是一篇碩士論文，但全面討論了中國家庭文化在上個世紀的變化情況，文章材料紮實，論述較爲全面，可以作爲討論家庭文學之背景的參考。另外，2002 年召開的「中國家庭史國際學術討論會」提交論文 37 篇，顯示了學界對於家庭問題的關注。其中，《家庭倫理近代變遷的民間基礎》、《知識女性在近代社會轉型中的家庭角色分析》、《論中國的婆權》都對本課題有借鑒意義。

總體看來，對於現代文學中家庭題材（或徑稱之爲「現代家庭文學」）的研究還處於發軔階段。而其中有一個重要的角度目前還沒有引起研究者應有的重視，這就是性別的視角。事實上，沒有任何一種題材像婚姻家庭問題這樣，與性別問題密不可分。因此，考察「家庭小說」，或是更廣義的家庭題材在文學中的表現，是不應忽視性別視角在創作中的特殊意義的。這正是本書要討論的核心問題。中國二十世紀的文學具有雙重性——既是世界的又是民族的，所以討論其中之家庭文學受時代裹挾而出現大量新質的同時，也不應忘記它的臍帶；因而適當地描述中國傳統家庭觀念以及在古代文學中的表現，尋繹與現代文學之間的血脈聯繫，也是本書嘗試掘進的一個方向。前文所述及的友鄰學科——歷史學、社會學、倫理學的研究成績，爲課題的深入展開準備了工作的基礎，而他們的研究方法也將成爲本書借鑒、學習的對象。

第一章 背景（一）：中國古代文學的家庭敘事

第一節 中國古代的「宗法——父權制」

在華夏文明的漫長歷史中，家庭形態經歷了相當複雜的變化，若再考慮多民族共生、演變的因素，問題就更加難以釐清〔註1〕。即使我們把視野收縮到「華夏——漢」文化圈，這仍然是一個極大的專門性課題。而本書所討論的是我國現代文學中家庭這一題材的表現問題，上述課題只是作為一個參照性的背景，所以不過多糾纏於歷史的考證，而是採取相對粗線條的方式進行縷述。

由於農耕文明的基本生存方式延續了兩三千年而沒有根本性的變化，導致這個文化圈中的家庭基本形態也就沒有根本性變化。這種延續性折射到文本中，就表現為早期的經典性表述保持了長久的影響力，如《論語》、如《周易》、如《禮記》等等。下文在描述傳統家庭觀念的時候，就選取最能代表儒家觀念的《禮記》和雜糅儒與道兩家的《周易》為例進行評述〔註2〕。

另一方面，在主流文化範圍內，幾乎沒有對家庭生活狀況的有血有肉的全方位的記載，於是這方面的使命便旁落到通俗文學——主要是白話小說

〔註 1〕 參看王玉波《中國家庭起源和遠古家庭形態》、大澤正昭〔日〕《唐宋時期的家庭規模與結構》，均見《中國家庭史國際學術討論會論文集》，南開大學中國社會史研究中心編，2002年。
〔註 2〕 「雜糅」話題參見陳鼓應《易傳與道家思想》，北京三聯書店，1997年。

中，而這一邊緣性文化的小傳統恰恰和本書研究的對象在時間上、傳承上都是正面對接的，因而本書對家庭文化傳統的分析，對家庭觀念源流的分析，都把重點放到明清通俗文學上，尤其是白話小說中家庭描寫的部分。

這方面最為典範的文本自然非《紅樓夢》莫屬。《紅樓夢》的故事大家耳熟能詳，而其中反映出的封建晚期的家庭制度——主要是貴族家庭，但也有少量平民家庭的內容——卻未必引起一般讀者的注意。小說涉及的家庭數十個，具體情況差別很大，如賈府的聚族而居，核心家庭功能弱化的情況和劉姥姥小門小戶的核心家庭相比，表面上幾乎沒有可比性。但是，如果深入分析的話，還是可以找到其間共同的基本的內容。這個內容可以概括為「宗法——父權」制，也就是說以「宗法」與「父權」相補充、相制約的家庭制度。

「宗法」是華夏文化的制度核心，這是源於農耕文明的人類基本存續方式，表現在家庭、家族與國家三個不同而又密切關聯的層面上。三個層面上的具體內容自然不同，但深層的關係框架卻是同構的。從《紅樓夢》有關家庭／家族的描寫中，我們可以抽繹出這種基本結構，就是：上主而下從，男主而女從，嫡主而庶從。所謂「上」，既包括輩份，又包括地位。賈母在家中享有至尊無比的地位，根據就是她在三個方面都是「上」：輩份高，自身地位為國公夫人，娘家同樣地位尊崇。這是核心結構中的核心。「男」、「嫡」都較為具有相對性，在同一上下層面中，這兩種關係結構的意義方才凸現出來。如襲人、晴雯、鴛鴦的哥哥在自己家裏可能是「主」，到了王熙鳳面前就變成了「從」；賈蓉與秦可卿相比是「主」，在王熙鳳面前就是「從」。如此等等。實際上，這三個不同角度上的關係準則是相互補充為用的，而在「上」、「男」、「嫡」三個主導方面的交叉地帶，留有很大的模糊空間，不是剛性的二元對立的絕對尊卑關係。《紅樓夢》的文心細微之處就在於把這種複雜的關係，結合著自己的情感與思考，更結合著人物的命運，微妙地表現了出來。作品的東方文化特色，也由此而顯現。

但是，總體來看，在諸多關係中，父權又是佔有至上的地位。首先，「父權」可以涵攝上述三種關係的主導地位；其次，整個制度要維護的主要也是「父權」的至上地位與相關利益。仍以賈母而論，她的尊崇地位究其始還是來源於「父權」的分潤，又得益於「父權」的暫時缺位，甚至還得益於賈政這下一層級「父權」的存在。不過，如果只提「父權」一個角度，容易被理解

爲簡單的男權至上，也不能夠解釋上述的複雜情況；當然，如果只提「宗法」一個角度，同樣會模糊事情的全部眞相，特別是容易淡化、忽略複雜中的要害，忽略現象後的本質。所以，筆者以爲用「宗法──父權」制來概括「華夏──漢」文化圈封建時代家庭制度的核心內容，可能是較爲準確的〔註3〕。

第二節　《周易》、《禮記》中的家庭觀念

上述的性質概括，可以在有關的經典文本中得到印證。

首先來看《周易》。

《周易》是一部對中國人精神世界以及言語行爲產生過巨大影響的書籍。孔子的時代，已經對它十分尊崇、重視了，所以孔子才有「韋編三絕」的求索。漢代以後，儒術獨尊，作爲五經中唯一富有哲理內涵的經典，它更是高踞於經典的首席。同時，由於《周易》原爲卜筮之書，故經過各種闡發後又與民間文化、宗教活動發生了密切的關係，從而成爲唯一在大、小傳統中都有巨大影響的典籍。《四庫全書總目・易類一》：「易之爲書，推天道以明人事者也。」「易道廣大，無所不包。」所以，《周易》中的觀念往往是作爲「終極依據」來指導封建時代各個階層人們各個方面行爲的。

正因爲《周易》的「無所不包」，也正因爲它「推天道以明人事」的自我定位，所以對家庭問題也多有涉及，如《荀子・大略》所講：「《易》之『咸』見夫婦，夫婦之道不可不正也，君臣父子之本也。」前人對這一點雖有所覺察，不過所論一般不出於「有天地然後有萬物，有萬物然後有男女，有男女然後有夫婦，有夫婦然後有父子。有父子然後有君臣，有君臣然後有上下。有上下然後禮義有所錯。」〔註4〕的浮泛之說。而實際上《周易》的家庭觀念是相當豐富的，也是相當辯證的，是研究中國人傳統家庭觀念的最根本文獻之一。

把《周易》的經、傳及其兩千年間的解讀作爲一個巨大的符號體系來看〔註5〕，其中的理路是十分龐雜的，且不無矛盾、牴牾之處，但核心又是很明

〔註3〕 這個問題，也有概括爲「宗法父權」的主張。但那樣，「宗法」是「父權」的定語，不能體現二者相互制約、彼此補充爲用的關係。

〔註4〕 見《周易・序卦》，九州出版社《周易正義》，2004年。

〔註5〕 《周易》包括古經與「十翼」（即「傳」）兩部分。經、傳文並非成於一時，而「十翼」之文在很大程度上是對「經文」的「誤讀」，但由於64個「符號

確的，就是上述陽爻與陰爻按照特定的排列組合規律產生的 64 個符號組合，以及「十翼」對其規律及意蘊的解說。就此核心來說，符號組合的演化運轉都是循陰、陽的對待、衝突與互轉、和諧的理路進行的。其基本思維模式是多向度、可調性的二元對待。基本二元是陰與陽，或稱爲柔與剛。其中陽、剛居於主導地位。但是，由於符號系統還有卦位、卦形、爻位等被賦予意味的形式因素，所以陰陽之間的關係就不是凝固的簡單的主從、高下、尊卑，而是可以從不同向度進行調節的動態關係。

陰、陽是高度抽象的哲理化概念，又在《易》的特殊文本形態中得到了最充分的符號化，二者的所指便隨具體語境可有無窮多的變化。不過，無論是當初符號的設定，還是「十翼」對符號組合的解析，男女兩性總是對應於陰陽剛柔的首選。這樣，《周易》在推演卦象的時候，就自然而然地與男、女兩性發生十分密切的喻指關係。而其富有辯證意味的推演／思維模式也就影響到對於兩性關係的認識，影響到家庭觀念的形成。

即以《歸妹》卦的卦辭、象辭與後人的傳文爲例：

歸妹，徵，凶，無攸利。

象曰：歸妹，天地之大義也。天地不交而萬物不興。歸妹，人之終始也。說以動，所歸妹也。徵凶，位不當也。無攸利，柔乘剛也。

少女之窮也，無所往而歸其長陽。女說其有歸而往也，男說其有家而娶也。有生化之義焉。不交則無終也。故少配長，說以與動，有終，而自此始也。少陰失位以求合人，斯賊之矣，不足以相久。徵，其凶哉。柔得中，眾之歸也。陰雖從陽，陽下其陰，失其位也，柔制其剛也，豈人倫之序哉！不足以獨化也，故無攸利；至於終，存乎生化之大義焉。

「歸妹」就是「嫁女」〔註6〕。此卦本來是以嫁女的事項占卜，卦詞的本意是

組合」是它們共同的基礎，是經、傳思想、觀念展開的同一起點，所以《周易》作爲一個整體的邏輯依據還是相當充分的。另外，這種「誤讀」（包括後世經學家的闡釋與進一步的「誤讀」）對於兩千年間的中國人來說，同樣具有權威意義，同樣產生過巨大影響。而在這個時間段落裏，人們對「經文」的理解，也大體是以「傳文」所言爲旨歸。所以本文將《周易》看作一個整體來論述，不再細加分說。

〔註 6〕對「歸妹」有兩種不同理解，一種認爲是從女方立場講的，一種認爲是從男方角度看的。對於本文所論，這一歧義沒有影響。

曾在征戰時占得此卦結果是吃了敗仗。《彖辭》卻解釋作「此卦是以女子出嫁象徵天與地的交合溝通，而女子出嫁與天地交合一樣重要，是人類延續的開始。至於卦辭所說的『失敗』，則是指婚姻中女性壓倒了男性。」這分明是一種誤讀。而《子夏易傳》則對《彖辭》進一步解釋、發揮，把兌卦坐實爲「少女」，把震卦坐實爲「長男」，所以分析出一幕婚姻家庭的悲喜劇來——妙齡少女在無奈的情況下嫁給了年紀老大的男人。由於女方動機不夠純正，加上年齡的懸殊，這椿婚事很難持久〔註7〕。而老夫少妻也造成家庭關係的失常，少女不免恃寵而驕，成爲家庭的主導。他以爻位關係來證明自己的論斷，指出上卦的核心被陰爻佔據，下卦相應位置卻是象徵男性的陽爻；就上卦而言，四位爲陽，五位爲陰，也是「陽下其陰」，因此「豈人倫之序哉」！但是，值得注意的是，他又解釋說，「柔得中，眾之歸也。」也就是說，女子如果佔據了家庭的核心位置，眾人自然就會依附在她的周圍。這無疑是對現實中並非罕見的家庭現象作出的合理化說明。他還解釋道：「至於終，存乎生化之大義焉」，也就是說爲了族裔的延續，這種不夠「正確」的家庭關係也還是要延續下去的。

　　這是很有意思的矛盾心理。作爲男性，《子夏易傳》的作者既意識到家庭關係〔註8〕——特別是兩性關係——對於族類／個體的不可或缺的意義，又立足男性本位，有潛在的危機、焦慮感。特別有趣的是，他對「豈人倫之序」與「存乎生化之大義」的強解，流露出的是對現實的某種無奈，也反映出家庭中兩性關係的「另類」情況的存在。這一點在他對《姤》的解釋中表現得更加突出。《姤卦》卦詞爲「女壯，勿用取女。」歷代注家對這個「壯」字有不同解釋，而他是理解爲年齡較大的意思，於是說：

　　　　女之壯也，非人倫之道，不足以娶之。事無恒，不足以爲用。
　　夫易無窮也。陽不能獨化，化不可以無遇，故遇而後成。初苟而終
　　固，即遂其生化之大焉。

他認爲娶「壯女」也是一種很不理想的婚姻狀況，但是「陽不能獨化」，爲了「遂其生化」的終極目標，小原則服從大原則，家庭關係終於還是要維持下

〔註7〕　此卦的王弼注也有「少女而與長男交，少女所不樂也」之說。九州出版社《周易正義》，2004 年。

〔註8〕　《子夏易傳》是《周易》現存號稱最早的傳注本，作者標爲孔門高弟子夏。但一般認爲是託名，因而在經學的體系中是疑問較多的一種，向來不受重視。但作爲思想文化史上的存在，其中獨特的見解仍應關注。

去。其實，從卦辭來看，似屬夢占，即夢見「女壯」（或解爲女子受傷）來占卜，卜得不利於婚嫁的警示。但從象辭起就沒有解通，「子夏」此解更是令人摸不清他的邏輯。不過，雖解經不通，卻表達出他自己的觀念，特別是「陽不能獨化」和「遂其生化之大焉」的見解，與《歸妹》的傳注聯繫起來，確實更明確地反映出男性對待家庭中兩性關係的實用性態度。

《周易》關於家庭中男女關係的看法最根本的當然是男性主導，不過無論經與傳都有不把問題絕對化的表述，甚至還有相當明確的補充、修正。前述的是無可奈何式的承認現實，而在《咸卦》中還有更積極的更有理論性的闡發。

《咸》爲《周易》第 31 卦，其卦象爲上兌下艮，兌爲澤，屬陰柔，艮爲山，屬陽剛，也就是陰柔在上而陽剛在下。其卦辭、象辭及孔穎達疏曰：

> 咸，亨，利貞。取女，吉。
>
> 象曰：咸，感也，柔上而剛下，二氣感應以相與，止而說，男下女，是以「亨利貞，取女，吉」也。天地感而萬物化生，聖人感人心而天下和平。觀其所感，而天地萬物之情可見矣。
>
> 孔疏曰：艮剛而兌柔，若剛自在上，柔自在下，則不相交感，無由得通。今兌柔在上，而艮剛在下，是二氣感應，以相授與，所以爲咸亨也（下略）。男下女者，此因二卦之象釋「取女吉」之義。艮爲少男，而居於下，兌爲少女，而處於上，是男下於女也。婚姻之義，男先求女；親迎之禮，御輪三週：皆是男先下於女，然後女應於男。所以「取女得吉」者也。

《咸卦》卦辭只是籠統地說，占得此卦預示娶女進門大吉大利。《象辭》則對此做出一番分析解釋：「咸」即「感」，即二者感應的意思；而艮有靜止穩定的意蘊，兌有喜悅的意蘊——由於娶親的過程中，「柔上而剛下」、「男下女」，即男性對女性採取了卑下的姿態，所以婚禮成功家庭得以順利建立。王弼作注認爲「《咸》柔上而剛下，感應以相與，夫婦之象莫美乎斯！」而孔穎達更進一步從哲理上加以發揮。他認爲代表男性的「剛」本就是高高在上的，如果堅持以高高在上的姿態和女性打交道，男女之間就不會有感情的交流，家庭也無法順利建立。自己把姿態放低反而和處在高端的女性得以溝通。他還以婚禮習俗相證，說明在求婚、成婚、建立家庭的整個過程中，男性對女性表現出卑下的姿態是合乎天理大道的，也是順利成功的保證。顯然，孔疏的

這種見解是對王弼「夫婦之象莫美乎斯」的具體化闡發。

象辭的「男下女」觀點既是當時民風民俗的反映，也是《周易》思想體系——陰陽對待／和諧——的自然表現。而經過王弼、孔穎達的進一步闡發（王注孔疏也因《周易正義》的官方色彩而具有權威性），對後世家庭觀念，特別是家庭之夫婦關係的定位，都產生了重大影響。如宋人解釋《詩經》，涉及到婚禮和家庭中男女關係時講道：

> 《周易‧咸卦》兌上艮下，《象》曰：止而悅，取女吉也。《恒卦》震上巽下，《象》曰：雷風相與，蓋長久之象也。是以《禮》有親迎御輪三周，所以下女也；道先乘車，婦車從之，所以反尊卑之正也。凡此皆是聖人禮法之所存，不可亂也。」〔註9〕

其立論全採《周易》——包括象辭和孔疏。但是，他強調這種對女性的尊重是「反常的」，其見解比起王弼和孔穎達來卻是有所倒退。

在《蒙卦》的「子夏」傳中也有類似的見解：「家道大者，莫先於正夫婦也。居中貴而委身於卑，能接之以禮者也。子能克家，莫過是也。」他認為男性在家庭中雖然居於主導地位，但其對女子按照禮的要求「委身於卑」，是處理好家庭問題（「克家」）的最為可貴的品性。

雖然《象辭》和孔疏的「男下女」均有明確的限定，只是在求婚到建立家庭的一個短暫時間段落中，而在接下來的《恒卦》中，孔穎達又忙不迭地補充道：「剛上而柔下」才是家庭常態，才是「夫婦可久之道」。但是，他們畢竟提出了家庭中有時也需要「男下女」，而且論證了「男下女」才是夫妻感情交流的良好前提。特別是王弼，他對「柔上而剛下，感應以相與」的夫婦關係發出的「莫美乎斯」熱情讚頌，是非常難能可貴的。作為經典，《周易》中關於家庭的這樣合理的觀點，無疑對兩千多年間中國人的家庭具有重要的正面影響。

《周易》中關於家庭還有一個可貴的觀點，就是對於父母在家庭中作用的論述。《周易》六十四卦中專設有《家人》一卦，全是圍繞家庭問題展開，其卦辭、象辭以及「子夏」有關闡釋為：

> 家人，利女貞。
>
> 象曰：家人，女正位乎內，男正位乎外。男女正，天地之大義也。家人有嚴君焉，父母之謂也。父父，子子，兄兄，弟弟，夫夫，

　　　婦婦，而家道正。正家而天下定矣。

　　　　正家之道在於女正。女既位，而男位正也。故聖人設昏禮焉，
　　重而娶之。當其位也，然後可保其久矣。夫婦正，家道之先，上下
　　之始也。嚴君之道始焉，父母之道出焉。故嚴其君，則父父、子子、
　　兄兄、弟弟、夫夫、婦婦，家道咸正，而天下定矣。

這裡特別值得注意的有三點。一點是《象辭》中的「女正位於內，男正位於
外」，這是關於家庭分工的較早的明確表述。過去對此往往視爲是對女性的歧
視，其實看上下文恐怕更多的是對事實的描述。而在當時生產力水平下，在
農業爲主的條件下，這也是唯一可能的基本分工。第二點是《象辭》中的「家
人有嚴君焉，父母之謂也。」這一條經常被論者忽視。過去談到封建家庭中
的女性地位，人們引證最多的是「未嫁從父，即嫁從夫，夫死從子」。聞一多
據此有「從歷史上看中國的女性，就是奴性的同義詞，三從四德就是奴性的
內容。」〔註 10〕這固然不錯。但我們也不能忽視問題還有另外一個方面。在
《周易》中，關於女性家庭地位就有不能簡單以「奴性」概括的內容。《象
辭》在這裡把家庭的主導定位爲「嚴君」，然後明確宣示：「嚴君」就是父親
和母親。這一點其實在中國的家庭中——包括古代，可以說是一個基本的權
力架構。作爲長輩的母親和父親一樣擁有對晚輩的管教權力與責任。忽視了
這一點，過份強調「夫死從子」，就無法解釋焦仲卿、陸游等家庭悲劇，無法
解讀《紅樓夢》中的賈母、《野叟曝言》中的水夫人等文學形象〔註 11〕。第三
點是對「女正」的重視。這一點可以從多方面來認識。強調「女正」當然有
約束女性行爲的意思，這是毋庸諱言的。可是其中也包含著對女性在家庭中
地位的重視：「聖人設婚禮焉，重而娶之。」另外，認爲女性擺正在家庭中的
地位並端正自己的行爲是「正家」的首要事項，也從反面表現出約束女性之
困難。

　　《周易》關於家庭的論述還涉及到其他方面，如指出家庭的根基在於男
女的異性互補（《睽》：「男女睽而其志通也。」）、一夫多妻的必然矛盾（《睽》：
「二女同居，其志不同行。」）、家庭要艱苦奮鬥不可嬉樂無度（《家人》：「家
人嗃嗃，悔，厲，吉。婦子嘻嘻，終吝。」）等等。由於《周易》的基本思維
／論述方法是天人合一，如王弼所明確指出的：「取天地之外，以明形骸之

〔註10〕《婦女解放問題》，見《聞一多文集》，海南國際新聞出版中心出版，1997 年。
〔註11〕張愛玲的《金鎖記》後半部曹七巧的家庭悲劇也是類似的例子。

內。」所以多用陰陽協調、平衡的哲理來解釋、說明家庭的關係。正是由此出發，才有了上述關於家庭的可貴的論述。

再來看《禮記》。

《禮記》是所謂「三禮」（《周禮》、《儀禮》、《禮記》）之一，又列於「十三經」中，在兩千餘年的中國封建社會中，也是指導人們行爲、觀念的權威文本。而由於《周禮》實際上不是講「禮」，與士人、民眾的日常生活毫不相干；《儀禮》簡澀而難通，所以在「禮制」、「禮法」方面影響於社會最大的儒家經典其實就是《禮記》。

《禮記》非常重視家庭生活中的「禮」，在 49 篇中直接或間接涉及家庭問題的有 31 篇〔註 12〕，占總數的 60% 強。其中大體又可以分爲兩種情況：一種是對現有禮俗的描述——當然也包含了編者的帶有傾向的改造〔註 13〕。所謂「禮原於俗」，《禮記》在這方面保存了一些當時家庭生活中婚娶喪葬民俗的狀況。另一種是家庭觀念，特別是倫理原則的表述。《禮記》本著「禮之所無，可以義起」的準則，提出了一系列儒家的家庭關係準則——這是《禮記》在家庭問題上的主要見解所在。

同《周易》一樣，《禮記》在家庭關係中也是最爲重視夫妻關係，因而對婚禮強調到無以復加的地步：

> 昏禮者，將合二姓之好，上以事宗廟，而下以繼後世也。故君子重之。
>
> 男女有別而後夫婦有義，夫婦有義而後父子有親，父子有親而後君臣有正，故曰，昏禮者，禮之本也。
>
> 夫昏禮，萬世之始也。（均見《禮記·昏禮》）

對於不理解婚禮意義的魯哀公，孔子甚至變顏變色地和他辯論：

> 公曰：「寡人願有言，然冕而親迎，不已重乎？」孔子愀然作色，而對曰：「合二姓之好，以繼先聖之後，以爲天地宗廟社稷之主，君何謂已重乎！」
>
> 孔子曰：「天地不合，萬物不生。大昏，萬世之嗣也。君何謂已重焉！」（《禮記·哀公問》）

有意思的是，孔子重視婚禮的理由最終落到了政治的大原則上。他認爲國君

〔註 12〕這是據通行本的「小戴」《禮記》統計。
〔註 13〕《禮記》是漢儒雜採先秦諸子之說與漢人有關禮儀的記載編集而成。

的婚禮是政治清明國家強盛的出發點，其邏輯爲：

> 古之爲政，愛人爲大；所以治愛人，禮爲大；所以治禮，敬爲
> 大；敬之至矣，大昏爲大；大昏至矣！

他進一步指出婚禮的意義在於體現出「愛」和「敬」的充分與平衡，而這需要通過具體的儀式來實現：

> 大昏既至，冕而親迎，親之也。親之也者，親之也。是故君子
> 興敬爲親，捨敬是遺親也。弗愛不親，弗敬不正，愛與敬，其政之
> 本與！（《禮記·哀公問》）

婚禮體現出的「愛」與「敬」，成爲「政之本」，這樣的觀點，今天看來未免有些「泛政治化」，有些過甚其詞，可是它與儒家一貫的「修身、齊家、治國、平天下」思路完全一致，所以在古代還是產生了很大的影響。其中包含的家庭應在「愛」與「敬」的基礎上建立起來的觀點，應該說還是很可貴的。

在描述婚禮過程的時候，《禮記》表現出對家庭內部和諧關係的重視。在《郊特牲》一章中，編者一面記述婚俗的步驟，一面加以解釋、評說：

> 父親醮子而命之迎，男先於女也。子承命以迎，主人筵幾於廟，
> 而拜迎於門外。婿執鴈入，揖讓陞堂，再拜奠鴈。蓋親受之於父母
> 也。降，出御婦車，而婿授綏，御輪三週。先俟於門外。婦至，婿
> 揖婦以入。共牢而食，合巹而酳，所以合體，同尊卑以親之也。

其中特別值得注意的有兩點：一點是迎娶過程中「出御婦車」、「揖婦以入」等環節與《周易》「男下於女」的有關記述完全相合──實際上類似的環節直至今日仍保存在婚禮習俗中。另一點是對「共牢而食，合巹而酳」的解釋──「同尊卑以親之也」，明確以「同尊卑」來規定家庭中的夫妻關係，在當時的典籍中，很可能是僅見的。

出於對和諧的重視，《禮記》還記述了新婦和公婆之間互敬的禮俗：

> 舅姑入室，婦以特豚饋。……舅姑共饗婦，以一獻之禮莫酬。

婚後第二天，新婦要向公婆獻上美味。而第三天，公婆則要回請。肯定這種禮尚往來的關係，也是《禮記》家庭觀念中可貴的內容。

不過，從總體看，《禮記》畢竟是維護宗法、父權的，所以即使講和諧，目的也是更好地建立父權的統治地位：

> 婿親御授綏，親之也；親之也者，親之也。己敬而親之，先王
> 之所以得天下也。

而且，在不同的地方，還有對男權更加赤裸裸的宣揚、強調：

> 男帥女，女從男，夫婦之義由此始也。
>
> 婦人，從人者也。幼從父兄，嫁從夫，夫死從子。……婦人無爵，從夫之爵，坐以夫之齒。」（均見《禮記‧郊特牲》）

這就把女性完全置於從屬地位了。應該說，這其實是對當時兩性關係的客觀描述。至於這種觀點和前述引文的矛盾，既可以看作是儒家家庭觀的固有矛盾——正如同其政治觀的固有矛盾一樣；也可以看作是《禮記》這部書在編纂過程中雜取多方的結果。

雖然《禮記》把婚禮以及夫妻關係提到很重要的地位，但實際上編者論述最多的還是家庭中的尊卑關係，包括父子、長輩晚輩、婆媳等。而在尊卑關係中，編者的立場顯然是絕對偏向的。他在《坊記》一章中討論了「孝」與「慈」的關係。「孝」是下對上的尊敬、服從與供養，「慈」是上對下的撫愛與養育。《禮記》聲言自家的原則是「言孝不言慈」，同時感歎「君子以此坊民，民猶有薄於孝而厚於慈。」

在論及家庭關係時，用大量的篇幅談「孝」，這是《禮記》與《周易》在家庭觀上最大的不同。在儒家的統系中，曾子是講孝道的典範。《禮記》中關於「孝」的議論多出於其口，如：

> 曾子曰：「夫孝，置之而塞乎天地，溥之而橫乎四海，施諸後世而無朝夕。推而放諸東海而準，推而放諸西海而準，推而放諸南海而準，推而放諸北海而準。詩云：『自西，自東，自南，自北，無思不服。』此之謂也。」（《禮記‧祭義》）

這便在時間與空間兩個維度上，把「孝」的意義、價值強調到了極致。推重孝道，是與「宗法」制度緊密相關的。中華民族講求孝道，這本是民族文化的特點，也是一個長處。但孝道同時也就意味著縱向的尊卑與服從的關係，只是一味講「孝」，在家庭關係中自然會出現畸形，如以下的主張：

> 父母有過，下氣怡色柔聲以諫；諫若不入，起敬起孝，說則復諫。
>
> 父母怒，不說而撻之流血，不敢疾怨，起敬起孝。
>
> 子甚宜其妻，父母不說，出。子不宜其妻，父母曰「是善事我」。
>
> 子行夫婦之禮焉，沒身不衰。（《禮記‧內則》）

「起」是「更加」、「越發」的意思。父母有了錯誤，甚至是嚴重的虐待、暴

力行爲，作爲子女，反而要更加恭敬與孝順。子女一輩的婚姻，不論自己的感受如何，只能以父母的意志爲轉移。這些觀點，在今天理性的觀照下，其荒謬之處昭然若揭。而歷史上多少家庭悲劇的上演，都是由這樣一些「經典」式的家庭觀念直接造成的。

在這樣的強化尊卑的家庭關係中，子女輩的處境十分拘謹：

> 在父母舅姑之所，有命之，應唯敬對；進退周旋慎齊，陞降出
> 入揖遊，不敢噦噫、嚏咳、欠伸、跛倚、睇視，不敢唾洟；寒不敢
> 襲；癢不敢搔——（《禮記·內則》）

這種情況，我們在《紅樓夢》一次又一次的賈寶玉見賈政的描寫中，可以說是耳熟能詳了。

《禮記》關於家庭關係的論述，還有一個興奮點，就是嫡庶關係問題。如：

> 嫡子、庶子祗事宗子、宗婦，雖貴富，不敢以貴富入宗子之家。
> 雖眾車徒，捨於外，以寡約入。
> 子弟若有功德，以物見饋賜，當以善者與宗子也。若非所獻，
> 則不敢以入於宗子之門。（《禮記·內則》）

這顯然也是著眼宗法制度對統系的嚴格要求，同時也是對家族內尊卑關係的強化與固化。

與《周易》相比，《禮記》涉及家庭關係的方面更多。它記載了當時婚喪嫁娶的種種風俗習慣，其中既有寫實的，也有理想化的。在此基礎上，它表達了相當全面的家庭觀念。《禮記》從社會與國家的「宏大」語境著眼，討論家庭的意義、功能、存續之原則。這雖然有誇大之嫌，但爲家庭關係準則提供了強有力的支撐，對封建宗法家庭制度延續兩千餘年而不變，起到了很大的作用。另一方面，《禮記》針對具體家庭成員，對於家庭中的權力結構——即支配與服從的關係，家庭中的利益格局——即權力、責任與義務的關係，以及家庭中的倫理原則與親情價值等，提出了一系列的見解。總體來說，《禮記》與《周易》相同或相近之處在於：1、重視夫妻關係，重視婚姻制度與嫁娶風俗。2、在男性主導家庭的大前提下，主張兩性和諧。不同之處則是：1、《禮記》討論的家庭關係範圍更廣，更加全面。2、「禮」的主要功能就是「別尊卑」，所以《禮記》更著眼於家庭尊卑關係的確立。3、《禮記》在論及家庭尊卑關係時，更多地站在強勢的一邊，強調女性對男性的順從、晚輩對長輩

的順從、庶出對宗子的順從，等等。

　　兩千餘年的中國封建社會，思想意識領域的大框架是「儒道互補」而以儒為主。在家庭觀念方面，也基本是類似的格局，即上述《禮記》代表的儒家思想與摻雜了道家思想的《周易》都發揮著重要的影響，既影響於現實的生活，也影響於文學的書寫。

第三節　白話小說中的家庭書寫

　　古代文學中，對於家庭生活的描寫，當以白話小說為最真切。在散文中，寫及家庭生活的，多限於悼亡傷逝，且多以抒發情感為主；文言小說則大多著眼於豔遇、情變，很少有從日常生活場景落墨的。只有到了明清兩代的長篇白話小說，才有了以家庭生活本身為題材，全方位表現家庭的作品——其細膩、深入之處，是古代任何一種文體都遠遠不及的。

　　在這一類作品中，《金瓶梅》無疑是最早的一部，也是內容最豐富的三五種之一。從小說史的角度看，《金瓶梅》的出現改變了長篇小說依傍歷史著作的局面，也創立了「世情小說」表現生活的基本模式，這就是以一個家庭為主，放射到更為廣闊的社會生活的模式。張竹坡對此有準確的認識：

> 　　《金瓶梅》因西門慶一分人家，寫好幾分人家。如武大一家，
> 花子虛一家，喬大戶一家，陳洪一家，吳大舅一家，張大戶一家，
> 王招宣一家，應伯爵一家，周守備一家，何千戶一家，夏提刑一家。
> 他如翟雲峰，在東京不算。彩計家以及女眷不往來者不算。凡這幾
> 家，大約清河縣官員大戶，屈指已遍。

他指出了《金瓶梅》兩個重要的特點：一個是以描寫家庭生活為主要內容，通過很多家庭的描寫，來構成社會的全景圖；另一個是這些家庭不是平行站位、同等對待，而是以西門慶的家庭為中心，藉以引出其他的家庭。

　　《金瓶梅》描寫的家庭，除西門慶家之外，大體可分為四類：第一類是和西門慶家主要成員關聯密切的家庭，計有武大郎家、花子虛家、孟玉樓前夫楊宗錫家、孟玉樓後夫李衙內家、吳大舅家、陳經濟家；第二類是依附於西門慶的家庭，如來旺家、應伯爵家、常時節家、韓道國家、賁四家等；第三類是和西門慶家地位相當的家庭，如王招宣府、周守備府、張二官家、何千戶家、喬大戶家等；第四類是與西門家並無直接關係，敘事捎帶到的，如張大戶家、李桂姐家等。其中描寫有的簡略一些，有的細緻一些，而無論哪

種情況，都或多或少呈露出家庭成員的關係，表現出家庭的狀況、功能，也在一定程度上流露出作者的家庭觀念。

很有趣的是，上述這些家庭，基本上都是核心小家庭。其中並無一個涉及到家族，甚至很少有同時描寫兩代的家庭的情況。特別是西門慶的家庭。按常理來說，他既非移民到此，又是官宦兼富商的身份，總會有伯叔兄弟之屬依傍居住，可是小說卻把他寫成地道的光棍一條——除了自己的小家庭以外。這一點，張竹坡也看得很清楚，他說：

> 《金瓶梅》寫西門慶無一親人，上無父母，下無子孫，中無兄弟。——吾不知西門慶何樂乎為人也。

他對此的解釋是：

> 《金瓶》何以必寫西門慶孤身一人，無一著己親哉？蓋必如此，方見得其起頭熱得可笑，後文一冷便冷到徹底，再不能熱也。

這個解釋其實缺乏說服力。「無著己親」，即只有核心小家庭，與「冷」「熱」炎涼的主旨並沒有密切的關聯性。實際上，這樣來寫，真正的原因可能在兩個方面。一方面是所寫對象情況本來如此——《金瓶梅》所寫為城鎮居民，因此不像鄉村那樣聚族而居，另外西門慶這樣的暴發戶自然也不可能像世代簪纓那樣聚起龐大的家族。另一方面，可能與作者的創作意圖直接相關。作者寫家庭，是要反映那個時代物欲橫流的情狀，因而重點放在夫妻、妻妾上面，而有意無意間避免了孝道的話題。這樣來寫，對於家庭這個題材的表現來說，當然是若有所憾。不過，集中了筆墨，他也就自有其深入之處。

作者筆下的家庭主要是滿足人們欲望的場所，包括性的欲望和金錢的欲望。為了欲望的實現，西門慶為代表的各色人等都是置道德於不顧，以近乎瘋狂的態度爭鬥著、攫取著。作品的前一半是寫西門慶的發家史，換句話講就是他的家庭的建立與發展的歷史。西門慶先是謀取了孟玉樓，然後是偷娶了潘金蓮，接下來騙娶了李瓶兒——這樣完成了他的一妻五妾的家庭格局。在這個建設過程中，支配著他的行為的，一是無節制的性欲，二是無止境的貪婪。他娶孟與李，一半是為色，一半是為錢。這個建設過程的高潮是得子與加官。有了兒子，小家庭就「完整」了，正如西門慶自己所言：

> 在下雖不成個人家，也有幾萬產業。忝居武職，交遊世輩盡有。不想偌大年紀，未曾生下兒子。房下們也有五六房，只是放心不下。有意做些善果。去年第六房賤累，生下孩子，咱萬事已是足

了。（五十七回）

作品的後一半是寫這個家庭的盛極而衰。先是兒子在家庭內部的爭鬥中死去，再是本人爲過份的欲望喪命，妾侍們私奔的私奔改嫁的改嫁，聚斂的家財也被他人以同樣的手段瓜分——於是這個曾經如日中天的家庭迅速瓦解了。至於其他人的家庭，當然沒有這樣豐富的內容，也沒有這樣戲劇性的變化，可是，在浸染於欲望泥沼這一點上，又是時時和西門慶的家庭相互映襯著。

作者的基本態度是批判的，批判世道的敗壞與道德的淪喪，批判家庭中爲利益與欲望的勾心鬥角——這一點倒是與張愛玲的作品可以一比。但是，在寫到西門府上烈火烹油的豪奢生活時，他的筆下流露出的也不無豔羨之意。不過，總體說來，作者是以冷峻的筆法進行寫實的書寫，因此在認識價值與文學審美價值上都取得了空前的成就。

從認識的角度看，《金瓶梅》之前還沒有任何體裁的一種著作，把一夫多妻制的家庭形態做過如此淋漓盡致的全方位描寫。丈夫與正妻的關係，丈夫與妾的關係——包括不同出身的小妾的不同關係，正妻與小妾的關係——包括與不同出身小妾的不同關係。這種關係既有尊卑方面的、統治與服從方面的，也有經濟方面的——包括財產的歸屬、處置權力與家政的管理權力等。其細緻程度如同張竹坡所講：「其書之細如牛毛，乃千萬根共具一體，血脈貫通。」即以西門慶與吳月娘的關係來看，西門慶無節制地納妾、嫖妓，表明了他在家庭中的支配地位；但是當吳月娘與潘金蓮發生衝突時，他又要維護吳的權益。吳月娘對西門慶也時有批評之詞，如六十九回西門慶對吳月娘講王招宣家裏「人家倒運，偏生出這樣不肖子弟出來」時，吳月娘毫不客氣地說：

> 「你不曾潛泡尿看看自家，乳兒老鴉笑話豬兒足，原來燈檯不
> 照自。你自道成器的，你也吃這井裏水，無所不爲，清潔了些甚麼
> 兒？還要禁的人！」幾句話說的西門慶不言語了。

西門慶在書中的形象是「打老婆的班頭，坑婦女的領袖」（蔣竹山語），可是卻被吳月娘如此數落，可見當時的家庭中，既有男尊女卑的一面，也有「妻者，齊也」、「夫妻敵體」的另一面。又如王招宣府和喬大戶家，守寡的女性長輩——林太太與喬五太太在家庭中的地位和家庭外的活動，都不是簡單的「夫死從子」所能說明的。這種情況和《紅樓夢》的史太君、《野叟曝言》的

水夫人在家庭中的地位相似，可見不是個別偶然的。

對於家庭中的親情，《金瓶梅》幾乎沒有正面的筆墨。只有兩個地方有所描寫。一個地方是西門慶與李瓶兒，特別是李瓶兒死後，兩次託夢給西門慶，而西門慶也表現出從未有過的真切悲痛。另一個地方是孟玉樓改嫁李衙內，連累李衙內被其父痛責，「雨點般大板打將下來，可憐打得這李衙內皮開肉綻，鮮血迸流。」可是當其父要他「即時與我把婦人打發出門」的時候，書中寫道：

> 那李衙內心中怎生捨得離異，只顧在父母跟前哭啼哀告：「寧把兒子打死爹爹跟前，並捨不得婦人。」

這一段文字向來未曾被研究者注意，其實頗有獨特的價值。考慮到前面提到的《禮記》中「子甚宜其妻，父母不說，出」的明確規條，李衙內的行為、態度就更顯其難能可貴了。在古代文學中，描寫夫妻為了真情而反抗禮教的，這個李衙內很可能是最為堅決的了。

作者對筆下的家庭基本持批判態度，但家庭畢竟是家庭，寫出上述情感關係，正是作者高明之處。

作者家庭描寫的另一高明之處是不動聲色的反諷。如寫西門慶為李瓶兒大辦喪事後，「西門慶不忍遽捨，晚夕還來李瓶兒房中，要伴靈宿歇。見靈床安在正面——西門慶大哭不止」，可是接下來就寫他在靈堂旁與奶媽如意兒奸宿。又如描寫王招宣府：

> 只見裏面燈燭熒煌，正面供養著他祖爺太原節度邠陽郡王王景崇的影神圖，穿著大紅團袖蟒衣玉帶，虎皮交椅坐著觀看兵書，有若關王之像，只是鬚短些。旁邊列著槍弓刀矢。迎門朱紅匾上「節義堂」三字；兩壁書畫丹青，琴書瀟灑；左右泥金隸書一聯：「傳家節操同松竹；報國勳功並斗山。」

莊嚴肅穆，格調高雅，特別是「有若關王」云云，以及「節義堂」、「傳家節操」的字樣，一本正經寫來。當讀者看到後面林太太的所作所為，真不免要為作者幾近刻薄的筆墨忍俊不禁了。

《金瓶梅》之後，由明末到清中葉的近二百年間，描寫家庭生活的白話長篇小說主要有《醒世姻緣傳》、《續金瓶梅》、《林蘭香》、《天雨花》〔註14〕、

〔註14〕 《天雨花》習慣稱之為「彈詞」，其實根據其文體基本特徵，應歸屬於小說，即韻文體小說。

《歧路燈》、《姑妄言》、《蜃樓志》、《紅樓夢》等。另有介乎小說與散文之間的《浮生六記》。其中，《天雨花》與《浮生六記》各有突出的特色，且與本書的主旨關係最深，留待後面專論。這裡且依次簡略評介另外的幾部。

《醒世姻緣傳》是一部專題寫家庭關係的作品，通過一個轉世的框架描寫了晁源與狄希陳兩個家庭的故事。這部百萬言的巨著作者尚有爭議，但很可能是蒲松齡，至少是與蒲氏同時同鄉的另一文豪〔註15〕。其思想內容可以與《聊齋誌異》相互參照。《醒世姻緣傳》的重點是寫家庭中的夫妻關係，主旨是批判、斥罵所謂「悍婦」。應該說，作者的立場是男性中心觀念，偏頗是十分明顯的。但是，由於他的基本手法是寫實的，甚至故事中的很多事件，其時間、地點都是有案可稽的，所以寫到的家族制度、家庭關係、婚姻觀念都可以當作明末清初的家庭史料來參考。至於書中的家庭觀念，可注意的有三個方面：一個是把夫妻關係看作人生最為重要的內容。書的《引起》先引孟子「君子至樂」之說，然後話鋒一轉：

> 但是依我議論，還得再添一樂，居於那三樂之前，方可成就那
> 三樂的事⋯⋯第一要緊再添一個賢德妻房，可才成就那三件樂事。

也就是說，無論家庭的和睦，還是個人的修養、事業，如果沒有一個和諧的夫妻關係，那就什麼樂趣也沒有了。第二個方面是男女雙方對於和諧的家庭負有同等的責任。書中有詩云：

> 婦去夫無家，夫去婦無主。本是赤繩牽，雖述相守聚。異體合
> 形骸，兩心連肺腑。夜則鴛鴦眠，晝效鸞鳳舞。有等薄幸夫，情乖
> 連理樹⋯⋯又有不賢妻，單慕陳門柳⋯⋯

家庭和睦的關鍵在於男女雙方，家庭不和的責任也是雙方都有干連。第三個方面是對婚姻不幸的原因的思考。表面看來，作者是把「惡姻緣」的原因都算到了因果報應的頭上——這種看法在今天顯得十分愚昧，不過當時也只能如此了。這種看法的背後其實反映了作者對此的無奈與茫然。而如果稍微深入一些的話，可以體察到作者隱約也有另一些看法，如對家教、家風在影響家庭方面的作用，有關婚姻、家庭的法律法規的不適用性等問題，他都是有所思考的，不過沒有形成十分明晰的觀點罷了。

這部書關於家庭題材的處理和《金瓶梅》頗有相似，如通過家庭描寫輻

〔註15〕這個問題，胡適、黃肅秋都有專文論及。見《醒世姻緣傳》上海古籍出版社本的附錄。

射到整個社會，以達到揭露社會的黑暗、弊端的目的，如側重於夫妻、妻妾
關係的描寫，等等。而彼此最大的不同，在於所寫家庭性質不同。《金瓶梅》
所寫是城裏的豪紳，《醒世姻緣傳》則寫的是半鄉半鎮的士紳。正因為這一點，
《醒世姻緣傳》描寫的家庭形態比起《金瓶梅》要多一些，例如家族內的關
係、家族的功能等，都是《金瓶梅》未曾涉及的。另外，作品在寫實的基調
上又塗染了荒誕、戲謔的色彩，這也使家庭描寫更多地帶有滑稽感覺。

　　與《醒世姻緣傳》約略同時的長篇小說《續金瓶梅》，也是一部講述家庭
盛衰的作品。故事的主線是西門慶的妻子吳月娘在亂世的遭際，穿插於其中
的有翟員外、苗青、張二官、應伯爵等人的故事。由於作者的真意在借《金
瓶梅》故事的軀殼，表達自己對滿清入主的不平，所以關乎家庭生活的內容
都極其散碎、粗糙。不過此書剛一問世即遭禁燬，作者丁耀亢因之下獄，反
使其聲名增加，於是有人先後改換書名為《隔簾花影》、《金屋夢》刊行。

　　《續金瓶梅》的藝術水準雖然不高，但作為表現家庭題材的小說卻有其
獨特之處，如以下幾個方面：1、描寫戰亂給各色人等的家庭帶來的巨大衝擊，
在很大程度上是清初社會動亂的寫照。其描寫雖嫌粗糙，但也是古代小說裏
難得一見的。2、把每個家庭的遭際都歸之於因果報應。這當然是當時認識水
平下常見的觀點，不過寫到一一報應不爽的，此書是最為突出的。3、作者直
接出面談論對各種社會道德問題的看法，喋喋不休之處惹人厭煩。但換一個
角度看，卻可以直接看到當時的讀書人的家庭觀念。如第四十三回用近千字
談家庭中的夫妻關係，特別是妒婦的各種表現，細分為「情妒」、「色妒」、「惡
妒」，一一分析其起因、特點。既可以作為婚姻家庭史的參考材料，又可以據
以分析性別視角的心理底蘊。4、由於選材的特點——寫戰亂、寫報應，所以
書中寫寡婦家庭特多，對寡婦問題也有較多的議論，如：

> 只有這孤兒寡婦守節全貞是天下最苦的人。不消說春花秋月好
> 景良辰，孤淒淒沒有個伴說上一句知心的話兒。有門戶的寡婦，受
> 那宗族鄰里欺凌、伯叔弟兄作踐，少柴無米，日久天長，少吃無穿，
> 領著個窮兒女求一碗吃一碗，替人家紡綿織布，補線縫針，掙著十
> 個指頭上手工。……但這一點貞心十分難以持久。

這種同情的描寫是很難得的。不過，作者終究不能擺脫禮教的局限和男性中
心的立場，所以他的結論是：

> 可見貞節二字，到老不移，原是難的。如沒了丈夫，即時變心，

　　與那娼妓的私情一樣，算得什麼人！

顯然，前面的同情是只限於憐憫的。

　　《林蘭香》是《金瓶梅》、《紅樓夢》之間的一部重要的世情小說。這三部作品同是以家庭爲題材，同是以一個家庭爲中心，反映社會現實生活。《林蘭香》有意模仿《金瓶梅》，如命名也是以三位女主人公的名字組合，又如人物設置，西門慶妻妾六人，《林蘭香》中耿朗的妻妾也湊足六人之數，而其中，林雲屏像吳月娘，宣愛娘像孟玉樓，任香兒像潘金蓮，燕夢卿忍辱負重的一面又絕似李瓶兒，等等。但與《金瓶梅》相比，《林蘭香》無論是在思想內容上還是藝術形式上都有了較大的不同。作者對豔情、世相沒有太大的興趣，而對女子的才情，對才女的悲劇命運傾注了全部的情感，並寄託了失意文士的感慨與不平。這部小說顯示了文人化的走向，是《紅樓夢》、《儒林外史》的先聲。

　　燕夢卿是作者精心塑造的形象，也是一個集封建時代女性的一切美德於一身的理想人物。可是儘管她在家庭中忠心耿耿、小心謹慎，但卻始終無法得到丈夫的歡心，因而長期抑鬱，最終鬱鬱而死。對這樣一個完美的女性，在多妻制家庭中的處境進行悲劇性描寫，是這部作品取材的特點，而其批判性態度更是難能可貴的。

　　作者通過深入細緻的描述告訴讀者，造成燕夢卿悲劇的主要原因是一夫多妻的婚姻制度。燕夢卿雖然才德兼備，可是不可避免地與任香兒衝突，不可避免地在林雲屏面前壓抑自己，小妾的身份注定了她的委屈與不幸。更深刻的是，作者把燕夢卿的悲劇原因追溯到性別歧視的封建觀念。燕夢卿的丈夫耿朗在感情上的冷落和拋棄是燕夢卿悲劇的直接原因。耿朗和燕夢卿年貌相當，門第相配，在雙方父母的安排下，經歷了一番磨難後結成連理，本應走向「大團圓」的結局。但在耿朗的骨子裏，對女性的「才」和「名」都是很忌諱的。在他看來，「婦人最忌有才有名，有才未免自是，有名未免欺人。」因此，在他迎娶夢卿之前就在想「我若不裁抑二、三，恐將來與林、宣、任三人不能相下。」「女子無才便是德」的封建觀念使耿朗從感情上疏遠了燕夢卿，造成她在家庭中不斷被邊緣化的可悲處境。難得的是，作者是深深同情燕夢卿的，在充滿悲憫的筆觸裏，對當時人們以爲天經地義的觀念表現出明確的質疑與不滿。

　　更爲可貴的是，作者還直接把批判的鋒芒指向了封建禮教。燕夢卿是自

覺實踐著禮教種種規條的。可是，她的悲劇命運卻因此而加劇。她甘心受屈忍辱，因爲信奉著「自家受苦事小，若是尊長不喜，丈夫不樂，姊妹有失，那事便大了。」所以作者爲之吟歎：「屈身都只爲綱常，薄命紅顏誰見傷。」這就把個人的幸福與對支配家庭生活的封建綱常置於對立的地位。可以說，《林蘭香》的質疑與批判開啓了《紅樓夢》懷疑、批判精神的先河。

《紅樓夢》自然可算得是我國古代家庭小說的典範。曹雪芹的一生經歷了封建大家族由盛而衰的巨變，對於家族／家庭的情感豐富而複雜，再加上他敏銳的觀察力和深刻的理解力，使得《紅樓夢》成爲我國文學史上最偉大的家庭小說——當然，其偉大不限於這一題材的角度。

《紅樓夢》中寫到家庭有數十個，但主次分明。榮國府是中心，是一個四世同堂的大家庭，而又和寧國府以及其他賈氏宗親共同組成一個大家族。和賈家聯絡有親的家族有史家、王家和薛家，因寶釵之故，薛家是其中詳寫的重點。依附在賈家周圍的小門小戶，則點綴式的寫了四五家。以所表現的封建社會大家族以及小家庭的制度、結構、內部外部關係與倫常禮儀，特別是活生生的物質生活與精神生活來說，我國古代的任何一部著作都比不上《紅樓夢》的生動、具體而全面。

作者說到自己的創作動機時，很低調的自稱是只寫「家庭閨閣瑣事」，「並無大賢大忠、理朝廷、治風俗的善政」，「只取其事體情理罷了」。這當然含有謙詞的成分，但也確有和當時大多數作品標榜教化功能爲能事區別開來的意思。唯其如此，《紅樓夢》才取得了超卓的藝術成就——包括對家庭題材的表現。這部偉大作品在家庭描寫方面的特色主要有以下幾個方面達到了前所未有的高度：

一是通過富有張力的書寫，把個人與家庭／家族的複雜的情感聯繫表現出來。作品中，賈寶玉對於自己的家族與家庭充滿了矛盾的心理。一方面，作者濃墨重彩的寫賈寶玉對親情的依戀。不僅賈母、王夫人，就是嚴厲的賈政、貪婪的鳳姐，從寶玉的視角看出去，也頗有親切、愛憐的描寫。更不要說那些耳鬢廝磨的姐姐妹妹了。可是另一方面，作者又毫不留情地揭露出簪纓世家中的骯髒污穢，寫出賈寶玉感受到的窒息、痛苦，寫出賈寶玉看到自己所留戀的家族／家庭不可避免走向破落崩潰的無奈。一方面，作者對於貴族生活的精緻、高雅進行津津有味的描寫，表現出眞心的喜愛與欣賞。而另一方面卻也時時流露出空虛、厭倦的情調，也時有對奢靡的自省與批判。正

因爲這樣，這部作品才眞正把家庭題材的內涵充分挖掘了出來，特別是站在有血有肉的人的立場上，而不是簡單地流於概念式的肯定或否定。

其次是通過對禮教的批判，強烈抨擊了封建家族／家庭制度。這一點，《紅樓夢》比《林蘭香》走得更遠，力度也更大。毋庸諱言，賈寶玉和林黛玉都說不上是封建制度的自覺反抗者。曹雪芹也遠沒有達到這樣的思想高度。但是文學家的力量並不是通過清晰的、邏輯的表述體現的。《紅樓夢》通過細膩、生動的筆觸寫出了一群青年人生命中短暫的春天，寫出他們對人生幸福與精神自由的嚮往。而他們的歡樂和夢想都被嚴酷的禮教粉碎了，作者就這樣在讀者的心靈裏顛覆了禮教的神聖地位。

三是對女性的命運給與了前所未有的關懷與同情。在全書的第一回裏，作者自云：「今風塵碌碌，一事無成，忽念及當日所有之女子，一一細考較去，覺其行止見識，皆出於我之上……」開宗明義，就是對女性的推崇與歌頌。在全書故事的展開敘述裏，在第二回中，更借賈寶玉之口道：「女兒是水作的骨肉，男人是泥作的骨肉，我見了女兒，我便清爽；見了男子，便覺濁臭逼人」，對女兒不遺餘力地頂禮讚頌。不可否認，曹雪芹的《紅樓夢》裏並非沒有男權意識，比如，賈寶玉仍可說是一夫多妻制的認同者，僅此一點，便與現代的男女平等價值觀有著相當大的距離。但是，畢竟是在這部作品裏，作者第一次全方位地展現了千百年來被男權壓迫的女兒世界裏諸多動人的形象。這些純潔美麗的女兒形象，和周遭代表著男權世界的賈赦、賈珍之流的惡俗與齷齪形成鮮明對照。同時又寫出這些青春女兒在男性統治的社會中，幾乎無一例外地被摧殘、扭曲、蹂躪，最終走向毀滅。《紅樓夢》對男權統治的批判，是通過對女性命運的描寫表現的。作者借賈寶玉之口講：「女孩兒未出嫁，是顆無價之寶珠，出了嫁，不知怎麼就變出許多的不好的毛病來，雖是顆珠子，卻沒有光彩寶色，是顆死珠了，再老了，更變的不是珠子，竟是魚眼睛了。」（第五十九回）這話表面看很有「處女崇拜」的嫌疑，但如果和另一句話「怎麼這些人只一嫁了漢子，染了男人的氣味，就這樣混帳起來」（第七十七回）結合起來看，就可見到，它在特定的歷史條件下自有深刻合理的一面：「女兒」一出嫁，就意味著融入男權體制，適應男權社會的秩序，最終泯滅掉生命的本眞和靈性。因此，《紅樓夢》中對女兒的禮贊及對女兒悲劇的歡惋傷悼，是以清淨女兒爲參照，直指千百年來正統男權社會的醜惡，暗含著對泯滅生命靈性的封建禮教的深沉抗議。正是在這裡，《紅樓

夢》裏的女兒崇拜，與前此才女佳人的故事拉開了思想的距離，做出了當時歷史條件下難能可貴的揭露與批判，閃現出今天仍應予以充分肯定的人道的光輝。

《紅樓夢》家庭描寫的另一個成功之點，是把人物的性格與家庭的環境聯繫起來，使性格的發展更具邏輯的力量。如賈寶玉，他的性格是和他在家裏的特殊地位有關的，而這種地位又是和賈珠早夭、王夫人晚年得子、王夫人娘家財雄勢大等多種因素有關。這樣就把人和家庭都寫得血肉豐滿。又如林黛玉，幼遭孤露的命運使其少年便失去了母愛，而寄居於大族之中的複雜處境必然使其病態自尊。再如薛蟠，作者給他「呆霸王」的諢名，抓住了他性格的特點。他成長的家庭環境也很特殊，一方面「家有百萬之富」，另一方面「幼年喪父」、在寡母的溺愛縱容之下長大。所以就成了一個任性妄為，不知利害的人物。這就與標籤化的善善惡惡寫法大不相同了。

正因為上述特色、成就，新文學的作者們在表現家庭題材的時候，很多人都受到《紅樓夢》的啟發與影響。

第四節 《浮生六記》與《天雨花》

有兩部家庭題材的作品，其文體與通常意義的白話小說有所不同，但對於本書研究的內容來說卻意義更為重要一些。一部是《浮生六記》，文體近於自傳體小說。一部是《天雨花》，文體是所謂「彈詞」，其實也可看作是韻文體小說。

《浮生六記》是一部自傳，作者沈復，字三白，清中葉人，無功名，一生遊幕坐館。晚年賣畫為生。《浮生六記》是他唯一的傳世文字。「六記」為六部分，各寫了作者人生的一個側面。其中主要部分是寫家庭生活和下層文人的情趣，而最為出色的則是第一部分「閨房記樂」與第三部分「坎坷記愁」對家庭生活的描寫。這兩部分的視角落到夫婦「二人世界」的小家庭，而把父母、兄弟的大家庭推到了背景上。作者的妻子芸娘出身貧寒，從小肩負著頂門立戶養活寡母幼弟的責任；出嫁後，勤儉持家，待人恭敬有禮，「滿望努力做一好媳婦」；結果卻兩度被驅逐出家門，最後客死他鄉。在前面的《閨房記趣》中，讀者看到她與作者婚前熱烈的愛情，婚後的恩愛生活及情趣盎然的「二人世界」。丈夫的摯愛與開通使芸娘的真純天性進一步舒展，致使不能見容於封建大家庭。當讀者眼看著這樣一位富有浪漫氣質、瀟脫穎慧的女性，

一步步被封建禮教摧殘、吞噬，無不扼腕長歎！其悲劇情境與《紅樓夢》中的晴雯之死，魯迅的《傷逝》中子君之死差相彷彿。

　　作為描寫家庭的作品，《浮生六記》與眾不同的地方首先在於它的自傳性質。自傳文貴在一個「真」字。本文的情感衝擊力即在於真摯——真切的歌哭哀樂，真實的人生困境，深摯的情愛與追悔。林語堂在他的《〈浮生六記〉英譯自序》中描寫他讀後對芸娘的傾慕：「她是中國文學及中國歷史上（因為確有其人）一個最可愛的女人。」「只願認她是朋友之妻，可以出入其家，可以不邀自來和他夫婦吃中飯，或者當她與丈夫促膝暢談書畫文學、腐乳鹵瓜之時，你打瞌睡，她可以來放一條毛毯把你的腿腳蓋上。」簡直就是把她當作身邊真實的人物來看待、討論了〔註16〕。

　　古代自敘家庭的文章不是沒有，而且頗有寫感情、寫悲劇的名作，但是沒有一篇肯正面描寫夫妻之間的生活場景——精神的與物質的、高雅的與親昵的，偶有涉及也是一沾即走，像《浮生六記》這樣刻畫入微的記敘閨房的恩愛，同遊的情韻，生存的掙扎，卻是並世無兩的。而這樣一個讓人羨慕的家庭，這樣一位「最可愛的女人」，竟至無辜而陷於毀滅，原因何在？這是《浮生六記》帶給讀者自然而然的思考。

　　作者對此沒有十分激烈的言辭，只是把新婚後的「人間之樂，無過於此」和屢遭變故後的「形單影隻，備極淒涼」加以對照，把小家庭的溫暖幸福和大家庭的冷酷險詐加以對照，巨大的反差對禮教的殘酷、封建大家庭的無情產生出強烈的譴責與控訴。

　　另外，作者通過芸娘的形象表達出對女性的尊重。他和芸娘之間建立於精神契合基礎上的深厚感情，已經超越了《西廂記》式的男女之情。

　　《天雨花》是清代俗文學的巨著，全書九十餘萬字，在二、三百年間擁有廣泛的讀者，而在女性中影響尤大，甚至把它與《紅樓夢》相提並論，有「南『花』、北『夢』」之說。作者署名陶貞懷，明白表示出自己的女子身份。

　　作品以晚明朝政為背景，寫左維明的家庭生活，而重點是他和女兒左儀貞的故事。同類甚至相同題材的作品，清代有若干種，《天雨花》最為特殊的一點就是女性的視角與女性的意識。這主要表現為：貫穿於作品的反抗家庭中男權統治的描寫；對於家庭多妻制的敵視；女性對男性的評判尺度，以及

〔註16〕林語堂的《京華煙雲》寫姚木蘭的婚姻生活頗有芸娘的影子在其中。

家庭生活的描寫格調等。

作品寫了很多女性的悲劇，包括所嫁非人、家庭虐待、遭受囚禁、被逼自殺等。僅父親逼迫女兒自盡的天倫悲劇就發生了四起。這既說明了封建禮教對女性的迫害程度，也反映出女性作家對家庭中男權的恐懼心理。書中的兩個理想人物──左維明與左儀貞，都是德才兼備的完美形象。但二人卻經常發生衝突，有時還相當激烈，甚至到了性命相搏的地步。每次衝突，作者總是通過自己敘述的筆調使左儀貞充分贏得同情。左維明與奸黨、匪徒衝突時，不僅剛直不阿，而且有情有義；而一寫到他與左儀貞的衝突，就立刻變得蠻橫、偏執。作者雖寫二人互不讓步，但左維明以威勢壓人，左儀貞為情義抗爭，筆墨間的軒輊是十分明顯的。如寫左維明欺壓左夫人，強令其飲酒，而且一定要連飲數杯；繼而逼迫其吃飯，而且一定要連吃三碗〔註 17〕。夫人恨道：「欺人太甚真堪恨，算來非止一樁情。受他委屈多多少，各人心內各自明。」每當出現這類情況，都是左儀貞站出來與父親抗衡。顯然也是流露出的也是女性對無法擺脫的男權畏懼而又敵視的心理。

《天雨花》的女性意識還表現於對多妻制的敵視。清代描寫家庭生活的文學作品，大多有婢妾的形象，並程度不同地涉及妻妾關係。在男性作家的筆下，婢女小妾往往是楚楚可憐的，這在明末清初的「馮小青」題材熱中尤為明顯。在男作家筆下，即使寫婢妾之惡，也是個別的，同時往往另有更多可憐可愛之其他婢妾，作者因其為妾為婢而筆墨之間格外予以同情。《天雨花》卻大不相同。全書的女性反派角色大多安排給婢妾，用相當多的筆墨來寫其惡。小說史上寫小妾受虐的作品並不罕見，但大多是作為被侮辱被迫害的形象出現，如《金雲翹》、《醋葫蘆》等。像本書這樣明顯敵視婢妾的情感態度，在男作家筆下似未曾有，我們只能視之為女性對於自己婚姻地位的危機感的變相表現。此類筆墨雖不高明，但其背後隱含的明確否定多妻制的婚姻家庭觀念卻是應予充分肯定的。

與此相關聯的是對男性婚姻忠誠的要求與期待。與男作家筆下的理想人物比，左維明的特色首先在於生平不近二色，作者對這一點十分在意，反複寫其在這方面經受的「考驗」，如狐精迷惑有三次之多，「賤婢」引誘竟達五次，還有妓女的陷阱、宮女的詭計、淫尼的牢籠等，幾乎終其一生都要接受「忠貞」的檢驗。當然，左維明過一關又一關，從無「失足」，從而完成了自

───────────────

〔註17〕 這一情節與曹禺《雷雨》中周樸園逼迫繁漪一節極為相似。

己的高大、完美、理想的形象（當然，也就是作者心目中的理想形象）。《天雨花》的作者不僅安排左維明順利通過一次次「考驗」而終於「守身如玉」，還多次讓左維明就此直接表態，立誓不近二色——如果出自男性作家之手，就有些不可思議了。

　　寫家庭生活難免寫到性。明清的世情小說十之七八有穢筆。即使高雅如《紅樓夢》，也不免有所點染。而《天雨花》卻大不相同，全書凡涉及夫妻生活的地方，純用含蓄筆法，絕無穢褻。如寫左維明與桓氏久別後的初夜，寫左儀貞新婚之夜，千餘字的篇幅，並無一語近褻，著眼之處都是在「意密情深」、「情如蜜」，而落筆則全在一種幸福氛圍的渲染——不寫性而只寫情，這應是那個時代女作家區別於男作家的標誌之一。作品中偶而涉及性生活時，作者的態度也與當時一般小說迥異。如第七回，左維明以在外久曠爲理由，堅持要與夫人同寢；而夫人則以懷孕須注意「胎教」爲說，拒絕其要求。這一段圍繞「胎教」之是非，作者津津樂道寫了一萬餘字，而中心是對夫妻對性生活的不同態度，以及在性生活中的主導權問題。對這個話題，作者站在女性的立場，表現孕婦自我保護的意識，更是通俗文學中絕無僅有的。

　　總之，從《天雨花》文本所流露的性別意識看，具有相當鮮明的女性特色，與當時（甚至古今）的男性作家的作品大不相同，成爲女性寫作的典型文本，可以作爲我們研究現代家庭文學的性別視角時的重要參照物。

第五節　對現代作家的影響舉隅

　　上面對中國傳統的家庭觀念及其在文學中的表現作了粗粗的一個縷述，作爲下文展開的一個背景。「五四」之後的作家們無不同時感受著兩個異質文化——廣義的西方文化與自身的傳統文化的影響力。表面看來，「五四」的思想「沖決羅網」，文章棄文言而崇白話，而傳統文化與古典文學的影響主要是反面的。其實並不是那樣簡單，上面提到的古代家庭文學作品對現代作家的正面影響力便相當可觀。以下拈出數例。

　　俞平伯在《重印〈浮生六記〉序》中〔註18〕，由作品所寫的家庭悲劇討論到家族制度與家庭功能：

　　　　作者雖無反抗家庭之意，而其態度行爲已處處流露於篇中，故

〔註18〕以下均見北京出版社，2003 年版《浮生六記》附錄。

絕妙一篇宣傳文字也。原數千年中家庭之變，何地無之，初非遍近始然，特至此而愈烈耳。

放浪形骸之風本與家庭間之名分禮法相枘鑿，何況在於女子？更何況在於愛戀之夫妻？即此一端足致衝突，重以經濟之軋轢，小人之撥弄，即有孝子順孫亦將不能得堂上之歡心矣。

因此聯想到中國目今社會，不但稀見藝術之天才誕生，而且缺乏普遍美感的涵泳。解釋此事，可列舉的原因很多。在社會制度方面，歷來以家庭為單位這件事，我想定是主因之一。讀《浮生六記》，即可以得到此種啓示。

聚族而居的，人愈多愈算好，實在人愈多便愈糟。個人的受罪，族姓的衰頹，正和門楣的光輝成正比例，這是大家所審知的。既以家爲單位，則大傢夥兒過同式的生活，方可減少爭奪（其實仍不能免）；於是生活的「多歧」「變化」這兩種光景不復存在了。單調固定的生活便是殘害美感之一因。多子多孫既成爲家族間普遍的信念和希望，於是婚姻等於性交，不知別有戀愛。卑污的生活便是殘害美感之二因。依賴既是聚族而居的根本心習，於是有些人擔負過重，有些人無所事事。遊惰和艱辛的生活是殘害美感之三因。禮教名分固無所不在，但附在家庭中的更爲強烈繁多而嚴刻，於是個性之受損尤巨。規行矩步的生活便是殘害美感之四因。其他還多，恕不備舉了。

綜括言之，中國大多數的家庭的機能，只是穿衣、吃飯，生小孩子，以外便是你我相傾軋，明的爲爭奪，暗的爲嫉妒。不肯做家庭奴隸的未必即是天才，但如有天才是決不甘心做家庭奴隸的。《浮生六記》一書，即是表現無量數驚濤駭浪相衝擊中的一個微波的銀痕而已。但即算是輕婉的微波之痕，已足使我們的心靈振蕩而不怡。是呻吟？是怨詛？是歌唱？讀者必能辨之，初不待我的嘵嘵了。

從《浮生六記》中看到舊的家族／家庭制度的嚴重弊端，而歸結到對於民族的創造力和審美能力的束縛、戕害，頗有獨到的見地。他把《浮生六記》看作是「絕妙一篇宣傳文字」，既反映出他自己受其影響的心理狀況，也在一定程度上揭示出這部作品對當時知識階層的廣泛影響。前面已經提到，林語堂在三十年代後期本擬著手翻譯《紅樓夢》爲英文的，讀《浮生六記》後，暫

時放下了原計劃而改為英譯《浮生六記》，也可見喜愛的程度。這裡就同時可以看出西方思想與本民族古典作品在同一問題上的交集、呼應。

趙苕狂的《〈浮生六記〉考》明顯受到俞平伯的影響，不過他對家庭成員之個性與禮法的必然衝突講得更明白一些：

> 在這六篇文字之中，有二篇的性質是絕對的相反，並可互相作一對照。那就是第一卷《閨房記樂》和第二卷《坎坷記愁》這二篇。前者是自寫其閨房間的樂事，後者卻寫他歷盡坎坷，在一生中所遭遇到的拂逆之事。但是，這二篇實有相聯屬的關係的。原來，這中間孕藏著一個家庭問題在。
>
> 在中國歷來是採取著大家庭制度的，可是，在這大家庭中充上一員，而要能一無風波的相處下去，實不是一樁容易的事情。本書作者的所以遭坎坷，不得於家庭，實是一個大原因。而他的所以不得於家庭，他們夫婦倆都生就了浪漫的性情，常與大家庭所賴以維持的禮法相相枘鑿，又是一個大原因。這一來，夫婦倆沆瀣一氣，伉儷之情固然愈趨愈篤，但與家庭間卻愈成水火之勢了！
>
> 舊家庭所崇尚的是禮法，又怎能把這一類的情形看得入眼？自然，一切厭惡之根，都種於此的了。
>
> 由此看來，這大家庭制度，實是要不得的一件東西！在這大家庭制度下，產生不出別的甚麼來，只不過養成了一種依賴的習慣，造出了一種苦樂不平均的局面，弄出不少明爭暗鬥的怪劇來罷了。而作者關於這種家庭問題，看他雖是很隨意的寫來，其實卻不是出自無因，他在本書中所揭示的，實是含著一種很嚴重的意味的。

從古典文學作品中看出禮法制度、家族制度的非人性，看出其走向崩解的必然性，也說明文學傳統的多方影響力。

徐志摩在三十年代初因胡適的推薦讀到了《醒世姻緣傳》〔註19〕，他描寫自己和太太閱讀時入迷的樣子：

> 我一看入港，連病也忘了，天熱也忘了，終日看，通宵看，眼酸也不管，還不時打連珠的哈哈。太太看我這瘋樣，先是勸，再來是罵，最後簡直過來搶書……一連幾天我們眼看腫，肚子笑疼。書是真好，……書是真妙，我們逢人便誇，有時大清早或半夜裏想起

〔註19〕 以下均見上海古籍出版社，1981 年版《醒世姻緣傳》附錄。

書裏的妙文，都掌不住大笑。

他不僅是欣賞、入迷，而且從中引發了對家庭問題的深入思考。他在《〈醒世姻緣傳〉序》中講：

> 人與人要能完全相處如同夫妻那樣密切，本是極柔纖極費周章的一件事。在從前全社會在一個禮法的大帽子底下做人的時代，人的神經沒有現代人的一半微細和敏銳，思想也沒有一半自由和條達，那時候很多的事情可以含混過去，比較的不成問題。現在可大不同了。禮法和習慣的帽子已經破爛，各個人的頭顱都在挺露出來，要求自由的享受陽光與空氣。男女的問題，幾千年不成問題，忽然成了問題』而且是大問題——狹義的婚姻以及廣義的男女——不解決，現代人說，我們就不能條暢的做人。
>
> 說到婚姻，更不知有多少人們明知拖延一個不自然的密切關係是等於慢性的謀殺與自殺，但他們也是懶得動，照樣聽憑自然支配他們的命運。他們心裏盡明白，竟許口裏也盡說，但永遠不積極的運用這辛苦得來的智慧。結果這些組成社會的基本分子多半是不自然，彎曲，歪扭，疙瘩，怪癖，各種病態的男女。
>
> 這分明不是引向一個更光明更健康更自由的人類集合生活的路子。我們不要以為夫妻們的不和順只是供給我們嬉笑的談助，如同我們欣賞《醒世姻緣》的故事；這是人類的悲劇，不是趣劇。在這方面人類所消耗的精力，如果積聚起來，正不知夠造多少座的金字塔，夠開多少條的巴拿馬運河哩！
>
> 我們總得向合理的方向走。我們如果要保全現行的婚姻制度，就得盡數尊重理性的權威，那是各種新習識的總和。在它的跟前，一切倫理的道德的宗教的社會的習慣和迷信，都得貼伏的讓路。事實上它們不讓也得讓；因為讓給理性是一種和平的演化的方式，如果一逢到本能的發作，那就等於逢到江河的橫流，容易釀成不易收拾的破壞現象。革命永遠是激成的。
>
> 話說回來，為要減少婚姻和男女的糾紛，我想我們至少應得合力來做下列幾件事：
>
> （一）我們要主張普及化關於心理、生理乃至「性理」的常識。
>
> （二）我們要提倡充分應用這些智識來幫助建設或改造我們的

實際生活。

（三）我們要使男女結合成爲夫妻的那件事趨向艱難的路。

（四）我們要使婚姻解除——離婚——趨向簡易而便利的路。

只有這樣做我們才可以希望減少「惡姻緣」，只有這樣做才可以
希望增加合式的夫妻與良好的結婚生活。

不但有感慨有批判，而且提出可供實行的家庭制度改良方案。如此認眞的態
度在當時的作家中也不是很多見的。

胡適在討論這部小說的時候，也對家庭問題提出了獨到的見解。他認爲
遺傳在家庭生活中的影響很大，有些問題是基因裏帶著的，所以當事人無可
奈何。他又考證了明清兩代關於離婚的法律法規，發現事實上男子「休妻」
的障礙很多，換言之，婦女的利益在法律上有一定的保障。無論這些觀點是
否全面、正確，都可以看出古代小說中的家庭描寫引起了這些現代作家的重
視，並有認眞的思考。

類似的評論我們還可以舉出很多，如茅盾、端木蕻良、張愛玲等對《紅
樓夢》的評論、鄭振鐸對《天雨花》的評論，等等。雖然各自的角度不同，
但這些承載著民族文化傳統的作品曾對他們的思想以至於創作產生過影響，
卻是十分明顯的事實。至於具體作品中受到影響的例子就更是不勝枚舉。以
大端言之，巴金、林語堂、茅盾、張愛玲等家庭題材作品多有借鑒甚或「克
隆」《紅樓夢》的地方；具體情節或是細節中受影響之處就更多了，如上文提
到的《京華煙雲》姚木蘭家庭生活的場景、情趣、《雷雨》中周樸園對待繁漪
的態度等處，不過這些都難免有見仁見智的可能，這裡就不一一贅述了。

第二章　背景（二）：近現代中國社會的「家庭變革」

第一節　中國「家庭變革」的曲折之路

　　早在戊戌變法前後，受西風東漸的影響，改良派便已經關注到「家庭改良」的話題。進入二十世紀，更有「家庭革命」、「取消家庭」等激進的主張提出。1904 年，《江蘇》第七期發表署名「家庭立憲者」的文章《家庭革命說》，大聲疾呼：「革命，革命，中國今日不可以不革命！中國今日家庭不可以不革命！」並且激昂慷慨地表示：「吾欲剚刃於頑父、囂母、劣兄、惡妻之腹，拔出吾數千萬青年於家族之阱，而登之於政治之臺也。」態度之激烈、決絕，實令後世讀者爲之驚詫。不過，由此卻也可以看出，作者所倡言「家庭革命」的主旨不在於討論家庭觀念應如何變更、家庭制度應如何改革之類的問題，而是要青年們掙脫家庭的約束得以投身於政治活動。同年，《女子世界》第四期發表署名「丁初我」的文章《女子家庭革命說》，響應前者亦作疾呼：「噫嘻吁！革命！革命！家庭先革命！」此文思路頗類於前者，懷疑可能出於同一人之手。與前文相比，迥乎相異之處在於本文是從女性角度來討論問題，如：「同胞乎！女子乎！欲革國命，先革家命；欲革家命，還請先革一身之命。有個人之自治，而後有團體之建設；有不依賴之能力，而後有眞破壞之實行。」與此同時，也有開始深入家庭問題的內部，討論諸如婚姻制度、宗法制度等具體問題的文章，如《論婚禮之弊》〔註1〕中開列出當時婚禮

〔註 1〕陳王《論婚禮之弊》，《覺民》第一至五合刊本。見《辛亥革命前十年間時論選集》第一卷下，三聯書店，1978 年。

的六條「通弊」：「男女不相見之弊」、「父母專婚之弊」、「媒妁之弊」、「聘儀
奩贈之弊」、「早聘早婚絀節之弊」、「繁文縟節之弊」，並進一步指出，這些
弊端的根源與國家、社會的「自由」還是「專制」密切相關。又如《婚姻改
良論》指出：「夫現在婚姻之弊，所應改革者，其事固甚多，而其最要者，約
而舉之，有三者焉：一、早婚之弊，急宜改革也。……賣婚之弊，急宜改革
也。……婚姻專制之弊，急宜改革也。」

　　在這一時期，作爲「家庭」話題的一個重要側面，「婦女解放」、「男女平
等」的呼喊聲響特別突出。1902 年，《女學報》在上海問世。其後，陸續有《中
國新女界》、《中國女報》、《女界月刊》、《二十世紀之中國女子》等專題性報
刊出現。這些平臺彼此呼應，使得性別問題逐漸成爲有識之士關注的社會改
革問題之一，也使得家庭改革話題連帶被更多人思考。

　　把家庭制度的變革、家庭觀念的變革同社會革命密切關聯的主張，在辛
亥革命之後持續發酵，並開始有了具些許實質性的舉動。辛亥革命後，民國
開元不久，即有「中華民國家庭改良會」宣告成立。該會宗旨爲「本人道主
義，改良家庭慣習，實行男女平等，以圖謀社會之發達」。這一舉動得到了孫
中山等人的支持，而該會制訂並公佈的《中華民國家庭改良會暫行草章》雖
爲篳路藍縷之作，但在事關家庭制度、家庭觀念等重要問題上，還是提出了
一些可貴的主張。如家庭制度方面，《草章》明確提出：「男女同有繼承權，
成年者有財產獨立權」、「厲行一夫一妻制」。在保障女性權益方面，還提出了
「實施男女平等教育」、「婚姻自由」、「守義、守節、守貞聽其自由，父母翁
姑等不得強迫行之」等主張。這些雖不可避免地帶有一定程度折中的痕跡，
但還是集中反映了此前十餘年間婦女爭取解放的要求。在《草章》上署名的
「贊成人」包括孫文、蔡元培、袁世凱、黎元洪、黃興、段祺瑞、馮國璋、
宋教仁、章炳麟等。這個名單雖然流品不齊，從事後的表現來看，對「家庭
改良」的態度也是真僞摻雜，但可以肯定的是，當時的風雲人物大半在《草
章》上署了名。這反映出辛亥革命帶來的社會改革的願景已經直接折射到家
庭改革的話題上。儘管日後中國社會的變革歷經曲折，使得這一願景長時間
仍在很大程度上停留於紙面，但畢竟邁出了重要的一步。由於「改良會」成
立的契機、參與其事者的份量，這些主張對於其後家庭變革的影響還是不應
低估的。

　　不過，在接下來的兩三年裏，隨著政局的動蕩，民國政府被北洋軍閥把

持，而社會中百餘年間積累的陳腐勢力乘機反撲，社會改革陷入了停頓甚至倒退的狀態，家庭變革的勢頭也便同樣遭受嚴重挫折。1912 年 9 月，就在「改良會」成立、《草章》頒佈剛剛半年之時，袁世凱便頒佈了《尊崇倫常令》，提出：「中華古國以『孝悌忠信禮義廉恥』為人道之大經。政體雖更，民彝無改。……惟願全國人民恪守禮法，共濟時艱。」一個月後，「孔教會」在上海成立。其成員包括大批知名的遜清遺老。康有為擔任總會長，張勳為名譽會長。1913 年 6 月，袁世凱頒佈《通令尊崇孔聖文》，指斥辛亥革命之後「世風日下」，「以不服從為平等，以無忌憚為自由」，「彼邪充塞，法守蕩然」。次年，復下令中小學一律要尊孔讀經。與此同時，北洋政府頒佈《褒揚條例》，規定對於「孝行卓絕著聞鄉里者」、「婦女節操貞烈可以風世者」、「耆年碩德為鄉里矜式者」，由大總統給予褒揚獎勵，乃至於建坊立碑。數月後，袁世凱再次強化「尊孔復古」的勢頭，頒發《祭孔令》，其中明顯表現出對家庭變革的敵視：「中國數千年來立國之本在於道德，凡國家政治、家庭倫理、社會風俗，無一非先聖學說發皇流衍。……近自國體變更，無識之徒，誤解平等自由，逾越範圍，蕩然無守，倫常淪棄，人欲橫流，幾成為土匪禽獸之國。」1914 年 10 月，參政嚴復在參議院提出《導揚中華民國立國精神建議案》，主張「以『忠孝節義』四者為中華民族之特性，為立國之精神」。議案通過後，袁世凱於 11 月就此發佈「箴規世道人心」告令，提出「積人成家，積家成國」，「由其道而行之，即古所謂忠臣孝子，節義之士；反其道而行之，即古所謂亂臣賊子、狂悖之徒」。其可注意之處，一是封建倫常極力在「民國」軀殼內全面復活，全面復辟；二是在此復辟的擘劃中，十分明確地把家庭道德、家庭觀念的復辟置於重要的位置。顯然，這些都與袁世凱稱帝前那一系列的輿論造勢、思想倒退、政治復辟活動密切關聯的。

隨著袁氏復辟帝制妄想的破滅，思想文化的復古倒退逆流也鋒芒頓斂，而革命派又重新活躍起來。「家庭革命」再次成為輿論的一個焦點。在這一波「改革」新潮中，《新青年》成為了最重要的輿論陣地。

就在全國討袁護國的聲浪中，1916 年初，陳獨秀在《青年雜誌》（《新青年》的前身）撰文《1916 年》，重提對「三綱」的批判：「儒家三綱之說，使民為君、子為父、妻為夫之附屬品，而無獨立之人格；忠、孝、節皆非推己及人之主人道德，而以屬人之奴隸道德也。」文中號召青年人「尊重個人獨立自主之人格，勿為他人之附屬品」。次年，他又在《新青年》雜誌撰文《調

和論與舊道德》，尖銳批判封建道德：「忠、孝、貞節三樣，卻是中國固有的舊道德，……中國人的虛偽、利己，缺乏公共心、平等觀，就是這三樣舊道德助長成功的；中國人分裂的生活，偏枯的現象，一方無理壓制、一方盲目服從的社會，也都是這三樣道德教訓出來的。」這一年，《新青年》雜誌從第3卷第3號起，開設了《女子問題》專欄，專門針對性別話題，特別是女性與家庭的話題展開討論。專欄的首期刊登了孫鳴琪的《改良家庭與國家有密切關係》、陳華珍的《論中國女子婚姻與育兒問題》、吳曾蘭的《女權平議》、高素素的《女子問題之大解決》等文章，明確地把婦女解放與家庭問題聯繫在一起，同時又把家庭制度的改良、女性地位的提高與整個社會的進步、國家的改革聯繫到一起。而在同年第6卷第4號，就此專欄發佈徵稿啓事，對這些觀念進一步明確：「女子居國民之半數，在家庭中尤負無上之責任。欲謀國家社會之改進，女子問題固未可置諸等閒。」《新青年・女子問題》專欄的徵稿啓事列出十個「關於女子諸重大問題」，其中八個是女性在家庭中的問題，如「結婚、離婚、再醮、獨身生活、避孕、姑媳同居、法律上女子權利」等。可見，此時人們對家庭問題的思考更加具體，更加深入了。其後，在上海、北平等一些大城市中，先後成立了「家庭研究會」一類的組織，可見對家庭觀念、家庭制度的改革漸次成爲社會輿論的熱點。

1919年的「五四運動」給「家庭改革」的思潮注入了更大的動力，而這一年中發生的李超、趙五貞兩椿慘劇引發了更多有識之士對此的關注。李超是北京國立高等女子師範學校的學生，因爲身爲女性沒有財產繼承權，被堂兄繼承家業後逼迫其輟學出嫁，不肯屈從又無路可走，貧病交加而死。趙五貞則是某長沙市民之女，不滿於父母包辦的婚姻，自殺於花轎之中。事情發生後，給本已蔓延全國的批判舊倫理、改革舊家庭制度的熱潮火上澆油。李超去世三個月後，北京學界在女高師舉辦了聲勢浩大的李超追悼會，參加者超過千人。會上特邀蔡元培、陳獨秀、胡適、蔣夢麟、李大釗做演講，還散發了胡適所撰的《李超傳》。胡適這篇長文在《晨報》連載了三天，影響很大。文章從李超悲劇談到家庭制度問題，特別批判了「家長族長的專制」，同時呼籲應給予「女子承襲財產的權利」與接受教育的權利。趙五貞自殺事件發生後，長沙《大公報》迅即以《新娘輿中自刎之慘聞》爲題進行報導，並發表評論批判舊婚姻制度。毛澤東就此連續發表九篇評論文章，呼籲青年們起來打破圍迫他們的家庭與社會的「鐵網」。

　　《新青年》等報刊的鼓動，社會、政治的現實變動，給青年指出了另一種生活的可能性。趙五貞死後半年多，長沙另一名女青年李欣淑「自從看了五卷《新青年》雜誌」，「就不滿意」自身生存的環境，毅然離家出走，並公開登報聲明：「我於今決計尊重我個人的人格，積極同環境奮鬥，向光明的人生大道前進。」她到北京後，找到胡適並得到其資助。這可以看作「新文化運動」衝擊舊家庭制度、舊家庭觀念的情勢的一個縮影。

　　當「新文化運動」退潮時，保守的勢力再次捲土重來。以評價「新文化運動」為契機，以中西文化優劣為話題焦點的爭論幾乎延續了整個二十年代。《學衡》雜誌的主編吳宓撰文《論新文化運動》，稱：「近年國內所謂新文化運動者焉，其持論則務為詭激專圖破壞……長此以往，國將不國。」而梁漱溟更是寫出了《東西文化及其哲學》的專書，引發了波及廣泛的爭論。在這場爭論中，家庭倫理與家庭制度也是焦點之一。梁漱溟極力稱贊中國傳統家庭倫理，認為：「孔子的倫理，實寓有他所謂絜矩之道在內，父慈，子孝，兄友，弟恭，總使兩方面調和而相濟，並不是壓迫一方面的」，「不講什麼權利義務，所謂孝、弟、禮、讓之訓，處處尚情而無我」，「家庭裡社會上，處處都能得到一種情趣。」吳宓則主張：「孔孟之人本主義，原係吾國道德學術之根本」，「以為吾國新社會群治之基」，「（婚姻）必有父母之命，媒妁之言，或他種禮節」，「至於家庭及離婚之事……以毋傷于忠恕信義之道為限。」這些言論遭到了激進派的駁斥。嚴既澄在《評東西文化及其哲學》一文中尖銳指出，梁漱溟對中國傳統家庭倫理及家庭狀況的描述、評價「太恭維過份了」，「難道梁君未曾聽見過那些兄弟爭產，朋友算計翻臉，種種對敵結仇的事情嗎？家庭裏的嫉視暗算種種苦痛，差不多隨在而是，難道梁君也不曉得麼？」瞿秋白在《東方文化與世界革命》中，試圖用歷史唯物主義的方法來揭示「宗法社會的文化早已處在崩壞狀態之中」，「宗法社會及封建制度的思想不破，則於帝國主義的侵略無法抗拒」。胡適、陳獨秀、魯迅等也參與到這場爭論之中。

　　思想文化的分歧、衝突也反映到這個時期的立法過程中。北洋政府 1925年頒佈了《中華民國民法草案》。南京國民政府建立以後，從 1928 年開始著手編訂民法，到 1931 年才最終制定、推出《中華民國民法》。這兩部法典都借鑒了國外的經驗，也程度不同地反映出社會的變化與時代的進步。從關乎家庭制度的條規來看，比起晚清的《民律草案》，差異是十分明顯的。從積極

的方面講，《中華民國民法》對家庭制度的法律性表述與規定，可以說是三、四十年間各界有識之士為「家庭改革」呼籲、奮鬥的成績、結果。例如通過對家庭中親屬關係的分類與親疏計算，從制度上確定了夫妻地位的平等；又如「親屬法」第 1049 條、第 1052 條規定了女性離婚的權利，明確保護了婦女的基本權益。其他如婚姻自主、反對早婚、女子財產繼承權等，也都通過法律條文成為社會帶有一定強制力的準則。相對於當時中國社會的現狀，這些法律條文毋寧說是超前的、帶有理想色彩的。但是，也應該指出，社會上有關的思想文化爭論在立法中留下了相互妥協的痕跡。如北洋政府《民法草案》中雖有婚姻自主的條規，但又補充以子女訂婚必須父母允諾的規定。又如南京政府的《民法》，雖然比起「草案」有很大提升，但在以「家族主義」還是「個人主義」作為立法基礎的問題上，討論了兩年，最終採取了折中的路線──採用家族主義的提法，但把個人主義的內容摻雜其間。在一定程度上，《中華民國民法》的制定與頒佈，雖然遠不能解決中國社會轉型中的家庭改革問題，但似乎基本結束了在這個問題上的正面的爭論。

料想不到的是，《民法》頒佈的三年之後，一些老話題又在新語境下再起波瀾。這就是南京政府在蔣介石的直接倡導下，開展「新生活運動」，給「家庭改革」與「婦女解放」都帶來了新變數。這一運動自 1934 年 2 月開始，歷時十餘年，對於中國人的社會生活產生了一定的影響。所謂「新生活」，包括了兩個層面：一個是精神層面，提倡傳統道德，「恢復禮義廉恥」；一個是行為層面，提出生活的「軍事化」、「生產化」、「藝術化」，以半強制的方式改變社會風俗習慣。關於這一運動的目的以及得失成敗，論者頗多，是個見仁見智的複雜問題。在這裡，我們只討論前面提到的與婦女、家庭有關的話題。這個話題對應於上面所講的兩個層面，新生活運動對於婦女、家庭也表現為兩個方面。一個方面是由於政府強力提倡傳統道德，使得一度聲勢衰頹的守舊派捲土重來。1935 年北平市長提出禁止男女同學、同泳，開辦以培養賢妻良母為目標的女子學校。廣州等地也相繼跟進，出臺類似地方法規，甚至禁止男女攜手同行。而在行為層面，由於蔣介石本人力主反對奇裝異服，便出現了「楚王細腰」、層層加碼的現象，如禁止婦女燙髮，禁止穿短袖衣裙等。這些不切實際的倒行逆施激起了開明人士，特別是女界的反彈。多個婦女組織聯合發表聲明，反對北平市「男女分校」的舉措，很多學校也上書教育部明確反對。而後，隨著抗日戰爭的全面爆發，這些話題迅即被擠到了無人問

津的邊緣。不過，新生活運動也有一些正面的效果。如反對奢華的婚禮，如成立「婦女指導委員會」，並堅持了較長期的活動等﹝註2﹞。

幾乎與「新生活運動」開幕同時，上海發生了一起震驚全國的人倫慘案，適足說明舊勢力的頑固與強大。《申報》館英文譯員秦理齋在上海病逝後，住在無錫的秦的父親要兒媳龔尹霞回鄉守節，龔為了子女在滬讀書等原因不肯回去。秦父多次嚴厲催迫，搬出禮法、神權等相威脅，最終導致龔和二子一女四人一同服毒自殺。此事發生後，竟有不少人指責龔氏行為不當。魯迅先生為之勃然，直斥其為「黑暗的主力」、「殺人者的幫兇」。

回顧從晚清到民國數十年的時段中，關於家庭制度、家庭觀念的變革始終是一個社會關注的焦點話題。如果我們把辛亥革命後「中華民國家庭改良會」成立看作變革的一個標誌性「節點」，把《中華民國民法》的頒佈看作另一個標誌性節點的話，對比二者在社會輿論背景、影響社會的力度等方面的差異，分析二者之間發生的起伏、迴旋的種種「事件」，就會發現半個世紀的「家庭變革」所具有的三個突出特點：

第一個特點是與政局的密切關聯。由於複雜的歷史原因，我國古代兩千多年裏，形成了「家」「國」同構的文化傳統。「三綱」之說便是其集中的表現，「以孝治天下」便是統治者對此加以利用的典型手法。正因為如此，當革命者面對專制皇權的時候，他們自然而然地發現了專制的深厚而又廣闊的基礎乃在家庭制度之中──「君」、「父」，正是無所不在的「父」支持著那高高在上的「君」。於是就有了「欲革政治之命者，必先革家族之命」的口號。而這一道理同樣被專制的擁躉們所窺見。他們便反其道而行之，把穩定鞏固家族、家庭的舊倫理、舊秩序作為鞏固或是復辟政治專制的重要手段。袁世凱政府提出的「積人成家，積家成國」反映出政治上的反動派對於家庭問題同樣自覺的態度。正因為如此，這半個世紀裏，家庭話題（當然也有行動）的「拉鋸戰」完全與政局同步、共振。使用政治手段，干預家庭（家族）制度，為統治利益服務，北洋政府與南京政府實際上如出一轍，只是話語形式不完全相同罷了。這方面最為典型的事例是在 1932 年，就在《中華民國民法》頒佈不久，南京國民政府發佈了施行保甲制的「訓令」：「我國農村家族制度本

﹝註2﹞ 1936 年春，中國國民黨為有效動員婦女參與新生活運動，在新生活運動促進總會下另設「婦女指導委員會」，工作內容包括組織婦女參與新生活運動的有關工作、編輯刊物、培訓人員等。抗戰爆發後，成為以抗敵救亡為主要任務的婦女組識。

極發達,今猶牢守。欲謀地方安定,只有沿用家族制度中之家長以爲嚴密民眾組織之基礎,乃可抓簡而馭繁。否則事事均須直接個人,一切付諸全民公決,非特一盤散沙,無從掌握,且恐絕對無法應付目前嚴重紛亂之環境。」明確指出家族制度對於國家專制的基礎意義,同時公然鼓吹家長的專制權力,與「民法」中關於家庭問題的表述完全背道而馳。聯想到一兩年前在討論「民法」時關於家族本位還是個人本位的持久爭論,我們自當恍然大悟:那不是純粹的學理、法理的討論,而是與現實的政治需要緊密相關。同時,我們也就對「民法」在現實生活中推進家庭變革的實際作用不會抱太高的期待了(註3)。

第二個特點是受西方思想、觀念的巨大影響。毋庸諱言,我國的現代化進程整個是在「西風東漸」的大背景下完成的。正是由於列強的堅船利炮轟開了古老沉重的國門,幾代先覺者才得以「睜開眼看世界」,才發現了完全不同的生存方式、思想文化與價值體系。促使東方睡獅清醒當然不是列強們的初衷,但歷史的發展就是如此弔詭。西方人的家庭生活,西方人的戀愛與婚姻,西方人的性別態度,西方人對於家庭制度的種種學說,都在自由、平等、人權的大旗下,吸引著、影響著那幾代人走上「家庭變革」的道路。這種情況的正面意義是顯而易見的。西方文化的強勢,使得這一變革過程始終得到源源不斷的推動力。既包括思想上的激進派、開明派獲得的思想資源與理論動力,更表現爲附著在物質文明、舒適生活上的示範性,後者直接影響到有權有勢的社會階層──例如沿海大城市中的婚姻形式、家庭制度,以及社會交際、文娛活動等,又通過他們「示範性地」向社會中下層輻射。儘管在二十年代對西方文化之價值與影響有過長時間的爭論,但絲毫沒有削弱其強勢地位。不過,這種影響也有負面的後果,就是對民族文化傳統的全盤否定。表現在家庭觀念、家庭倫理的變革方面,就是簡單化地否定舊式家庭中親情、關愛、互助的價值,以及孝道中合理的成分,盲目照搬西方的一切,於是陷入了片面、極端的泥沼,也脫離了大部分民眾的接受範圍。

第三個特點是全國的不平衡。沿海與內地,東部與西部,城市與農村,社會上層與草根大眾,彼此之間無論是在思想認識層面,還是訴諸行動的變

〔註 3〕 聞鈞天《中國保甲制度》,商務印書館,1936 年版。轉引自《中國家庭史》第五卷,鄭全紅著,廣東人民出版社,2007 年。

革層面，都有相當大的差距。如果考慮到 1927 年之後出現的紅色割據因素，全國範圍的不平衡便更加嚴重且複雜了。

　　以上只是對晚清到三十年代「家庭變革」情況的鳥瞰式描述，而由這一簡略的描述中我們強烈感受到中國「家庭」變革之路的不平坦。在此基礎上，我們再進一步就期間「家庭理論、觀念」變革的情況，以及現實生活中家庭制度變遷的情況，分別做更為具體的闡述與分析，以之作為文學家庭書寫的大背景。

第二節　近現代中國家庭觀念的變革

　　半個世紀的家庭變革，主要表現在三個維度上：即觀念的變革、制度的變革，以及生活實況的變革。三個維度緊密相關，但又各循各的軌跡。相比之下，最具活力，走得最早，走得最遠的是家庭觀念的變革。而最為緩慢，呈現被動局面的是制度層面的變革。生活實況變革的特點則是因地域、階層而差異巨大。

　　中國家庭觀念的變革受到兩方面因素的強力促進。一方面是政治變革、社會變革的因素。清王朝的急速崩解，帶動了傳統觀念的全面崩解；「家」「國」同構的傳統又把革命者的關注點自然引向了家庭。另一方面是西方思想觀念的影響。就家庭觀念而言，西方的影響主要地與其說是某些理論著述，毋寧說是這些洋人實際生活狀況的「現身說法」。在這種意義上，「榜樣的力量是巨大的」，何況這種榜樣是伴隨著財富與力量的優勢而呈現。

　　在上一節，我們鳥瞰式地描述了家庭變革的半個世紀曲折之路。其中也提及了每個階段家庭觀念的變革與博弈。下面稍微集中一些，就最核心的話題稍微具體介紹幾個代表性觀點。

　　第一個，對於「綱常」與「孝悌」的批判。

　　中國傳統的家庭觀念，是倫理本位的；而倫理體系中，又是以「孝」為核心的。漢代以後的統治者，幾乎無不倡言孝道。「三綱」之中，「父為子綱」、「夫為妻綱」講的是家，「君為臣綱」講的是國，而「家」是「國」的基礎，家裏的倫常穩固了，百姓便習慣於服從權威，國的倫常也必隨之而安。封建統治者因此往往把「百善孝為先」之類的格言意識形態化，並輔之以「二十四孝圖」等，與民間自發的孺慕之情滲透融合，成為了具有中國特色的家庭觀念。而晚清以來，凡致力於社會改革、國家革命者，無不深深感到舊的「孝

道」與封建君主制度的合謀；而致力於家庭改革者，又無不深深感到來自更深層的觀念上的阻力。於是，在三四十年間，對「綱常」、「孝悌」的批判不絕於耳，而維護「綱常」、「孝悌」的呼聲也時囂塵上。這種批判與輿論交鋒在「五四」前後達到了高潮。

批判的第一個重點即在揭露封建孝道與專制統治之間的關係。這方面以吳虞的幾篇文章影響最大。他在 1917 年 2 月的《新青年》上發表《家族制度為專制主義之根據論》，其中尖銳指出了：

> 夫孝之義不立，則忠之說無所附；家庭之專制既解，君主之壓力亦散，如造穹窿然，去其主石，則主體墮地。

三年後，他又撰寫了《說孝》，發表於 1920 年 1 月的《星期日》。其中有更為具體的分析與批判：

> 有子說：「其為人也孝悌，而好犯上者鮮矣；不好犯上而好作亂者，未之有也。孝悌也者，其為仁之本歟？」《集解》說：「上，是凡在己上的。孝悌的人，必然恭順，犯上必少。」程子說：「孝悌是順德，所以不好犯上，自然不會有逆亂的事。」就這樣看來，他們教孝，所以教忠，也就是教一般人恭恭順順的聽他們一干在上的人愚弄，不要犯上作亂，把中國弄成一個「製造順民的大工廠」。孝字的大作用，便是如此！
>
> 他們就是利用忠孝並用、君父並尊的籠統說法，以遂他們專制的私心。君主以此為教令，聖人以此為學說，家長以此為護符。卻怕有人看破他們的手段，揭開他們的黑幕，於是又把嚴屬圖圍的話來威嚇壓制一般在下的人。

這就把家族制度與專制政治之間的聯繫，把統治者鼓吹孝道與製造順民之間的聯繫，揭示的清清楚楚。胡適為他的著作作序，稱他為「隻手打倒孔家店的老英雄」，可見他的言論在當時的影響力。

幾位後來成為共產黨創建者的人物，在這方面也有很尖銳、激烈的言論。由於他們此時已經程度不同地接觸到馬克思主義的唯物史觀，所以分析、批判的程度又較之吳虞為深。如陳獨秀 1915 年 12 月發表於《青年雜誌》的《東西民族根本思想之差異》，其中談到東方「孝道」形成的原因：

> 東洋民族，自游牧社會，進而為宗法社會，至今無以異焉；自酋長政治，進而為封建政治，至今亦無以異焉。宗法社會，以家族

為本位，而個人無權利，一家之人，聽命家長。《詩》曰：「君之宗之。」《禮》曰：「有餘則歸之宗，不足則資之宗。」宗法社會尊家長，重階級，故教孝；宗法社會之政治，郊廟典禮，國之大經，國家組織，一如家族，尊元首，重階級，故教忠。忠孝者，宗法社會封建時代之道德，半開化東洋民族一貫之精神也。自古忠孝美談，未嘗無可泣可歌之事，然律以今日文明社會之組織，宗法制度之惡果，蓋有四焉：一曰損壞個人獨立自尊之人格；一曰窒礙個人意思之自由；一曰剝奪個人法律上平等之權利；（如尊長卑幼同罪異罰之類。）一曰養成依賴性，戕賊個人之生產力。東洋民族社會中種種卑劣不法慘酷衰微之象，皆以此四者為之因。

指出「孝」與「忠」的關聯，又揭示其歷史必然性與歷史局限性，這顯然比起吳說要深刻一些。李大釗在 1920 年 1 月的《新青年》上撰文《由經濟上解釋中國近代思想變動的原因》，更加自覺地運用歷史唯物主義的方法：

中國以農業立國，在東洋諸農業本位國中，占很重要的位置，所以大家族制度在中國特別發達。原來家族團體，一面是血統的結合，一面又是經濟的結合。在古代原人社會，經濟上男女分業互助的要求，恐怕比性欲要求強些，所以家族團體所含經濟的結合之性質，恐怕比血統的結合之性質多些。中國的大家族制度，就是中國的農業經濟組織，就是中國二千年來社會的基礎構造。一切政治、法度、倫理、道德、學術、思想、風俗、習慣，都建築在大家族制度上作他的表層構造。看那二千餘年來支配中國人精神的孔門倫理，所謂綱常，所謂名教，所謂道德，所謂禮義，那一樣不是損卑下以奉尊長？那一樣不是犧牲被治者的個性以事治者？那一樣不是本著大家族制下子弟對於親長的精神？所以孔子的政治哲學，修身齊家治國平天下，「一以貫之」，全是「以修身為本」；又是孔子所謂修身，不是使人完成他的個性，乃是使人犧牲他的個性。犧牲個性的第一步就是盡「孝」。君臣關係的「忠」，完全是父子關係的「孝」的放大體，因為君主專制制度，完全是父權中心的大家族制度的發達體。……孔子的學說所以能支配中國人心有二千餘年的原故，不是他的學說本身具有絕大的權威，永久不變的真理，配作中國人的「萬世師表」，因他是適應中國二千餘年來未曾變動的農業經濟組織

反映出來的產物，因他是中國大家族制度上的表層構造，因爲經濟
上有他的基礎。

其他如毛澤東、瞿秋白等也都有這方面的犀利言論，對家庭觀念的蛻變、解
放起了很大的促進作用。

有批判就有辯護，吳虞、陳獨秀等當時都承受了巨大的輿論壓力。辯護
者往往以東西方文明各有優長立論，強調「孝道」的合理性。如梁漱溟在《東
西文化及其哲學》中鼓吹中國文化在物質層面與社會層面優於西方文化，證
據之一就是家庭倫理，包括「孝道」。他講：「孔子的倫理，實寓有他所謂絜
矩之道在內，父慈，子孝，兄友，弟恭，總使兩方面調和而相濟，並不是專
壓迫一方面的。……他不分什麼人我界限，不講什麼權利義務，所謂孝、弟、
禮、讓之訓，處處尚情而無我。……家庭裏，社會上處處都能得到一種情趣，
不是冷漠、敵對、算賬的樣子，於人生的活氣有不少的培養，不能不算一種
優長與勝利。」

針對這種情況，改革者對封建孝道批判的另一個重點便是具體指出其
弊端。早在辛亥革命前，鼓吹共和反對帝制的人士就在這方面有十分尖銳的
言論。1903 年 8 月，第九期《大陸》雜誌刊登《廣解老篇》，其中批判傳統
道德：

> 歐羅巴人有遊於支那者，喟然曰：異哉夫支那，乃有所謂三綱
> 以箝縛其臣民，箝縛其子弟，箝縛其婦女，何栽培奴性若此其深也！
> 異哉夫支那，親死而辟踴假哭如兒戲，斯已奇矣；乃復雇善哭者爲
> 之終日號，而操其業者如謳師。……歐人之言如是，吾聞其言而大
> 痛之。痛夫文勝之國莫不有虛僞之習俗，而我支那者尤文勝中之文
> 勝者也；專制之國莫不以虛僞爲元氣，而我支那者尤專制中之專制
> 者也。故保赤牧民以爲仁，束縛馳驟以爲禮，予知天縱以爲聖，順
> 民奴隸以爲忠，割股埋兒以爲孝，焚身殉葬以爲節，……竟積僞而
> 成人與人相食之世如今日者乎！

這一段批判的鋒芒所向甚廣。先是直斥「三綱」是在國家範圍內「箝縛」臣
民的工具，家庭範圍內「箝縛」子弟、婦女的工具，是把人性扭曲爲「奴性」
的統治工具。然後特別提出，當「孝道」成爲統治工具後，家庭中原本出於
天性的感情竟然淪爲表演的鬧劇；摧殘人性的「割股埋兒」、「焚身殉葬」卻
成了社會提倡的道德規範。最後，作者把這種道德扭曲的後果概括爲「人與

人相食」，從而產生振聾發聵的效果。當我們讀到「割股埋兒以為孝，焚身殉葬以為節」、「積偽而成人與人相食之世」之時，很自然會聯想到魯迅批判舊道德時的言論。考慮到《大陸》是一群留日學生所辦，當時魯迅赴日不久，這些人當屬所仰望的「前輩」，因此不排除受其影響的可能。二十年後，社會似乎有了大的進步，但文化上的困境卻又似乎依然，所以同樣的話題不斷被重複著，如嚴既澄的《評〈中西文化及其哲學〉》便就中國封建家庭倫理的虛偽性發難：

> 梁君所說的中國社會生活，以為「處處尚情而無我」，「家庭裏、社會上處處都能得到一種情趣」，那也似乎太把中國人恭維過份了。大概這些都只是表面的現象，骨子裏能當真這樣的，也是非常之少，正比西洋人強不得幾分。難道梁君未曾聽見過那些兄弟爭產，朋友算計翻臉，種種對敵結仇的事情嗎？家庭裏的嫉視暗算種種痛苦，差不多隨在而是，難道梁君也不曉得嗎？

指斥其虛偽之外，揭露其不合理的權力結構，即單向度地壓迫，單向度地服從。如陳獨秀 1917 年發表於《新青年》的《答傅桂馨》：

> 宗法社會之奴隸道德，病在分別尊卑，課卑者以片面之義務，於是君虐臣，父虐子，姑虐媳，夫虐妻，主虐奴，長虐幼。社會上種種之不道德，種種罪惡，施之者以為當然之權利，受之者皆服從於奴隸道德下而莫之能違，弱者多銜怨以歿世，強者則激而倒行逆施矣。

還有這種奴隸道德與社會的進步、科學的創新之間的衝突：

> 就這樣看來，孝的弊病是很多很大的了。講片面的孝，「父母在不遠遊」，美洲就沒人發現了。「身體髮膚，受之父母，不敢毀傷」，朝鮮就沒人鬧獨立了。「不登高，不臨深」，南北極就沒人探險，潛艇飛機也就沒人去試行了。

總之，當時對中國兩千多年的家庭倫理的基石——「綱常」與「孝悌」，進行了相當全面的分析批判，也達到了一定的理論深度。這對社會風氣的轉移，家庭制度的改革，具有重要的前提性意義。

第二個，是對大家庭制度，即「多世同堂」的批判。

對於中國當時是否存在普遍的「大家庭」制度，學術界頗有歧見。肯否雙方都做了社會調查，有數據為憑，但由於取樣地域、時段等技術因素的差

別，彼此缺少可比性。這個問題較爲複雜，此不詳論。不過可以肯定的是，在觀念上，在理想上，「多世同堂」的大家庭是傳統中國社會的楷模，是持傳統觀念者的嚮往。惟其如此，當時才有那麼多以此爲題材的文學作品，才會有以下的針對性很強的批判宏文。如陳獨秀 1915 年發表於《青年雜誌》的文章，十分尖銳地揭露這種大家庭「貌爲家庭和樂，實則黑幕潛張」的眞實情狀：

> 東俗則不然：親養其子，復育其孫；以五遞進，又各納婦，一門之內，人口近百矣。況夫累代同居，傳爲佳話。虛文炫世，其害滋多！男婦群居，內多詬誶；依賴成性，生產日微；貌爲家庭和樂，實則黑幕潛張，而生機日促耳。昆季之間，率爲共產，倘不相養，必爲世議。事畜之外，兼及昆季。至簡之家，恒有八口，一人之力，曷以肩茲？因此被養之昆季習爲遊惰，遺害於家庭及社會者亦復不少。交遊稱貸，視爲當然，其償也無期，其質也無物，惟以感情爲條件而已。仰食豪門，名流不免。以此富者每輕去其鄉里，視戚友若盜賊。社會經濟，因以大亂。
>
> 凡此種種惡風，皆以僞飾虛文任用感情之故。淺見者自表面論之，每稱以虛文感情爲重者，爲風俗淳厚之征；其實施之者多外飾厚情，內恒憤忌。以君子始，以小人終；受之者習爲貪惰，自促其生以弱其群耳。以此爲俗，何厚之有？以法治實利爲重者，未嘗無刻薄寡恩之嫌；然其結果，社會各人，不相依賴，人自爲戰，以獨立之生計，成獨立之人格，各守分際，不相侵漁。以小人始，以君子終；社會經濟，亦因以鑿然有敍。以此爲俗，吾則以爲淳厚之征也。即非淳厚也何傷？

三年後，李大釗也談到這個問題，特別指出，大家庭（或稱「大家族」）是與父權專制密切關聯的，同時又是與落後的生產力、生產方式相關聯的，故此社會的進步必然要打破這一家庭制度：

> 社會上種種解放的運動，是打破大家族制度的運動，是打破父權（家長）專制的運動，是打破夫權（家長）專制的運動，是打破男子專制社會的運動，也就是推翻孔子的孝父主義、順夫主義、賤女主義的運動。如家庭問題中的親子關係問題、短喪問題，社會問題中的私生子問題、兒童公育問題，婦女問題中的貞操問題、節烈

問題、女子教育問題、女子職業問題、女子參政問題，法律上男女
權利平等問題（如承繼遺產權利問題等）、婚姻問題——自由結婚、
離婚、再嫁、一夫一妻制、乃至自由戀愛、婚姻廢止——都是屬於
這一類的，都是從前大家族制下斷斷不許發生、現在斷斷不能不發
生的問題。原來中國的社會只是一群家族的集團，個人的個性、權
利、自由都束縛禁錮在家族之中，斷不許他有表現的機會。所以從
前的中國，可以說是沒有國家，沒有個人，只有家族的社會。現在
因為經濟上的壓迫，大家族制的本身已竟不能維持，而隨著新經濟
勢力輸入的自由主義、個性主義，又復衝入家庭的領土，他的崩頹
破滅，也是不能逃避的運數。不但子弟向親長要求解放，便是親長
也漸要解放子弟了；不但婦女向男子要求解放，便是男子也漸要解
放婦女了。因為經濟上困難的結果，家長也要為減輕他自己的擔負，
聽他們去自由活動，自立生活了。從前農業經濟時代，把他們包容
在一個大家族裏，於經濟上很有益處，現在不但無益，抑且視為重
累了。至於婦女，因為近代工業進步的結果，添出了很多宜於婦女
的工作，也是助他們解放運動的一個原因。〔註4〕

這樣的認識，在當時的條件下，可以說是完全佔據了理論的制高點。

　　家庭觀念變革的第三個重要領域是對性別關係的重新認識。如果從社會
關注度來講，這方面的討論無疑比前兩方面更多地吸引了社會各界的眼球。
在辛亥革命前與「五四」運動前，先後有兩次圍繞性別關係討論的熱潮。兩
次討論的內容大部分是相同的，甚至討論的深度也沒有太明顯的變化，顯示
出觀念變革的步履維艱。性別關係的核心是婚姻制度，這自然也是討論的中
心問題。這方面涉及的內容十分廣泛，諸如：自由戀愛與「父母之命，媒妁
之言」，早婚問題，童養媳問題，聘禮與買賣婚姻問題，婚禮的奢華與簡約問
題，離婚權利，貞操問題，一夫一妻制問題，等等。這些方面的討論，以批
判現實、控訴黑暗者居多，真正有所思考，具有一定理論深度的著述、文章
鳳毛麟角而已。這些議論對於社會風氣的轉移，是起到了明顯的促進作用，
但思想理論的膚淺甚至偏頗也是毋庸諱言的。由於當時論者的思想武器基本
靠舶來品，所以西方各種思潮也就都反映到了國內的論壇。如二十世紀初的
無政府主義思潮，就在國內性別關係討論中頗有影響。一些激進分子呼應西

〔註4〕1920年1月1日《新青年》。

方的「時髦」觀點，也提出了諸如「解散家庭」、「獨身主義」、「杯水主義」等主張。這些主張在當時起了雙刃劍的作用——對於破除舊觀念，啟迪新思想，表現出很強的「火力」；但不切實際、不近人情的觀點又給了舊勢力攻擊改革派以口實。

性別關係的討論還涉及到女性職業問題，女性教育問題，女性的繼承權問題，以及家庭財產歸屬等。在這些問題上，較有理論深度的探討同樣得益於唯物史觀的方法。如李超事件後，報刊上同情、哀悼李超或是抨擊其堂兄的文章甚多，但跳出就事論事窠臼進行深入思考的則不過陳獨秀等數人而已。陳獨秀在《新青年》上發表《男系制與遺產製》，分析事件背後的社會因素：

> 李女士底承繼的哥哥，固然是殘忍沒有「人」的心；但是我以為不能全怪他，我對於社會制度要發兩個疑問：（一）倘若廢止遺產製度，除應留嫡系子女成年內教養費以外，所有遺產都歸公有，那麼李女士是否至於受經濟的壓迫而死？（二）倘若不用男系制做法律習慣底標準，李女士當然可以承襲遺產，那麼是否至於受經濟的壓迫而死？李女士之死，我們可以說：不是個人問題，是社會問題，是社會底重大問題。

他認為悲劇的發生不是個別人——如李超堂兄的道德問題，而是有更深的社會制度的原因。因此婦女解放需要在改革社會制度的過程中實現，特別是法律、經濟制度的改變。這就把性別問題放到了一個更廣更深的社會事業中來認識了。

第三節　中國家庭制度、形態的漸變

清末民初的近半個世紀裏，伴隨著中國社會的巨大變革，中國的家庭制度、形態也發生了相應的變化。比起前述觀念、法制的變化，事實上的家庭制度、形態變化的幅度要小一些、慢一些。但是，變化的發生是毋庸置疑的。這表現在舊的大家族、大家庭的逐漸式微，小家庭（包括核心家庭——二人世界加年幼子女，以及主幹家庭——核心家庭加老人贍養）逐漸增多；也表現在婚姻制度的方方面面，如自由戀愛、離婚權利、婚姻財產安排、婚姻年齡等等；還表現在家庭中的人際關係、經濟關係等多個方面。這種變化如同觀念變化一樣，也有不平衡的特點，地域、城鄉的文化差別決定了家庭制度、

形態變化的不同步。不過這方面的變化一經開始，就不可逆轉，因爲家庭依附的社會大環境正在不可逆轉的變化著。

由於本書的重點在於討論文學中對於家庭的書寫，特別是這種書寫如何因性而別，所以只把現實生活中家庭觀念的變化、家庭制度形態的變化作爲背景進行簡單的介紹。好在這方面近年來已有多部力作，特別是張國剛教授主編的五卷本《中國家庭史》更是翔實深入的專題著作。所以本書在這一節裏並不面面俱到，而是對幾個和文學關係較爲密切的方面略加描述，爲下文準備一些參照意義的背景。

首先來看一看家庭規模的變化情況。

家庭形態的變化，從表面來看，主要是家庭規模的變化；而從內部來看，則是家庭主導關係的轉移。具體講，在近半個世紀中，中國家庭的規模是趨向於縮小，而內部的主導關係則更多地由男性代際關係（即父子關係）向異性婚姻關係（即夫妻關係）轉移。

這兩個方面，在學術界都有不同的看法。我們在此不作過多辨析，只就問題的由來，以及主流的看法做簡略介紹。

家庭規模問題，持質疑態度的學者主要觀點是：即使在中國古代，多世同堂也只是體現儒家社會、倫理理想的一個目標，在現實生活中是相當稀少的。他們的理由是，要維持這樣的大家庭，必須要兩個前提條件：一個是家境寬裕，上一代有足夠的經濟實力維持大家庭的運轉；另一個是有較高的道德約束力，足以控制內部必然產生的矛盾與離心傾向。一個家庭同時具備這兩個條件，即使在承平年代，也是相當困難的；何況稍有天災人禍，衝擊力更是大家庭難以承受的。所以，在那半個世紀中，家庭規模的變化其實並不大——因爲原來就沒有多少大家庭。而家庭內部關係與此密切關聯，既然沒有多少大家庭，那麼以父子關係爲主導的家庭自然也就不多，因而也就不存在主導關係轉移的問題。

這種看法不能說沒有道理，對於想當然以爲封建中國到處是四世同堂、五世同堂的觀點，自有救弊補偏的意義。但是，似乎又陷入了另一個極端。多世同堂確實在很大程度上具有儒家理想主義色彩，但也不能不承認，在古代農業文明的條件下，在宗法制度具有很強約束力的條件下，大家庭的存在也並不是鳳毛麟角。據筆者的調查訪問，二三十年代的北方農村，通常的情況是大家庭與小家庭並存——「交替性」並存。也就是說，下一代的男丁成

婚後，大多並不是馬上分家，而是幾個兄弟陸續成婚，甚或是有了下一代之後，大家庭方始解散，各個「核心小家庭」開始分炊另過。所以，家庭形態的變化主要並不是表現於剛性地大家庭與小家庭之比，而是這個「交替」發生的節點是否前移。當然，這是個非常複雜而困難的課題，因爲抽樣與分析的模型將不同於簡單數字統計或是比例，而當事人大多早已逝去。好在本書的要點並不在此，我們還是借用已有的研究成果，粗略地描述一下這個時段中國家庭規模與形態的變化趨勢。

《中國家庭史》從多個角度引述了今人以及二三十年代的一些調查、統計資料，來說明「民國時期家庭小型化的趨勢無論在人們思想理念上還是在實際生活中都是顯而易見的」〔註5〕。其中，有三個角度的資料似乎更有說服力一些。一個是當時一些學者對大家庭制度的分析、批判。如啓明在《中國家族制度改革論》中批評大家庭制度：「同居共產自表面言之，似不失爲孝悌。不知各人有習於勤儉，有好爲奢侈；有篤守舊家風範，有崇尚新派政策；有重禮儀，有尙自由，凡此者，皆爭端之所由起……自戕殺人，亦所常見。一言蔽之，同居之害也。」而吳貫因的《改良家族制度論》則指斥大家庭制度是拖累國家政治、經濟進步的負擔。我們摘出這些觀點是說明，如果當時大家庭的存在已經微不足道，便也就不會有這些無的放矢的言論了。

第二個角度是對二十年代與四十年代大家庭所佔比例的抽樣比較。如二十年代末，三代戶與四代戶的總量差不多占調查地家庭的一半，而四十年代末，三代戶與四代戶的總量一般都在調查地家庭的五分之一左右。雖然這種抽樣比較有很大的局限，數據並非十分嚴謹，可比性也有問題，但觀其大略卻還是能說明一定問題的。

第三個角度是總人口與總戶數比例的變化。據《中國歷代人口統計資料研究》（楊子慧主編），1936年，全國總人口46,136萬，總戶數8,582萬，戶均人口5.38人；到了1947年，全國總人口46,100萬，總戶數8,626萬，戶均人口5.34人。因爲戰爭的原因，人口總數下降，但戶數上升，故每個家庭的人數呈下降的趨勢。

綜合各個不角度的因素，我們可以得出一個粗線條的結論：民國時期，總體看家庭的規模趨向小型，即核心家庭是主要的形式；因而，對於多數家

〔註5〕 《中國家庭史》，張國剛主編，廣東人民出版社，2007年。第五卷，鄭全紅著，參看其33頁。

庭來說，最重要的主導關係應是夫妻關係；「多世同堂」大家庭原本就不多，經社會變革與戰亂等衝擊，幾乎不復存在；但這個變化的幅度與速度不宜估計過高，因爲城鄉之間、東西部之間仍然存在著比較大的差異（據《中國經濟年鑑》，北方的「小家庭」比例比南方整整少了 10 個百分點；南方「小家庭」比例最高的是江浙一帶，高達 70%上下；而北方最低的是雁北、綏遠一帶，低至 55%上下。由此明顯可見經濟發達程度與家庭形態變化的正比關係）。

我們再來看一看婚姻制度中最爲敏感的一部分：離婚制度及其實行情況。

在改革婚姻制度方面，是否具有自由離婚的權利也是一項重要的指標──特別對於女性來說。二十世紀的前三四十年間，女性在爭取自己的權益、呼籲改革家庭制度之時，這個話題總是特別引起關注。1918 年，《新青年》出版特刊，發表了易卜生的《玩偶之家》，此後這部戲被反覆搬上舞臺，在社會上產生了巨大的影響。衝出無愛婚姻的舊家庭，追求個人自由與自尊的娜拉，成爲了家喻戶曉的人物，成爲了很多大膽新女性的傚仿榜樣。隨著整個社會的家庭觀念逐步轉變，離婚的自由度也在同步提升。直到 1930 年南京政府頒佈《中華民國民法》在第四編「親屬」的第二章中專設一節爲「離婚」，對於離婚做了相當細密的規定，而其基本精神就是保證當事人這方面的合理權利。如第 1049 條規定：「夫妻兩願離婚者，得自行離婚。」而第 1052 條則補充以：「夫妻之一方，……得向法院請求離婚。」對這種單方面提請離婚的，法典規定了諸如「虐待」、「重婚」等十種情況可以照准。總體看，這些規定是對女性有利的，保護了女性最基本的權利，可以說是前三四十年女性解放運動取得的成果。不過，這部法典的保守性在離婚這個問題上也有明顯的表現。這就是儘管羅列了十種可以單方提請離婚的情況，其中卻並沒有「情感不合」這方面的訴求的可能。而這一點卻正是「娜拉出走」的理由。

雖然如此，《民法》的有關規定還是具有兩方面的積極意義：一方面是反映了社會發展中婚姻狀況已然發生的事實上的變化，一方面由權威性的「法典」作出明確規定，對於離婚的「合法性」，對於保護家庭中處於弱勢地位的女性，畢竟會起到相當程度的正面作用。

上世紀二三十年代，社會上離婚的情況事實上如何呢？

　　首先看大城市。《中國家庭史》第五卷綜合了三十年代《中國婦女運動》、《首都地區離婚案件統計》等多種著作、論文，得出了「民國時期各大城市離婚率普遍很高」的結論〔註6〕。據統計，上海市 1928 年到 1934 年的七年間，每一萬人口就有離婚案十件以上；北平 1930 年一年中，每萬人有離婚案 0.45 件；廣州 1930 年一年間，每萬人有離婚案 1.65 件；南京則為每萬人 1.26 件。應該說，在那個時代，這個比例不算低了。不過我們也會發現明顯的地域差別：南方比北方風氣更為開放一些，比例也成倍地高出。

　　再來看鄉村，這種差別又比起南北方之差大多了。由於多種原因，鄉村的具體統計數字闕如。但從當時一些間接記載來看，差異是無容置疑的。如三十年代的河北《新城縣志》：「自男女自由結婚之風一開……（夫婦離婚者）大半出於通都大邑，而鄉里之間多守舊禮，不稍變移。」而據《中國家庭史》作者的田野調查，在那個時段，山東費縣能夠回憶起的離婚案只有一例。

　　當時產生巨大影響的離婚案當屬廢帝溥儀之妃文繡一案。文繡 14 歲嫁給清遜帝溥儀為側妃，結婚 9 年並無夫妻生活。由於特殊的身份而無法擺脫這樁畸形婚姻，她多次自殺未遂。《民法》頒佈後，文繡於 1931 年出走，並聘請律師代理離婚事宜。當溥儀接到法院傳票時感到了法律的壓力，最終同意協議離婚。此事經媒體炒作，產生了全國性影響。幾千年為失寵后妃準備的冷宮終於被現代的法律打破，此事的象徵意義遠遠大於事件本身。

　　當然，這期間的離婚率上升也不完全可做正面解讀，其中也不乏類似「陳世美」式的情況——進入大城市後拋棄家鄉髮妻，或是激進青年的輕率行為，所以輿論評價也便褒貶不一。對此，倒是一位法學家的分析頗中肯綮：

> 晚近離婚事實的增加，決不能看作婚姻失敗的增加。晚近離婚事實的增加，只是因為新的思想，新的社會環境，是許多人不能忍受不良的婚姻，是許多人不甘忍受婚姻的失敗……根究中國的夫妻，歷來何以能夠忍受不良的婚姻，近來何以不能忍受，我們仍然可以說，晚近離婚的增加，是社會比較健康的象徵。〔註7〕

從發展大趨勢來講，他的判斷、評價是很有道理的。

〔註6〕《中國家庭史》，張國剛主編，廣東人民出版社，2007 年。第五卷，鄭全紅著。參看其 120～124 頁。

〔註7〕 王世杰《離婚問題》，轉引自《中國家庭史》第五卷，廣東人民出版社，2007 年，第 120 頁。

　　我們再來看一看婚姻制度中另一個敏感而又複雜的部分：財產歸屬問題。

　　這個問題涉及到兩個層次。一個層次是家庭中女性的財產權利，特別是財產繼承權；另一個層次是由此延伸到全面的家庭中男女平權問題。

　　在封建時代，這似乎從來都不是什麼問題。家庭中的財產「當然」是父繫傳承，男性專有。具體表現爲：男性長輩具有財產的控制權，男性晚輩具有財產的繼承權；嫡長子可能具有優先權或優越權；女性晚輩不具有財產繼承權；當男性長輩去世時，財產由男性晚輩依序繼承；沒有嫡嗣的情況下，由過繼的男性子侄繼承。簡單說，女性可以依附男性享用財產，卻絕對沒有參與家庭財產分配的權利。這一點，也就成爲家庭中男尊女卑、男主女從關係最爲直接的表徵。

　　歷史上，或小說中，這樣的事例舉不勝舉。如清代著名女詞人顧太清，爲貝勒奕繪的側福晉，正福晉早亡，她在家庭中的地位幾乎近於正妻。但在丈夫去世後，嫡子繼承全部家產，尋釁把她逐出家門。又如《儒林外史》中嚴監生的太太，丈夫去世後，家財就被大伯嚴貢生以過繼的方式強佔了去。而前面提到「李超事件」則是現代版的典型事例。

　　李超事件引起了有識之士對於家庭中兩性在財產權利方面不公的關注。當時，各界意見領袖多有慷慨陳詞，呼籲家庭中兩性的財產權利平等。二十年代，這個問題成爲婦女解放與家庭改革的熱點話題。湖南的「女界聯合會」、北平的「女權參政協進會」、「中華女界聯合會」等婦女組織，都就此提出明確的權利主張，甚至組織示威遊行，提出正式議案等。到了1926年，國民黨第二次全國代表大會通過「婦女運動決議案」，其中明確寫入了女子享有財產繼承權的條款。隨後的三五年中，民國的立法機構推出了一系列有關的法律文件，徹底全面地規定了家庭中男女財權的平等，並附有執行的細則。這被當事人稱爲「亙古未有之大改革」。

　　這些法律條款的落實並非一蹴而就，由於習慣的力量和根深蒂固的偏見糾纏在一起，即使今日的中國，家庭中男女的平權也不是完全得到了實現。但超前的法律給了移風易俗以強有力地推動，僅以三十年代媒體炒作過的事例來看，中國傳統的家庭財產制度終是崩潰了。如河北某鄉民去世，財產被過繼的嗣子全部佔有。其寡妻依據《民法》提起申訴，便奪回了財產的一半。浙江某鄉民去世，財產完全被過繼的嗣子佔有。後另有旁支男性覬覦財產，

提起訴訟，結果法庭依據民法對原被告財產訴求一概不予支持，反而判給了死者的兩個女兒──她們自己並沒有這方面的意識與要求。還有轟動一時的盛宣懷遺產案。兩個女兒聯合提起訴訟，要求與男性繼承人平等分配。事涉數百萬兩白銀，社會萬眾矚目。最終，兩女勝訴，這對普及《民法》中男女家財平權的規定，轉移社會的觀念，都產生了相當大的影響〔註8〕。

　　本書的主旨是在文學方面，以上所述只是爲文學話題的展開準備一個背景。不過，這個背景既是必要的，也是重要的。無論是近半個世紀新舊思潮衝撞之激烈，還是家庭話題的複雜與纏繞，以及緩慢但又執著地家庭制度的變動，對於我們理解魯迅筆下的人血饅頭、巴金筆下的鳴鳳之死、張愛玲筆下變態的曹七巧，對於我們比較、判斷《金粉世家》、《京華煙雲》、《四世同堂》思想文化價值的高低，對於我們進入冰心、蕭紅的內心世界，都是不可或缺的「先修課程」。

〔註8〕參看《中國家庭史》第四章。

第三章　現代男作家的家庭書寫

第一節　十年為期的鳥瞰

　　在前面的《導論》中，筆者已經談到了課題的研究理路，即首先作一系列個案的研究，把這種具體研究所開掘出來的內容作為整體性研究與比較研究的基礎。而個案研究則以典型文本為中心，兼及作者的其他方面，包括可以參照的其他文本。

　　至於個案的選取，大體循兩個維度展開，而盡可能在二者的交匯點上選取。一個維度是時代。筆者把現代文學的三十年，大致分為三段，十年左右為一期，即「五四」新文化運動開始到 1927 年大革命落潮為一期，1928 年到1937 年抗戰開始為一期，1938 年以後為一期。每期各選取代表性作品，以之察見時代在家庭題材文學作品中留下的印痕。另一個維度是作品內容涉及家庭題材的程度。作為個案分析的文本應該是較為充分表現家庭生活的，但不一定是作家最好的、影響最大的作品。

　　而所選取的個案，又依據性別分為兩個系列來進行梳理、論述。這樣做的原因是為了凸顯性別因素對家庭的文學書寫的影響，又便於後面比較研究的展開。本章就是僅就部分男作家的作品進行分析研究。

　　對於家庭題材的表現來講，敘事性文體優於抒情性文體。在敘事性文體中，又以小說的表現力最強（當然，這只是就總體情況而言，不排除少數戲劇、散文的卓越表現）。所以下面選取的作品主要是小說，兼及其他文體。

　　在第一個十年，魯迅的作品無疑是最具代表性的。特別是《彷徨》，集中

的作品大半是在家庭範圍內展開故事情節的，對家庭本身也有相當有力度的表現。除了膾炙人口的《傷逝》外，《在酒樓上》、《離婚》等也是各具特色的家庭問題小說。在這個階段，「科學」與「民主」成為社會啟蒙的主旋律，「個人」以從未有過的姿態成為讀書人關注的焦點，於是「個人」的解放勢必與「家庭」的質疑、批判聯繫到了一起，成為魯迅等新潮作家表現家庭題材的基調。

　　第二個十年，從潮流來說，左翼文學家仍然延續著「五四新文化」運動的路徑，批判封建傳統仍然是思想基調。這方面，最突出應屬巴金的《家》。開宗明義，這是一部最典型的家族／家庭小說。《家》從三個方面汲取營養，一是《紅樓夢》為代表的傳統，一是西方文學與日本文學，三是魯迅為代表的前輩。它的批判鋒芒與魯迅作品差相彷彿，但質疑與反思的意味明顯弱化。曹禺的話劇《雷雨》則集中地戲劇化地表現了腐朽的家庭關係孳生的種種罪孽。在種種家庭關係中，劇本以孳緣、亂倫與報應為構設衝突的線索，以父權、夫權批判為重點，以階級衝突為背景，揭露豪門家庭的虛偽與罪惡。這部傑作很好地借鑒了西方的戲劇手法，使悲劇衝突具有更大的震撼力，但囿於體裁所限，家庭矛盾激烈有餘而豐富不足。老舍的《牛天賜傳》、《離婚》、《老張的哲學》都涉及家庭問題，特別是《離婚》，雖然向來不被研究者重視，但就家庭題材的書寫來說，實在是不可多得的特色鮮明的傑作。這一階段有一部特殊的作品，就是張恨水的《金粉世家》。其特殊之點有三：是現代文學中第一部正面書寫家庭盛衰的長篇小說，是一部在報紙上連載五年的小說，是現代文學中影響甚大的章回體通俗作品。其家庭觀念新舊雜糅，反映出那個時代的特色。

　　到了第三階段，文學創作的背景發生了很大的變化。首先是抗日戰爭的爆發使文壇生態呈現出與前大不相同的景觀。影響到家庭題材的書寫，就有了兩種截然相反的傾向。一種是把家事同國事聯繫起來，老舍的《四世同堂》、路翎的《財主的兒女們》、林語堂的《京華煙雲》就是這樣的典型之作。前者是寫一個典型的北京市民大家庭，平淡而和睦地（相對而言）生活，但日軍的佔領帶來了重重的苦難。其重點是在寫淪陷區的百姓的掙扎。《財主的兒女們》則是兩分的方式，前一半寫封建大家族溫情脈脈之下的殘酷利益爭奪，重在揭露親情的虛偽與家族制度不可避免的衰敗，後一半則寫家族中新生代投身抗戰的心路歷程——這種模式，最早當屬蕭紅的《生死場》，那將在

下一章詳論。這十餘年，對於家庭題材的文學創作還有一個不容忽視的新情況，那就是經過二、三十年代的社會經濟生活的變化，特別是外來資本帶來的西方文化的影響，原來意義的封建家族制度與封建禮教在沿海大城市已經失去了權威的地位。在目迷五色的都市人生中，家庭的很多問題都出現了新的思考與解讀。於是，一方面有的作家繼續著批判禮教的路數，而更多的作家思路則逐漸開闊，見地也趨於多元。如茅盾的作品本來就有很多篇都是在家庭的場景中展開故事的，如《春蠶》、《小巫》等，甚至《子夜》的不少情節也與家庭生活密切相關。而在這個階段裏，他的《霜葉紅於二月花》又向新的方向有所開掘。這部作品主要是寫幾類鄉紳之間的利益爭鬥，以及鄉民被他們魚肉的情形，但其間也寫到幾個家庭內部的矛盾，而最大的特點是寫家庭倫理與家庭情慾的衝突與調和。能幹的女性與無能的丈夫，這一對矛盾類似《寒夜》，但提出丈夫的性無能問題是本書特別的尖銳之處。不過茅盾解決問題所持的調和態度卻是由「五四」婦女解放的立場的明顯倒退〔註1〕。林語堂的《京華煙雲》也是一部立場偏於保守、倒退的作品，無論是對家族制度、父權制度，還是對纏足、納妾、守節等束縛、迫害女性的舉措，他都不無留連的態度。錢鍾書的《圍城》是這個階段後期的一部奇書，幽默、調侃是其最突出的特色。由於作者這樣的敘事態度，顯得全書彷彿是站在雲端裏，以上帝之眼對讀書人的眾生相和戀愛、婚姻真相來進行一番「透視」。「圍城」這個意象非常凝煉、準確，成為後世形容婚姻與家庭的典範用語。不過，這裡的「圍城」窘境在很大程度上是男性對待婚姻及家庭的心理狀態，錢鍾書刻畫人情世態往往入木三分，但塑造女性形象時卻總是在站在男性立場看女人，把女性充分對象化，以致對家庭關係的認識難免男性本位的嫌疑。描寫抗戰期間知識分子生存狀況以及其婚姻家庭情況的，還有巴金的《寒夜》。從家庭文學的角度看，這部作品是現代文學中表現家庭中婆媳關係最為深刻、細緻的一部。另外對女性在家庭關係中心理活動的刻畫，也是《寒夜》一個成功的方面。另一部寫婆媳關係的名作是曹禺的《原野》，其驚心動魄之處彷彿《雷雨》而又有過之。《原野》與《寒夜》從表現家庭關係的角度看，無能的丈夫與活力旺盛的妻子，長不大的兒子與佔有欲強烈的寡母，意

〔註 1〕 茅盾另一部短篇小說《水藻行》也演繹了一個類似的故事：家庭中，面對有生理缺欠的男性，女性的生命欲望和人倫禮法發生激烈的衝突，但是作者也是採取調和的手法，來保持家庭的穩定。這與曹禺對類似題材的處理方式完全相反。

志強橫的婆婆與不肯馴服的兒媳，這些基本矛盾完全相同，也是很好的比較
研究的對象。

第二節　魯迅小說中的家庭問題

一

　　魯迅作爲偉大的小說家，社會批判是他創作的靈魂，而取材於自身的經
歷與個人情感體驗是他的作品的突出特色。魯迅的一生，自幼時的失怙，到
徒具虛名的婚姻，自兄弟反目，到師生戀建立新家，家庭的諸多變故不僅影
響了他的生活、他的心態，而且影響到他的生存狀態與創作狀態。因此，家
庭題材在魯迅的小說作品中佔有很高的比例，而且大都涵攝了豐富的甚至複
雜的社會批判與思想批判的內容。

　　據許壽棠《魯迅先生年譜》：「其第一篇小說《狂人日記》，以魯迅爲筆名，
載在《新青年》第四卷第五號，掊擊家族制度與禮教之弊害，實爲文學革命
思想之急先鋒。」魯迅自己也在《中國新文學大系》的序言中指出：「（《狂
人日記》）意在暴露家族制度和禮教的弊害。」但實際上，更準確地講，《狂
人日記》的內容主要是對一般意義的封建道德的虛僞與殘酷的掊擊，其價
值在於這種掊擊的決絕與徹底——雖然今天換一副平和冷靜的眼光來看，可
能不無過激與偏頗。至於有關家庭、家族的筆墨，只是這種掊擊的一個角
度，甚至只是批判展開所需的一套象徵性符號，其落腳點仍然是在一般意
義的禮教批判。質言之，「家族制度」其實並沒有成爲這篇小說正面描寫的
內容。

　　不過，雖然如此，全篇的主要場景畢竟是在「家」裏，而家庭成員的稱
謂也是批判的承當者：

　　　　合夥吃我的人，便是我的哥哥！吃人的是我哥哥！我是吃人的
　　人的兄弟！我自己被人吃了，可仍然是吃人的人的兄弟！

　　　　我捏起筷子，便想起我大哥；曉得妹子死掉的緣故，也全在
　　他。那時我妹子才五歲，可愛可憐的樣子，還在眼前。母親哭個不
　　住，他卻勸母親不要哭；大約因爲自己吃了，哭起來不免有點過意
　　不去。

所以，儘管關於「家」中發生的「吃人」慘劇寫得很虛，且帶有幻覺的性質，

其中還是透露出作者對於封建禮教下的家庭、家庭關係的看法與態度。而這種看法、態度在日後的更充分的家庭題材作品中，保持了一定程度的連慣性。這包括：1、對彌漫在家庭、家族中的封建倫理道德的強烈憎惡與猛烈抨擊。而這種情感態度往往是通過描寫無辜、善良、美好的生命的被毀滅表現出來。從這個意義上講，本文中被「吃掉」的五歲的「可愛可憐」的小妹，帶有某種原型的性質。2、這樣的「吃人」的道德總是和虛偽、愚昧結盟，因而家庭道德的批判也就總是帶有強烈的啓蒙色彩。本文的「大哥說爺娘生病，做兒子的須割下一片肉來，煮熟了請他吃，才算好人；母親也沒有說不行」、「村裏的一個大惡人，給大家打死了；幾個人便挖出他的心肝來，用油煎炒了吃，可以壯壯膽子」便正是如此。3、批判宗法權力，但迴避對「孝道」表態。這是魯迅研究中一個很有意思的問題。從本文來看，既然批判封建道德，批判封建家族中的「吃人」現象，那麼作爲封建家族權力的核心——父權，理應成爲批判的重點。然而，「父親」卻成爲了缺位者，「大哥」成爲了父權的代行者。粗看起來，「嫡長子」在家族中同樣是宗法制度的權益所鍾，也是「父權」的部分體現者。但是，把嫡長子作爲宗法權力的代表，從而成爲批判的靶子，與父親作代表、作靶子有一個根本性的區別，就是後者必然要把批判者放置到「孝道」的對立面上。而激烈的批判者魯迅顯然是有意迴避了這一點。4、對母愛的含蓄的肯定。家庭題材必然要涉及親情問題，而一般性的溫情脈脈大半會流於淺薄。魯迅選擇家庭題材，一則是有所感受、體驗需要表現，二則也是以之作爲社會批判的切入點，所以書寫的中心自然不會落到親情上。但是，標榜「無情未必眞豪傑」的魯迅於批判的筆餘墨表還是自然而然地流露出對家庭中眞情的留戀——儘管十分淺淡、十分節制。在本文中，首先是在「母親」的形象上，狂人的指斥鋒芒到母親面前戛然斂去：「母親哭個不住」，「那天的哭法，現在想起來，實在還敎人傷心」。看來，作者還是不忍對母愛有所不敬。這種心理和上文所言「父親」缺位的策略選擇心理其實頗有相通之處。

　　《狂人日記》不是嚴格意義的家庭題材小說，但是作爲開山之作，魯迅把故事場景放到「家」中，把故事展開的主要路徑放到家庭關係上，這似乎預示了在魯迅的全部小說創作中，家庭題材將佔有的重要地位。同時，魯迅在《狂人日記》中表現出的對家庭、家族的態度、看法，以及相關的一些藝術手法，在以後的小說創作中幾乎都得到反覆的復現。

二

　　在魯迅的兩部小說集中，較爲嚴格意義的家庭題材小說幾乎都在《彷徨》中，《吶喊》所收的 14 篇作品〔註2〕，正面描寫家庭生活的只有《明天》，不過其旨趣如同《藥》、《風波》等篇，作者的意圖在於揭示、批判國民的愚昧，而非深入家庭關係的內部。有研究者認爲，《吶喊》中的《鴨的喜劇》、《兔和貓》的主旨「都是歌頌大家庭的溫馨和友愛」，而創作起因則是「因爲在這三篇小說（包括《社戲》）產生的 1922 年前後，魯迅已經痛心地感到，這種家庭的溫馨和兄弟間的情誼，正產生著越來越大的裂痕。」而「魯迅的偉大和過錯就在於他把對家族的責任看得過重」〔註3〕。不能說這幾篇作品沒有寫到「家庭的溫馨和兄弟間的情誼」，但要說其主旨在於歌頌大家庭、在於唱一曲「溫馨與友愛」的輓歌，恐怕就有些牽強了。《鴨的喜劇》分明是對熱愛生命的愛羅先珂的懷想，其餘不過是隨文生趣的背景性筆墨。《兔和貓》雖是正面寫家庭生活，但止於小小插曲，何況後一半的文字頗多含混，近於「天地不仁，以萬物爲芻狗」式的寓言，也很難作爲嚴肅的家庭題材小說來看待。

　　《彷徨》則不然。十一篇小說中，除掉《高老夫子》與《示眾》外，都以家庭作爲重要的內容。其中，《祝福》、《弟兄》、《離婚》、《幸福的家庭》、《傷逝》、《在酒樓上》更是正面描寫家庭問題，並十分深刻地揭示出在當時那樣的家庭制度、倫理觀念之下，不同的人所處的種種生存的困境。而即使是主題較爲複雜的《孤獨者》、《肥皂》與《長明燈》，涉及到的家庭問題的筆墨，也同樣生動而深刻。可以說，當時的對家庭題材的表現，當以《彷徨》最爲集中，也最具深度。

　　《彷徨》所收作品的創作時間，始於 1924 年 2 月，終於 1925 年 11 月。而上述家庭題材的重要作品則集中在兩個時間段落。一段是 24 年的 2、3 月，《祝福》、《在酒樓上》、《幸福的家庭》以及《肥皂》作於此時；一段是 25 年的 10 月、11 月，《離婚》、《傷逝》、《兄弟》、《孤獨者》均作於此時。而這 1923 年夏到 1926 年夏的三年，正是魯迅自已經歷著家庭變故的痛苦，期待著走出家庭問題陰影的思想感情劇烈動蕩的階段；前面所說的兩個時間段落，

〔註2〕另有《不周山》一篇，後改名《補天》收入《故事新編》，《吶喊》再版時便不再收入。

〔註3〕倪濃水《論魯迅的家庭化題材創作》，《紹興文理學院學報》2002 年第 6 期。

又可以說是其中的關鍵時期。23 年 8 月 2 日，魯迅因兄弟反目搬出了居住三年有餘的八道灣，搬離了自己一手營建的大家庭。他和朱安一起搬到了磚塔胡同，開始了十個月的共住而分居的尷尬的「二人世界」生活。這種生活延續了十個月，直到 24 年 5 月。他的家庭題材小說創作的第一個高潮就出現在這段時間裏。24 年 5 月，魯迅搬出磚塔胡同住進西三條胡同，並隨之把母親接過來一起居住。十個月後，25 年 3 月，許廣平給魯迅寫來了第一封信，一年半之後，二人離開了北京，魯迅永遠地離開了舊日的家庭。他的家庭題材小說的第二個創作高潮就出現在這一年半的中間。而據陳漱渝講：「（魯迅與許廣平）相戀於 1925 年 10 月 20 日。」他還用神秘的口吻保證這個日子的「絕對正確」〔註4〕。魯迅最重要的兩篇作品《孤獨者》與《傷逝》就誕生在此前此後的一周之內，看來這個日子對於研究魯迅的創作確乎是有一些特別的意義的。

　　分析這兩個創作的高峰期，有三點特別值得關注：一點是其間某些作品的關注點與作者當時的處境、心態隱約可見直接的關聯。如《幸福的家庭》渲染的知識分子生存狀態、心理狀態和魯迅自己當時的處境不無相似，《在酒樓上》描寫的「母親的心願」，與魯迅當時面對「母親的禮物」時的感受隱約相關。又如《離婚》的話題出現在當時（所謂與許廣平結下愛緣日子的半個月之後），似乎也不完全是偶然。而《兄弟》與《傷逝》的情調的某種類似，《傷逝》所提出的類似「娜拉出走之後」的思考、憂慮與懺悔後的決絕，都不排除當時作者面對自己將要作出的決定，以及將要面對的全然不同的「家庭」情況的憂思潛入了構思過程。另一點是兩個高峰期的作品之間有著明顯的聯繫，類似的題材／主題被重複書寫──當然有著發展與深化。如，由《幸福的家庭》到《傷逝》，由《在酒樓上》到《孤獨者》，中間的思想脈絡清晰可見。第三點是作者並不試圖掩蓋其中帶有的自述的因素。《在酒樓上》的為小兄弟遷葬、阿順的故事，《孤獨者》中魏連殳從相貌到思想狀態、某些經歷（如喜歡孩子而被拒絕、為祖母遷葬等），都帶有明顯的魯迅本人的影子──相應地，在人物身上所寄予的情感、思想自然也同樣與作者血脈相通了。

　　當然，並不是說這九篇小說全是作者的自我表現，甚至也不能說其創作動機、動力完全來源於自己的「家變」。事實上，至少還有三個因素是與這些

〔註 4〕陳漱渝《魯迅的婚戀》。《長城》2000 年第 3 期。

作品的創作也有或多或少的關聯：一是《吶喊》反映出的那種啓蒙的社會運動已經落潮，批判與反思的焦點普遍有所轉移，1923 年以來，各種報刊關於家庭、婚姻的討論明顯增多。二是魯迅當時對於社會變革的趨勢看不清楚，處於「彷徨」階段，創作的激情有所內斂，批判的鋒芒有所轉移。三是故鄉的情思、「故鄉」的題材積累仍在發酵。不過，這些並非本文的討論重點，在此只是稍作說明而已。下面則就《彷徨》中家庭題材小說作具體一些的分析。

三

（一）從《幸福的家庭》到《傷逝》

《幸福的家庭》最初發表於 1924 年 3 月的上海《婦女雜誌》月刊，篇末有作者的《附記》：「我於去年在《晨報副刊》上看見許欽文君的《理想的伴侶》的時候，就忽而想到這一篇的大意，且以爲倘用了他的筆法來寫，倒是很合式的；然而也不過單是這樣想。到昨天，又忽而想起來，又適值沒有別的事，於是就這樣的寫下來了。只是到末後，又似乎漸漸的出了軌，因爲過於沉悶些。我覺得他的作品的收束，大抵是不至於如此沉悶的。但就大體而言，也仍然不能說不是『擬』。」許欽文是當時的一位青年作家，他因《婦女雜誌》刊出的「我之理想的配偶」徵文啓事而寫下諷刺小說《理想的伴侶》，載於《晨報副刊》。魯迅的創作緣起與他的諷刺小說有關，而且有「擬」的成分，這決定了作品的諷刺與遊戲的基調。然而，這篇看似簡單的短小之作，細體味卻不簡單，其思想內涵大體有深淺不同的四個層次。

表面一層是對下層小知識分子淺薄、虛榮的諷刺。爲謀生而寫應景之作，對上流社會家庭生活的可笑的想像，等等。這一層實際上也含有對「徵文」活動本身的嘲諷。

在對外的諷刺之中，也隱含著自我調侃的成分──以文字爲事業、爲生機的人，陷落在一團俗物之中的尷尬，特別是與家人之間的互不理解的無奈，這都可在作者當時的生存狀況中找到蛛絲馬蹟〔註5〕。

再深入一層，便是表達了對家庭生活的一般性看法，主要是物質條件與精神追求之間的關係及矛盾。此前三個月（1923 年 12 月）魯迅發表了那篇著名的演講《娜拉走後怎樣》，提出了女性解放與經濟權的關係問題。同時，也

〔註 5〕 參看《魯迅日記》。

──66──

由此生發，表達了對生存之世俗性的看法，批評了脫離現實的解放「冥想」。而就在他創作《幸福的家庭》的同時，這篇演講公開發表。也就是說，這個話題正盤旋在魯迅的大腦中。這篇小說可以說是對演講話題的某一方面的形象性詮釋。

更深刻的內涵是作者揭示出現實的家庭生活對人的異化，對人生理想的戕害，把詩變成了賬簿。正是在這一層意義上，《幸福的家庭》接續了《娜拉走後怎樣》而指向了《傷逝》。作品有一段既傷感又無奈的文字，寫作者在「孩子」身上看到了失去了的詩意的過去：

> 他忽而覺得，她那可愛的天真的臉，正像五年前的她的母親，通紅的嘴唇尤其像，不過縮小了輪廓。那時也是晴朗的冬天，她聽得他說決計反抗一切阻礙，為她犧牲的時候，也就這樣笑迷迷的掛著眼淚對他看。他惘然的坐著，彷彿有些醉了。

這個形象和現在的主婦形象形成極為強烈的對比：

> 「劈柴，……」他吃驚的回過頭去看，靠左肩，便立著他自己家裏的主婦，兩隻陰淒淒的眼睛恰恰釘住他的臉。「什麼？」他以為她來攪擾了他的創作，頗有些憤怒了。「劈架，都用完了，今天買了些。前一回還是十斤兩吊四，今天就要兩吊六。我想給他兩吊五，好不好？」「好好，就是兩吊五。」「稱得太吃虧了。他一定只肯算二十四斤半；我想就算他二十三斤半，好不好？」「好好，就算他二十三斤半。」
>
> ……
>
> 他抱了她回轉身，看見門左邊還站著主婦，也是腰骨筆直，然而兩手插腰，怒氣衝衝的似乎豫備開始練體操。「連你也來欺侮我！不會幫忙，只會搗亂，——連油燈也要翻了他。晚上點什麼？……」

這裡值得注意的是，作品不僅用近於瑣屑的筆墨來描寫現實的「柴米油鹽」之生計問題對家庭生活的決定性影響，侵蝕、消磨著人生的理想，使當年的熱血青年們一天天世俗下去，終於「泯然眾人」；使當年詩一樣的愛侶變成了庸俗的主婦，除去劈材的價錢，彼此間再無絲毫溝通的可能，而且在這種描寫中夾雜了強烈的「我」的主觀感受——煩躁、苦悶、無奈，表現出當年的人生旅途的「同志」如何漸行漸遠，終於完全隔膜，變成了互相折磨的對

象。就這一點而言，本文比起《傷逝》來，情節頗有相似，但立場卻有較大的不同。

《傷逝》寫於一年半之後，此時魯迅剛剛與許廣平結下愛緣。在這次結緣過程中，許廣平比魯迅更主動，更決斷〔註6〕。相比之下，魯迅是有種種顧慮與擔心的——即使是在走出了決定性的第一步之後。於是，有了《傷逝》。這樣，《傷逝》的男主人公形象比起《幸福的家庭》就有了較大的變化，《幸福的家庭》裏的被調侃的已經充分俗化的「我」讓位給了努力的奮鬥者、困難的掙扎者與真誠的懺悔者，而奮鬥、掙扎與懺悔都是圍繞著「滿懷希望的小小的家庭」，圍繞著它的建立與毀滅。

與《幸福的家庭》比，《傷逝》的自我指涉程度顯然要高得很多〔註7〕，因此無論是在新家庭建立過程中的思想、道德制高點，還是新家庭毀滅過程中的靈魂審判，都可以看出作者自我昇華的意圖。在新家庭建立的筆墨裏，作者正面表達了「理想家庭」的藍圖：熱烈的愛情，共同的高雅情趣，男女平等的觀念，攜手建設的意願，更重要的是一起反抗舊觀念、舊勢力的戰鬥勇氣。在這後一方面，魯迅有意把子君的反抗與中國婦女的命運這樣宏大的話題緊密聯繫到了一起：

> 「我是我自己的，他們誰也沒有干涉我的權利！」
>
> 這是我們交際了半年，又談起她在這裡的胞叔和在家的父親時，她默想了一會之後，分明地，堅決地，沉靜地說了出來的話。……這幾句話很震動了我的靈魂，此後許多天還在耳中發響，而且說不出的狂喜，知道中國女性，並不如厭世家所說那樣的無法可施，在不遠的將來，便要看見輝煌的曙色的。

這便為故事加入了更多的思想內涵，也使這個小家庭與子君毀滅的悲劇色彩更加強烈。

而對新家庭毀滅過程的描寫，卻實在不像一個剛剛墮入愛河期待著建立美好家庭的人的心態。然而，這才是魯迅：一個飽經滄桑、變故的「世故老人」，一位久經戰陣諳熟「敵情」的戰士，同時也是一個正處在現實的經濟困境、道德困境與心理困境中有責任心的真實的人。於是，他寫出了新家庭的

〔註6〕 參看陳漱渝《魯迅的婚戀》。《長城》2000年第3期。
〔註7〕 本文的「自我指涉」主要是對作家創作心態的一種描述，與形式主義批評用語的內涵不盡相同。

無法避免的種種困境。首先是舊勢力與舊觀念的壓迫。這既有充滿敵意的令人窒息的氛圍：

> 我覺得在路上時時遇到探索，譏笑，猥褻和輕蔑的眼光……我開始去訪問久已不相聞問的熟人，但這也不過一兩次；他們的屋子自然是暖和的，我在骨髓中卻覺得寒冽。

也有實際的失去飯碗的打擊與迫害。如果說前者還可以通過蔑視來回擊：

> 「我是我自己的，他們誰也沒有干涉我的權利！」這徹底的思想就在她的腦裏，比我還透澈，堅強得多。半瓶雪花膏和鼻尖的小平面，於她能算什麼東西呢？

後者的傷害就不是個人的力量所能抵抗的了。於是就有了第二個敵人：生計問題。這一點，《傷逝》的描寫頗近於《浮生六記》中「貧賤夫妻百事哀」的筆墨，同時也有魯迅自己生活的折光——他剛剛因支持學生而被免去了教育部僉事的職務。如果說，環境、生計的壓迫畢竟是外部的敵人，而內部的敵人就難於對付了。於是，魯迅細細寫了二人之間隔膜的形成：

> 可惜的是我沒有一間靜室，子君又沒有先前那麼幽靜，善於體帖了，屋子裏總是散亂著碗碟，彌漫著煤煙，使人不能安心做事，但是這自然還只能怨我自己無力置一間書齋。然而又加以阿隨，加以油雞們。加以油雞們又大起來了，更容易成為兩家爭吵的引線。
>
> 加以每日的「川流不息」的吃飯；子君的功業，彷彿就完全建立在這吃飯中。吃了籌錢，籌來吃飯，還要喂阿隨，飼油雞；她似乎將先前所知道的全都忘掉了，也不想到我的構思就常常為了這催促吃飯而打斷。即使在坐中給看一點怒色，她總是不改變，仍然毫無感觸似的大嚼起來。
>
> ……
>
> 我終於從她言動上看出，她大概已經認定我是一個忍心的人。其實，我一個人，是容易生活的，雖然因為驕傲，向來不與世交來往，遷居以後，也疏遠了所有舊識的人，然而只要能遠走高飛，生路還寬廣得很。現在忍受著這生活壓迫的苦痛，大半倒是為她，便是放掉阿隨，也何嘗不如此。但子君的識見卻似乎只是淺薄起來，竟至於連這一點也想不到了。
>
> 我揀了一個機會，將這些道理暗示她；她領會似的點頭。然而

看她後來的情形，她是沒有懂，或者是並不相信的。

雖然在全文的開頭與結尾，作者寫了「我」的深深地「悔恨與悲哀」，但是，在這些具體的描寫中，他已經把家庭失敗的主要責任明確地歸結到了子君的頭上：「沒有先前那麼幽靜，善於體帖」，「她似乎將先前所知道的全都忘掉了」，甚至連個人形象也變得俗不可耐，「（在餐桌上）〕毫無感觸似的大嚼起來」。文中棄掉阿隨一筆，頗有象徵意味。如同《紅樓夢》中以晴雯的悲劇爲黛玉悲劇的先導一樣，阿隨的被棄乃是子君被棄的先導。而作者加此一筆，潛意識裏是通過對這個插曲中「認定我是一個忍心的人」的辯解，爲涓生最終的「忍心」預作開脫。從這個意義上講，涓生的「忍心」與賈寶玉的「懸崖撒手」實出於兩位異代作者的同一種心理機杼，即男性自我中心。所以，儘管作品中很正確地指出「愛情必須時時更新，生長，創造」的道理，但愛情花朵的枯萎的責任卻幾乎全落到了子君一人的頭上。她的庸俗、她的落伍、她的遲鈍，等等，使她不期然而然地被釘到家庭毀滅的恥辱柱上。

不能說涓生就是魯迅自己，也不能說作品所寫毀滅就是魯迅爲自己將要建立的家庭的讖語。事實上，作品的思想意義是複雜的、多方面的，作者的創作心理也是複雜的。正如有研究者認爲涓生對子君的懺悔還包含著魯迅對朱安的內疚一樣，好的藝術形象的內涵不是一個向度就可以窮盡的。但是，可以肯定的是，《傷逝》是那個社會劇變時期描寫家庭問題的最爲深刻、眞切的作品，而這是與小說的高度自我指涉直接相關的；另外，也可以肯定的是，這部作品與《幸福的家庭》一樣，同是帶有鮮明的男性視角的特徵與局限——而這一點，我們將在後文作專門的剖析。

（二）從《在酒樓上》到《孤獨者》

這是兩部自我指涉度更高的作品。如果說《傷逝》的涓生形象一半是作者的心理體驗一半是作者幻設的話，那麼《在酒樓上》與《孤獨者》就更直接地把自己的經歷寫到了主人公身上〔註8〕。如同《幸福的家庭》與《傷逝》的關係一樣，這兩部作品也是相近的題旨，而《孤獨者》在一定程度上是對《在酒樓上》的戲劇化改寫與進一步發揮。

這兩部作品的主題都不是家庭問題，而是知識分子的沉淪。但是沉淪的表現卻與家庭的素材相關，從中也可以看出作者的家庭觀念，以及間接描寫

〔註 8〕魯迅本人及周作人都多次談到這一點。參見止菴編《關於魯迅》，新疆人民出版社，1997 年。

家庭問題的用心與手法。

《在酒樓上》寫「我」返鄉邂逅呂緯甫的一幕。故事的大結構是寫「我」的眼中呂緯甫的頹唐與沉淪，而小結構卻是呂緯甫口敘的自身的兩段經歷，這兩段經歷都是圍繞家庭問題展開的。一段經歷是給小兄弟遷葬。作者說這是一件「無聊的事」，是與當年激烈反傳統的姿態「太不相同了」。但是，從敘述的口吻看，敘述者講述的時候是動了真感情的，而作者對敘述者的態度也是甚為理解與同情的。遷葬一事本是魯迅自己的真實經歷，是 1919 年的事情。所以，小說對呂緯甫的態度，也可看作作者自我反省的態度。小說寫這一插曲，表現的意味也是相當複雜的：其中有與大結構呼應，從而表現當年激進的青年知識分子今日的妥協與倒退，這是表層的意思；與下一個剪絨花的插曲呼應，表現的是對母親的順從，這可以說是第二層意思；另外一層，遷葬並不只是敷衍母親，還有自己心靈深處對小兄弟的感情，這裡作者寫得很細：

> 我當時忽而很高興，願意掘一回墳，願意一見我那曾經和我很親睦的小兄弟的骨殖……但我不這樣，我仍然鋪好被褥，用棉花裹了些他先前身體所在的地方的泥土，包起來，裝在新棺材裏，運到我父親埋著的墳地上，在他墳旁埋掉了。因為外面用磚墩，昨天又忙了我大半天：監工。

雖然敘述者堅持要把這說成是為了「去騙騙我的母親，使她安心些」，但實際的敘述效果卻表現為深切的手足情義，其實這是魯迅心靈深處另一份感情——痛惜永失周作人兄弟情份之哀傷——的變形表露。而在更深的層面，魯迅寫死去的小兄弟化入泥土無蹤無痕，也是他一種潛意識的不自覺表露。這個地方也是寫得異乎尋常的細膩：

> 待到掘著壙穴，我便過去看，果然，棺木已經快要爛盡了，只剩下一堆木絲和小木片。我的心顫動著，自去撥開這些，很小心的，要看一看我的小兄弟，然而出乎意外！被褥，衣服，骨骼，什麼也沒有。我想，這些都消盡了，向來聽說最難爛的是頭髮，也許還有罷。我便伏下去，在該是枕頭所在的泥土裏仔仔細細的看，也沒有。
> 蹤影全無！

他在 1925 年 6 月寫下的《野草・墓碣文》中，有這樣的文字：「於一切眼中看見無所有；於無所希望中得救。」「待我成塵時，你將見我的微笑！」「無

所有」、「成塵」與「蹤影全無」，彼此間的情感、心態之相似，是顯而易見的。可以說，這裡流露出的是植根於魯迅意識極深處的「死亡情結」──對生命之脆弱的哀傷與對解脫的嚮往的矛盾耦合。

在這數層意味中，突出的是其孝順母親、傷悼弟兄的親情，及其同反傳統立場的矛盾。

另一段經歷也被稱作是「一件無聊事」，說的是按照母親意願給阿順帶剪絨花的過程。這裡，有著和前一個插曲類似的矛盾。母親的意願云云，仍然帶有託詞的意味，因為做這件「無聊事」，其實是敘述者自己的心願，是自己的一段感情舊債〔註9〕。而阿順的故事傳達出的是作者在家庭問題上的複雜心態。

阿順的故事也可以從幾個不同的角度來看。角度之一可以是對阿順的命運作客觀性評述：一個善良、能幹、要強的船戶女兒，因為婚姻不能自主，抑鬱成疾；而她的父親粗心、粗暴，不能與女兒溝通，終於使這個美麗的生命不幸夭折。這樣的主題與《狂人日記》小妹在家庭中「被吃」、《祝福》中善良、能幹、要強的祥林嫂因家庭不幸被精神虐殺，是一脈相承的，都是「五四」批判舊禮教、舊家庭制度思潮的延續。從這一角度看，故事雖然寫得精練而動人，卻也不是多有新意。另一個角度則是從剪絨花的意味看去。剪絨花是母親的禮物，自己是為了母親的心願來做這件事情。自己起先的態度十分認真，因為其中也有自己的一份感情在。後來，阿順已死，為了母親能夠滿意，就「隨便」地把絨花送給了「鬼一樣」的阿昭，使得「禮物」終於到位，使得母親能夠放心。聯想到魯迅母親送給他的「禮物」朱安，此刻正與他在磚塔胡同過著尷尬的「夫妻」生活，這呂緯甫的「隨便」、「模模糊胡」就有了別樣的意味。還有一個可能的角度是從呂緯甫的心態看。小說中的呂緯甫即便飽經風塵，對社會變得相互厭憎，但依然在心底珍藏著順姑的記憶，言談間流露著好感。這雖然不能說是「愛情」，但也類似於賈寶玉式的「意淫」傾向。特別是這樣的描寫：「（看著她）忍著的得意的笑容，已盡夠賠償我的苦痛而有餘」，「祝贊她一生幸福，願世界為她變好。」其中的感情因素是顯而易見的。正因為有這一感情在，阿順的故事才更加動人。不過，這也引出了另一個問題，就是作者對阿順的同情與悲憫，畢竟沒有完全超脫「護花使

〔註 9〕據周作人講，「順姑自有原型，她的真名字已記不清楚，她是一個很能幹的少女」，而魯迅曾對她頗有好感。

者」的士大夫情懷。特別是在阿昭與阿順的對比中，阿順爲呂緯甫鍾情，是因爲她的「明淨」、善解人意，而阿昭之得嫌，則是因爲她「簡直像一個鬼」、以及對呂緯甫的戒備與敵意。這顯然是站在男性中心的立場，把女性「他者化」了。

不能把作品中的呂緯甫等同於現實中的魯迅，但作品中的呂緯甫卻又實實在在打有魯迅的多重印記〔註10〕。魯迅在塑造這一形象的時候，有意無意間把自己在家庭問題上的微妙心態寄託於其中，從而使得這一形象雖然只是寥寥數筆，卻生動豐滿地刻畫出陷入「無物之陣」的知識分子的無奈與頹唐，尤其是面對著現實家庭問題時的眞實、複雜的心態。

《孤獨者》的主旨與《在酒樓上》的「大結構」相類，都是寫革命退潮期激進知識分子的頹唐與苦悶。魯迅在刻畫「孤獨者」魏連殳形象的時候，把他對家庭的態度作爲了一個重要的方面，於是和呂緯甫之間就有了呼應、比較的可能。首先，魏連殳是一箇舊禮敎的叛逆者，對虛僞的、愚昧的、貪婪的大家族中的「親人」抱有深刻的警惕與敵意。這一點，正是魯迅本人一貫的態度，並貫穿在他的作品之中。就在創作《孤獨者》的半年前，他寫出的《長明燈》中，已有族人通過過繼來謀奪家產的情節。這個情節與魏連殳所述「他們知道我不娶的了……其實是要過繼給我那一間寒石山的破屋子」十分近似。作品中的魏連殳和現實中的魯迅一樣，對此表現出強烈的憎惡與輕蔑。

但給讀者印象更深的，更加個性化的一筆卻是魏連殳對待祖母的態度。「他常喜歡管別人的閒事；常說家庭應該破壞，一領薪水卻一定立即寄給他的祖母，一日也不拖延。」「破壞」家庭與孝敬祖母之集於一身，這本無矛盾，但在愚昧、守舊的眾人那裏，卻成了「話柄」與「談助」。而在祖母過世後，魏連殳一改激烈的反傳統的姿態，任人擺佈地履行了所有的舊式喪葬儀式，令那些旁觀者又「歎服」，又「失望」，又「羨慕」。然而，

> 連殳就始終沒有落過一滴淚，只坐在草薦上，兩眼在黑氣裏閃閃地發光。
>
> 大殮便在這驚異和不滿的空氣裏面完畢。大家都怏怏地，似乎想走散，但連殳卻還坐在草薦上沉思。忽然，他流下淚來了，接著就失聲，立刻又變成長嚎，像一匹受傷的狼，當深夜在曠野中嗥叫，

〔註10〕甚至阿順因肺結核而死，也是頗有意味的一筆。

慘傷裏夾雜著憤怒和悲哀。這模樣，是老例上所沒有的，先前也未曾豫防到，大家都手足無措了，遲疑了一會，就有幾個人上前去勸止他，愈去愈多，終於擠成一大堆。但他卻只是兀坐著號啕，鐵塔似的動也不動。

　　大家又只得無趣地散開：他哭著，哭著，約有半點鐘，這才突然停了下來，也不向弔客招呼，徑自往家裏走。接著就有前去窺探的人來報告：他走進他祖母的房裏，躺在床上，而且，似乎就睡熟了。

這一情節乃從阮籍事跡脫化而出：

　　《魏氏春秋》曰：「籍性至孝，居喪，雖不率常禮，而毀幾滅性。然爲文俗之士何曾等深所讎疾。」

　　阮籍當葬母，蒸一肥豚，飲酒二斗，然後臨訣，直言：「窮矣！」都得一號，因吐血，廢頓良久〔註11〕。

阮籍是魯迅非常心儀的名士，這一事跡歷來爲通脫、灑落之士傳爲美談，也是魏晉名士「越名教而任自然」、「禮法豈爲吾輩所設」的注腳。然而，就是在阮籍當時，這種任眞情而廢俗禮的做法也是驚世駭俗的，也不免有成爲「孤獨者」的危險。魯迅移用到魏連殳的身上，便與古代的反禮教之傳統有了互文的關係，增加了人物形象的內涵。同時，也在不經意間把自己對母親的情感，包括爲母親而向舊觀念妥協的內在矛盾與痛苦移到了魏連殳與祖母的關係上〔註12〕。魯迅在描寫家庭的作品中，用濃墨來寫親情，以及由親情而來的錐心刺骨之痛，當以此篇爲最〔註13〕。

　　《在酒樓上》與《孤獨者》都是通過主人公在家庭中對舊習俗的妥協來表現其鬥志的衰退，表現在當時的背景下追求進步的知識分子的困惑與矛盾。兩篇小說的衝突都源於家庭中親情、責任與理想的不可兼容。而親情的代表都是女性的長輩，從特定的意義上說，母愛成爲了家庭舊習俗的同盟軍。魯迅這樣寫，是和他自己的經歷與感受直接相關的。魯迅對母親懷著很深的報恩情結，他在《我們怎樣做父親》一文中提出「父母對於子女沒有什麼恩」，

〔註11〕均見《世說新語》《任誕》篇。
〔註12〕魏連殳祖母之喪有作者自身的經歷在內。他的繼祖母身世與文中魏連殳祖母相似。但作者寄予的情感體驗卻不限於此。
〔註13〕作品裏魏連殳對自己的哭喪有一段解釋，大意是從孤獨的祖母身上看到了自己的孤獨，所以痛哭——既是爲死者悲傷，也是自傷。

其實恰恰反映了他急於解放自己的心態。所以他講：

> 我有時很想冒險，破壞，幾乎忍不住，而我有一個母親，還有些愛我，願我平安。我因爲感激她的愛，只能不照自己願意做的做，而在北京尋找一點糊口的小生計，度灰色生涯，因爲感激別人，就不能不慰安別人，也往往犧牲了自己，——至少是一部分。」〔註14〕

> 倘有慈母，或是幸福，然若生而失母，卻也並非完全的不幸，他也許倒成爲更加勇猛，更無掛礙的男兒的。」〔註15〕

家庭觀念的叛逆與家庭親情的不可叛逆，成爲這兩部作品家庭描寫的基調，也是魯迅一生的沉重的夢魘。

在《孤獨者》與《傷逝》脫稿後的半個月裏，魯迅又連續創作了兩篇「純粹」家庭題材的小說《兄弟》（1925年11月3日）和《離婚》（1925年11月6日），這當然是與作者當時面臨的家庭問題密切相關。《離婚》的題目就耐人尋味。從文本全篇看，小說不是表現夫妻之間的關係或離婚制度之類的問題，而是寫女性被傳統家庭觀念束縛與扭曲，進而揭露代表封建傳統的紳權的強大。作者流露出對女性在命運面前無效掙扎的悲憫，是他一貫的人道主義情懷的表現。不過，作品中的愛姑的形象有些隔膜，在一定程度上可以說是男性對「他者」的觀察與與揣摩；而且，所寫愛姑的抗爭者形象隱隱透露出男性對「潑悍」女性的恐懼。也許這也和魯迅當時對這一敏感話題的某種潛意識有關吧。至於《兄弟》的寫作，歷來被視爲作者用於自我解剖的代表作。這固然不錯。可是事情還有另一面，這篇作品寫人情之常與孝悌之僞，寫人心中利益與道德的矛盾，著眼點是與《娜拉走後怎樣》、《傷逝》所著意表達的一樣，即經濟因素對家庭的決定性影響。這和作者自己當時的處境關聯甚密：將永別大家庭，將面對更實際的生存問題，於是埋藏心中甚久的舊事混溶著當下家庭問題帶來的憂思〔註16〕，釀造出了《兄弟》。誠然，這部小說的意義並不止於家庭經濟因素及自寫感受，魯迅終究是偉大的小說家，他這次又輕而易舉地超越了自我指涉，通過周圍看客們頻頻以儒家經典讚揚「我」的孝悌美德，即諷刺了人際關係的虛僞，又將本文的意義擴而大之，延展到了對傳統道德與家族制度的批判。

〔註14〕 《魯迅全集》第11卷，人民文學出版社，1981年，第422頁。
〔註15〕 《魯迅全集》第5卷，人民文學出版社，1981年，第4頁。
〔註16〕 《兄弟》所寫生病延醫等情節，確實曾發生在魯迅與周作人之間。

第三節　舊酒新瓶的《金粉世家》

一

　　《金粉世家》描寫的是一個大家庭的興衰故事，同時也傳達了作者對於家庭問題的一些認識與態度。故此，不僅書名題爲「金粉世『家』」，而且在楔子中就借女主人公與「說書人」對話之機，反覆強調：「老實告訴先生，我一樣地有個大家庭，和這王家就是親戚」、「你家庭裏那些人，哪裏去了呢」、「她所說的大家庭，究竟是怎樣一個家庭呢」，也是處處突出「家庭」二字，把讀者的思路引導到「家庭」話題上來。從這個意義上講，《金粉世家》不僅是現代文學中第一部正面書寫家庭題材的長篇小說，而且是作者有意突出家庭話題的作品。

　　這部書是張恨水爲《世界日報》的副刊《明珠》寫的連載，由 1927 年 2 月 14 日開始，一直到 1932 年 5 月 22 日，「約可六年」，「凡八十萬言」。

　　張恨水對古典文學有濃厚的興趣，且有相當的修養，這對於他的小說寫作當然是得天獨厚的基礎條件。不過，有時也會表現爲負面的影響，就是不知不覺間陷入模仿的泥沼。對民國作家影響最大的古典文學作品自屬《紅樓夢》。林語堂、巴金、張愛玲等，都有亦步亦趨之作。張恨水在這方面也是不甘人後。《金粉世家》對《紅樓夢》的模仿可謂一目了然，人物、情節都有明顯的痕跡。但是其思想境界卻與之頗有不同。曹雪芹寫作《紅樓夢》的心理，有「陶庵夢憶」似的留戀情結，但多了一份反思（雖然並不完全自覺），故書中鋪陳渲染富貴生活的效果可以兩面來看：既有懷念又有批判。而《金粉世家》鋪陳渲染富貴生活的效果則近乎於看富貴人家娶媳婦的心理。書中大量描寫闊少們逛妓院、捧戲子、吃喝玩樂的場面，並非都是「主題」（假如有這樣一個思想性的「主題」的話）所需要的，一定程度上是對社會大眾豔羨富貴心理的迎合。如第二十一回後半回和第二十二回整整一回，用了八九千字的篇幅，描寫金鳳舉和兩個幫閒朋友逛妓院的情景。其中細寫妓院的各種規矩與情形，在晚香之外，寫妓女花紅香、王金玲的情節並無特別的必要，只能說是提供不同類型的妓女滿足報紙讀者的好奇心。又如第三十四回幾乎整整一回的篇幅來描寫、渲染紈絝子弟捧戲子的「豪舉」盛況，文中還有大量篇幅細緻描寫大飯店的排場和化妝舞會的場景，都帶有讓一般市民讀者「開開眼」的動機。

在那個時代，一般市民的豔羨富貴心理可從當時所謂「京城四公子」之說的流行窺見端倪〔註17〕。「京城四公子」稱謂產生於北洋軍閥時期，是當時四位聲名顯赫的政界軍界顯貴之後，後來版本多有演化，幾乎成爲顯貴風流子弟的泛稱。時至今日，在百度上點擊「民國四公子」，尚有超過十萬的網頁。足見此說對國人豔羨富貴、喜歡八卦之欲望的滿足功能。《金粉世家》正是以北洋軍閥時期某國務總理的兩位風流「公子」（金燕西與金鳳舉）爲男主角的作品，可以說其創作動因與「四公子」之說的被追捧不無關聯。

從故事的主線說，《金粉世家》演繹的是一個灰姑娘的故事，不過是一個最終失敗的灰姑娘。這樣的故事在張恨水創作之前，也已有各種形式的演繹。在現實生活中的演繹，可舉出柳如是、顧太清爲例。雖不盡相同，卻大旨不差。二者都是傳播廣遠——特別是在讀書人中的「佳話」（雖然是悲劇收場）。在文學作品中的演繹，則如《林蘭香》。其中的燕夢卿，和柳如是、顧太清一樣，才情俊逸，品格嫻雅，但其地位注定了「薄命」的結局。這種「才女薄命」之悲加上一度的「灰姑娘」之幸，跌宕起伏，足以引起歷代文人騷客唏噓不已的關注，也適於大眾傳媒上作煽情寫作的題材。

作爲報載小說，《金粉世家》無疑是成功的。幾年間始終處於洛陽紙貴的地位，報紙與作者都是名利雙收。推究其成功的原因，除了前述的迎合了普通民眾的心理之外，還有以下原因：

首先是故事層面，《金粉世家》具備了一般通俗言情文學的基本要素：美女的命運起伏，俊男靚女之間的三角戀愛，富貴人家的生活狀況與家庭矛盾，愛情中的「公子」負心，等等。但是，他比起「鴛鴦蝴蝶」的作品又有所超越。這表現爲：作者深受《紅樓夢》影響，故整部作品格局闊大，內容豐富，在一對「鴛鴦蝴蝶」之外，還描寫了更爲複雜的家庭關係、家庭矛盾。

其次，作者多年的記者生涯，養成了善於觀察，長於描摹的本領。家庭之外，或多或少摻雜了一些類似「黑幕」的筆墨，從而滿足了普通讀者不滿現實的心理。如官場的因循苟且，社會的世態炎涼等。這種本領用於描寫家

〔註17〕張伯駒《續洪憲紀事詩補注》記：「人謂近代四公子，一爲寒雲（按：袁克文），二爲余，三爲張學良，四、一說爲盧永祥之子小嘉，一說爲張謇之子張孝若。又有謂：一爲紅豆館主溥侗，二爲寒雲，三爲余，四爲張學良。此說盛傳於上海，後傳至北京。前十年余居海甸，人亦指余曰：此四公子之一也。」

庭矛盾衝突，則有其獨到之處：如移情別戀的男子種種心理與行為，不同性格女性羈縻丈夫的方式、手段，妯娌之間微妙的關係等，都能刻畫生動，甚至入木三分——這與大眾日常家庭生活的體驗頗能吻合，也是引發共鳴，吸引讀者的重要原因。如描寫夫妻之間吵嘴：

> 她說時，打開玻璃盒，取了一筒子煙捲出來，當的一聲，向桌上一板，拿了一根煙捲銜在嘴裏。將那銀夾子上的取燈，一隻手在夾子上劃著，取出一根劃一根，一連劃了六七根，然後才點上煙。一聲不響地站著，靠了桌子犄角抽煙。這是氣極了的表示。向來她氣到無可如何的時候，便這樣表示的。鳳舉對夫人的閫威，向來是有些不敢犯。近日以來，由懼怕又生了厭惡。夫人一要發氣，他就想著，她們是無理可喻的，和她們說些什麼？因此夫人做了這樣一個生氣的架子以後，他也就取了一根煙抽著，躺在沙發上並不說什麼，只是搖撼著兩腿。佩芳道：「為什麼不作聲？又打算想什麼主意來對付我嗎？」鳳舉見佩芳那種態度，是不容人作答覆的，就始終守著緘默。

神態、行為、心理，無不惟妙惟肖。無怪乎當時此書的一個很大的讀者群是「有文化的家庭婦女」〔註18〕。

此外還有一個深層原因，就是張恨水「新舊雜糅」的思想觀念。《金粉世家》一個重要的特色是其社會觀念、家庭觀念遊走於「新」「舊」之間，既反映出清末民初以來「西學東漸」、社會變革以致新文化運動的新思想、新觀念，卻又在很多問題上持守傳統的立場態度，如對於婚姻制度，一方面大講西方世界一夫一妻的好處，講多妻制帶來的麻煩與痛苦，可另一方面又以欣賞的態度講述賢惠大度的妻子金道之如何包容小妾，甚至助成丈夫把小妾帶入家庭。又如一方面大講男女平等，一方面又站到男性的立場上揭示女性「近之則不遜，遠之則怨」之類的「毛病」等。如果是一部「嚴肅」的文學作品，這種搖擺甚至混亂肯定會引起讀者的質疑。但作為報紙副刊連載的通俗之作，這種「新舊雜糅」反而有利於擴大讀者的範圍。

〔註18〕張友鸞：「《金粉世家》特別是有文化的家庭婦女，都很愛讀。」見范伯群著《中國現代通俗文學史》，北京大學出版社，2007年，第451-2頁。另魯迅1934年在上海給母親的信亦是張言佐證：「母親大人膝下敬稟者，……三日前曾買《金粉世家》一部十二本，又《美人恩》一部三本，皆張恨水作，分二包，由世界書局寄上。」

二

《紅樓夢》以寶、黛、釵的感情糾葛與賈府衰敗兩條線索相纏繞來結構全書,《金粉世家》亦步亦趨,在冷清秋感情經歷的同時描寫了金銓大家庭的盛衰。金銓是外交官出身的國務總理。這個身份使他兼具大官僚與開明紳士的品性。換個角度講,就是舊文化與新思想的結合體。他的家庭包括他的三個太太、四個兒子與四個女兒;故事開始時,子女中有四個已經結婚,仍然住在一起;隨著故事進展,又有一個兒子結婚。也就是說,這是一個包括了五個核心家庭的大家庭。大家庭中,有三個小家庭是多妻的;八個子女中,七個嫡出,一個庶出。可以說,中國封建大家庭的要素幾乎齊備。這種情況前可以比《紅樓夢》,後可以比《家》、《京華煙雲》與《四世同堂》。但作品所表現的家庭觀念,彼此卻有大相徑庭之處。

《金粉世家》作者對待大家庭的態度有明確批判的一面。

這種態度既可以從作者設計的金家「樹倒猢猻散」結局、從作品描寫的大家庭裏那些無謂的雞吵鵝鬥之中透露,也可從書中人物的一些直接有關的議論中看出〔註19〕。但是,張恨水對於大家庭制度的批判基本是停留在較淺的層次,亦即「兄弟鬩牆,孔方作祟」的水準。如金鵬振議論到分家所講,「本來西洋人,都是小家庭制度,讓各人去奮鬥,省得誰依靠誰,誰受誰的累,這種辦法很好。作事是作事,兄弟的感情是兄弟的感情,這決不會因這一點,受什麼影響。反過來說,大家在一起,權利義務總不能那樣相等,反怕弄出不合適來哩。」看起來引據西方制度,好似很深刻,但其實類似這樣的認識,中國古已有之。所以,即使在古代社會,多數的「大家庭」到第二代各有家室後也是要分炊另過的。而在新文化運動的前夜,1916、1917 年前後,對於傳統大家庭的批判早已超越了這一層次,不少先覺之士更進一步從「父權」與「專制」的角度,深入到大家庭權力結構之中,就其對家庭成員人格的壓制扭曲進行剖析。如陳獨秀 1915 年 12 月發表於《青年雜誌》的《東西民族根本思想之差異》所論「宗法社會,以家族為本位,而個人無權利,一家之人,聽命家長⋯⋯惡果蓋有四焉:一曰損壞個人獨立自尊之人格;一曰窒礙個人意思之自由;一曰剝奪個人法律上平等之權利(如尊長卑幼同罪異罰之類);一曰養成依賴性,戕賊個人之生產力。東洋民族社會中種種卑劣不法慘

〔註19〕《金粉世家》的一個特點是書中人物好發議論,特別是對於家庭、性別的話
　　　題。在相當多的場合,我們可以感到「人物」乃是作者自己意見的傳聲筒。

酷衰微之象，皆以此四者爲之因」。而《金粉世家》顯然不願意接受這樣「激進」的觀念，它對待大家庭總體的態度還是「溫情脈脈」的——裏面有「壞事」無「壞人」。這一點倒是與《紅樓夢》大體相似。

這種基本態度集中表現在大家長金銓形象的塑造上。金銓出場不多，幾乎在各個方面都是正面的，如對冷清秋的婚事，毫無門第俗見；評驚冷清秋的詩作，不乏眞知灼見，顯示出確有眞才實學；對子女的態度——三個女孩子全部送出國留學，對男孩子也是恨鐵不成鋼，但並不濫用威權。即使在小事情上，這個形象也是頗爲通達，甚至可親可愛的。如30回，老七金燕西做壽，金銓走來湊趣：

> 金銓四圍一望，見有許多花，説道：「怪不得我在屋子裏外老遠地就聞到一股濃香，屋子裏有這些個花呢。可是花太多了，把空氣也弄得太濃濁，轉覺不好，所以古人説，花香不在多。這是誰送的這些花？雅倒是很雅致，可惜不内行。」佩芳笑道：「這是秋香她們給七爺上壽的，她們懂得什麼叫雅致呢？」金銓摸著鬍子笑道：「她們也送禮嗎？」便回頭對燕西道：「人家幾個錢，很不容易的，你倒受她們的壽禮。」燕西道：「我原是這樣説，可是她們已買著送來了，只好收了。」金銓道：「你收了別人的禮，還要請請人，你對她們的禮，就這樣乾受了嗎？」燕西笑道：「我原是給她們備一席酒，讓她們自己去吃去。」金銓笑道：「世界上的事，就是這樣不平等，送花的人，倒沒有賞花飲酒的希望。我看這裡很有座位空著，也沒有外人，讓她們也坐上罷。」……金銓笑道：「我解放你們，你們倒不樂意嗎？」説時，一見各桌子上的人，都只是對著互相微笑。金銓一想，自己一些女兒不敢放浪，倒不要緊，這裡還有好幾位客，若讓他們也規規矩矩在這裡坐著，未免太煞風景。因笑著站起身來説道：「你們樂罷，我聽戲去。」因對他夫人笑道：「這是他們少年人集會的地方，你也可以去。」金太太道：「你自己方便罷，他們是不會討厭我的。」金銓在碟子裏拿了一個橘，一面剝，一面走著就離席了。

一位大家長，且身爲國務總理，在家人面前，包括僕婦使女面前，姿態如此親切，既不擺架子，又不使威風。作者筆下的金銓毫無裝腔作勢之嫌。這個大家庭的「父親」，不僅對家裏人親切平和，而且對丫環僕婦竟也説出「平等」、

「解放」的話來。且不論對於今天的讀者，這一形象的眞實感如何，只就文本傳達出來的信息而言，這個大家庭的家長的形象，這個「父親」的形象卻是威嚴中透著慈祥，嚴肅中兼有通達，是相當正面的。

小事如此，大事也是如此。全書大事莫過於小家碧玉冷清秋嫁入「宰相府第」。而此事能否實現，最大的關鍵是金銓的態度。在婚禮上，金銓作爲家長有一番長篇講話，也是刻畫這個人物的一道重彩：

（金銓）用很從容的態度說道：「今天四小兒結婚，蒙許多親友光臨，很是榮幸。剛才諸位對他們和舍下一番獎飾之詞，卻是不敢當。我今天借著這個機會，有幾句話和諸位親友說一說。就是兄弟爲國家作事多年，很有點虛名，又因爲二三十年來，總辦點經濟事業，家中衣食，不覺恐慌。在我自己看來，也不過平安度日，但是外界不知道的，就以爲是富貴人家。富貴人家的子女，很容易流於驕奢淫逸之途。我一些子女，雖還不敢如此，但是我爲公事很忙，沒有工夫教育他們，他們偶然逸出範圍，這事在所不免。所以從今以後，我想對於子女們，慢慢地給他一些教訓，懂點作人的方法。燕西和冷女士都在青春時代，雖然成了室家，依然還是求學的時代。他們一定不應辜負今天許多親友的祝賀，要好好的去作人。還有一層，世界的婚姻恐怕都打不破階級觀念。固然，作官是替國家作事，也不見得就比一切職業高尚。可是向來中國作官的人，講求門第，不但官要和官結親戚，而且大官還不肯和小官結親戚。世界多少惡姻緣由此造成，多少好姻緣由此打破，說起來令人惋惜之至！」他說到這裡，四周就如暴雷也似的，有許多人鼓起掌來。金銓是個辦外交過來的人，自然善於詞令，而且也懂得儀式。當大家鼓掌的時候，他就停了沒有向下說。鼓掌過去了，他又道：「我對於兒女的婚姻，向來不加干涉，不過多少給他們考量考量。冷女士原是書香人家，而且自己也很肯讀書，照實際說起來，燕西是高攀了。不過在表面上看起來，我現時在作官，好像階級上有些分別。也在差不多講體面的人家，或者一方面認爲齊大非偶，一方面要講門第，是不容易結爲秦晉之好的。然而這種情形，我是認爲不對的。所以我對於燕西夫婦能看破階級這一點，是相當讚同的，我不敢說是抱平等主義，不過藉此減少一點富貴人家名聲。我希望眞正

的富貴人家，把我這個主張採納著用一用。」說到這裡，對人叢中
目光四散，臉上含著微笑。男賓叢中，又啪啪地鼓起掌來。金銓便
道：「今天許多親友光臨，招待怕有不周，尚請原諒！今天晚上，還
有好戲，請大家聽聽戲，稍盡半日之樂。統此謝謝！」說畢，對來
賓微微鞠躬。

無論儀態風度，還是辭令觀念，幾乎都是無可挑剔。其中特別涉及到子女教
育與婚姻門第的那些話，表現出很清醒的認識，很通達開明的胸懷。而從作
品前後設置的情節看，金銓的這番演講絕非反諷筆墨。這番言論和金銓整體
形象完全吻合。冷清秋嫁入金府後，金太太受讒言蠱惑，還曾流露出些許
門第歧視的傾向。而金銓卻從未有過。可見他這番言論是「肺腑之言」。在一
定程度上，這番言論甚至還可看作是作者理想的婚姻觀念的流露（傳聲筒）
──儘管在故事演進中，理想是破滅了的。

　　在子女教育問題上，雖然四個兒子皆不成器，但作者筆下，金銓也還是
個相當不錯的父親。首先，他對大家庭制度的弊端，特別是權貴門第對子弟
們的腐蝕有相當清醒的認識，他給下屬寫信論及此事道：「中國大家庭制度，
實足障礙青年向上機會。小兒輩襲祖父之餘蔭，少年得志，輒少奮鬥，紈絝
氣習，日見其重。若不就此糾正，則彼等與家庭，兩無是處。」〔註20〕其次，
發現金鳳舉的劣跡後，當即致信其上司，要求免去他因祖蔭的職位，以此刺
激其個人奮鬥。同時，他的嚴格、嚴厲都不顯其粗暴，態度始終保持著理性。
如果說教育效果並不好，那作品的描寫也是歸咎於金銓「抓而不緊」，而不是
父權的失敗或缺位。與《紅樓夢》的賈政相比──金銓形象大體脫胎於賈政，
兩個形象同屬「嚴父」，同樣面對著不肖子弟，但金銓顯然要親切一些，「父
權」的負面色彩也要淡薄不少。

　　作為大家庭的另一位家長，金太太的形象也是較為「正面」的。她對出
身寒門嫁入金家的兒媳冷清秋講道〔註21〕：

　　　　前清的時候，講的是虛偽的排場。晚輩見了長輩，就得畢恭畢
敬，一家人弄得象衙門裏的上司下僚一樣，什麼意味？所以到了我
手裏，我首先就不要這些規矩。……你是個還沒有出學堂門的青年
人，自然那種腐敗家庭的老規矩，是不贊成的，不要以為我們是做

〔註20〕《金粉世家》第59回。
〔註21〕《金粉世家》第51回。

官人家，就過那些虛套，一家相處，只要和和氣氣快快樂樂，什麼
禮節都沒有關係。

這番話就是拿到二十一世紀，也是高明之論。而且，她平日裏的言行也大體
合乎這番議論。雖有家長的威權，卻基本不曾濫用。對子女，包括兒媳，都
是「慈」「嚴」並用，很少有以長輩身份壓迫年輕人的行為。

　　總之，儘管《金粉世家》聲稱反對大家庭制度，但就其塑造的大家庭之
家長形象來看，他的「反對」是很淺層、很溫和的。特別是對大家庭必然伴
生的專制權力，情節中完全付諸闕如。這就明顯與時代思潮脫節，而把自己
的身段放低到一般大眾、市民的水平。《金粉世家》歎息著大家庭的衰落——
不可避免的衰落，而歎息中我們聽出了作者脈脈的溫情。

三

　　在現代文學中，《金粉世家》是描寫多妻制家庭落墨最多的作品。書中的
大家長金銓「率先垂範」，娶了兩房姨太太；長子金鳳舉娶了個妓女晚香做妾，
還在外邊另起爐竈弄了小公館，結果鬧得家宅反亂——這是全書僅次於金燕
西與冷清秋之恩怨的另一重要情節；長女道之由日本歸國，帶入金宅的卻還
有個日本姨太太。三個多妻制的「核心家庭」，各有鮮明特色，既增加了矛盾
衝突的複雜性，也表現出作者對於婚姻制度的複雜態度與觀點。

　　從表面看，作者無疑是對多妻制持否定態度的。

　　三個多妻制的「核心家庭」，以金鳳舉這邊描寫最細。他的娶妾過程大體
經過三個階段。第一階段是逛妓院認識晚香，起意為她贖身；第二階段是偷
娶晚香為妾，在外面私建小公館，二人有短暫的「蜜月期」；第三階段寫金鳳
舉竭力維持妻妾兩面的關係，結果是兩面不討好，一切努力全告失敗，而晚
香徹底反目後，席捲全部財物逃走。整個過程不過三兩個月，對於金鳳舉來
說，卻是經歷了由天堂到地獄的跌落。其間反差最大的是小妾晚香的形象。
金鳳舉初見晚香時，眼中的晚香是「約計十五六歲」的「嬌憨」小姑娘；隨
行的朋友評價是「翩翩濁世之佳公子，用得著這一朵解語之花」〔註22〕。到
了第二階段，「鳳舉和晚香的感情，更加上了幾倍的熱烈」。而小公館的陳設，
富麗之外還帶上幾分清雅。「遊廊裏面，重重疊疊，擺下許多菊花」，「人走了
進來，自有一種清淡的香味」，「客廳裏，隨著桌案，擺下各種菊花」。門上的

〔註22〕這樣的話語，恰是當時人物議論所謂「四公子」時的常用語。

匾額是「宜秋軒」，對聯是「栽松留古秀，供菊挹清芬」。處處以菊花比喻晚香，似乎格調相當高雅〔註23〕。而在金燕西的眼中，這個晚香「活現是一個天真爛漫的人，並沒有什麼青樓習氣」。可是「蜜月」未出，兩人的關係便急轉直下。晚香的形象也隨之大變。在金鳳舉陷入妻妾矛盾而極力周旋的時候，她不但不予體諒，反而醋海生波大吵大鬧：「鳳舉見她說話，完全是強詞奪理，心裏真是憤恨不平。可是急忙之中，又說不出個理由來，急得滿臉通紅，只是歎無聲的氣。晚香也不睬他，自去取了一根煙捲，架了腳坐在沙發椅上抽著。用眼睛斜看了鳳舉，半響噴出一口煙來，而且不住地發著冷笑……將手上的煙捲，向痰盂子裏一扔，突然站了起來道：『屁話！哪個要你陪？要你陪什麼？……多謝多謝！我用不著要人陪，你可以請便回去。』」完全變成了潑婦的形象。

　　對此，金鳳舉感歎道：

> 我實在糊塗，何必一時高興，討上這樣一個人，平空添了許多麻煩？家庭對我一片怨言，這一位對我也是一片怨言。真是我們家鄉所謂，駝子挑水，兩頭不著實。

> 現在受了家裏夫人的挾制，又受外面如夫人的挾制，兩頭受夾，真是苦惱。自己怎樣遷就人家，人家也是不歡喜，自己為了什麼？為了名？為了利？為了歡樂？一點也不是！然則自己何必還苦苦周旋於兩大之間？這樣想著，實在是自己糊塗了，哪裏還能怪人？尤其是不該結婚，不該有家庭。

在上述天堂、地獄的描寫之後，這些感歎顯得是那樣刻骨銘心。

　　金銓的妻妾關係呢？在他生前似乎還沒有大的問題，一妻二妾之間基本能和平相處。不過，他曾和小妾翠姨議論多妻制問題，有一番很有意思的對話：

> （金銓）歎了一口氣道：「年輕的人糊塗。在高興頭上，愛怎樣辦，就怎樣辦。等到後來，他才會知道種種痛苦。一個男子，實在不必弄幾房家眷，還是象外國人一夫一妻的好，兩下願意，就好到頭，兩下不願意，隨時可以離婚。中國人不然，對於一個不滿意，就打算再討一個滿意的。殊不知一討了來，不滿意的更要不滿意，就是滿意的，也會連累得不滿意。譬如爛泥田裏搖樁，越搖越深，

〔註23〕這一番描寫是作品裏不多的帶有反諷意味的筆墨。

> 真是自己害自己。」翠姨笑道：「你這話是說自己嗎？」金銓道：「你
> 說我是說一般人也可以，說是說我自己也可以。無奈我不會作小
> 說，我若會作小說，我一定要作一部小說叫多妻鑒，把多妻的痛苦
> 痛說無遺。」翠姨道：「你嫌多妻嗎？未必吧？為什麼今年上半年有
> 人送一個丫頭給你，你還打算收下呢」

這是很有趣的一段對話。金銓的長篇大論，可以看作是作者觀點的「代言」。
「自己害自己」、「多妻的痛苦」，都和前文的金鳳舉的煩惱相照應，故可以看
作是作品所要表現的觀念。這種觀點也和金銓整個形象的開明、通達相一致。
但是，翠姨的反詰──你如此痛苦為何還要繼續納妾，卻使得金銓尷尬無比，
只好一走了之。這就把金銓，甚至包括金鳳舉、金鵬振、金燕西等在內的男
性們，在濫情問題上陷入的矛盾泥沼暴露出來。

雖然有這一番「多妻鑒」的慨歎，但金銓活著的時候，他的一妻二妾相
處似乎還算融洽。而等到他突然去世，一切就全都變了。首先是金太太和子
女們協同，算計著剝奪小妾翠姨的繼承權。接下來翠姨突然席捲財產潛逃。
前一個情節使我們想到《金瓶梅》中，西門慶身後，正妻吳月娘對待小妾潘
金蓮的手段。後一個情節使我們想到《紅樓夢》中「君生日日說恩情，君死
又隨人去了」的《好了歌》。總之，金銓的多妻家庭描寫也是指向於對這種婚
姻制度的否定。

不過，如果不是停留在作品的表面，而是深入一層，我們會發現作者的
否定是帶有「附加」成分的。

我們不妨來做兩個比較。

第一個是把《金粉世家》與《水滸傳》比一比，具體說就是拿晚香的形
象與閻婆惜的形象做一比較。

先要明確一下可比性，也就是比較、分析的基礎。這一基礎表現在三個
方面：首先，晚香與閻婆惜都是「外室」的身份──即別居在外的小妾（閻
婆惜也可算是宋江的「外室」）。其次，二者委身做妾都是因為錢財。再次，
晚香與金鳳舉反目，閻婆惜與宋江決裂，都是女方生了外心。

閻婆惜與宋江決裂，最後被宋江殺死。按說宋江殺死一個弱女子，讀者
的同情應在閻婆惜一面。但實際的閱讀效果卻不是這樣。文本對讀者的引導
是，閻婆惜咎由自取。除了閻婆惜紅杏出牆之外，這種效果的產生還與作者
對閻、宋矛盾的描寫直接相關。在面對閻婆惜的冷落侮辱與敲詐勒索時，作

品描寫宋江一再遷就，而閻婆惜卻是得寸進尺，步步緊逼，甚至有置宋江於死地的可能，終於迫使宋江使出了辣手。這樣一來，便使宋江站到了一個令人同情的位置，或者說文本就這樣把讀者同情心引導到了宋江身上。

這一點，《金粉世家》在描寫晚香與金鳳舉反目的過程頗爲相似。外宅建立後，金鳳舉總是千方百計來陪伴晚香。時間長了，妻子吳佩芳覺察到異常，開始加以管束，繼而又因爲開小公館欠下的債務逼得金鳳舉四處設法，無奈來得少了。而這兩種情況他都覺得不能告訴晚香，只好憋著放在肚子裏。晚香卻是毫不體諒，先是不論場合催逼鳳舉過來，而過來了又吵。講出的話一次比一次難聽。再到後來，全不顧及金鳳舉的臉面，做出種種讓金丟臉的舉動。而金鳳舉步步退讓，竭力維持。直到最後，晚香席捲全部財物逃走。

> 鳳舉見她說話，完全是強詞奪理，心裏眞是憤恨不平。可是急忙之中，又說不出個理由來，急得滿臉通紅，只是歉無聲的氣。晚香也不睬他，自去取了一根煙捲，架了腳坐在沙發椅上抽著。用眼睛斜看了鳳舉，半響噴出一口煙來，而且不住地發著冷笑，……將手上的煙捲，向痰盂子裏一扔，突然站了起來道：「屁話！哪個要你陪？要你陪什麼？……多謝多謝！我用不著要人陪，你可以請便回去。」……（鳳舉）抽身就走。他還未走到大門，晚香已是在屋子裏哇的一聲哭將起來。照理說，情人的眼淚，是值錢的。但是到了一放聲哭起來，就不見得悅耳。至於平常女子的哭聲，卻是最討厭不過。尤其是那無知識的婦女，帶哭帶說，那種聲浪，聽了讓人渾身毛孔突出冷氣。鳳舉生平也是怕這個，晚香一哭，他就如飛地走出大門，坐了汽車回家。

《水滸傳》寫宋江在「小公館」中被閻婆惜冷落的情形頗爲相似：

> 宋江坐在杌子上睖那婆娘時，復地歎口氣。約莫也是二更天氣，那婆娘不脫衣裳，便上床去，自倚了繡枕，扭過身，朝裏壁自睡了。宋江看了，上床去那婆娘腳後睡了。……半個更次，聽得婆惜在腳後冷笑。宋江心裏氣悶，如何睡得著？便穿了上蓋衣裳，帶了巾幘，口裏罵道：「你這賊賤人好生無禮！」婆惜也不曾睡著，聽得宋江罵時，扭過身來回道：「你不羞這臉。」宋江忍那口氣，便下樓來。

後面，閻婆惜步步緊逼，宋江步步退讓，到頭來被逼進死角，忍無可忍，便操刀殺死了閻婆惜。這兩段文字頗有相似處：男主角枯坐一旁，無奈「歎氣」；女人無情「冷笑」，決絕驅趕；男主角失意離開自己的「外宅」／「小公館」。我們之所以做這一比較，當然不是簡單地說張恨水模仿了施耐庵（但也不排除寫到這裡時想起《水滸傳》關於外宅的描寫），而是要彰顯二者一種類似的情況——作者帶有偏向的敘事態度對事件價值判斷的影響。《水滸傳》無疑是肯定、贊揚宋江的，它通過閻婆惜一連串不近人情，甚至刻薄狠毒的「表演」，就把讀者的同情引導到宋江身上。《金粉世家》這些筆墨同樣使讀者對晚香產生厭惡感，對金鳳舉的感慨處境產生些許憐憫乃至同情，對金鳳舉在此處境下發出的關於「女人」、「家庭」的感歎、議論產生共鳴與理解。

這種同情與理解的重心，就是在否定多妻制的時候，不是站到人類文明的高度，俯察其不人道，批判其對女性的歧視與不公——其實這一點在《鏡花緣》中已有表現，而是站在男性的立場，把多妻制帶來的痛苦歸結到小妾的素質，甚至是女人的秉性。這樣，壞制度的一部分責任就轉移到了女性的身上。而身為婢妾的女性本來是最大的受害者。

作者在性別立場、性別視角上的偏失，還可以透過另一對形象的比較看出。這就是同在《金粉世家》中的兩個小妾：晚香與櫻子。

晚香的形象已如上述。我們再來看看櫻子的形象。

> 櫻子雖然勉強坐下，卻是什麼話也不敢說，道之說什麼，她跟著隨聲附和什麼，活顯著一個可憐蟲樣子。清秋看見，心里老大不忍，就少不得問她在日本進什麼學校？到中國來可曾過得慣？她含笑答應一兩句，其餘的話，都由道之代答。清秋才知道她是初級師範的一個學生。只因迫於經濟，就中途輟學。到中國來，起居飲食，倒很是相宜。道之又當面說：「她和守華的感情，很好，很好，超過本人和守華的感情以上。」櫻子卻是很懂中國話，道之說時，她在一旁露著微笑，臉上有謙遜不遑的樣子，可是並不曾說出來。清秋見她這樣，越是可憐，極力地安慰著她，叫她沒有事常來坐坐。又叫老媽子捧了幾碟點心出來請她，談了足有一個鐘頭，然後才走了。
>
> 道之帶了櫻子，到了自己屋裏，守華正躺在沙發上，便直跳了起來，向前迎著，輕輕地笑道：「結果怎麼樣？很好嗎？」道之道：

「兩位老人家都大發雷霆之怒，從何好起？」守華笑著，指了櫻子道：「你不要冤我，看她的樣子，還樂著呢，不像是受了委屈啊。」

櫻子早忍不住了，就把金家全家上下待她很好的話，說了一遍。尤其是七少奶奶非常地客氣，像客一樣地看待。

一個謙恭守禮的小妾，一個大度寬厚的正妻，一個樂享齊人之福的男子，真是好一幅其樂融融的妻妾共存共榮圖景！如果把這一圖景和金鳳舉狼狽的遭遇對比來讀，一個自然而然的結論是：多妻制既能帶來痛苦，也能帶來幸福，而關鍵全在於當事的兩個女人的素質——金鳳舉碰上了妒忌的妻子和不明事理、貪鄙成性的小妾，便使當事三個人全都陷入痛苦；劉守華碰到了寬厚的妻子和賢淑明理的小妾，生活就一片歡聲笑語。

如此推論下去，男人不妨多妻，只要遇合淑女；女人不妨共事一夫，不妒忌便有幸福。這樣的結論，明顯是男性本位的，明顯是倒退回封建時代的道德標準了。

作者對待多妻制，既有順應時代潮流的否定、批判性描寫，也有上述溫情脈脈留戀性描寫。這種矛盾的態度在冷清秋與翠姨的對話中有集中的表現。冷清秋講：

> 中國的多妻制度，又不是一天兩天，如夫人做出驚天動地的事情的，也不知多少。女子嫁人做偏房的，爲了受經濟壓迫的，固然不少，可是也有很多的人爲了恩愛兩字，才如此的。在恩愛上說。什麼犧牲，都在所不計的，旁人就絕對不應看輕她的人格。

這番話正面討論「多妻制度」，從肯定小妾雖處卑位卻也能「驚天動地」、能實現「恩愛」來間接給予肯定（雖是有限度的）。而同時又有翠姨的反面看法：

> 一個女人，無論怎樣，總別去做姨太太，做了姨太太，人格平白地低了一級……有兒女也是枉然，一來庶出的，就不值錢……

這些話又是站到了女性立場上，同情小妾的遭遇，批評多妻制對女性的不公。有趣的是，作者沒有讓對話的雙方展開爭論，而是讓翠姨用一句「你所說固然不錯」把二者調和到了一起。這種寫法，對於報紙連載的通俗作品來說，實在是取巧的做法：各類讀者——守舊的、趨新的、男性中心的、女性解放的——都可以找到自己認可的觀點，自己喜歡的立場，於是就把讀者群實現了「最大化」。

四

　　《金粉世家》的「男性本位」，還表現在對女性從家庭中「出走」的描寫。

　　「出走」，是新文化運動前後，知識界對於女性決定自己命運而開出的一副頗有影響的藥方，也是歷時久長的一個社會熱門話題。

　　1914 年，春柳社演出《玩偶之家》，拉開了「出走」話題的序幕。1918 年，《新青年》出版《易卜生專號》，其中包括《娜拉》劇本。而同時刊出的《易卜生傳》則高調頌揚娜拉的「出走」行為：「當娜拉之宣佈獨立，脫離此玩偶之家庭，開女界廣大生機，為革命之天使，為社會之警鐘……易氏此劇真是為現代社會之當頭一棒，為將來社會之先導也。」此後，「出走」成為文學創作的熱門「母題」。1919 年，胡適創作劇本《終身大事》，成為第一個「中國版」的「娜拉出走」。接下來，《新人的生活》、《棄婦》、《卓文君》、《潑婦》等相繼問世，也都是以「出走」為女性爭取獨立解放的良方，以「出走」為作品的高潮與結穴。在這股文學創作的熱潮中，魯迅以其特有的犀利看出了問題的另一面，先是在 1923 年發表演講《娜拉走後怎樣》，繼而又寫出了《傷逝》，使得「出走」話題有了深入的新路徑〔註24〕。

　　正是在這樣的背景之下，張恨水以「出走」為冷清秋的命運選擇，以「出走」作為全書的結局，以及結構的大框架。

　　同情、肯定冷清秋的出走行為，這無疑是作品的亮色。對此，不少論者給予了頗高的評價。不過，如果我們以之與同時代、同題材的作品相比較，就會發現張恨水筆下的「出走」仍然帶有「通俗」的痕跡。如果從魯迅提出的「娜拉走後怎樣」的角度看，其思想深度還是有較大差距的。

　　我們不妨也來做兩個比較，一個是與古典作品比，一個是在《金粉世家》內部比。

　　張恨水在中國古代小說中最熟悉《紅樓夢》，其次便是《儒林外史》。他多次提到自己在創作中有意借鑒《儒林外史》。不僅在《春明外史》中可以看到這種借鑒的結果，而且如果細心閱讀的話，《金粉世家》中也不難發現借鑒《儒林外史》的痕跡。如金燕西結詩社的情形，如金氏兄弟身邊的幾位幫閒形象等。就是女主角冷清秋，也有借鑒的「嫌疑」，特別是在作品開端部分塑

〔註24〕參看《〈玩偶之家〉在中國的回響》，易新農、陳平原，《中山大學學報》1984 年第二期。

造的形象上──「出走」之後的表現。

《儒林外史》第四十一回有這樣一段文字：

> 兩人都微微醉了。蕩到利涉橋，上岸走走，見碼頭上貼著一個招牌，上寫道：「毗陵女士沈瓊枝，精工顧繡，寫扇作詩。寓王府塘手帕巷內。賜顧者幸認『毗陵沈』招牌便是。」武書看了，大笑道：「杜先生，你看南京城裏，偏有許多奇事！這些地方都是開私門的女人住。這女人眼見的也是私門了，卻掛起一個招牌來，豈不可笑！」

其後，二人到沈宅探看，發現沈瓊枝確屬落魄才女，是從豪門「出走」來此，於是給了力所能及的幫助。而《金粉世家》的開篇寫冷清秋的出場，有這樣一段文字：

> 我到了廟門口，下了車子，正要進廟，一眼看見東南角上，圍著一大群人在那裏推推擁擁。當時我……向裏看去，只見一個三十附近的中年婦人，坐在一張桌子邊，在那裏寫春聯。……牆上貼著一張紅紙，行書一張廣告。上面是：「飄茵閣書春價目。諸公賜顧，言明是貼在何處者，當面便寫。文用舊聯，小副錢費二角，中副三角，大副四角。命題每聯一元，嵌字加倍。」這時候我的好奇心動，心想，……也許她真是個讀書種子，貧而出此。但是那「飄茵閣」三字，明明是飄茵墜溷的意思，難道她是潯陽江上的一流人物？

其後，「我」到婦人家中探看，發現婦人（即冷清秋）確屬落魄才女，是從豪門「出走」來此，於是給予了力所能及的幫助。兩段文字相較，諸如文人閒走，看到「廣告詞」，心生疑惑，對女子身份的猜想，等等，境況頗有相類之處。而《儒林外史》後面有對沈瓊枝詩才的加意描寫，則與《金粉世家》中冷清秋的詩才描寫也有聯想的空間。

指出這些，並非要揭出張恨水有所借鑒的「老底」，而是要說明：1、張恨水筆下的「出走」既有時代潮流的影響，也有繼承傳統的成分。2、張恨水刻畫冷清秋這個形象，一定程度上與杜少卿憐惜落魄才女沈瓊枝的心理近似，而與魯迅之於子君大相徑庭。

第二個比較是在《金粉世家》的內部。《金粉世家》中寫了兩個「出走」，人們往往只關注其中的一個：冷清秋的「出走」，而很少注意另一個。另一個

「出走者」是丫環小憐。

　　小憐在書中雖非主角，但也不是無關緊要的小配角。如果拿《紅樓夢》來類比，她近似於鴛鴦；如果拿晚出的《家》來類比，她近似於鳴鳳。她是拒絕了做小妾的命運之後，主動結識了柳春江，然後不辭而別，逃離了「宰相府第」。在作品的前四分之一中，小憐的「戲份」是比較多的。金鳳舉、金燕西都把她視爲獵豔的對象。而她的「出走」，在作品中也是一個重要情節。如果她不出走，金鳳舉和晚香的「孽緣」就不一定會結下。她「出走」之後，闔府議論紛紛：

　　　　潤之笑道：「小憐眞走了？我很是佩服她有毅力，能實行自由戀愛。」

　　　　佩芳道：「要你這樣大發脾氣做什麼？人是我的，我願意她走，就讓她走。你有什麼憑據，敢和柳家要人？……我好人做到底，由她去。她若上了別人的當，也不能怪我。」

頗顯出開明的家風。

　　先寫小憐「出走」，後寫冷清秋「出走」，從構思的路數看，倒是與《紅樓夢》先寫晴雯輾轉病榻、傷心絕命，後寫黛玉輾轉病榻、焚稿斷癡情相近。

　　同樣是「出走」，可以拿來比較的是「出走」之後的命運。

　　「出走」之後的命運，是一個非常現實的問題。而這個問題的答案之深淺，可以天地懸隔。魯迅是最早提出問題的，他的答案也很具體：

　　　　補救這缺點起見，爲準備不做傀儡起見，在目下的社會裏，經濟權就見得最要緊了。第一，在家應該先獲得男女平均的分配；第二，在社會應該獲得男女相等的勢力。可惜我不知道這權柄如何取得，單知道仍然要戰鬥；或者也許比要求參政權更要用劇烈的戰鬥。

他使用了「戰鬥」這個詞，而且使用了兩次，還使用了「劇烈的」做修飾語。至於戰鬥的結果，他悲觀地以「不知道」來回答。這是一個思想家的答案，惟其「不知道」而更見其深刻。

　　張恨水在小說裏通過人物的命運寫出了自己的答案。

　　冷清秋「出走」之後，隱姓埋名，依靠自己的一點語文修養，通過教私塾、寫春聯一類的事情糊口，晚間還要做手工活。可以說是掙扎過活。用她自己的話講，是十分心酸的處境：

　　「不得已才去這樣拋頭露面。稍微有點學問有志氣的人，寧可
　餓死，也不能做這沿街鼓板一樣的生活……人家看見是婦人賣春，
　好奇心動，必定能買到一兩副的。」說著臉一紅。又道：「這是多麼
　慚愧的事！」

這樣辛苦，甚至伴隨屈辱的勞作，換來的生活是怎樣的呢？在「我」眼中見
到的是：

　　用兩隻洋瓷杯子斟上兩杯茶來。兩隻杯子雖然擦得甚是乾淨，
　可是外面一層琺瑯瓷，十落五六，成了半隻鐵碗。杯子裏的茶葉，
　也就帶著半寸長的茶葉棍兒，浮在水面上。我由此推想他們平常的
　日子，都是最簡陋的了。

　　一個頗具才分的女性，「出走」之後，志向清高，自食其力，晝夜辛苦，
卻只落得個勉強糊口的結果。

　　那另一個呢？

　　第九十八回，金家敗落之後，小憐卻衣錦榮歸了。原來她「出走」之後，
嫁給了柳春江。而柳春江是個「有出息」的男人，帶著她出國到日本，終於
「混出了人樣」。本來她是丫環的身份，而且是背主潛逃。可現在又有地位又
有錢，回到金府，不但是原來的小姐妹們豔羨不已，就是原來的主子們也換
了面孔，換了稱呼：

　　金太太……立刻站起身來，點頭笑道：「好！很好。」接著，用
　了一句問行人的套話：「幾時回來的呢？」小憐道：「回來一個禮拜
　了，早就應該回來請安的。」說時，身子偏著站在一邊。金太太笑
　道：「快別這樣稱呼了，你現在總是一位少奶奶，柳府上也是體面人
　家，……我們家也不嫌多一門親戚。你總是客，坐下罷。」……金
　太太道：「那也好，你去罷。你回來了，我很歡喜，我有許多話，要
　和你談一談呢。」說畢，她卻情不自禁地歎了一口氣。

　　小憐進來，見佩芳手上抱了一個孩子，……掏出一把小金鎖來，
　提了絲縧，掛在孩子脖子上。佩芳……接過孩子，抱了他向前搖搖
　身子，笑道：「謝謝姑母了。」小憐對於這種稱呼，也沒有什麼表示，
　只是一笑。

當年的丫環成了小少爺的「姑母」，這位「姑母」也坦然居之不疑。原因很簡
單，她先賞給舊日的小主人一把「小金鎖」。然後，她又拿出「兩隻細絲藤蘿」，

「裏面左一包右一包的紙包，紅紅綠綠的」，從上到下逐一打賞。原來有些不太服氣的僕人侍女，看到這些東西也就沒話可說了。

這種揚眉吐氣的感覺，很像《金瓶梅》中丫環龐春梅衣錦榮歸的描寫。龐春梅能夠榮歸西門府，原因很簡單，嫁了一個好老公，又駕馭住了這個老公。小憐命運的轉折不只是「出走」，而且還有同樣的「嫁了一個好老公，又駕馭住了這個老公」的要素。甚至後者才是決定性的要素。「飛上枝頭變鳳凰」，這是吳梅村描寫陳圓圓命運轉折的名句。移用過來無比貼切：要變鳳凰麼？先要有一個足以棲身的高枝！

兩個「出走」者，結果迥然不同。所差者只在有沒有自己棲身的高枝。這個高枝不是別的，就是一個有出息的男人。

《金粉世家》正是用自己講述的故事給出了「出走之後怎樣」的答案。「出走之後的」小憐揚眉吐氣，「出走之後的」冷清秋經濟窘迫，藏頭露尾，心有餘戚，可憐可悲。強烈的反差自然而然地告誡了讀者：小憐「傍」對了男人，駕馭住男人，便有了幸福；清秋「傍」錯了男人、脫離了男人，便淪落潦倒。儘管作品裏多次借人物之口主張女子自立，但一個情節的說服力強於作者自己出面議論十遍。如此敘事的效果，便有力地抹殺了「女性自立」的主張。

客觀地講，《金粉世家》爲兩位「出走」者安排的不同命運，可能是合乎「現實」的。只不過，這樣的「現實」是屬於世俗的——小說也因此被世俗所理解、所接受；這樣的「現實」也是屬於男性中心的社會的，由此衍生出的觀念在一定程度上有利於舊有的男性中心主張。

第四節　老舍的《離婚》及其家庭小說

一

老舍的《離婚》作於 1933 年，恰在我們所要討論的這第二個十年的中間。在過去比較長的時間裏，《離婚》沒有受到應有的重視。這和人們對這部作品性質的基本判斷有關。研究者通常把它一般性地歸之於「表現市民生活」一類，甚或概括爲「平淡無奇的生活，展示了一種北京的市民性格和古都文化」〔註25〕。其一定程度的被忽視，緣於兩個方面的原因：一方面是背景座

〔註25〕馬良春、張大明《中國現代文學思潮》，北京十月文藝出版社，1995 年，第744 頁。

標的選擇，當我們把三十年代的文壇歸結為「左翼」主導並強調其鬥爭歷程的時候，《離婚》自然由於所寫為「灰色人物的灰色生活」〔註26〕而被置於邊緣；另一方面是老舍此時的政治立場頗有曖昧之處，文本中也確乎有些「讕語」。假如我們換一個視角來看這部作品，暫時把意識形態的背景因素擱置起來，就會發現它的另一方面的價值所在。

　　毋庸諱言，《離婚》寫的是市民社會的生活，生活也確實是「灰色的」，可是具體說來，所寫是市民的什麼生活呢？換句話講，是生活的哪個方面呢？文學總是具體的。離開了具體的內容去進行社會學的概括往往就會殺死了真正意義上的文學。老舍本人在談到他創作《離婚》的過程時講：

> 在寫《離婚》以前，心中並沒有過任何可以發展到這樣一個故事的「心核」，它幾乎是忽然來到而馬上成了個「樣兒」的。——我得使「張大哥」統領著這一群人，這樣才能走不了板，才不至於雜亂無章。他一定是個好媒人，我想；假如那些人又恰恰的害著通行的「苦悶病」呢？那就有了一切，而且是以各色人等揭顯一件事的各種花樣，我知道我捉住了個不錯的東西。——《離婚》在決定人物時已打好主意：鬧離婚的人才有資格入選。一向我寫東西總是冒險式的，隨寫隨著發現新事實；即使有時候有個中心思想，也往往因人物或事實的趣味而唱荒了腔。這回我下了決心要把人物都拴在一個木椿上。〔註27〕

可見老舍是很重視他所選擇的「離婚」這個獨特角度的。他不僅是要以此作為組織全篇的中心——「拴在一個木椿上」，而且要「揭顯一件事的各種花樣」，也就是說要在作品中充分表現、揭示「離婚」這一家庭現象的複雜、多樣的形態與過程。

　　《離婚》一共描寫了七對怨偶。兩對在舞臺的中心：老李夫婦和老張夫婦；三對作為陪襯在舞臺的邊緣：吳太極與「方墩」、邱先生和「牙科展覽」、馬少奶奶和馬克同；另外兩對是背景式的淡淡地出現在天幕上：丁二爺夫婦、所長和所長太太。故事從老李身上展開。老李有一個完整的標準的家庭——上有父母下有妻小，兩個孩子一男一女，但他一人在北平的財政所作科員，把妻小丟在了鄉下。他對自己的婚姻不滿，嚮往著有愛情的家庭生活。他的

〔註26〕 同上，第 743 頁。
〔註27〕 老舍《老牛破車》，《老舍全集》第 15 卷，人民文學出版社，1999 年。

同事張大哥是典型的「老北平」，熱心於一切市井中的、小職員之間的俗務。在張大哥的慈恩、安排下，老李把妻子、兒女接到了身邊。於是本來疏遠的家庭關係一下子變得緊張起來，離婚的陰影時時籠罩在家庭上方。小說的前一半主要寫老李面對離婚的心路歷程，同時把老張看似和諧的家庭拿來時時和老李作著對比。小說的後一半插入了老張家庭遭遇橫禍，兒子被誣「共黨」而入獄，老張也因此丟了差使。老張的「幸福家庭」忽然陷入了水深火熱。老李挺身而出要幫老張，卻是有心無力。倒是一向被看作廢物的丁二爺，像個俠客一樣的懲惡扶危，救了張家。與此同時，吳家、邱家都鬧開了離婚，家庭衝突和財政所的各種是非糾纏到了一起。老李在失望於自己婚姻的情況下，對處於棄婦境地的馬少奶奶暗生情愫，並把自己理想的「詩意」幻想到她的身上。但是，無論是幻想中的幸福，還是現實中的感情折磨，老李都不能對其作出有意義的決斷。他為自己找到的理由就是：家庭。作品的最後，幾對鬧離婚的都偃旗息鼓，乏味的破裂的家庭都依舊維持，臭腐的社會也依舊運轉，只是曾有過變革願望的老李破滅了一切希望，辭去別人豔羨的職務，黯然去了鄉下。

這部作品在當時的小說之林中，一個突出的特色是，以數十萬言的長篇集中描寫了普通的家庭生活。雖然整部作品的筆調是調侃的、幽默的，但調侃、幽默都是建立在細膩入微的寫實基礎之上。由於作者對老北平的人情世故的爛熟，所以當他的筆觸深入到這些普通人的家庭之中時，家庭內外的人際關係、家庭的衣食住行、家庭的雞吵鵝鬥，等等，都在筆下栩栩如生地流淌出來。於是，就成為了表現那個時代家庭題材最為成功的文學作品。

與魯迅作品中的家庭題材比較，老舍之作的一個明顯區別就是：啟蒙式的對禮教與愚昧的批判幾乎完全消失，代替的是對具體的人生與社會問題的批判；作品中透過正面人物表現出的與社會擔當相關的思想彷徨幾乎完全消失，代替的是對於個人現實人生的困惑。這和六、七年間中國社會發生的巨大變化是密切相關的。

大革命退潮之後，對於北方城市裏的普通人來說，政局的相對穩定使得他們對日常生活的興味更加濃厚了。對於今天的歷史講述人來說，當時最有意義的場景應該是在江西僻遠山區發生的武裝對抗。但是，對於當時的北方城市的市民，包括大多數讀書人，如果說「革命」這個字眼還出現在他們生活中的話，除了在官方話語中的另具內涵的詞兒之外，更多的是成為了一種

遠離自己的背景。這種背景既包括正在淡出的大革命的模糊記憶，又包括零星傳入耳中的「革命分子」的「另類」言行。老舍本人 1924 年赴英，1930 年歸國，無論是北伐還是「4.12」事變，他都沒有親歷。如果說他在英國寫《二馬》的時候，馬威的形象還多少帶有「五四」影響痕跡的話，他在三十年代初對激進青年與「革命」的描寫就完全浸染、認同於上述俗世的態度了。《離婚》中間或拿「共產」與「馬克司（即馬克思）調侃，就是這種庸俗態度的體現。如寫老張的兒子天真───一個不成器的「壞學生」：

> 天真漂亮，空洞，看不起窮人，傾向共產，錢老是不夠花，沒錢的時候也偶而上半點鐘課。

> 天真的行為也來得奇。說他是共產黨，屈心；不是，他又一點沒規矩，沒準稿子。

> （天真）先買了東西，而後硬往家裏送賬條；資本老頭沒法不代償，這叫做不流血的共產法。

又如寫老張的哲學：

> 假如人人有個滿意的妻子，世界上決不會鬧「共產」。張大哥深信此理。革命青年一結婚，便會老實起來，是個事實。張大哥於此點頗有證據。

> 「共產黨！」張大哥笑著喊，心中確是不大得勁。在他的心中，共產之後便「共妻」，「共妻」便不要媒人；應當槍斃！

當然，作者的主旨絕不在於評價或是攻擊共產黨，而是調侃張大哥和張天真的淺薄、無聊。但是，毋庸諱言，作者對於革命與激進的政治活動是持有嘲諷態度的，而「共產」、「革命」已經成為敘事時帶有負面的或準負面色彩的背景語境。至於對馬克同的描寫，就更為庸俗化：

> 「千萬不要動，同志！馬克同，馬克司的弟弟。這是，」他介紹那位女的「高同志，與馬同志同居。記得這屋是馬同志的，同志你為何在此？」

> 馬同志是個不得意的人，心中並沒有多少主意，可是非常的自傲。他願意做馬克司的弟弟，可是他的革命思想與動機完全是為成就他自己。──他那最好的夢是他自己成為革命偉人，所以臉上老畫著「你看我！」──他以為一男多妻，或是一妻多男，都是可以的，任憑個人的自由，旁人不必過問。──他總以為革命者只需坐

> 汽車到處跑跑，演說幾套，喝不少瓶啤酒，而後自己就成了高高在
> 上的同志。

這種極度小丑化的寫法，所流露的厭憎態度甚至在那個主要反面人物小趙之上。無論作者當時的政治見解如何，這樣的筆墨總歸是流於了浮薄、油滑。幾年後，老舍在《駱駝祥子》中描繪了一個被處死的革命黨阮明，其形象是「壞學生」加「投機分子」。「壞學生」加「投機分子」等於革命青年。這是三十年代老舍作品的一個類型化手法。他同樣用在《離婚》中，「馬同志」與天真各有阮明的一部分，而總體模具卻是一樣的。這不是偶然的率筆。與魯迅的《紀念劉和珍君》相比，立場與價值取向不啻霄壤（阮明的處死場面也可與魯迅筆下的《藥》、《阿 Q 正傳》比較，其結果與此相類）。這種差異，固然首先是作家個人政治態度的不同，但時代的變遷也是不容忽視的一個因素。

　　指出這些，並非要揭示「局限性」或是批判什麼，而是要說明老舍寫作本文的時候，他的市民化的政治態度。而這種政治態度直接決定了他寫作《離婚》時對主題及立場的選擇：只討論家庭、婚姻與普通人的生存狀態的關係，只取一般意義的文化視角，放棄歷史的縱深感，放棄俯瞰的宏大視角。

　　老舍持這樣的態度，還有一個原因是：在這十餘年間，中國的大城市——尤其是沿海的大城市，人們的生活方式發生了很大的變化。茅盾《子夜》中對三十年代初上海的描寫集中傳達了這樣的信息，正如李歐梵所概括的：

> 小說的第一頁就透露了一個矛盾的信息：外國資本主義統治下的上海雖然很可怕，但這個港口——在我看來茅盾希圖用他的華麗筆觸來傳達的——熙熙攘攘的景象，還是滲透出了她無窮的能量：LIGHT，HEAT，POWOR！這三個詞（光、熱、力），再加上 NEON（霓虹燈），在中文本中用的是英語，顯然強烈地暗示了另一種「歷史真實」：西方現代性的到來。而且它吞噬性的力量極大地震驚了主人公的父親，使這個傳統中國鄉紳迅速命赴黃泉。〔註28〕

　　對於本文所要討論的問題來說，李歐梵對《子夜》的解讀還有另外的意義：經濟、社會生活的變化對文化傳統的衝擊，甚至超過了激進的政治運動。當然，上海是在這方面走得最快的，但也不是唯一的。天津、青島、哈爾

〔註28〕《上海摩登——一種新都市文化在中國》，李歐梵，北京大學出版社，2001
　　　年，第4～5頁。

濱、廣州等大城市也是緊跟其後的。風氣、時尚總是由社會上層向下層傳播的。新的富人階層、新的權貴階層接受了西方的洋房、沙發、電影、舞場、美容廳，也同時接受了相應的社交禮儀、生活方式以及家庭觀念，等等。此時，國民政府出臺的一列關於家庭、婚姻的法令，也證明了社會上層的家庭觀念比起五四前後已經有了很大的變化。因此，對於家庭、婚姻這個話題，封建批判的意義在城市裏日漸模糊，有錢有勢的人們在西化的同時，追求著「摩登」的生活方式，他們已經從享受人生的角度痛快地拋棄了傳統。而他們的生活方式由於其地位而產生著巨大的示範作用，也影響著政府的政策法令。這些政策法令雖然緩慢卻有力地推動著變革。何況，在某些特殊的地區，更爲徹底的反傳統已經隨著革命的武裝割據而由思想變成爲現實。所以，這個話題不再像十年前那樣完全是承擔著使命般的意義，也不再具有十年前那樣的沉重的意味，而漸漸地與現實生活中的瑣屑事務、與更具普遍性的細節性話題產生了越來越密切的關係。老舍選擇了「老張」與「老李」這樣最爲普通最爲常見的泛稱，來作筆下兩個主角的稱謂，隱約地也透露著自己這樣的創作意圖。

當然，這只是問題的一個側面，五四所開始的話題並沒有驟然消失，在另外一些作家的筆下仍在延續，甚至在張揚——下文另述。只不過新的趨勢出現了，文學中也就有了相應的表現——雖然是不自覺的，老舍由於他是老舍，便適逢其會的承載了這一運勢，於是也就出現了如此表現家庭題材的《離婚》。

《離婚》中的家庭觀念主要是通過老張與老李的家庭生活來表現的。照老舍自己的說法，他是先想到老張這樣一個標準北京市民的形象，並決定以他爲核心來展開故事的。但事實上，老張與老李既是分流對峙、相互映襯的，又是略有主次，用墨不同的。嚴格地說，全篇的中心是介乎市民與讀書人之間的老李，而且越是到後面這一點越明顯。

老張的形象代表了大多數市民——特別是北京老派市民。這是作者十分熟悉的一類人，所以寫來得心應手。他的生命的主題詞就是「現實」、「常識」、「熱鬧」、「俗氣」。在老李的眼中，老張的形象是「他的宇宙就是這個院子，他的生命就是瞎熱鬧一回，熱鬧而沒有任何意義。不過，他不是個壞人——一個黑暗裏的小蟲，可是不咬人。」

老李呢，情況就比較複雜。從作品的表層看，他是作者設計來和老張作

對比的一個形象，尤其在前一半，兩個人物和他們的兩個家庭處處對比著寫，
關聯著寫。這種對比與關聯的意味，可以從以下兩段老李的心理活動中看得
清清楚楚：

> 　　張大哥對了，俗氣凡庸，可是能用常識殺死浪漫，和把幾條被
> 浪漫毒火燒著的生命救回。從另一方面說，常識殺死了浪漫，也殺
> 死了理想與革命！老李又來到死胡同裏，進是無路，退又不得勁。
> 菱，小丫頭片子，可愛，張大嫂的乾女兒，俗氣！
>
> 　　拿著紙包上廚房，這好像和「生命」，「真理」，等等帶著刺兒的
> 字眼離得過遠。紙包，瞎忙，廚房，都顯著平腐老實，至好也不過
> 和手紙，被子，一樣的味道。可是，設若他自己要有機會到廚房去，
> 他也許不反對。火光，肉味，小貓喵喵的叫。也許這就是真理，就
> 是生命。誰知道！

老張的生命全部是由手紙、被子、火光、肉味之類最現實、最物質的內容填
充起來的，所以在他未遭橫禍之前，對家庭、婚姻完全是「司空見慣」式的
滿足；而老李則多了一點精神的內容——儘管是恍惚的、搖擺的、膚淺的，
所以他對生活的內容以致生命的存在狀態都抱有懷疑、不滿的念頭。

　　作品的前一半，「浪漫的」、「恍惚的」老李在「實在的」、萬能的老張面
前，經常感到自卑，甚至懷疑自己的價值、自己的理想。情節發展到後一半，
老李漸漸挺起了腰桿，老張漸漸頹靡下去。雖說作者筆下對兩個人物都是既
有同情又有批評，但實在是有所軒輊的。所以如果潛入到作品的深層，我們
會感覺到作者在老李的身上寄寓了較多的自我體驗。也就是說，作者之於老
李，一方面是造物與作品的關係，一方面又是此在與鏡像的關係。搞清這一
點，對於分析《離婚》對家庭題材之表現，以及《離婚》的家庭觀念等，都
是十分必要的。

二

　　我們先來看作品中張大哥的家庭。

　　張大哥是老舍最為熟悉的「老北京」形象。在《我怎樣寫〈離婚〉》中，
老舍動情地講：「啊！我看見了北平，馬上有了個『人』。我不認識他，可是
在我廿歲至廿五歲之間我幾乎天天看見他。——我不放手他了。這個便是『張
大哥』。」而小說中的其他因素，包括「離婚」這個中心情節和真正的主人公

老李，都是由它派生出來的。在作品的前一半，作者饒有興味的描寫著這個人物的行動坐臥，彷彿從中感受著老北京的鄉情。

老張是財政所的一個二等科員，負責各類庶務，所以算是個肥缺，也就有廣泛的交遊。張大哥對社會上的事情永遠是睜一隻眼閉一隻眼，永遠是既不激進也不太守舊：

> 他的經驗是與日用百科全書有同樣性質的。哪一界的事情，他都知道。哪一部的小官，他都作過。哪一黨的職員，他都認識；可是永不關心黨裏的宗旨與主義。無論社會有什麼樣的變動，他老有事作，而且一進到個機關裏，馬上成為最得人的張大哥。

張大哥的人生最大樂趣就是作媒，而且有一套相關的「哲學」：

> 張大哥以為政府要能在國歷元旦請全國人民吃涮羊肉，哪怕是吃餃子呢，就用不著下命令禁用舊曆。肚子飽了，再提婚事，有了這兩樣，天下沒法不太平。

> 「以婚治國，」他最忙的時候才這麼說。

由於喜歡做媒，他也就介入了很多「朋友」的家事。他認為媒人的職責決不是到姑娘上了花轎或是汽車，而是要延伸下去，要長期負責，所以他就對別人家庭裏的事情特別感興趣。於是，作者就使他和老李的家事糾纏到了一起——「張大哥這程子精神特別好，因為同事的老李『有意』離婚。」

在老舍筆下，張大哥自己的家庭也是一個典型的核心家庭，一夫一妻，一子一女。兩個孩子都上了大學，家裏過得挺富裕，豐衣足食之外還有閒錢置辦一點房產。他的家庭理想就是男人有好東西吃——最好就是涮羊肉；女人有好衣服穿，而且樂於操持家務；然後就是傳宗接代，所謂「小孩就是活神仙，比你那點詩意還神妙的多。小孩的哭聲都能使你聽著痛快」。其他並無奢望，包括子女的前程：

> 張大哥對於兒子的希望不大——北平人對兒子的希望都不大——只盼他成為下的去的，有模有樣的，有一官半職的，有家有室的，一個中等人。——大學——不管什麼樣的大學——畢業，而後鬧個科員，名利兼收，理想的兒子。做事不要太認真，交際可得廣一點，家中有個賢內助——最好是老派家庭的，認識些個字，胖胖的，會生白胖小子。

張大哥的家庭觀念世俗、保守，但根本點是實用——包括必要的趨時。

比如堅決反對老李追求愛情的夢想，用俗的可笑的語言來「開導」老李：

> 「不管是什麼吧。哼，據我看詩意也是婦女，婦女就是婦女；你還不能用八人大轎到女家去娶詩意。簡單乾脆的說，老李，你這麼胡思亂想是危險的！你以為這很高超，其實是不硬氣。怎說不硬氣呢？有問題不想解決，半夜三更鬧詩意玩，什麼話！壯起氣來，解決問題，事實順了心，管保不再鬧玄虛，而是追求——用您個新字眼——涮羊肉了。哈哈哈！」
>
> 「你不是勸我離婚？」
>
> 「當然不是！」張大哥的左眼也瞪圓了，「寧拆七座廟，不破一門婚，況且你已娶了好幾年，一夜夫妻百日恩！離婚，什麼話！」
>
> 「那麼，怎辦呢？」
>
> 「怎辦？容易得很！回家把弟妹接來。她也許不是你理想中的人兒，可是她是你的夫人，一個真人，沒有您那些《聊齋誌異》！」
>
> 「把她一接來便萬事亨通？」老李釘了一板。
>
> 「不敢說萬事亨通，反正比您這萬事不通強得多！」張大哥真想給自己唱一聲彩！「她有不懂得的地方呀，教導她。小腳啊，放。剪髮不剪髮似乎還不成什麼問題。自己的夫人自己去教，比什麼也有意味。」

這一番對話是老張的「家庭－婚姻」觀念的「宣言」。一方面，他堅決維護傳統的婚姻制度，把婚姻直截了當地看作就是男人女人一起過日子而已，所以嘲笑對愛情的追求是「《聊齋誌異》」；主張「婦女就是婦女」，沒有必要也不可能附加什麼「詩意」、「理想」。對於老李試圖擺脫無愛婚姻的念頭，他「瞪圓」了眼指斥，並從傳統的民間思想資源中尋找出「寧拆七座廟」、「一夜夫妻百日恩」的理由來做支撐。可是另一方面，他又有趨時的一面，教導老李要「自己的夫人自己教」，要讓來自鄉下的太太跟上時代潮流——如放腳、剪髮，還有城市裏必要的社交。總之，他的宗旨就是順應現實，按「常識」辦事。

老舍對張大哥的家庭，以及張大哥的家庭觀念的看法是通過兩種方式表達出來的。一種是通過老李的所見所思，一種是通過情節展開的衝突。

由於在多數情況下，作者是以老李的立場和視角作為敘事的立足點的，所以老李的思考和感受在一定程度上代表著老舍的態度。老李對老張家庭

生活方式和他的「高論」是既不肯認同，又有些心旌搖動。所以當他看著老張夫婦非常「充實」地生活著，身在其中地體會著這樣的家庭裏彌漫著的「人間煙火氣」時，他開始懷疑自己堅持的家庭理想主義了。如前所述，老李把張大哥的家庭生活概括爲「平腐老實」，而且把其內容概括爲「手紙」、「廚房」、「被子」，顯然是隱含著更粗鄙的也是更現實的市井觀念——「吃喝拉撒睡」。有趣的是，老李是把手紙、被子與生命、眞理對舉；生命、眞理成了「帶刺兒」的字眼。而最後的結論卻是「也許這就是眞理，就是生命。」在充實的物質的生活現實面前，他的「詩意」退卻了，他猶猶豫豫地豎起了白旗。

說作者對「張大哥」自適其適、「自得其樂」的「純物質」的家庭生活有些欣賞，恐怕是沒有冤枉他——老北京的「味道」、「氣派」嘛。不過，這並不意味著認可。因爲，接下來的情節發展與前文映襯，作者的態度在反諷中眞正表現出來。在作品大框架的視野下，後文寫張大哥樂極生悲，幾乎家破人亡，其實是對前文他自以爲是的家庭教育、家庭氛圍的反諷。局部的看，就在似乎其樂融融的場景下，就在張大哥剛剛吹噓家庭「就是開學校」，「沒有不可造就的婦女」不久，緊跟著就寫張大嫂的滿腹牢騷：

> 「您這還不是造化，有兒有女，大哥又這麼能事；吃的喝的用的要什麼有什麼！」

> 「話雖是這麼說呀，二妹妹，一家有一家的難處。看你大哥那麼精明，其實全是——這就是咱們姐兒倆這麼說——一瞎掰！兒子，他管不了，女兒，他管不了，一天到晚老是應酬親友，我一個人是苦核兒。買也是我，作也是我，兒子不回家，女兒住學校，事情全交給我一個人，我好像是大家的總打雜兒的，而且是應當應分！有吃有喝有穿有戴，不錯；可是誰知道我還不如一個老媽子！」張大嫂還是笑著，可是臉上露出些紅斑。「當老媽子的有個輾轉騰挪，得歇會兒就歇會兒，我，這一家子的事全是我的！從早到晚手腳不識閒。提起您大哥來，那點狗脾氣，說來就來！在外面，他比子孫娘娘還溫和，回到家，從什麼地方來的怒氣全衝著我發散！」她歎了一口長氣。「可是呀，這又說回來啦，誰叫咱們是女人呢；女人天生的倒楣就結了！好處全是男人的，壞處全是咱們當老娘們的，認命！」由悲觀改爲聽其自然，張大嫂慘然一笑。

這段對話有些揭示「眞相」的意味，所以表現的是作者的眞實態度。爲了強化自己的見解，作者又安排了一段老李的內心獨白：

> 不對！這樣的家庭是一種重擔。只有張大哥──常識的結晶，活物價表──才能安心樂意擔負這個，而後由擔負中強尋出一點快樂，一點由擦桌子洗碗切羊肉而來的快樂，一點使女子地位低降得不值一斤羊肉錢的快樂。張大嫂可憐！

這樣，「張大哥」的家庭和他的家庭觀念──那一連串「高論」，就都成爲作品所展示的負面的標本。

三

再來看老李的家庭觀念。

作者給老李定下的性格基調是「恍惚」：

> 他應當是個哲學家，應當是個革命家，可是恍惚不定；他不應當是個小官，不應當是老老實實的家長，可是恍惚不定。到底──嗯，沒有到底，一切恍惚不定！

如果說魯迅把自己大多數家庭題材的小說收入《彷徨》，既表現出當時知識分子政治上的「彷徨」，也呈露出他們（特別是作者自己）在家庭問題上的「彷徨者」的心態，那麼老李的「恍惚者」就是不同歷史背景下另一類典型。

老李在家庭問題上的「恍惚」首先是迷惑在生活的「詩意」與「物質」之間。本來他是看不起完全世俗化的老張的。可是，在現實生活中的老張，無論是處理現實的人際關係還是安排現實的物質享受，都是井井有條，如魚得水。這使得老李對自己虛幻的「理想」產生懷疑：

> 自火鍋以至蔥花沒有一件東西不是帶著喜氣的。老李向來沒吃過這麼多這麼舒服的飯。舒服，他這才佩服了張大哥生命觀，肚子裏有油水，生命才有意義。上帝造人把肚子放在中間，生命的中心。他的口腔已被羊肉湯──漂著一層油星和綠香菜葉，好像是一碗想像的，有詩意的，什麼動植物合起來的天地精華──給沖得滑膩，言語就像要由滑車往下滾似的。
>
> 可是從另一方面想，老李急得不能不從另一方面想了；生命也許就是這樣，多一分經驗便少一分幻想，以實際的愉快平衡實際的痛苦。

而他所嚮往、追求的所謂「詩意」究竟是什麼，他也是恍惚不清的。他只是不甘心，只是不滿意。他所受的教育使他與傳統的婚姻家庭格格不入，可是，應該是怎樣的，應該怎樣做，在他的頭腦裏只是一個朦朧的影像。這一點，老舍的分寸把握得很好：

> 而老李確又不是容易明白的人。他不是個詩人，沒有對美的狂喜；在他的心中，可是，常有些輪廓不大清楚的景物：一塊麥田，一片小山，山後掛著五月的初月。或是一條小溪，岸上有些花草，偶然聽見蛙跳入水中的響聲……這些畫境都不大清楚，顏色不大濃厚，只是時時浮在他眼前。他沒有相當的言語把它們表現出來。大概他管這些零碎的風景叫作美。對於婦女他也是這樣，他有個不甚清楚的理想女子，形容不出她的模樣，可是確有些基本的條件。「詩意」，他告訴過張大哥。大概他要是有朝一日能找到一個婦女，合了這「詩意」的基本條件，他就能像供養女神似的供養著她，到那時候他或者能明明白白的告訴人——這就是我所謂的詩意。

作者對於自己筆下老李的「詩意」追求，給予的也是態度有一些「恍惚」的筆調。他對老李的「詩意」是善意的調侃。這種善意表現在類似於上文的諸多表述與描寫：優雅的詞語，美好的意象等。這種調侃則表現在用「詩意」來形容羊肉湯一類玩笑之筆。而從整個故事來看，作者安排這種「詩意」最後被殘酷地破壞——寫實的，毫無戲劇衝突的破壞，但卻是很沉重的，甚至是更加殘酷的破壞——也表達出在理性觀照下對「詩意」的無奈與否定。

老舍在「詩意」的對面不僅放置了「張大哥」式的物質生活，還放置了普普通通的天倫之情、天倫之樂。他細緻入微地描寫老李對孩子的疼愛，描寫在孩子身上得到的慰藉。這樣，「詩意」就顯得越發虛弱與無力，老李的矛盾與恍惚也就更加真實，也更加難以擺脫。

老李的「恍惚」還表現在情感與責任之間的矛盾所造成的困惑。

老舍這裡有很奇特的一筆：由於和太太之間沒有感情，反而增加了老李的家庭責任感。他為老李設置的邏輯是這樣的：在他患病期間，太太照顧他很辛苦；而由於兩個人之間沒有情分，所以「他只能理智的稱量夫妻間互相酬報的輕重」，於是他覺得欠下了債。老李的思路混亂地跳躍著：

> 他覺得病好了與否似乎都沒大關係。繼而一想，他必須得好了，為太太，他得活著；為責任，他得活著，即使是不快樂的活著，他

> 欠著她的情……因此，一會兒他願馬上好了，去爲太太掙錢，爲太
> 太工作。一會兒他又怕病好了，病好了去爲太太工作，爲太太掙錢
> ──一種責任，一種酬勞。

就這樣，老李又陷入了新的恍惚之中。老李性格的特點，思維的特點，都是在矛盾中不停搖擺。這是因爲他有道德底線，同時還有自省的能力，於是在現實面前沒有完全麻木，於是就在自己的頭腦中時時挑起內戰。他的家庭觀念的一個方面是想往精神生活，渴求知己之愛；可是另一方面，他又不忍傷害別人，包括上下左右的親屬關係都有所顧及。如對父母：

> 離婚是不可能的，他告訴自己。父母不容許，怎肯去傷老人們
> 的心。

對孩子：

> 自己擔當著養活一家大小，和教育那兩個孩子，這至少是一種
> 重要的，假如不是十分偉大的，工作。
>
> 非自己擔起教育兒女的責任不可，不然對不起孩子們。

即使是對待自己從內心裏厭倦的太太，他也設身處地爲其考慮：

> 腳並不是她自己裹的，綠褲子也不是她發明的，不怨她，一點
> 也不怨她！可是，難道怨我？可憐她好，還是自憐好？哼，情感似
> 乎不應當在理智的傘下走，遮去那溫暖的陽光。恍惚！

所以，他的頭腦裏總是回響著含混的聲音：「老李，他自己審問自己，你在那兒站著呢？恍惚！」因而，也就永遠形不成一個明確的足以說服自己的行動方案。

這種家庭責任感制約著老李在家庭問題上行動的空間，同時也是他在社會上背棄理想、妥協讓步的理由或是藉口。作者筆下的老李曾是滿懷理想的青年，即使人到中年，對社會的污濁仍是抱有強烈的反感與批判意識。可是，他對於自己的這些社會理想不僅沒有爲之奮鬥的行動，甚至每日裏所作所爲大半是背道而馳的。老李的良知時而爲此自責，可是總是有另外的聲音出來辯解：

> 沒有科員的薪水怎能當家長？科員與家長是天造地設的一對
> ──什麼？看見了衙門，那個黑大門好似一張吐著涼氣的大嘴，天
> 天早晨等著吞食那一群小官僚。吞，吞，吞，直到他們在這怪物的
> 肚子裏變成衰老醜惡枯乾閉塞──死！

這個大嘴在這裡等著他，「她」在家裏等著他，一個怪物與一個女魔，老李立在當中——科員，家長！他幾乎不能再走了，他看見一個衰老醜惡的他，和一個衰老醜惡的她，一同在死亡的路上走，路旁的花草是些破爛的錢票與油膩的銅錢！然而他得走，不能立在那裏不動；詩意？浪漫？自由？只是一些好聽的名詞。生活就是買爐子，租房……爐子送去沒有？她會告訴怎樣安鐵管子呀？

沒辦法。還是忘了自己吧。忘掉自己有擔得起更大的工作的可能，而把自己交給妻子，兒女；為他們活著，為他們工作，這樣至少可以把自己的平衡暫時的苟且的保持住，多麼難堪與不是味兒的兩個形容字——暫時的，苟且的！生命就這麼沒勁！可是他不想了。……生命或者原來就是便宜東西。

作者通過老李的「恍惚」的思維和「恍惚」的行動，揭示出人生中非常普通但也是非常重要的「常識」——「家庭」不僅意味著內部幾個人之間的關係，還決定著他們與社會的關係，其中最簡單最世俗的因素就是所謂「養家糊口」。這是家庭中「戶主」——通常當然就是成年男性——現實的不容推卸的責任，「家庭」一旦建立，責任就如影隨形。「家庭」正是通過這樣的「責任」來異化人——相對於成家之前的「本來面目」而言。而最大的「異化」，就是強迫放棄「詩意」，背棄「原則」，降落到現實的地面上，甚至與自己所厭惡的骯髒東西為伍。他把李太太與衙門相提並論——怪物與女魔，就是著眼在「異化」自己的意義上，二者的某種合謀關係。

就作品對老李困惑於情感與責任之間的描寫而言，實在是最為平凡、普通的故事。但惟其平凡、普通，就具有了在家庭問題上的普適性。

老李也有走極端的時候，作者通過走極端的老李，表達出他自己家庭觀念中片面但是深刻的內容。老李在和太太發生摩擦而無可奈何的時候，憤激的把家庭概括作人與人互為「地獄」的場所：

老李心中堵得慌。一個女人可以毀一個，或者不止一個，男子。同樣的，男人毀了多少婦女？不僅是男女個人的問題，不是，婚姻這個東西必是有毛病。……世上原沒討厭的人，生活的過程使大家不快活，不快活自然顯著討厭：大概是這麼回事，他想。假如丁二爺娶了李太太，假如自己娶了——就說馬少奶奶吧，大概兩人的生活會是另一個樣子？可也許更壞，誰知道！

　　　　男女都是一樣，無聊，沒意義，瞎扯！婚姻便是將就，打算不
　　將就，頂好取銷婚姻制度。家庭是個男女，小孩，臭蟲，方墩樣的
　　朋友們的一個臭而瞎鬧的小戰場！老李恨自己沒膽氣拋棄這塊污臭
　　的地方！……家庭是一汪臭水，世界是片沙漠！什麼也不用說，認
　　命！

　　　　我不入地獄，誰入地獄？於是入了地獄，至今也沒得出來，
　　——接來家眷，神差鬼使的把她接來，有了女鬼，地獄更透著黑暗，
　　——地獄的陰火，沙沙的，燒著活鬼，有皮有肉的活鬼，有的還很
　　胖，方墩，舉個例說。

他認為家庭的基礎是婚姻制度，而現行的婚姻制度是一切不幸的根源：男
人，對於女人是地獄；女人，對於男人是地獄——所以，大家都是時刻處在
無聊的戰爭之中，大家都不快活，大家實質上都被毀了。這當然是偏激之
論，就是老李也並不總是站穩了這種立場——他也有以家庭作休憩之所的時
候。但是，惟其偏激，也就有了深刻的一面，如同薩特的「他人即地獄」的
命題一樣。

　　老李這樣的「恍惚者」的形象，兼具時代的和普適的意義。轉型期的價
值混亂，大革命落潮之後的「死水微瀾」，都是「恍惚」的時代語境。而相當
一部分具有理想主義氣質而又缺乏行動能力的青年，走出學校大門，走入社
會的時候，書本之境與現實之境的落差，往往造成他們的「恍惚」。就這一點
而言，「恍惚者」形象又具有某種超越時代的意義。

　　作者特別強調了老李的「前」學生身份：

　　　　「學生」，人們不提他的名字，對他表示著敬意。十四五歲進城
　　去讀書，自覺的是「學生」了，家族，甚至全國全世界的光榮，都
　　在他的書本上：多識一個字便離家庭的人們更遠一些，可是和世界
　　接近一點。讀了些劍俠小說也沒把他的「學生」的希冀忘掉了，雖
　　然在必不得已的時候也摹仿著劍俠和同學們一架，甚至於被校長給
　　記過一次，「學生」的恥辱。

　　　　大學生，還是學生，可是在雲裏。是將來社會國家的天使，從
　　雲中飛降下來，把人們都提起，離開那污濁的塵土。結了婚：本想
　　反抗父母，不回家結婚，可又不肯，大學生的力量是偉大的，可以
　　改革一切：一個鄉下女子到自己手裏至少也會變成仙女，一同到雲

中去。畢了業，戴上方帽子照了像，嘴角上有點笑意，只是眼睛有
點發呆。找事作了，什麼也可以作，憑著良心作，總會有益於人的。
只是不能回鄉間去種地，高粱與玉米至多不過幾尺高，而自己是要
登雲路的。有機會去革命，但是近於破壞；流血也顯著太不人情，
雖然極看不起社會上的一切。我不入地獄，誰入地獄？於是入了地
獄，至今也沒得出來，鬼是越來越多，自己的臉皮也燒得烏黑。

這樣的大學生不是真正意義上的革命者，甚至也不是魏連殳式的人物。在老
舍的筆下，這一類人物往往因理想而透著幾分可笑。上文中老李學生時代的
武俠夢，可以和《牛天賜傳》形成互文關係。這種淺薄的武俠嚮往，既有老
舍自己的心態折光，也具有一定的象徵意味，就是空想、不切實際與正義追
求的混合。不擺脫這樣的混合，恍惚就是很自然的狀態，所以他總是處在精
神自我折磨之中，「他不敢再去捉弄那漫無邊際的理想。理想使他難受得渺
茫，像個隨時變化而永遠陰慘的夢。」「他的每一思念，每一行為，都帶著注
腳：不要落伍！可是同時他又要問；這是否正當？拿什麼作正當與不正當的
標準？還不是『詩雲』『子曰』？他的行為──合乎良心的──必須向新思想
道歉。他的思想──合乎時代的──必須向那個鬼影兒道歉。生命是個兩截
的，正像他妻子那雙改組腳。」

老舍對這種狀態有一段十分形象的描寫：

前面一堵牆，推開它，那面是荒山野水，可是雄偉遼闊。不敢
去推，恐怕那未經人吸過的空氣有毒！後面一堵牆，推開它，那面
是床帷桌椅，爐火茶煙。不敢去推，恐怕那污濁的空氣有毒！站在
這兒吧，兩牆之間站著個夢裏的人！

魯迅描寫他的「彷徨者」是「兩間餘一卒，荷戟獨彷徨」。彷徨，但是荷著戟，
是戰士的形象。老舍的「恍惚者」卻是「兩牆夾夢魘，束手困其中」，是更為
普通的軟弱的讀書人的典型。老李自省自己的生存狀態：

老李在床上覺得自己還不如一粒砂子呢，砂子遇上風都可以響
一響，跳一下：自己，頭埋在被子裏！明天風定了，一定很冷，上
衙門，辦公事，還是那一套！連個浪漫的興奮的夢都作不到。四面
八方都要致歉，自己到底是幹嗎的？睡。只希望清晨不再來！

這是一個沒有完全麻木的靈魂的苦悶，是恍惚的理想與冷酷的現實擠壓下的
苦悶。作為「恍惚者」，老李痛苦著又反省著，很有意思的是，他把一切的不

幸都歸根於家庭：為了家庭他才「忍辱負重」，為了家庭他才犧牲「理想」，為了家庭他才放棄自身追求幸福的權利與機會。作者這樣寫，有為其開脫的意味，但是也含有批評的意味。因為這只是事情的一半——如果不說是一少半的話。另一半是，這些「家庭」理由很可能只是一種推諉，一種自我正當化的藉口。一個善良而懦弱，空想而意志薄弱的讀書人，在一片平庸、腐臭的空氣的包圍、重壓之下，他又能做什麼呢？於是，殘存的一點良知、一點朦朧的理想與現實的存在時時地磨擦著，有時強烈一些，有時和緩一些。強烈起來的時候，他需要為自己開脫，需要心靈的撫慰劑，於是家庭就成了一個最好的託詞。實際上，古代的讀書人一直在這樣做著，最為典型的是清初的吳偉業。他在清兵下江南之後，目睹清兵殘殺黎庶的暴行，眼看朋輩紛紛慷慨就義，而自己卻不僅苟活而且出仕新朝，內心充滿矛盾、精神瀕於分裂，於是就把「家庭」作為理由提了出來——一則為了周邊的輿論壓力，二則為了平息內心的衝突，他寫道：「故人往日燔妻子，我因親在何敢死！憔悴而今困於此，欲往從之愧青史。」〔註29〕

在這個意義上，「恍惚者」的形象與家庭問題的關聯，具有深刻的典型意義。

為了刻畫老李這個「恍惚者」形象，作者設置了幾個人物來襯托他。前面已經講過，老張和老李可說是互為襯托：老張「食、色」至上的市儈現實主義與老李的恍惚「詩意」理想主義，由於互為底色而分外色彩鮮明。另一個襯托人物是邱先生。他把家庭的建立比喻為「生命入了圈，和野鳥入了籠，一樣的沒意思」。這個人物落墨很少，主要就是和老李就家庭問題有一番談話，而他的結論是：「我不甘心作個小官僚，我不甘心作個好丈夫，可是不作這個作什麼去呢？我早看出，你比我硬，可也沒硬著多少，你我只是程度上的差別，其實是一鍋裏的菜。」顯然，作者這裏有一點喻示的意思，通過老邱來預言老李的未來。

更生動有趣味的陪襯人物是丁二爺。表面看，這是一個典型的「廢人」：「『真正的廢物！』張大哥不滿意丁二爺。」他寄生在趙家和李家，像一個「食客」。但是，他的作用除卻情節轉折的需要外，更重要的功能是襯托老李的「百無一用是書生」——最困難的事情，恰恰是這個看來最無用的人完成的。同時，他對家庭、對各色人等的態度和各種問題的看法，也都和老李產生著對比，襯托著老李「恍惚者」性格的各個側面。

〔註29〕吳偉業《遣悶》，《晚晴簃詩彙》卷20，中國書店，1988年影印本。

四

老舍在《離婚》中，圍繞著一群人的家庭悲喜劇，表達出他的婚姻觀念與家庭觀念。當然，他只是在講故事，帶著幾分幽默、幾分調侃地講故事，觀念主要是滲透在故事之中。如上所述，故事中人物都喜歡就婚姻與家庭來說上幾句，張大哥與老李說得尤多。這些人物的議論經常是彼此衝突的，那麼，作者的觀點如何？又是怎樣表現出來的呢？

老舍在《事實的運用》一文中講到自己的創作心得：「我們不仗著事實本身的好壞，而是仗著我們怎樣去判斷事實……由事實中求得意義，予以解釋，而後把此意義與解釋在情緒的激動下寫出來。」通過作品的敘事態度與敘事安排，我們可以看出作者是如何「判斷事實」的，又是在文字裏寄寓了哪些「意義與解釋」的。這應該是察知老舍家庭觀念的主要渠道。另外，前文曾提到老舍與人物老李的關係，既是造物主與創造物的關係，也有此在與鏡像的關係。這後一方面關係的形成，源於作者描寫這個人物時有別於其他人物的筆墨。首先，老李的心理活動特別多，一方面是不斷的自省、自責，一方面是隱秘的單相思。敘述者經常出入於人物內心，給讀者造成二者彼此認同的感覺。其次，作者寫老李各類體驗細緻入微，雖然時有調侃味道，但總體上是同情的筆調。另外，在寫到老李精神追求的時候，總是不吝優雅的詞語，使之與庸俗、臭腐的現實形成鮮明對照，表現出老舍對這個人物一定的認同。所以，老李的家庭觀念一定程度上反映了作者的觀點。除此之外，個別地方，作者也有直接表達的觀念性見解，但那反而不是很重要的。

老舍在作品中反映出的家庭觀念主要為以下三個方面：

1、現行的婚姻制度是無法擺脫的枷鎖，建立在婚姻制度上的家庭對於所有的人都是一種宿命。「離婚」，意味著擺脫枷鎖的努力，而小說中各色人等大多都有這種努力的衝動，而最終都無奈地放棄。小說結尾處作者遞進式的安排了兩段略帶戲劇性的情節，一段是「方墩」和「牙科展覽」的來訪。這兩個曾經氣壯如牛要離婚的女人態度一百八十度轉彎：

> 老李為顯著和氣，問了句極不客氣的，「那麼你也不離婚了？」
>
> 方墩搖搖頭，「哎，說著容易呀；吃誰去？我也想開了。左不是混吧，何必呢！你看，」她指著腮上的傷痕，「這是那個小老婆抓的！自然我也沒饒了她，她不行；我把她的臉撕得紫裏套青！跟吳先生講和了，單跟這個小老婆幹，看誰成！我不把她打跑了才怪！我走

了，乘著早半天，還得再看一家兒呢。」她彷彿是練著寒暑不侵的
工夫，專為利用暑天鍛鍊腿腳。

老李把她送出去，心裏說「有一個不離婚的了！」

剛脫了汗衫，擦著胸前的汗，邱太太到了，連她像紙板那樣扁，
頭上也居然出著汗珠。

「不算十分熱，不算，」她首先聲明，以表示個性強。「李先生，
我來問你點事，邱先生新弄的那個人兒在哪裏住？」

「我不知道，」他的確不知道。

「你們男人都不說實話，」邱太太指著老李說，勉強的一笑。「告
訴我，不要緊。我也想開了，大家混吧，不必叫眞了，不必。只要
他鬧得不太離格，我就不深究；這還不行？」

「那麼你也不離婚了？」老李把個「也」字說得很用力。

「何必呢，邱太太勉強的笑，「他是科員，我跟他一吵；不能吵，
簡直的不能吵，科員！你眞不知道他那個──」

老李不知道。

「好啦，乘著早半天，我再到別處打聽打聽去。」她彷彿是正
練著寒暑不侵的工夫，利用暑天鍛鍊著腿腳。

老李把她送出去，心裏說：「又一個不離婚的！」

如果說這一段是充分喜劇化的，那麼第二段則是沉重的悲劇。老李寄予了無
限「詩意」幻想的馬少奶奶，十分輕易地回到了自己丈夫──一個最為無聊
的小丑的懷抱裏。她的妥協終結了老李的「詩意」，使得老李最終為自己的掙
扎畫上了句號，也最終傳達出作者悲觀的家庭觀念。

這是老舍在《離婚》中傳達出的最基本的婚姻觀念與家庭觀念。

2、老舍的家庭觀念又是不徹底的，互相矛盾的傾向糾結在一起，不能得
出一個明確的統一的結論。他把婚姻看作是家庭制度的基礎，而合理的婚姻
制度是美好家庭的前提與保證。所以，他透過老李的追求表達出自己的看法：
應該有「詩意」的婚姻和家庭，而所謂「詩意」就是超越物質生活的精神生
活，包括二人之間的契合，也包括互相理解的精神的／審美的追求：

他的理想女子不一定美，而是使人舒適的一朵微有香味的花，
不必是牡丹芍藥：梨花或是秋葵就正好。多咱他遇上這個花，他覺
得也就會充分的浪漫──「他」心中那點浪漫──就會通身都發笑，

或是心中蓄滿了淚而輕輕的流出，一滴一滴的滴在那朵花的瓣上。到
了這種境界，他才能覺到生命，才能哭能笑，才會反抗，才會努力
去作愛作的事。就是社會黑暗得象個老煙筒，他也能快活，奮鬥，
努力，改造；只要有這麼個婦女在他的身旁。他不願只解決性欲，
他要個無論什麼時候都合成一體的伴侶。不必一定同床，而倆人的
呼吸能一致的在同一夢境──一條小溪上，比如說──呼吸著。
不必說話，而兩顆心相對微笑。

　　但同時他又狠下心來承認，現實的婚姻是建立在物質基礎上的，包括物
質性的社會環境與物質性的家庭關係。小說描寫的每個人──也包括老李，
實際上都陷溺在這樣的環境與關係之中，都要服從這樣的「真實」。

　　老舍在家庭描寫中，對親情投注了較多的同情的筆墨，每當寫到孩子的
時候，脈脈溫情就不自主地流露出來，如這樣的描寫：

　　　　生命也許就是這樣，多一分經驗便少一分幻想，以實際的愉快
　　平衡實際的痛苦……小孩，是的，張大哥曉得癢癢肉在哪兒。老李
　　確是有時候想摸一摸自己兒女的小手，親一親那滾熱的臉蛋。

值得注意的是，這裡把老李和張大哥扯在了一起，兩個人在這一點上有了共
識。張大哥在作者筆下是「世俗」的化身，唯獨寫到他們夫婦為兒女遭遇橫
禍與威脅時的表現，便收斂起了批判與調侃。這種親情描寫與對現實的、世
俗的家庭之否定，不免有了價值取向的衝突。老舍呢，就很聰明地把衝突保
持下去了。

　　3、小說中，老舍極力使自己的家庭觀念顯得高出作品的人物，具有現代
意識，理性而又全面。所以老李也罷，老張也罷，都在一定程度上被敘述人俯
視，被調侃著講述。但是，他自己也有習焉不察的偏頗，就是性別視角的問題。

　　例如對女性的評價，老舍總是試圖不落入舊的「封建意識」的泥沼，不
時的插入幾句肯定女性的評語，但隨後便忍不住把它解構掉。更有甚者，是
他在根本不自覺的情況下，便表現出了男性中心的立場。

　　他試圖表現開明性別觀時，總是透過老李的言行：

　　　　老李又怕她也和車夫一答一和的說起來，她也沒有。他心裏
　　說：「傻瓜，當是婦女真沒心眼呢！婦女是社會習俗的保存者。」
　　想到這裡，他不得勁的一笑，「老李，你還是張大哥第二，未能免
　　俗！」

　　　李太太要小孩的飯巾，要男人的衛生衣……所要的全是老李沒
想到的。可是，飯巾確是比皮鞋還要緊，自己還沒有冬季衛生衣。
婦女到底是婦女，她們有保衛生命的本能。然後又買花線，洋針，
小剪子，這更出乎老李意料之外。家門口就有賣針線的，何必上市
場來買？可是太太手中一個錢沒有，還不能在門口買任何零碎。他
的錯兒，應當給太太點錢，她不是僕人，她有她必需的用品。

可是他所用力描寫的女性，都是被男性眼光充分「他者化」了的：

　　　更難堪的是她由吳邱二位太太學來些管教丈夫的方法。方墩太
太的辦法是：丈夫有一塊錢便應交給太太十角；丈夫晚上不得過十
點回來，過了十點鎖門不候——邱太太的辦法更簡單一些：凡有女
人在，而太太不向著自己太太發笑，咬！

　　　再看那些太太們，張大嫂，方墩，孫太太，邱太太，加上自己
的那一位，有一個得樣的沒有？……在臭地方不會有什麼美滿生
活，臭地方不會出完好的女子，即使能戀愛自由又能美到哪兒去？

這些都是出於老李的心中、眼底。老舍是要寫出老李性別觀念的矛盾，所以
寫他受啓蒙思想與現代教育的影響，理論上承認應該男女平等，應該尊重女
性；可是現實的女性讓他失望，於是不斷質疑那些觀念。這既是小說中老李
人生矛盾的一個表現，但又是作者自家性別觀念的流露。因爲，作者通過自
己筆下的女性形象，給了老李「質疑」的正當性。換言之，作者筆下的女性
都是令人失望的，包括馬少奶奶。尤其是大部分「太太」，彷彿都是爲了對男
人的折磨才進入家庭的。

　　作者透過老李的眼看到女性都是精神上俗不可耐，形象上醜陋不堪的：

　　　方墩的吳太大，牙科展覽的邱太太，張大嫂，和穿著別人衣裳
的李太太，都談開了。婦女彼此間的知識距離好似是不很大：文雅
的大學畢業邱太太愛菱的老虎鞋，問李太太怎樣作的。方墩太太向
張大嫂打聽北平醫蘿屬哪一家的好。張大嫂與鄉下的李太太是彼此
親家相稱。所提出的問題都不很大，可是彼此都可以得些立刻能應
用的知識與經驗，比蘇格拉底一輩子所討論的都有意思的多。

　　　女人們——特別是這些半新不舊的婦道們——只顧彼此談話，
毫不注意她們的丈夫，批評與意見完全集中在女人與孩子們，決牽
涉不到男人身上……飯後，太太們交換住址，規定彼此拜訪的日期，

親熱得好似一團兒火。

　　老李曉得她背後有聯盟，勸告是白饒──身邊躺著塊頑石，又糊塗又涼，石頭上邊有一對小辮，像用殘的兩把小乾刷子。「訓練她？張大哥才真不明白婦女！『我現在是入了傳習所！』」

這些在男人眼中的女性，都是完全沉浸在俗務中的俗物。當然，作者的筆法基本是寫實的，不過這種寫實是兩面的：中年婦女的生活方式確乎如此，那種談話的氛圍描寫的十分準確：中年婦女之間的關係、瑣事上建立的親切感、相互間的影響等，確實是女性的特點；而對於男人對此的鄙夷，對此類性別差異的感覺，作者把握得也很準確：男性對女人們這種交往的九分不屑一分警惕，也確實是男人態度的寫實。可是，正如本節開始所引老舍自己的話，重要的不是寫了什麼事情，而是其中包含了作者自己怎樣的價值判斷。顯然，相對於老李心中的理想生活，這些女人是低俗的乏味的，甚至可笑的──這一層意思，作者沒有直接寫出來，而是通過敘述的口氣明確地透露出來：首先是對談話者的稱呼，「方墩」、「牙科展覽」、「穿著別人衣裳的」，嘲諷的態度近於刻薄地流露在字裏行間；然後是「比蘇格拉底一輩子所討論的都有意思的多」的評價。這既是對談話中女人自我感覺的誇張式刻畫，又表現出男人自居於精神制高點，以精神貴族的傲慢來俯視的反話。

　　老舍家庭描寫中的性別偏見，還有一個隱微的但是不可忽視的地方，就是對中年女性的厭惡和對少女的偏愛。老李在談到他的理想女性時講：

　　　　我要追求的是點──詩意……我要──哪怕是看看呢，一個還未被實際給教壞了的女子，情熱像一首詩，愉快像一些樂音，貞純像個天使。

注意，這裡他沒有講什麼姑娘、處女之類的字眼，但是「還未被實際教壞」的真實含義就是沒有進入現實的婚姻家庭。且看老舍筆下的秀真姑娘的形象：

　　　　她像一朵半開的蓮花，看著四周的風景，心裏笑著，覺得一陣陣小風都為自己吹動的。風兒吹過去，帶走自己身上一些香味，痛快，能在生命的初夏發出香味。左手夾著小藍皮包，藍得像一小塊晴天，在自己的腋下。右手提著把小綠傘。袖只到肘際，一雙藕似的胳膊……

這也可以看作是寫實筆法：初戀中的少女的自我感覺。但是，毋庸諱言，作

者欣賞的態度是十分明顯的。其實，他原本給秀真設定的性格特點是虛榮、淺薄，但是寫著寫著，清純少女就成了基調。這讓我們想到《紅樓夢》中賈寶玉著名的見解，女兒都是可愛的，結了婚沾了男子的氣息就都變得討厭了。男性本位，莫過於此。老舍雖經現代觀念的洗禮，在這一點上，還是無法飛得更高些。

五

　　老舍描寫家庭的長篇作品還有《牛天賜傳》、《駱駝祥子》、《四世同堂》等。相比之下，這些作品的關注點都不如《離婚》那樣集中在家庭生活本身。但是，既以家庭為故事發生的主要場所，其中也就自然會有較多的關於家庭生活的筆墨，也隨之流露出作者有關家庭的看法。《四世同堂》的主旨在反映抗戰時期北京人的生活與反抗，而且成書於四十年代後期，這裡不加細說。重點以老舍的代表之作《駱駝祥子》來做《離婚》的參照，進一步認識其家庭觀念及表現。

　　《駱駝祥子》仍是寫北京市民，但筆觸轉向了社會的底層家庭。洋車夫祥子自不必說，而他的周圍生存著的是甚至比他還要貧困、悲慘的人群——如小福子。所以，作者的筆調不再是《離婚》中描寫張大哥那種老北京的俏皮、調侃，而是沉重、壓抑的。如：

> 那些姑娘們，十六七歲了，沒有褲子，只能圍著塊什麼破東西在屋中——天然的監獄——幫著母親作事，趕活。要到茅房去，她們得看準了院中無人才敢賊也似的往外跑！一冬天，她們沒有見過太陽與青天。那長得醜的，將來承襲她們媽媽的一切，那長得有個模樣的，連自己也知道，早晚被父母賣出，「享福去」！

> 「甭說了，於咱們這行兒的就得它媽的打一輩子光棍兒！連它媽的小家雀兒都一對一對兒的，不許咱們成家！還有一說，成家以後，一年一個孩子，我現在有五個了！全張著嘴等著吃！車份大，糧食貴，買賣苦，有什麼法兒呢！不如打一輩子光棍，犯了勁上白房子，長上楊梅大瘡，認命！一個人，死了就死了！這玩藝一成家，連大帶小，好幾口子！死了也不能閉眼！你說是不是？」

這樣，就把家庭問題和社會問題聯繫了起來——建立家庭也是一種權利，窮人在這種和財產緊密聯繫的權利面前，是處於被極度壓抑的境地。老舍對此

雖然未見得有理論上的自覺，但把不同階層、階級的家庭狀況加以寫實性表現，對於家庭題材而言，這也是視閾的拓展與深入。

與《離婚》相似的是老舍子女觀的流露。老李無論多麼厭惡自己的家庭，但只要涉及兒子與女兒，他的態度立刻就變了，而作者的敘述筆調也變得溫情脈脈起來。老李自承那是他的「癢癢肉」，其實也就是老舍的「癢癢肉」。甚至在寫到劉四爺的時候，對這個潑皮出身的車霸，也以細膩的筆調描述其心理：

> 上半天，他非常的喜歡，大家給他祝壽，他大模大樣的承受，彷彿出自己是籠裏奪尊的一位老英雄。下半天，他的氣兒塌下點去。看著女客們攜來的小孩子們，他又羨慕，又忌妒，又不敢和孩子們親近，不親近又覺得自己彆扭。他要鬧脾氣、又不肯登時發作，他知道自己是外場人，不能在親友面前出醜。他願意快快把這一天過去，不再受這個罪。

家庭中的天倫之樂，家庭的傳宗接代功能，都是和孩子聯繫在一起的。老舍這一類世俗的筆墨，看似淺顯，其實是家庭題材的題中必有之義。而以文化批判為己任的作家，往往忽略這一方面──或是取材角度所限，或是自身鄙夷不屑。

另一個值得注意的地方是對家庭生活中「性」內容的處理和態度。魯迅的幾篇家庭題材小說都迴避了這一方面，這首先是作品的主旨所決定，但也多多少少與作者的性格、心態有些關聯。老舍則旨趣不同。《離婚》中已有一些閃爍其詞的描寫，而在《駱駝祥子》裏，則有頗多的正面涉及。這首先是對祥子的性心理的描寫。祥子對於虎妞的性饑渴是既厭惡又恐懼的，作品反覆寫到這一點：

> 他琢磨出點意思來：她不許他去拉車，而每天好菜好飯的養著他，正好像養肥了牛好往外擠牛奶！他完全變成了她的玩藝兒。他看見過：街上的一條瘦老的母狗，當跑腿的時候，也選個肥壯的男狗。想起這個，他不但是厭惡這種生活，而且為自己擔心。他曉得一個賣力氣的漢子應當怎樣保護身體，身體是一切。假若這麼活下去，他會有一天成為一個幹骨頭架子。還是這麼大，而膛兒裏全是空的。他哆嗦起來。
>
> 高個子微笑著；搖了搖頭：「也還不都在乎歲數，哥兒們！我告

訴你一句真的，幹咱們這行兒的，別成家，真的！」看大家都把耳
朵遞過來，他放小了點聲兒：「一成家，黑天白日全不閒著，玩完！
瞧瞧我的腰，整的，沒有一點活軟氣！還是別跑緊了，一咬牙就咳
嗽，心口窩辣蒿蒿的！──」他問祥子。祥子點了點頭，沒說出話
來。

　　祥子彷彿沒有聽見。一邊走一邊踢腿，胯骨軸的確還有點發酸！
本想收車不拉了，可是簡直沒有回家的勇氣。家裏的不是個老婆，
而是個吸人血的妖精！

　　（虎妞）像什麼兇惡的走獸……能緊緊的抱住他，把他所有的
力量吸盡。

　　他第一得先伺候老婆，那個紅襖虎牙的東西；吸人精血的東
西；他已不是人，而只是一塊肉。他沒了自己，只在她的牙中掙扎
著，像被貓叼住的一個小鼠。……他窩心，他不但想把那身新衣扯
碎，也想把自己從內到外放在清水裏洗一回，他覺得混身都黏著些
不潔淨的，使人噁心的什麼東西，教他從心裏厭煩。

按照一般情況，年輕力壯的祥子，在性生活中的感覺至少應該是兩面的。可
是老舍基本上忽略了他自身的性要求與性滿足，反反覆覆地描寫其厭惡與恐
懼。這種種表述是我們很自然想到舊通俗小說中的性觀念，如《水滸傳》中
「只顧打熬氣力，全不在意女色」、「（蔣門神）被酒色淘虛了身子，怎及得武
松虎一般健」之類，又如《西遊記》的女妖們一門心思要「盜取」唐僧的元
陽，等等。誠然，對於重體力勞動的車夫們，老舍所寫不無依據，但是也不
用諱言，中國封建時代男性的「性無能」集體潛意識也在老舍筆下流露──
同時，這也是老舍世俗品格的典型表現。

　　對於虎妞的性要求，老舍是採取雙重標準的。一方面，他站在較為超然
的立場，給於客觀的描寫，也是默認其合理存在的態度：

　　假若老頭子硬到底呢？她丟了臉，不，不但丟了臉，而且就得
認頭作個車夫的老婆了；她，哼！和雜院裏那群婦女沒有任何分別
了。她心中忽然漆黑。她幾乎後悔嫁了祥子，不管他多麼要強，爸
爸不點頭，他一輩子是個拉車的。想到這裡，她甚至想獨自回娘家，
跟祥子一刀兩斷，不能為他而失去自己的一切。繼而一想，跟著祥
子的快活，又不是言語所能形容的。她坐在炕頭上，呆呆的，渺茫

的，追想婚後的快樂；全身像一朵大的紅花似的，香暖的在陽光下
開開。不，捨不得祥子。任憑他去拉車，他去要飯，也得永遠跟著
他。看，看院裏那些婦女，她們要是能受，她也就能受。散了，她
不想到劉家去了。

「全身像一朵大的紅花似的，香暖的在陽光下開開」，這種隱喻的筆法，既是
寫實的，也有作者善意的同情。可是，當他寫到祥子的感受的時候，特別是
借用其他車夫的現身說法作為佐證的時候，虎妞的形象以及她的性要求卻一
下子變得過份、可憎，彷彿祥子的不幸、祥子家庭的不幸，都是植根於虎妞
的性要求——在這個意義上說，老舍筆下的虎妞也有一定程度的「妖魔化」
傾向。

　　另外，老舍的《離婚》中有一個小細節，似乎可以產生一些遐想。文中
老李把太太接到北京，有這樣兩段文字：

　　　　張大哥又到給老李租好的房子看了一番。房子是在磚塔胡同，
　　離電車站近，離市場近，而胡同裏又比兵馬司和豐盛胡同清靜一些，
　　比大院胡同整齊一些，最宜於住家——指著科員們說。三合房，老
　　李住北房五間，東西屋另有人住。

　　　　老李恨不能登時砸碎那把破椅子，破公事案，破紙簍，和這個
　　怪物！可是，砸不碎這個怪物，連這張破桌布也弄不碎。碎了這塊
　　布等於使磚塔胡同那三口兒餓死。

我們知道，魯迅兄弟反目後，與朱安搬出八道灣，遷居之處正是「磚塔胡同」，
二人在那裡居住了九個多月，其間魯迅寫出了一系列家庭問題的小說。老舍
這裡特意把老李與太太放到了「磚塔胡同」，也許完全出於巧合。不過想到老
北京成百上千的胡同，這種巧合的幾率畢竟是比較低的。那麼，老舍寫《離
婚》是不是還有些隱微之意呢，這恐怕是一個無答案的懸疑〔註 30〕。不過，
指出這一點，至少可以在我們所討論的兩個偉大作家之間，多一些彼此聯繫
對比的理由吧。

〔註30〕　1921 年起，老舍在北京基督教倫敦會缸瓦市堂的英文夜校學習並參加宗教服
　　　　務。缸瓦市鄰近磚塔胡同。這既可以作為他無意間寫到磚塔胡同的理由，也
　　　　可以作為他對發生在磚塔胡同的事情格外敏感的理由。

第五節　巴金之「家」的傳承與變異

一

　　討論中國現代文學第二個十年中的家庭題材問題，一個絕對繞不過去的作品就是巴金的《家》。首先，它的題目開宗明義，旗幟鮮明地宣示了自己的題材——家庭；其次，無論在當時還是在日後，這部作品的實際影響與名聲，都是罕有其匹的。據一位研究者四十年代對青年讀者的調查，他們認為對青年人影響力最大的作家是魯迅與巴金，而在對待家庭態度上，巴金的影響更超過魯迅〔註31〕。

　　關於這部作品的創作背景與過程，作者先後談過很多次，正如他自己所說：「有許多小說家喜歡把要對讀者講的話完全放在作品裏面，但也有一些人願意在作品以外發表意見。我大概屬於後者。在我的每一部長篇小說或短篇小說集中都有我自己寫的『序』或『跋』。」〔註32〕通過這些自述文字，我們不僅可以比較清楚地瞭解作者的創作觀念，而且可以更為直接地聽到他的家庭觀念，以及對於表現家庭題材的一些思路與見解。當然，作者的自述並不能完全等同於其作品的意義，但是，畢竟是一把通向其心靈的鑰匙。巴金是這樣袒露自己的創作心理的：

　　　　我很早就聲明過，我不是一個冷靜的作者，我不是為了要做作家才寫小說，是過去的生活逼著我拿起筆來。我也說過：「書中人物都是我所愛過和我所恨過的。許多場面都是我親眼見過或者親身經歷過的。」的確，我寫《家》的時候，我彷彿在跟一些人一同受苦，一同在魔爪下面掙扎。我陪著那些可愛的年輕生命歡笑，也陪著他們哀哭。我一個字一個字地寫下去，我好像在挖開我的記憶的墳墓，我又看見了過去使我的心靈激動的一切。在我還是一個孩子的時候，我就常常目睹一些可愛的年輕生命橫遭摧殘，以至於得到悲慘的結局。那個時候我的心由於愛憐而痛苦，但同時它又充滿憎恨和詛咒。我有過覺慧在他的死去的表姐（梅）的靈前所起的那種感情，我甚至說過覺慧在他哥哥面前所說的話：「讓他們來做一次犧牲品

〔註31〕參看陳思和《從魯迅到巴金：新文學傳統在先鋒與大眾之間》，《文學評論》2006年第1期。
〔註32〕《和讀者談〈家〉》，巴金，《家》1957年版附錄三。

吧。」一直到我在一九三一年年底寫完了《家》，我對於不合理的封建大家庭制度的憤恨才有機會傾吐出來。所以我在一九三七年寫的一篇《代序》中大膽地說：「我要向這個垂死的制度叫出我的Jaccuse（我控訴）。」我還說，封建大家庭制度必然崩潰的這個信念鼓舞我寫出這部封建大家庭的歷史，寫出這個正在崩潰中的地主階級的封建大家庭的悲歡離合的故事。我把這個故事叫做《激流三部曲》，《家》之後還有兩個續篇：《春》和《秋》。

由此可知，《家》比起同時的老舍的《離婚》和早些的魯迅的《彷徨》，雖同是家庭題材，卻有自己明顯的特異之處：首先，《家》的自我指涉度更高。這一點，巴金自己做過多次說明，試圖澄清所謂「寫自家」的「誤解」。不過，就是在這些辯解中，他仍然總是不由得指出作品裏的人和事件的原型所在——特別是三兄弟與自己兄弟的相似之處。其實，毋庸諱言，《家》是一部具有濃厚自傳色彩的小說，無論其中的人物、情節，還是作品的敘事態度；但是，它又絕不是簡單的自傳，作者的虛構內容以及對原型的加工，都佔有很高的比例。其次，從描寫的對象來看，魯迅與老舍前期作品描寫的家庭主要是核心家庭，所以婚姻問題、夫妻關係成為其中的重點。巴金的變化在於描寫大家族，因而父子關係（泛指縱向權力及支配關係）成為了核心問題。再次，巴金是站在青年人的立場，從青年人的視角，來表現家庭題材的，因而感情態度與言說方式都與魯迅、老舍大不相同——這裡還不考慮時代與作家個性因素。

《家》的中心是圍繞著兩個人來寫的，一個是覺新，一個是覺慧。而覺新的人生悲劇是從覺慧的眼中看過去的。這個人物的命運幾乎是巴金創作此書時關注的焦點大半所在。巴金多次提到，他把創作衝動講給自己的大哥聽，非常希望自己的《家》能給大哥帶來某種心理上的補償。而非常戲劇化的是，就在這部作品開始連載的時候，他的大哥服毒自盡了，終於沒有見到這個深深烙著自己身影的藝術形象。巴金幾次提到這一點，其中包含著傷感與唱歎，也帶有近乎曖昧的「一語成讖」的味道。在覺慧的眼中，覺新的人生悲劇一半是腐朽的家族所致，一半是他自己的「作揖主義」釀成。這兩點就成為了覺慧自己行動的道義出發點。前一點反襯著覺慧反抗的合理性、正義性，後一點反襯著覺慧反抗的必要性、正當性。

如果再深入探究，覺新的人生悲劇——放棄自己的理想與前途，放棄與

相愛的梅表妹結合的權利，犧牲了自己應該保護的妻子的生命，這些不幸的總根源就在於一個符號性的人物身上，那就是高老太爺。這個形象既是它本身，又是封建家族中父權的象徵——這就是所謂符號化的意義〔註33〕。而覺慧的反抗，直接的導火索也在於高老太爺，直接的對象也是高老太爺。所以，《家》作爲一部家庭題材的小說，其核心就是揭示封建父權給青年人造成的人生悲劇：無論其愛情生活，還是個性的伸張，都在這個所謂的「家」裏被摧折，都被這種蠻橫的權力所破壞。這樣，「家」也就同樣具有了符號性，成爲壓抑青年人生命力的桎梏、牢籠。於是，打碎這桎梏，逃脫這牢籠，自然就是青年人唯一的生路。巴金以其飽含強烈的情感魅力之筆寫出這一幕幕悲劇來，打動著一代又一代的青年人，如同《紅樓夢》一樣賺取了他們的眼淚。就批判當時餘威尚在的家族制度而言，這當然是有其不可替代的價值；但是，就「家」這個題目而言，《家》所表現的並非它應有的全部或是大部內容，而是在中國封建社會崩潰前夕那個特定歷史階段、特定社會階層的特定內容。這種局限與巴金的家庭背景直接相關，也與其年齡、經歷——包括獨身的狀況——直接相關。

　　既然如此，那麼爲什麼這部作品還會產生如此廣泛的影響呢？

　　似乎主要可以歸結於以下三個方面原因：

　　一個是，父與子的衝突是人類社會永恒的衝突之一，青年人在特定的年齡段裏對此特別容易引發共鳴；尤其是自己的愛情生活受到來自家庭、社會種種阻礙的時候，這種共鳴便十分強烈了。

　　另一個是，巴金在創作《家》的時候，他仍然受著「安那其主義」的影響，這種影響自覺不自覺地滲透在作品中，使其具有了超越具體題材、具體背景的普適意味，也就是敵視權威，要求個體的意志自由。這種思想傾向對於很多讀者是具有吸引力的——現實生活中權威之無法抗拒、無法逃避，個人自由之難得伸張，都使得《家》這樣的文學作品具有了可貴的心理撫慰作用。

　　還有一個原因——陳思和先生近兩年多次著文有深刻的闡發〔註34〕——

〔註33〕巴金多次談過這一層意思，如「不單是我的祖父，高老太爺們全走著這樣的路。」「我並不是寫我自己家庭的歷史，我寫了一般的官僚地主家庭的歷史——高老太爺就是封建統治的君主。他還有整箇舊禮教作他的統治的理論根據。他是我的祖父，也是我的一些親戚的家庭中的祖父。」（《和讀者談〈家〉》）

〔註34〕參見《從魯迅到巴金：新文學精神的接力與傳承——試論巴金在現代文學史上的意義》，《文學評論》2006年第1期。

就是《家》對於魯迅精神又繼承又變異的複雜情態。而正是其變異的一面，使得它更加順應了社會潮流的變化，從而贏得了更多的讀者——這可以作為透視《家》的特色與意義的重要視角在下一節裏專門討論。

二

巴金在《家·後記》中明確宣示魯迅是自己的老師，在魯迅逝世後的六十多年裏，先後寫了十六篇回憶、紀念的文章。作為自身同樣影響巨大的作家，如此頻繁地談論另一位作家，並表達自己的崇敬，中外文學史上是不多見的。

巴金 1925 年來到北京，《吶喊》是幫助他擺脫思想困境與精神寂寞的重要讀物，而當時《彷徨》中的家庭題材之作正在陸續發表〔註35〕；1929 年，巴金的第一部長篇小說《滅亡》完成，魯迅的《彷徨》三年前已出版，此時寫作的重心已經移到雜文方面。所以，說魯迅是巴金的老師毫不牽強。更何況，在繼承「五四」新文化運動的傳統方面，巴金的批判封建家族制度、批判禮教吃人的作品，更是明顯以魯迅為精神導師的。

巴金之於魯迅，有所繼承亦有所變異；從他們的整個人生歷程與全部創作來說是如此，就其家庭題材作品來說也是如此。如前所述，巴金的小說頗多個人生活的印記，尤其是《家》，人物與故事很多都有真切的原型在。但是，巴金本人卻一再否認「自傳說」，原因是其中虛構的成分同樣不少。我們相信作者的表白，虛構不僅存在，而且也是小說成功的重要支撐。而在這些虛構或半虛構的成分中，巴金受魯迅的影響可以看得更加清楚。茲舉數例略加說明：

前面分析魯迅家庭之作時已經指出，他的人物設定有幾個特點：一個是父親缺位，代表父權的另有替代，《狂人日記》是「大哥」，《長明燈》是伯父與祖父，《傷逝》中是叔父；一個是對母親或「類母親」（如魏連殳的祖母）的感情，《酒樓》的呂緯甫，《孤獨者》的魏連殳，以及《狂人日記》中的「我」，都因母親而對傳統或作妥協或作恕詞。還有一個是將自己的矛盾心態設定為不同的人物形象，借外在的人物之間的思想衝突，表現自己內心的衝突，魯

〔註35〕《彷徨》收入魯迅 1924 年至 1925 年所作的小說。首篇《祝福》寫於 1924 年 2 月 16 日，末篇《離婚》寫於 1925 年 11 月 6 日。《彷徨》創作的時間跨度是一年半多，1926 年由北京北新書局出版。

迅的《酒樓上》、《孤獨者》都是這種手法，而前者尤爲典型。

巴金的《家》也有類似的特點：1、覺慧三兄弟的父親早逝，代表父權的主要是高老太爺。這樣處理既有一定的生活原型的影響，也有更深層的原因。「弒父」，對於中國人來說，畢竟會給作者與讀者兩個方面的心理承受力造成過大的負擔。而由隔代的祖父來承當罪責，這種心理障礙就容易克服，而編織故事的空間也更大一些。2、三兄弟對於母親的熱愛，以及覺新由於對母親的感情而與家族妥協的描寫，都是和魯迅那幾篇小說近似的。如覺新的表白：「媽嫁到我們家裏，一直到死，並沒有享過福。她那樣愛我，期望我，我究竟拿什麼來報答她呢？……爲了媽我就是犧牲一切，就是把我的前程完全犧牲，我也甘願。」和魏連殳、呂緯甫的情感、行爲，簡直如出一轍。3、表面看來，作品裏的覺新主要是作者大哥的影子，而覺慧則是作者本人的影子。但是，覺新對這個家族的感情，對於父母的感情，既是巴金大哥曾經有過的，也是巴金本人的——雖然被壓到心靈的在深處，雖然作者經常強調的是其反面。更重要的是，覺慧只是作者靈魂的一半，還有一半是落到覺新身上的。巴金自己鄭重地講：「有人說覺慧是我，其實並不是。覺慧同我之間最大的差異便是他大膽，而我不大膽，甚至膽小。——我不是「作揖哲學」和「無抵抗主義」的忠實信徒嗎？」〔註36〕所以，《家》中一定程度上也有作者分裂爲兩個人物形象彼此映襯、對話的筆法——當然，這種筆法並非魯迅所專用。

至於巴金在表現家庭題材上與魯迅的不同，可以在兩個層面上來看。一個是具體一些的層面，一個是較爲宏觀的層面。

就前一層面講，二人對家庭本身的體認具有很大差異，魯迅是過來人，又是舊婚姻制度的受害者，家庭題材以婚姻的苦澀爲重點——當然其意義並不限於此；而巴金則是「少年不知愁滋味」，所以描寫的愛情多帶浪漫想像色彩。誠如安德烈·莫洛亞在《追尋過去的時光·序》中所講：「愛情的本質在於愛的對象本非實物，它僅存在於愛者的想像之中。」巴金在描寫覺民、覺慧的時候，他的筆法是能「入」而未能「出」——基本是以兩個浪漫少年的眼光、想像來構建自己的文學世界的。魯迅筆下的人物也有自己的影子，但他是能「入」而又能「出」，甚至他是爲了「出」而「入」的。他刻畫著自己的「影神」，爲的是解剖它，把它的精神萎靡處、筋骨疲軟處展示給世人看。

〔註36〕《和讀者談〈家〉》，巴金，《家》1957年版附錄三。

在精神的自虐中，得到解脫。而這種自虐，近乎於陀思妥耶夫斯基的「靈魂拷問」，表現爲沉重的深刻。而巴金的「影神」則更多是一種自憐與自戀，因而激情多於深刻，所展示的多爲自己理想的、嚮往的一面。

就後一層面講，陳思和先生分析的相當精闢：

> 1931 年，巴金接受了當時的流行的市民報刊《時報》的約稿，用連載小説的形式創作了《激流》(即第一部《家》)。這部小説連載了整整一年有餘的時間，雖經幾次曲折，但終於載完了全部的内容。在這以前，我不知道是否有在通俗媒體上連載新文學長篇小説的成功先例，更進一步地説，之前的新文學作家是否有自覺利用都市報刊的長篇連載形式來製造和培養「五四」新文學的市民階層讀者群，並且眞正傳達出「五四」先鋒文學的相關主題？《家》在控訴「禮教吃人」的意義上直接繼承了《狂人日記》的主題，但是在魯迅的筆下「吃人」意象極爲豐富複雜，除了揭露家族制度的弊病外，還有嚴屬地反省人類自身的「吃人」現象。後一種「吃人」想像更加貼近先鋒文學的特點，但是在中國的市民讀者群裏，能夠引起廣泛響應的卻是前一種揭露制度吃人的想像上，所以才會有吳虞的《吃人與禮教》的文章來響應。事實上魯迅在 30 年代所撰寫的《中國新文學大系‧小説二集》的導言裏，竟也不能不強調起「意在暴露家族制度和禮教的弊害」了，説明這時候「禮教吃人」已經是一個被普遍接受的概念，而人對自身的吃人本性的反省已經銷聲匿跡。巴金的《家》正是利用現代傳媒工具使「禮教吃人」或者「制度殺人」的概念得以普遍的傳播開去。所以説，從「五四」先鋒文學到 30 年代新文學開始獲得「大眾」、佔領讀者市場的變化軌跡中，巴金的貢獻是不可忽視的。

他的主要意思是，魯迅用小説揭露「禮教吃人」的時候，這個觀點是十分激進的，內涵也是較爲模糊且相當複雜的，所以它是「先鋒性」的——包括思想的先鋒性與文學表達的先鋒性。到了巴金的時代，這個話題可以拿到大眾傳媒來連載了。這固然可以看作是社會進步的表現，但也説明同一個話題已經由「先鋒」降落爲「大眾」了。所以，比起魯迅的同類話題，巴金的變異在於：1、他的觀點明晰而簡單了。正如他借覺慧之口宣稱的那樣，「我是一個有了信仰的人」。魯迅的「上下求索」與「彷徨」包含著迷惘，更包含著深

刻，但那只能屬於少數孤獨的先行者。魯迅的「吃人」說既有外在的「禮教」
吃人，也有人類根性中的「自吃」。但這是很難被大眾理解、接受的。巴金把
正邪明確兩分，大眾的接受水平就沒有障礙了。2、魯迅開始「吶喊」的時候，
鐵屋子尚無透光通氣之處，一定程度上是冒天下大不韙的。巴金的時代，如
本節開端所講，社會觀念與社會生活都已經發生了大的變化，控訴封建禮教，
至少在沿海大城市裏已經沒有太大的抗力，所以盡可以痛快淋漓地來講。3、
唯其如此，巴金重視悲劇情節的寫法，重視情感渲染的風格，甚至模仿《紅
樓夢》的格調的筆法，都與魯迅明顯有別，但因此取得了巨大的成功。從這
個意義上講，巴金在家庭題材的表現上，在批判封建禮教方面，是帶有「聖
之時者」色彩的。

　　巴金另一部表現家庭問題的名作與魯迅的聯繫則更為隱蔽一些，那就是
《寒夜》。《寒夜》作於第三個「十年」。若從表面上看，《寒夜》寫婆媳矛盾，
寫女性終於叛離家庭追求自己的前途，寡居的母親對兒子扭曲的愛，等等情
節與曹禺的《原野》更有可比性。但是，若從文學思潮、社會思潮的延續變
化來看，也不妨說是《傷逝》的 AB 版——同樣的兩個蔑棄禮法的青年，為了
共同的理想走到了一起，而嚴酷的生活現實（主要的也是經濟壓力，當然還
有婆媳關係）打碎了他們的愛巢。這些都和《傷逝》相同，不同的是，女性
變成了不甘現狀者，而男性被沉重的壓力碾碎。從《傷逝》到《寒夜》，這種
發展變化也是很有意思的研究話題。

三

　　巴金在講到自己創作《家》的過程，多次提到西方文化、文學的影響，
早在三十年代，他就講過：「我流著眼淚讀完托爾斯泰的小說《復活》。」到
了八十年代，他回顧自己如何走上文學之路時又講：「我忘記不了的老師是盧
騷、雨果、左拉和羅曼·羅蘭。」「我還有俄國的老師亞·赫爾岑、屠格涅夫、
托爾斯泰和高爾基。」「我還有英國老師狄更斯。」「我也有日本老師，例如
夏目漱石、田山花袋、芥川龍之介、武者小路實篤，特別是有島武郎，他們
的作品我讀得不多，但我經常背譯有島的短篇《與幼小者》，儘管我學日文至
今沒有學會，這個短篇我還是常常背誦。」「我喜歡日本小說。」〔註37〕學習
的對象幾乎是遍及世界各國，連「讀的不多」的也是非常喜歡、重視，如數

　　　　　　　　　　　　　　　　　　　
〔註37〕《〈激流〉總序》，巴金，1980 年 4 月。

家珍似的。可是，他幾乎從不肯談傳統文學、文化對自己的影響，偶有涉及也是負面爲多，如「那十幾年的生活是一個多麼可怕的夢魘！我讀著線裝書，坐在禮教的監牢裏」〔註38〕──「線裝書」與「禮教監牢」相提並論，這繼承了魯迅偏激時的觀點而又有過之；更奇怪的是，作爲讀者，人們總是讀著《家》而想到《紅樓夢》，因爲二者之間的血脈聯繫太明顯了，可是巴金自己卻對《紅樓夢》諱莫如深，偶一提及，也不過是「類似惜春（《紅樓夢》裏的人物）的那樣的結局」這樣無關宏旨的話──這與張愛玲的態度相比，反差之大令人驚異。個中緣由似乎也不必妄加揣測，但考慮到兩部書可比之處實在是太多了，而相似的和相異的都可以給人以啓發，對於深入理解《家》，包括其中的家庭觀念、家庭描寫，也都有特殊的意義，所以，下文對這兩部作品作一全面的比較，而把重心放到與家庭問題有關的部分。

　　首先是兩部作品的敘事態度。這兩部作品敘事態度的共同點在於，都有強烈的感情介入，而不是冷靜的客觀敘事〔註39〕。表面上看，《紅樓夢》似乎是留戀與批判兼有，而留戀多於批判；《家》則是批判遠多於留戀──特別是作者自己所作的聲明，幾近於深惡痛絕〔註40〕。但是如果我們撇開那些略帶誇張的批判性言詞，深入到文本的具體描寫之中，就會感受到《家》對於家庭日常生活描寫中含有的脈脈溫情與留戀之意。讓我們來看兩段文例。一段是家宴的描寫：

　　　　上面一桌坐的全是長輩，按次序數下去，是老太爺，陳姨太，
　　　　大太太周氏，三老爺克明和三太太張氏，四老爺克安和四太太王氏，
　　　　五老爺克定和五太太沈氏，另外還有一個客人就是覺新們的姑母張
　　　　太太，恰恰是十個人。下面的一桌坐的是覺新和他的弟妹們，加上
　　　　覺新的妻子李瑞珏和琴小姐一共是十二個：男的是覺字輩，有長房
　　　　的覺新，覺民，覺慧，三房的覺英，四房的覺群和覺世；女的是淑
　　　　字輩，有長房的淑華，三房的淑英，四房的淑芬和五房的淑貞，年
　　　　紀算淑英最大，十五歲，淑貞十二歲，淑芬最小，只有七歲。這都
　　　　是照舊曆算的。還有三房的覺人和四房的覺先、淑芳，都還太小，

〔註38〕《關於〈家〉（十版代序）》，巴金，1937年2月。
〔註39〕巴金自承「我不是一個冷靜的作者。……我在寫作的時候也有我的愛和恨，悲哀和渴望的。」出處同上。
〔註40〕巴金講「我離開舊家庭，就像摔掉一個可怕的陰影，我沒有一點留戀。」出處同上。

不能入座。覺新的孩子海臣是上了桌子的，老太爺希望在這裡吃年飯的應當有四代人，所以叫覺新夫婦把海臣也帶上桌子來，就讓他坐在瑞珏的懷裏隨便吃一點菜，坐一些時候。老太爺端起酒杯，向四座一看，看見堂屋裏擠滿了人，到處都是笑臉，知道自己有這樣多的子孫，明白他的「四世同堂」的希望已經實現，於是臉上浮出了滿足的微笑，喝了一大口酒。

「不行！不能代。你不吃，要罰酒，」覺慧站起來說道。

「好，大嫂該罰酒，」大家附和著說。

瑞珏等到眾人的聲音靜下去以後，才慢慢辯解地說：「我爲什麼該罰酒？你們高興吃酒，不如另外想一個吃酒的辦法。我們還是行酒令罷。」

「好，我贊成，」覺新首先附和道。

「行什麼令？」坐在瑞珏下邊的琴問道。

「我房裏有簽。喊鳴鳳把籤筒拿來罷，」瑞珏這樣提議。

「我想不必去拿籤筒，就行個簡單的令好了，」覺民表示他的意見。

「那麼就行飛花令，」琴搶著說。

「我不來，」八歲的覺群嚷道。

「我也不會，」淑芬像大人似地正經地說。

「哪個要你們來！好，五弟、六妹、六弟都不算。我們九個人來，」瑞珏接口道。

這時覺慧把一根筷子落在地上，袁成連忙拾起揩乾淨送來。他接了放在桌上，正要說話，看見眾人都贊成琴的提議，也就不開口了。

「那麼讓我先說。三表弟，你先吃酒！」琴一面說，一面望著覺慧微笑。

「爲什麼該我吃酒？你連什麼也沒有說，」覺慧用手蓋著酒杯。

「你不管，你只管吃酒好了。……我說的是『出門俱是看花人』。你看是不是該你吃酒！」

眾人依次序數過去，中間除開淑芬、覺世、覺群三個不算，數

到花字恰是覺慧，於是都叫起來：「該你吃酒。」

「你們作弄我。我不吃！」覺慧搖頭說。

「不行，三弟，你非吃不可。酒令嚴如軍令，是不能違抗的，」瑞珏催促道。

覺慧只得喝了一大口酒。他的臉上立刻現出了笑容，他得意地對琴說：「現在該你吃酒了。──春風桃李花開日。」從覺慧數起，數到第五個果然是琴。於是琴默默地端起酒杯呷了一口，說了一句「桃花亂落如紅雨」，該坐在她下邊的淑英吃酒。淑英說一句「落花時節又逢君」，又該下邊的淑華吃酒。淑華想了想，說了一句「若待上林花似錦」，數下去，除開淑芬、覺群等三人不算，數過淑貞、覺英、覺慧，恰恰數到覺民。於是覺民吃了酒，說了一句「桃花潭水深千尺」。接著覺新吃了酒，說句「賞花歸去馬蹄香」，該瑞珏吃酒。瑞珏說：「去年花裏逢君別，」又該淑英接下去，淑英吃了酒順口說：「今日花開又一年。」這時輪到淑貞了。淑貞帶羞地呷了一小口酒，勉強說了一句：「牧童遙指杏花村。」數下去又該瑞珏吃酒，瑞珏笑了笑，說了一句「東風無力百花殘」，該覺英吃酒。覺英端起杯子把裏面的餘酒吃光了，衝口說出一句「感時花濺淚」。

「不行！不行！五言詩不算數。另外說一句，」瑞珏不依地說。淑華在旁邊附和著。但是覺英一定不肯重說。覺慧不耐煩地嚷起來：

「不要行這個酒令了。你們總喜歡揀些感傷的詩句來說，叫人聽了不痛快。我說不如行急口令痛快得多。」

「好，我第一個贊成，我就做九紋龍史進，」覺英拍手說，他覺得這是解圍的妙法。

急口令終於採用了。瑞珏被推舉爲令官，在各人認定了自己充當什麼人以後，便由令官發問：「什麼人會吃酒？」

「豹子頭會吃酒，」琴接口道。

「林沖不會吃酒，」做林沖的覺民連忙說。

「什麼人會吃酒？」琴接看追問道。

「九紋龍會吃酒，」覺民急急回答。

「史進不會吃酒，」覺英馬上接下去。

「什麼人會吃酒？」覺民追問道。

「行者會吃酒，」這是覺英的回答。

「武松不會吃酒，」做武松的是覺慧。

「什麼人會吃酒？」覺英逼著問道。

「玉麒麟會吃酒，」覺慧一口氣說了出來。

「盧俊義不會吃酒，」琴正喝茶，連忙把一口茶吐在地上笑答道。

「什麼人會吃酒？」覺慧望著她帶笑地追問。

「小旋風會吃酒，」琴望著瑞珏回答道。

「柴進不會吃酒，」瑞珏不慌不忙地接口說。

「什麼人會吃酒？」琴一面笑，一面問。

「母夜叉會吃酒，」瑞珏指著覺新正經地回答。

於是滿座笑了起來。做母夜叉孫二娘的是覺新，他為了逗引弟妹們發笑，便揀了這個綽號，現在由他的妻子的口裏說出來，更引人發笑了。覺新含笑地說：「孫二娘不會吃酒。」他不等瑞珏發問，連忙說：「智多星會吃酒。」

「吳用不會吃酒，」淑英接口說。

「什麼人會吃酒？」覺新連忙問道。

「大嫂會吃酒，」淑英不加思索地回答。

滿座都笑起來。眾人異口同聲地叫著：「罰！罰！」淑英只得認錯，叫僕人換了一杯熱酒，舉起杯子呷了一口。眾人又繼續說下去，愈說愈快，而受罰的人也愈多。願吃酒的就吃酒，不能吃酒的就用茶代替，他們這些青年男女痛快地笑著，忘記一切地笑著，一直到散席的時候。

一段是「笙歌院落，燈火樓臺」的景象：

空氣忽然在微微顫動，笛聲從湖濱飄揚起來，吹著《梅花三弄》，還有人用胡琴和著，但是胡琴聲很低，被笛聲壓過了。清脆的、婉轉的笛聲，好像在敘說美妙的故事。它從空中傳到樓房裏來，而且送到眾人的心裏，使他們忘記了繁瑣的現實。每個人都曾經有過一段美麗的夢景，這時候都被笛聲喚起了，於是全沉默著，沉醉在回憶中，讓笛聲軟軟地在他們的耳邊飄蕩。

從敘事的角度看，這兩段都有詞費之嫌，尤其是第一段的行令。當然，這種敘事方式也可以解釋作「突出青年人的快樂，反襯他們的命運之悲」。但畢竟這是在那兩扇大門裏面的快樂，不必諱言，作者對大家庭貴族式的生活還是持有複雜的——包含著欣賞、留戀態度的。尤其是熟悉《紅樓夢》的讀者，這一類的筆墨與《紅樓夢》在筆法上、情調上，實在是太相似了。作者也許意識到人們會有這樣的感覺，所以在歷數了自己寫作的外國老師之後，特別加了一句，聲明還有一個老師就是「現實生活」——反正就是不肯談《紅樓夢》。

至於巴金本人對自己的大家族的情感，後來有過一次直接流露，就是四十年代走在正通街上的心情：

> 傍晚，我靠著逐漸黯淡的最後的陽光的指引，走過的十八年前的故居，……還是那樣寬的街，寬的房屋。巍峨的門牆趕走了太平缸和石獅子，那一對常常做我們坐騎的脊背光滑的雄師也不知逃走了那座荒山，然而大門開著，照壁上『長宜子孫』四個字卻是原樣地嵌在那裏，似乎連顏色也不曾被風雨剝蝕。我望著那樣的照壁，我被一種奇異的感情抓住了，我彷彿要在這裡看出過去十八年頭，不，彷彿要在這裡尋找出十八年前的遙遠的夢。〔註41〕

這裡含蘊的淡淡的悵惘，反映出作者感情世界的另一面：家的留戀。有這一面，其實很正常。因爲畢竟涉及的是血脈相連的家庭，這裡畢竟是哺育自己精神氣質的第一個乳娘。實際上，這種悵惘與留戀，伴隨著批判與憎厭，正是曹雪芹與巴金的寫作基調，不同的是，曹雪芹是坦然承認的，巴金則可能不願意意識到這一點。

其次是兩部作品的敘事格局與主要矛盾。《紅樓夢》的敘事格局是一個大家庭爲主，適度輻射到社會上，也就是所謂四大家族，另外用虛筆帶上朝政的蛛絲馬蹟，等等；而大家庭裏，又把敘事焦點相對集中於三兩對男女身上，寶、黛、釵是一組，寶玉與晴雯是一組，鳳姐、賈璉是一組。《家》的敘事格局也是這個樣子，高家自是中心，周圍虛寫的有馮家，有學校、報館等；位於焦點的也是三兩對男女，覺新與梅、瑞珏，覺民與琴，覺慧與鳴鳳等各爲一組。而兩個大家庭的主要矛盾在於父與子的衝突，衝突的實質都是人生觀、

〔註41〕李濟生、李小林《巴金六十年文選（1927～1986）》，上海文藝出版社，1986年，第588頁。

價值觀的衝突，特別是小輩不肯認同老輩的人生道路而產生的「天恩祖德」與「不肖子孫」的矛盾。稍有不同的是，《紅樓夢》表現的是賈政與賈寶玉之間的直接的衝突；《家》則有所變形。巴金把父權分解為二，主要的落到了「祖父」身上，次要的落到了「長房長孫」身上。這固然有自身真實經歷的投影，但也有一種複雜情感在其中。前文我們說過，魯迅不肯正面指斥「父親」，其中有微妙的心理因素。巴金也有類似的情愫——批判禮教，批判父權，以「祖父」當之，既便於寫大家族，又有符號化的味道；至於把禮法重視的「長兄如父」的大哥寫得溫厚親切，也是既有現實的投影，也有對「家」的留戀之情的需要。正如《紅樓夢》中有了慈祥溫和的賈母，「權力結構」與「感情態度」才會巧妙地平衡。

兩部作品另一個可比的、相似的地方是寫大家族中被封建禮法壓制的、摧殘的青春與愛情。《家》中這方面的悲劇主要是覺新與覺慧，而二人所處情境都有《紅樓夢》故事、人物的影子。覺新與梅的悲劇最為刻骨。梅的故事頗似林黛玉悲劇的意味或韻味。表兄表妹的關係不論，二人思想、性格相投也不論，只看梅表妹的形象，清高、消瘦、多愁善感，結核引起的咳嗽，等等。作為她的對照，則有豐滿、「懂事」的瑞珏。這和林黛玉的形象——包括與豐滿、「懂事」的薛寶釵的對比——何其相似。何況，《紅樓夢》中的黛玉與寶釵對照來寫的筆法，以及二者對比鮮明的形象，早有論者指出和「梅妃」與「楊妃」的對照傳統大有關係。因此，如果專門研究一下「梅表妹」的文化淵源，也不是完全沒有意義的題目。另一個悲劇是鳴鳳。這個丫環的形象分明融合了鴛鴦、金釧和晴雯的要素。當然，作者可能完全不自覺，但既然他讀過《紅樓夢》，這三段可稱為驚心動魄的故事不會不刻下深深的印痕。

由於上述原因，讀者才會不約而同，不待專家學者的指點，聯想到《紅樓夢》。

站在中國的土地上，描寫封建制度下的大家庭，如果沒有受到《紅樓夢》的影響，那才是怪事了。所以，我們指出《家》與《紅樓夢》血脈相通的地方，對於《家》的價值毫無貶損。不過，我們的目的不止於此，因為《家》的成功既是成功地繼承傳統的結果，也是表現時代變化，有所新變的結果。

《家》與《紅樓夢》的最大區別在於整個語境的變化。經過了晚清的西

學東漸，經過了最後一個封建王朝的傾覆，經過了「五四」新文化運動的洗禮，又經過了二三十年代社會生活的巨變，無論是思想觀念，還是話語體系，二百年間的變化可謂是滄海桑田一般。所以，儘管《紅樓夢》在當時具有某種「先鋒性」，但比起《家》的激進來，還是相差很多。何況，巴金本人又是以激烈變革為理想的人物。在小說裏，他幾乎把啓蒙的所有話題彙於一個敍述文本，如自由平等、衝出牢籠、婦女解放，等等。他是這樣描寫理想青年之間的對話：

> 「我現在決定了，」琴的眼睛忽然亮起來，她又恢復了活潑、剛毅的樣子，然後又堅決地說：「我知道任何改革的成功，都需要不少的犧牲作代價。現在就讓我作一樣犧牲品罷。」

這只能是出自三十年代初的作品，也只能是出自巴金這樣的作家之手。

這樣的筆法，好處是時代色彩鮮明，缺欠是容易滑向概念化、口號化。如：

> 「你有這樣的決心，事情一定會成功，」覺民安慰她道。琴微微地笑了一下，依舊用堅決的調子說：「成功不成功，沒有什麼大關係。總之，我要試一下。」覺民弟兄兩人都帶著讚歎的眼光望著她。

雖說盛氣為文可以反映出青年人的銳氣，但是作者自己也完全認同於這樣的態度，就未免顯得有些稚嫩。比起來，《紅樓夢》的作者是歷經滄桑者回頭看來，所以筆鋒涵渾，對事情的態度多用藏鋒，較為耐得品味；而巴金對筆下的事件原型，身歷目擊不久，很難跳出當時的具體感受，又經文化、思想巨變之際，所以自己的態度十分顯露，作品鋒芒有餘，豐厚不足。

在對待家庭問題上，同樣有這樣的筆墨：

> 梅表姐為什麼不可以再嫁？大哥既然愛她，為什麼又要娶現在的大嫂？娶了大嫂以後為什麼又依然想著梅表姐？這一切他似乎瞭解，但是過了一會兒他又覺得他的確不能夠瞭解了。這個大家庭裏面的一切簡直是一個複雜的結，他這顆直率的、熱烈的青年的心無法把它解開。

這雖然是從覺慧的視角產生的困惑，可是由於作者經常把自己的視角與覺慧的視角重合，所以，這樣寫的閱讀效果卻是兩面的：一面表現出作品人物的正義感與某種程度的困惑，而另一面，也暴露出作者自己對家庭生活缺乏內

在的體驗與理解，因此提出過於小兒科的問題。

《家》對家庭的描寫，有一個突出的特點，就是對兄弟情誼的重視。覺新、覺民和覺慧，儘管年齡有較大差距，性格也各不相同，情誼卻極為深厚。覺新彷彿是「自己背著因襲的重擔，肩住了黑暗的閘門，放他們到寬闊光明的地方去」的聖徒，兩個弟弟則以近乎於「長兄如父」的態度對待覺新。這樣寫自然是有巴金自己真實生活經歷作基礎的，也有其長處。但是，小家庭在道德上全是好的，大家庭則全是惡的，這種黑白分明的處理適於報章連載，容易被大眾接受，而深刻程度卻免不得要受一些影響了。

另外，從性別視角看，《家》與《紅樓夢》也有頗多可比之處。從積極的一面看，兩部作品都表現出對女性命運的深切關懷，都有對女性才華、德行的歌頌之詞，都一定程度地主張男女平等，等等。從消極的一面看，如同曹雪芹不能完全擺脫男性中心、男性本位一樣，巴金也有類似的未能免俗之處。

第六節　深情回望的《京華煙雲》

一

在現代文學的三十年中，《京華煙雲》是一部很特異的作品。林語堂在巴黎開始這部書的寫作，歷時一年完成。全書用英文寫成，後來才譯為中文在國內刊行。由於身處海外而又是英文寫作，從寫作動機看，作者有明確的文化交流目的；又由於脫離了國內文壇，可以毫不顧忌時下的社會思潮與文藝批評，作者可以把自己的癖好更徹底地寄寓到作品裏，所以就形成了這部小說三個非常鮮明的特色。

一個是對《紅樓夢》亦步亦趨的模仿——尤其是作品的主要部分，即前兩卷（占全書篇幅四分之三），大部分人物和情節都可以看到《紅樓夢》的影子。可以說，作者就是要寫一部現代版的《紅樓夢》給外國人看，讓他們藉以瞭解中國的傳統，並同情中國的現在。這一點，他的女兒林如斯在《關於〈京華煙雲〉》中講得很清楚：林語堂本來打算翻譯《紅樓夢》，「再三思慮」後覺得效果可能不會太好，不如作一部現代背景的小說為佳，於是有了《京華煙雲》。可見在某種程度上，《京華煙雲》是作為《紅樓夢》的替代物而製作的，同時也可以說是始終籠罩在《紅樓夢》光影之下進行寫作的。同為仿

《紅樓夢》而寫作，如果說巴金的《家》更多的是「偷藝」的話，《京華煙雲》則是大量亦步亦趨的仿製，甚至是「克隆」。細小之處如曾家辦喜事時，從鄉下來了個「舅媽」，這個鄉下老太太整個是劉姥姥的翻版（帶著個孫子，湊趣，看西洋鐘錶等）；又如曾家的「李姨媽」，活脫脫就是《紅樓夢》中的李嬤嬤加焦大；再如借助夢境，把曼娘與平亞的悲劇因緣說成是「天上的仙女」愛上了天上的園丁，因而被貶謫下凡，等等。而重要情節也有很多類似的例子，如紅玉之死，據說是作者寫到這裡感動得自己不勝其悲的，可是與黛玉之死未免過於相似〔註42〕，甚至這個過程中丫環的態度都克隆於紫鵑；又如經亞挨打一節：

> 家法拿來了，母親聽到三聲藤棍子，然後是孩子在地上的哭聲。她趕緊跑到院子裏，用身子擋住孩子。
>
> 「打死孩子以前，你先打死我！這麼個小孩子，你打得那麼重！」
>
> 老太太也來了，叫兒子住手。
>
> 「你瘋了？孩子若犯了錯兒，有我還活著呢，你應當先告訴我。你不要為別人家的孩子打起我孫子來。」
>
> 父親扔下藤子棍兒，轉過身來畢恭畢敬的說：「媽，這孩子現在若不教訓他，將來大了還得了？」
>
> 正在這個過節兒，桂姐喊道：「老爺別生氣了，孩子醒過來了，別擔心了。」
>
> 丫鬟簇擁過去，把太太從地上扶起來，男僕人把經亞抱到屋裏去，經亞還沒停止哭聲。桂姐撩起經亞的衣裳，看見他背上打了幾條印子，又紅又紫。曾夫人一見，心立刻軟下來，不由得哭道：「我的兒！遭罪呀！怎麼就打成這個樣兒？」
>
> 桂姐轉過臉兒看她的小女兒愛蓮，用力在她頭上打了幾下子，這是給曾夫人看的，因為經亞的挨打都是愛蓮的話引起的。
>
> 桂姐說：「都是你嚼舌根子！」

熟悉《紅樓夢》的人會驚訝於作者此時創造力的貧弱，因為整個故事就是「寶玉挨打」的縮寫，甚至連小老婆的孩子多嘴多舌的細節也照搬不改，變化的只是文字減少同時失去了原作的神采。當然，整體來看，對《紅樓夢》的模

〔註42〕如「焚稿」、「淚盡而死」等情節。

仿與借鑒也給林語堂的寫作提供了一個高標，使得作品的框架宏大，同時注重文化含量的豐富以及思想蘊含的超越性。

這部作品的後四分之一寫了抗戰初期的情況，想像了一些「除奸隊」的情節——由於缺乏真切體驗，這部分顯得相當粗糙、幼稚。而除此之外，這部作品就可以看作是三大家族盛衰史——姚家、曾家及牛家。雖然整部作品有模仿過甚的缺欠，但作為一部主要表現家庭生活的小說，所涉及到的家庭生活範圍之廣、問題之多，作者自身態度之複雜，都是中國現代文學中少見的。而它對《紅樓夢》的模仿又產生了一種特殊的研究價值，就是中國傳統家庭文化的傳承、變異以及對其評價的多元可能性問題。

講到它和《紅樓夢》的關係，還有一點不能不提到，就是對張恨水《金粉世家》路數的模仿。《金粉世家》所取得的巨大成功，雖然是在一個通俗的層面，但其影響卻足以達到社會各個階層。魯迅為母親購買《金粉世家》「一部十二本」，並交「世界書局寄上」，便是一個十分典型的例證。如前章所述，《金粉世家》正是把《紅樓夢》搬到了二十年代的北京城，在歷史的記憶與現實的揭示交融中，抓住了當代讀者。《京華煙雲》在套路、命意乃至某些細部都可看到「二手」仿《紅》的痕跡。不過，畢竟林語堂與張恨水的知識結構、美學趣味都有很大差別，特別是二人預設的讀者對象大不相同，所以同中有異。

《京華煙雲》的另一個特色是揣摩「洋讀者」的閱讀心理來組織、處理材料。這表現在兩個方面，一方面是在故事的演進中，穿插了大量介紹中國文化，特別是傳統文化與民俗文化的內容。這些內容往往不是情節發展的必要因素，甚至對於中國人來說是不言而喻的事情，作者卻都不吝詞費大加鋪陳。另一種情況是唯恐「洋讀者」不明所以而加入的說明性文字。當然，作者努力使這些文字融合到整部作品中，不希望留下游離的痕跡，但譯成漢語後，這種痕跡還是相當明顯的。

作者為心中預設的「洋」讀者寫下的說明性文字比比皆是，如第十六章「開蟹宴姚府慶中秋」，這顯然是仿《紅樓夢》第三十八回的螃蟹宴，兩相對比，相似的情節發展中，《京華煙雲》就特別多了一些解釋、說明性文字。例如「姚先生買了兩大簍子最好的螃蟹。持蟹賞菊度中秋，是中國的老風俗」，「桌子上擺的是溫過的酒，每人面前一小盤薑醋醬酒油調好的佐料兒，這種熱性的作料正好和螃蟹的寒性兒互相抵消」。這種節俗、飲食習慣，都是百姓

常識，所以《紅樓夢》裏絕不會為此浪費筆墨，而面對「洋讀者」時自然有所不同了。和家庭生活有關的習俗更是《京華煙雲》作者描寫、說明的重點，如新娘出嫁前的「絞臉」儀式：

> 珊瑚給曼娘「絞臉」，這是新娘上轎前必須照例要做的，別人則在一邊兒坐著說閒話兒。給女人修面不用刀子，而是用蘸過水的粗綿線，線上結個圈兒，左手兩個手指頭捏住，反線拉緊，線的一頭兒用牙咬緊，另一頭兒放在右手裏。線交叉的地方緊貼著新娘臉上。右手一動，線就在交叉處擰動旋轉，臉上的細毛就連根拔下來，珊瑚手很巧，曼娘一點兒也不覺得疼。

如果不是介紹、交流的動機過於強烈，「用牙咬緊」、「右手一動」之類的文字是不宜像這樣出現在敘事情節中的。

林語堂這種向西洋人介紹中國文化——特別是傳統文化、習俗文化——的願望，在數年後的《生活的藝術》中得到了更直接的實現。不過，《京華煙雲》中的不少段落，放到《生活的藝術》中可能更融洽一些，如：

> 北平一家著名館子的蒙古烤羊肉的方法，她在一個粗盆裏點上炭火，上面扣上凸面的鋼絲網子，預備好泡了醬油的極薄的牛肉片兒和魚肉片兒，把炭盆端到庭院之中，在網子上烤肉，每人用粗糙的木頭筷子，自烤自吃，她堅持一定要站著吃。她又仿照南方的風俗做「叫化雞」，把一個整雞拿出去野餐，雞的內臟當然先拿掉，羽毛則不拔掉。她用泥在雞上塗滿一層，在火上烤，和烤白薯一樣。二三十分鐘之後，當然以火的強弱和雞的大小來決定，然後拿出來，羽毛會和泥片一齊掉下來，裏面便是熱氣騰騰的雞。鮮而嫩，汁液毫無損失。他們自己用手把雞翅膀，雞腿，雞胸撕開，蘸著醬油吃，覺得這種「叫化雞」味道之美，為生平吃過的別種的雞所不及。

林語堂是滿含著文化優越感來寫下這些內容的，其中既有向「外人」展示「家珍」的自豪與坦率，也不乏炫耀與掩飾的成分。當我們讀到「這個城市，普天之下，地球之上，沒有別的城市可與比擬。既富有人文的精神，又富有崇高華嚴的氣質與家居生活的舒適。人間地上，豈有他處可以與之分庭抗禮」〔註43〕的時候，很難相信是對北京城的介紹。

〔註43〕見第十二章《北京城人間福地　富貴家神仙生活》。

指出這一點，可以更好地理解作品中對家族制度、家庭生活的描寫，尤其是作者對於傳統家族、家庭的表現出的特別的留戀與贊美的態度。

《京華煙雲》的第三個特點是作者選擇了一個所謂的「道家」立場作爲價值原點，並穿插大量相關的哲理性議論。他把上卷直接命名爲「道家女兒」〔註44〕，並力圖在整部作品中把姚木蘭的人生與道家哲理聯繫起來，如主動放棄北京城的舒適生活——儘管作者稱贊北京城是「天下無雙」的，跑到杭州城郊去「親近自然」，等等。林語堂對他所欣賞的人物都程度不同地爲他們貼上「道家」的標籤，有的明確一些，如姚木蘭、姚思安，有的隱蔽一些，如孔立夫。他評價姚思安處理家庭問題的水平時，完全以「道」作衡量的標準：

> 姚先生在理論上贊成自由結婚，可是他又不能把一切歸諸自然，歸諸自然的盲目「機會」，所以他還不到眞正道家的修養。此外，所謂道家的「機會」之理，除去由人不能察覺的原因決定之外，也是由事件上的相互關係而表明。莫愁婚事上的機會表示的，已經是夠明白；立夫很理想，機會來臨而不取，是逆乎道也。

他這樣處理既有個人人生觀的緣由，也是設法使中國的文化傳統與西方觀念「接軌」的一種努力。

由於特意標榜「道家」，而不是像《紅樓夢》那樣滲透出淡淡的莊禪意味，林語堂便在敘事中夾雜了大量的哲理或說教。這一點，林如斯極力加以讚譽〔註45〕，而實際效果如何其實大可討論。如作品寫到姚思安的家庭觀念時，直接引用俞樾的詩句：「家者一詞語，征夫路中憩，傀儡戲終了，拆臺收拾去。」這樣刻露的極端的表述，與作品前後文的親情描寫未免都有些格格不入的感覺。

林語堂試圖在「道家」與西方的「自由」等觀念之間建立起較多的關聯，便於西方的「洋讀者」容易理解、樂於接受。這樣的文例在作品中也俯拾即是：

〔註44〕實際上，若從上卷的二十一章全部內容來看，這個卷名實在不能算是妥貼。因爲有關姚木蘭的內容只占三分之一，即七章左右，可見作者如此命名的主要原因是突出自己設定的「道家」色彩。

〔註45〕林如斯《關於〈京華煙雲〉》：「此書的最大優點⋯⋯在於其哲學意義。」「可說莊子猶如上帝，出三句題目教林語堂去作。」《京華煙雲》，作家出版社，1995年。

　　　　道家思想和現代科學都同意這一點：作用與反作用的力量相
　　等。

　　　　西洋思想……正合乎道家的「道法自然」的道理。

　　　　這種西洋的想法極微妙而深奧，正像道家的道理一樣。

這種溝通的意圖應該說是無可厚非的。只是從小說藝術的角度看，可以說是
利弊參半。莊子的空靈文筆啓發了作者，使他不至過於陷溺到「生活的藝術」
那種玩賞心態之中，還可以把傳統的士大夫瀟灑的生活態度、生活方式介紹
給西方讀者。但有些地方爲「哲理」而犧牲了「情理」，同時不少人物的言行
都出現「玩深沉」的傾向，使人讀來既不舒服也不自然。

二

　　林語堂在《著者序》中聲明自己的作品「既非對舊式生活進贊詞，亦非
爲新式生活做辯解。」這其實正反映出他內心的擔憂，擔憂在這兩個方面遭
到讀者的「誤解」。他說，他的創作態度是老子式的「以萬物爲芻狗」，即冷
靜、客觀地敘述、描寫人物與環境的相互影響與適應。細玩作品，是可以感
覺到作者這一番苦心的。所以，他力圖避免人物的正邪兩分，對筆下的理想
人物姚木蘭、孔立夫也抹上幾筆雜色，對大毒販子牛素雲也加上一條抗日而
死的光明尾巴，力圖顯示出作者的超然。但是，他的這一番努力效果是有限
的，既不能泯滅自己的愛憎好尙，也不能調和相互衝突的立場。

　　儘管林語堂聲稱自己不是「對舊式生活進贊詞」，但彌漫於全書的仍然是
對傳統文化充滿深情的回望、留連。儘管林語堂聲稱自己不是「爲新式生活
做辯解」，但當他面對「洋讀者」的時候，不能不採取現代觀念、現代視角來
評價與講述。於是，對傳統文化的偏愛（比起「新文化」時期狂飆突進的社
會潮流，可以說是大踏步後退），以及對傳統與現代之間相矛盾的觀念的兼
容，構成了《京華煙雲》斑駁的思想內容。

　　這種偏愛與兼容並存的文化態度是全書的基調，我們可以從關於纏足的
種種描寫、議論中非常集中地看到。

　　中國傳統文化中最爲西方垢病的習俗無過於纏足，所以在十九世紀末，
中國的有識之士如梁啓超等就發起了「戒纏足會」、「不纏足會」。《京華煙
雲》中也如實記載了這一段歷史，說是姚思安讀到了梁啓超的「天足論」，所
以反對給姚木蘭纏足，又明確寫道：「（反對纏足）是當年跟西洋文化接觸

之後，影響中國人實際生活的一件事。」可是，在小說裏，林語堂用大段
文字寫小腳之「美」，並爲纏足惡習找尋理論根據。他先是對桂姐的小腳細加
描寫：

> 一個身體頎長骨肉勻停的少婦從岸上走上船來。帶著一個六歲
> 的孩子。這位少婦腳很小，裹得整整齊齊的，但是站得筆直，穿著
> 紫褂子，鑲著綠寬邊兒，沒穿裙子，只穿著綠褲子，上面有由黑 A
> 字連成的橫寬條兒。褲子下面露出的是紅色弓鞋，有三寸長，花兒
> 繡得很美，鞋上端縛的是白腿帶兒。……剛走上船的這位少婦的
> 腳，可以說幾乎達到十全十美的地步——纖小、周正、整齊、渾圓、
> 柔軟，向腳尖處，漸漸尖細下來，不像普通一般女人的腳那樣平
> 扁。……這位年輕婦人桂姐就是一個美麗動人的例子。當然她的美
> 並不全在腳上，她整個身段兒都加強了她的美，就猶如一個好的雕
> 像偏巧又配上一個好座子一樣。她那一雙周正的小腳兒使她的身體
> 益發嫵媚多姿，但同時身體仍然穩定自然，所以無論何時看，她渾
> 身的線條都不失其完美。……桂姐真是夠高的，頭與脖子都好看，
> 上半身的輪廓成流線形，豐滿充盈，至腰部以下，再以圓而均衡對
> 稱的褲子漸漸尖細下去，而終止於微微上翻的鳳頭鞋的尖端——看
> 來正像一個比例和諧的花瓶兒，連日觀之不厭，但覺其盡善盡美，
> 何以如此之美，卻難以言喻。

這個桂姐並不是書中的重要人物，甚至也不是書中著意描寫的「美女」，實在
沒有必要如此鋪張筆墨來描寫其形態。這樣大段的外貌描寫的中心其實全在
小腳上。什麼身段啦、脖子啦、腰部啦，最後都是爲了給小腳之美作襯托。

如此描寫還不算完，林語堂意猶未盡，還要再找出點道理來：

> 因爲大多數女人的腳，無論在大小上，在角度上，都不中看。
> 所以裹得一雙秀氣嬌小的腳是惹人喜愛的。小腳的美，除去線條和
> 諧勻稱之外，主要在於一個「正」字兒，這樣，兩隻小腳兒才構成
> 了女人身體的完美的基底。

> 女人穿上弓鞋走起來，主要是在兩個高出的後跟上，所以完全
> 與西洋的高跟鞋效果相似。女人穿上高跟兒，走起來步態就變了，
> 臀部向後突出，要想不直立，決不可能，若想像穿平底鞋時那樣懶
> 散萎靡邋遢的樣子，決辦不到。

一雙不裹起來的大腳，把線條的和諧則破壞無餘了。

為了強化上述描寫與議論的效果，作者還要讓姚木蘭對小腳之美「表態」：先是當她初見這一雙富有魔力的小腳時，竟至於震撼得「倒吸了一口氣」；後來更是後悔自己沒有纏足，偷著嘗試了一次。

這樣大段地描寫女人的小腳已經是非常少見了，作者卻意猶不足，後面又借辜鴻銘之口濃墨重彩再加渲染：

> 辜鴻銘說：「我以為使女人看來高貴文雅的，是皮肉細緻——這種自然的高尚要從舉止的優美得來。並且只要少在大庭廣眾間出頭露面，你也能獲得精神上自然的高尚。女人一旦不裹腳，把蒲扇般的大腳各處踩，她就失去了女性生理和道德的特質了。外國女人束腰，好顯出上身的曲線，但是有害於消化。裹小腳兒有什麼害處呢？什麼害處也沒有。與生理上主要的功能一點兒也沒有妨礙。我問你們，你們還是願腿部受槍傷呢？還是肚子上面受傷呢？而且裹腳之後，站著多麼挺直呀！你們見過裹了腳的女人走起來不是挺直而尊嚴嗎？外國女人束腰，使臀部挺出來，但是不自然。可是裹了腳，由於姿態上受影響，自然而然的使臀部發育，因為運動的中心後移到自腳到臀部一帶，而血液自然去輸送營養。」

然後這個怪老頭又作了一番中西比較，把西方女性使用的胸罩之類痛貶一通，認為纏足從生理上到審美上都是女人莫大的福祉。雖然作者為辜氏之論加上了一個「奇論」的定語，但聯繫前文的桂姐描寫，還是顯然可以感到他的興味所鍾的。而且，和前文的手段一樣，他為了加強這番描寫的正面效果，又讓另一個女孩子紅玉對這番「纏足有益論」大感興趣，「聚精會神聽著，非常著迷」。要知道，這個紅玉在某種程度上是相當於《紅樓夢》中林黛玉的重要角色的。

相信在中國現代文學的重要作家中，沒有哪一位以這樣的態度描寫過纏足。可是如果作品僅止於此，那也就不是林語堂了，那就徹底成了辜鴻銘。林語堂的「道家」哲學使他的作品又兼容了相反的立場。他又著意描寫了天足的好處，而且是明確與小腳作了一番比較。小說中寫木蘭的道家風範有常用的一筆，就是「一生好入名山遊」，遊西山、登泰山都是重頭戲。而且泰山還要登兩次。每次登山，木蘭都是逸興湍飛，健步當先。這裡已經隱含著對其天足的讚美。而第三十一章還有意圖更明確的一大段。那是描寫木蘭和丈

夫、情人一起遊泰山，是「從來沒有這麼輕鬆愉快」的一次經歷。路上，男人們赤腳涉入了溪流，「溪溝的水清澈可喜」。於是，

> 木蘭坐在大圓石頭上，大笑一聲，脫下了鞋襪，露出了雪白的腳，那兩隻腳一向很少露在外面，現在輕輕泡入水中。
>
> 桂姐微笑說：「木蘭，你瘋了。」
>
> 木蘭說：「好舒服，好痛快。你若不是裹腳，我也就把你拉下來。」
>
> 麗蓮也脫了鞋襪，把腳泡進水去。蓀亞過來，拉著木蘭，進入了小溪中的淺水之處，木蘭搖搖擺擺的走，幾乎要摔倒，幸虧由蓀亞拉住。轎夫覺得很有趣，笑了又笑。立夫坐在中流的石頭上，褲腿兒向上卷起來，做壁上觀。他覺得那確是非常之舉，因為那時離現在少女在海灘上洗浴，還早好多年。

赤裸著「雪白的腳」，走在清澈的溪流中，搖搖擺擺地踏在光滑的卵石上，這和韓愈那一首名詩《山石》描寫的境界差相彷彿〔註46〕。不過可注意的是，這裡特意寫了木蘭和桂姐的對話，點出桂姐因為「裹腳」而不能享受這一番非常的樂趣。聯繫到前面寫曼娘因裹腳不能和木蘭一樣盡情登臨遊玩，這裡的對話還不能簡單地看作無意的閒筆。林語堂還不肯把這幅精心結撰的「美人赤足涉溪圖」如此放過，又加上一段木蘭與情人之間動情的文字：

> 立夫上了岸，看見了木蘭雪白的腳腕子，又光潤，又細小，木蘭根本就沒想掩藏。反而抬頭看了看，向立夫低聲說：「拉我起來！」不勝大姨子的撒嬌與美麗的魔力，立夫就把她拉起來。木蘭的真純自然，竟使尷尬的場面，一變而為天真美麗。

這裡把姚木蘭的天真美麗與她美麗的天足聯繫到一起，恰恰和前文把桂姐的美麗與小腳聯繫起來形成了對照。姚木蘭和孔立夫的感情糾葛可以說是全書重要的一條線索，但二人之間的契合多表現在精神層面，孔立夫對木蘭形體之美的感觸極少形諸筆墨，所以這一段描寫就更顯得突出。如此精心結撰的情節，著落在天足之上，足見林語堂對女人的腳的問題實在是非常留心的。而其矛盾／兼容的態度也就因此而表現得淋漓盡致。

　　這只是一個例子，但卻是非常典型的例子，表明了林語堂在這部作品中

〔註46〕《山石》詩云：「當流赤足踏澗石，水聲激激風吹衣。人生如此自可樂，豈必局束為人鞿。」

對中國傳統文化的態度，一種很特別的態度〔註 47〕。這種態度貫穿了全書，也同樣表現在對傳統家庭制度與家庭觀念的描寫之中。

三

作爲以家族／家庭的興衰爲題材的小說，《京華煙雲》是中國現代文學中最爲典型的一部作品。橫向來看，他寫了三個家族的歷史，其中姚家與曾家的筆墨幾乎平分秋色；縱向來看，他寫了三代人的命運，而以中間姚木蘭一代爲結撰的「樞紐」；分層面來看，他既寫了幾個大家族的盛衰，又寫了若干小家庭的恩怨、哀樂，同時還把視野拓展到國家、民族的歷史大事件，以之作爲家族興衰、家庭哀樂的大背景；從具體內容講，作者在小說裏很具體地寫到了在那個新舊交替時代家族／家庭的婚姻制度（包括結親、納妾以及自由戀愛等多個方面）、經濟制度（包括繼承、析產、陪嫁等）、倫常關係（包括傳統的、變化的，以及不同文化背景的差別等）、感情關係（包括夫婦之間、朋友之間的常態，也包括婚外戀情、父女及母子之間特別的感情等），還寫到了家族／家庭與社會的依存關係，其內部的主僕、主奴的階級關係，等等。以內容的豐富、集中而論，《京華煙雲》可稱得上是中國現代文學中家庭小說的典範之作。

和前一個十年中家族／家庭小說的兩部代表作——張恨水的《金粉世家》和巴金的《家》作一下比較，是認識《京華煙雲》家庭觀念及其表現手法的一條捷徑。我們選取父親形象與父權制、禮教與女性命運、少爺與丫鬟的戀情三個方面進行一下比較。

前文討論巴金的時候筆者指出，巴金繼承魯迅，激烈抨擊父權制，同時卻又在作品中讓父親的形象缺位。《京華煙雲》則不然。姚家、曾家、牛家的男性家長都是正面出場的人物，其中姚思安、曾文璞還用了很多的筆墨。姚思安是個大商人，曾文璞是個大官僚；姚思安是所謂「道家」哲學的信奉者，和道教也有些瓜葛，曾文璞則是儒家忠實信徒，也是禮教的嚴格實踐者。這樣兩個人物，在《吶喊》、《彷徨》的時代，或是在《家》、《雷雨》的一類作品裏，被負面處理的可能性是非常大的。而在《京華煙雲》中，無論他們的社會角色，還是家庭角色，基本都是正面的——這包括他們作爲家族／家庭

〔註47〕 在小說之外，他的互相矛盾的觀點就更明顯了，如在《女子教育》中稱纏足爲「邪惡怪誕的習俗」。這似乎只能用陷溺於《莊子》的「此亦一是非，彼亦一是非」來解釋了。

中父權代表的時候。

　　所謂父權，可以從兩個角度體現：一個角度是人際關係，一個角度是事務的處置與決定過程。在《家》的人際關係中，晚輩與長輩之間的衝突，長輩——父權的體現者——總是染有或多或少邪惡的色彩。《京華煙雲》恰恰顛倒過來：在姚家，姚體仁和父親姚思安的衝突，毛病百分之百出在姚體仁身上；在曾家，曾經亞與父親曾文璞的衝突，也同樣要由兒子承擔不是。在家庭教育的問題上，姚思安總是比姚太太高明，曾文璞也總是比曾太太更明白些。所以，兩個家族的實際操控權，特別是大的事件，如姚家購買王府花園，曾家的分家析產，都是由作父親的決定、主持。值得注意的是，小說在這些情節的發展中，不僅把父親的主導當作天經地義、不言而喻的事情來描寫，而且對父權的態度也是完全肯定的。姚思安當機立斷買下王府花園，無疑是既果斷又精明的決定；曾文璞分家處置得宜，也顯示出「一家之主」的氣度。總之，《京華煙雲》中無論是具象的父親，還是抽象的父權，基本都是予以正面的肯定的表現。而他們和晚輩，和女性之間的關係也總是相當和諧的。如曾文璞教誨幾房兒媳：

> 治家之道只在兩個字上，一個是忍，一個是讓，我很高興看見木蘭把表讓給別人。並不是在乎這個表，而是在於這個讓的道理，要自己退讓，要顧到別人。你們做兒媳婦的，在家都受過教育，用不著我來說，你們的第一個本分，就是幫助丈夫。一個姑娘家受的教育越好，在家裏就越有禮貌。若不然，念書有才學，反倒有害於人品。要孝順婆婆，伺候丈夫。幫助丈夫，也就等於孝敬我。

這樣一番落伍於時代的言論，如果在魯迅或是巴金的筆下，不是晚輩的嘲諷對象就是抨擊對象，而在林語堂的筆下卻評價道「這一段話說得很好」，並讓姚木蘭等因之感到高興。而富有個性且被動嫁入曾家的姚木蘭婚後的生活態度則是：

> 蓀亞和木蘭這一對小夫婦，在曾家那麼大的家庭裏生活，好多地方兒需要適應。這一對年輕夫妻最重的事，是要討父母的歡心，也就是說要做好兒女。要討父母歡心，蓀亞和木蘭就要做好多事情。基本上，是要保持家庭中規矩和睦的氣氛，年輕的一代應當學著減除大人的憂勞，擔當起大人對內對外的重擔。

這種對舊制度、舊道德的留連，是《京華煙雲》家庭觀念的主導方面。這種

情況和《金粉世家》十分相似。不同的是,《京華煙雲》對於姚思安、曾文璞
有較爲細緻的刻畫。尤其是姚思安,幾乎可視爲全書的靈魂人物。比起《金
粉世家》中半實半虛的金銓形象,這個父親無疑更豐滿、更可親可敬。

　　林語堂在刻畫姚思安形象的時候,著眼點不只是賦有絕對權力的大家
長,更多地是「道家哲學」的化身。他是寫給西方人看的,從這一點立論,
姚思安更多地代表了中華智慧,而不是父權。

　　「禮教吃人」,這是新文化運動的主要口號,也是魯迅、巴金小說批判鋒
芒主要所向。而「禮教」所「吃」的人則主要是女性。《京華煙雲》並不全面
肯定禮教,但也絕不正面否定禮教,而在故事演進中,對禮教吃人的事實甚
至還有所隱忍包容。

　　曼娘是書中第一悲劇人物。她本是個小鎮上樸實的女孩子,在一個學究
的父親教養之下長大的,受了一套舊式女孩子的教育。她的不幸在於有一門
闊親戚:她的父親是曾家老太太的侄子。於是她自幼便作了曾家的「準」童
養媳。她的丈夫曾平亞得了不治之症,危在旦夕,曾家提出了「沖喜」的要
求。應該說,曾家這一要求是很自私的,也含有富貴凌人的味道──如果門
當戶對或是男方仰攀高枝,絕不可能提出這樣的要求,更絕無可能達到目的。
可是,可憐的曼娘爲了「報恩」跳入了火坑。新婚數日她便作了寡婦。公婆
表面對她很好,但暗地裏戒備森嚴,唯恐她不能爲兒子守節,以致想方設法
限制她的出入。就這樣,曼娘做了一輩子處女寡婦。這個形象顯然是有《紅
樓夢》李紈的影子。

　　對於曾家這一自私的行爲,作者敘述的立場基本是中性的;對於曼娘作
出的決定,作品的敘述口吻甚至帶有三分贊許。由於把曾家對曼娘「恩德」
的誇張式描寫,事實上很大程度上淡化了這場騙局的殘酷。至於在曾文璞夫
婦的導演之下,曼娘守了一輩子的「處女寡」,作者的態度仍然是相當曖昧的
〔註 48〕。在《紅樓夢》的時代,曹雪芹不能質疑李紈的命運尚屬情有可原。
到了二十世紀三十年代的末期,對於欺騙、壓制了曼娘一生的禮教幾乎沒有
譴責之意;對於犧牲在舊道德之下的女性,沒有多少悲憫之情,這就未免讓
後世的讀者感到費解了。

　　小說是這樣描寫曼娘形象的:

〔註48〕全書只有一處從木蘭的口中質疑這場「騙局」,但在後來的家庭相處中,再沒
　　　有類似的見解或是情感流露。

> 貞節是一種愛：教育女兒要告訴她這種愛應當看做聖潔的東西，自己的身體絕不可接觸男人，要「守身如玉」。在青春期，性的理想在少女的信仰上頗為重要，在她保持貞潔的願望上也有直接的影響。……曼娘正是這類古典女人的好例子，所以後來，在民國初年，她似乎成了個難得一見的古董，好像古書上掉下來的一幅美人圖。在現代，那類典型是渺不可見，也不可能見到了。曼娘的眼毛美，微笑美，整整齊齊猶如編貝的牙齒美，還有長相兒美。木蘭初次看見她時，她十四歲，已經裹腳。木蘭自己活潑爽快，卻喜愛曼娘的恬靜文雅。她倆睡在裏院兒一間屋子裏，過了不久，曼娘就像木蘭的大姐一樣了。這是木蘭生平第一次交朋友，而且相交愈深，相慕愈切。木蘭是有深情厚愛的女孩子，除去她妹妹莫愁與父母之外，她從來沒把那腔子熱情愛過別人。

這一段描繪，既反映出作者對傳統倫理中女性道德軌範的珍愛，也可以看出他對遵循這種軌範的「古典女人」的心儀程度。這裡極力寫木蘭對曼娘的傾慕，其實正反映出作者的情感態度。因為姚木蘭是作者筆下最具審美能力、眼界最高的人物。這方面的內容，在《金粉世家》中基本闕如，原因當如前述，即作品是寫給市民們消遣的通俗之作，作者本人刻意迴避了敏感而有爭議的內容。

在巴金的《家》、曹禺的《雷雨》中，少爺和丫鬟的戀情都是重要的情節，而二者都把同情深深地給予了被侮辱與被損害的丫鬟；《京華煙雲》同樣以此為重要情節，但態度卻大不相同。

在現實生活裏，丫鬟與少爺的關係是中國封建大家庭經常面臨的問題，也是家庭題材的文學作品注目的題目。這個題目可以牽涉出方方面面的矛盾，易起衝突，易生高潮，易煽悲情，高手寫豪門恩怨決不會輕輕放過。《紅樓夢》中惹人眼淚的，黛玉悲劇之外就屬晴雯的悲劇，還有金釧之死、鴛鴦之死等等。巴金的《家》深得其壺奧，也是把鳴鳳與覺慧的戀情以及鳴鳳之死作為一個重要的矛盾糾合點來對待的。稍後一些，曹禺的《雷雨》則把侍萍與周樸園的孽緣作為全劇矛盾展開的基點。《京華煙雲》中姚體仁與丫鬟銀屏的戀情及其悲劇也是全書的重頭戲。由於侍萍的故事和銀屏的故事最為近似，所以比較一下其中林語堂與曹禺流露出的觀念、態度的異同，是很有意思的事情。

　　銀屏是「專職」侍候姚家少爺體仁的丫鬟。一則是日久生情，一則是她有心籠絡，所以和體仁之間有了私下的婚姻之約。後來，她被逐出家門，生下了體仁的孩子，孩子被姚家奪去，絕望中自殺身亡。可以說，除了沒有「復活」的情節，這段故事和《雷雨》中侍萍的遭遇完全一樣。但是，作者對她的態度卻與曹禺對侍萍的態度大不相同，當然也有別於巴金對鳴鳳的態度。首先，《京華煙雲》中的銀屏不是四鳳或是鳴鳳那樣的純情少女，而是頗有機心的成熟女人。書中反覆寫她裝病，忖度利害，並明確寫她「像一個成熟的女人對一個天眞無邪的男孩子說話一樣」。並借其他丫鬟的口來講她的動機，「舒服日子過慣了，沒法子再去嫁個莊稼漢」。後來，她又變著法從體仁手裏搞到了大筆的錢財。這樣就剝奪了銀屏掙扎的正義感。另外，在銀屏與姚太太的鬥爭中，作者讓姚木蘭姐妹的同情都落到自己母親的一邊——「他的姐妹卻覺得他（體仁）甚爲可恥，太不應當。於是都倒向母親那面」。姚木蘭、姚莫愁都是作者極力塑造的理想女性，她們的態度很大程度上代表了作品的傾向。在銀屏自殺後，姚太太受到了沉重的打擊，甚至到了「這個家破敗了」，「每個人都很憂傷」的程度。在整部作品的講述中，姚家的利益始終是爲作者所認同的。銀屏成爲姚家的破壞者，這樣來寫就在道義上把銀屏擺到了對立面上。這樣的態度顯然是與《雷雨》、《家》不同的。

　　不過，如同對待纏足的態度一樣，林語堂對銀屏的命運也是「一團矛盾」。在作品的後一半，隨著姚太太去世和銀屏之子的成長，作者敘事的口氣也發生了變化。銀屏作爲受害者的色彩逐漸顯露，在姚家的名分地位也予以了默認。當然，這只是表現林語堂一貫的矛盾心態而已，並不能改變他站在大家庭主人立場的基本事實。

　　林語堂在《京華煙雲》中表現出的對舊家庭制度的留連，無過於對納妾問題的態度。

　　作品中有兩大段專論這個問題，而起因都是妻子主動要爲丈夫納一個妾。先是曾文璞的太太，因爲丈夫生病需要人手侍候，所以：

> 　　曾太太想了個辦法，就是在丈夫病好之後，把桂姐收過去做個二房。這樣，桂姐一直在丈夫病中伺候才方便，當然丈夫也願意。
> 　　曾文璞病好之後，備辦筵席，請親戚，大廳的供桌兒上高燒紅燭，曾太太十分喜歡。
> 　　現在桂姐是曾太太的伴侶，主要幫手，又是丈夫的姨太太了。

曾太太不僅主動想出這個辦法，而且是「十分喜歡」，其感覺彷彿是經營的一個店鋪招來幾個幹活的夥計。後面則是姚木蘭：

> 現在木蘭心裏已經有把暗香嫁給丈夫蓀亞做妾的想法。……讓丈夫有一個妾，她心裏越想越美。

這個頗有現代意識的姚木蘭，也是如此主動地為丈夫張羅納妾，也是「越想越美」，實在讓現代的讀者一頭霧水。

作者可能也估計到讀者會對這兩個妻子的超級「大度」納悶，所以先後兩次正面作出解釋。第一次是以敘述者的身份解釋道：

> 妻子就像鮮花兒，花瓶兒可以提高花兒的高貴美麗，也可以因為花瓶兒而將高貴美麗一毀無餘。由於環境優裕生活安穩無慮，又因為她極有教養，深知自己的身份地位，曾太太才有她的高貴尊嚴的感覺。她能讀書寫字，桂姐則不能，而且太太與婢妾中間的分別也是受地位人品決定的。太太可以穿裙子，為妾的只能穿褲子。
>
> 曾家的事一切規規矩矩，因為一切都正大光明。娶妾的麻煩並不在人，而是社會的看法；不是做丈夫的對此事的想法，而是他妻子對此事的想法，跟為妾者她自己的想法，而最重要的是社會對他們三方面的想法。

按照這種「花瓶理論」，一夫多妻制並不損害誰的利益，甚至女性還可以從中得益；如果出了問題，那都是由於「想法」不正確造成的，制度本身並沒有問題。可以說這種「花瓶理論」是對女性意志的扭曲甚至強姦，而第二次的解釋就更匪夷所思了。第二次解釋是以姚木蘭自己的身份來作出的，姚木蘭越想越美的「理論」是：

> 一個做妻子的若沒有一個妾，斯文而優美，事事幫助自己，就猶如一個皇太子缺少一個覬覦王位的人在旁，一樣乏味，她覺得這其間頗有道理。一個合法的妻子的地位當然是極其分明，若是有一個「副妻子」，就如同總統職位之外有一個副總統，這個總統的職位就聽來更好聽，也越發值得去做了。

妾是「副妻子」，如同「副總統」——真難為了林語堂。這話雖然聽起來有點幽默的味道，但於情理上未免差得太遠——他忘記了妻妾之間不可避免的衝突，也忘記了這在權益上是對女性最大的輕蔑。林語堂發明了這種「聯合執政理論」意猶未足，接下來又安排姚木蘭去動員丈夫接受自己的計劃，並對

「花瓶理論」加以發展：

> 木蘭一次向蓀亞說：「爲人妻者沒有妾，就如同花瓶兒裏的花兒
> 雖好，卻沒有綠葉兒扶持一樣。」

如果這些話是由蓀亞說出，讀者還比較容易理解。現在由做妻子的──而且是全書最明達、最理想化的女性一本正經地、反覆地來宣揚，我們只能懷疑作者的構思如此「理想女性」時的動機、立場了。而這方面，《金粉世家》的金道之與姚木蘭差相彷彿──換言之，張恨水與林語堂的男性中心、留戀舊制可說是無獨有偶了。

總之，在納妾、守節、纏足三個問題上，集中體現出《京華煙雲》的男性本位的偏隘立場。表面看來，《京華煙雲》中的女性，上至曾老夫人、姚太太、曾夫人，下到木蘭、莫愁、曼娘、紅玉，甚至如小妾桂姐、丫鬟錦兒、妓女華太太，都在各自的家庭中享有適當的位置，得到相當的尊重。特別是幾個女孩，更是把她們寫得性靈所鍾，聰慧、明達超過了身邊的所有男孩。就連一開始要作爲聖人苗裔來塑造的孔立夫，後來也以其不成熟來做了木蘭、莫愁的陪襯。但正如同《紅樓夢》一樣，這種尊崇並不是建立在女性主體的立場上，而是男性本位的視角。所以，在涉及女性的「本質」的時候，作者的真實立場就立刻顯露出來。如對姚木蘭的評價：「木蘭生下這個男孩子，在她本身起了一個大的變化。……母性的力量，把她降低到與普通婦女了無差異。」「女人頭腦這樣複雜就是供母性之所急需，使女人的頭腦和個性發展成功，能比男人的頭腦更切合實際生活的需要。」相比之下，前文所寫的姚木蘭那些精神性的追求立刻顯得很次要，很不足道了。而莫愁則是：「莫愁很快樂，快樂得幾乎都不願離開家，而想永遠定居下來，一直管理她心愛的家庭日常的事務。……吩咐廚子做什麼菜，什麼飯，注意洗衣裳，哪些是要預備洗的，哪些是已然洗好的，每天早晨在花瓶裏插花兒，帶著針笸籮，坐在自己屋裏有陽光的牆角兒，做針線活──對這些事，她有不可以言喻的喜悅，這是天性，是深厚的女性的特點。」「莫愁一心所想，一身所行的，就是爲了他的舒適，爲了他的幸福。」要注意的是「天性」、「女性的特點」這些用語，這就把「家務」同「女性」天經地義地拴到了一起，把「女主內」的傳統家庭觀念在本質論的意義上合理化、現代化了。作者還安排莫愁對此作一番「理論」闡釋：

> 莫愁說：「──咱們女人的根在腸子，男人的根往上，在心，肝，

肺。這就是我爲什麼說女人要多吃蔬菜，男人要多吃肉的緣故。不
過陰陽不僅僅是指身子，也指的是精神心思。男人有其當做的事，
女人也有女人當做的事。看書太多，對咱們女人不好。什麼都到了
頭上，就會陰虧。地爲陰，是女人。腳要下地。咱們女人離不開的
事是養孩子，做飯，洗衣裳。女孩子即使天生聰明，也要隱晦一點
兒。看歷史和詩當然好，但也不要太認眞。不然，越看得多，和日
常的生活離得越遠。你病了，我勸你不要再看小說。可以編織點兒
東西，對女人有好處。」

這種男尊女卑的「科學版」當然沒有任何眞正的科學依據。作者讓姚莫愁
這樣一個受過現代教育，十分明白事理的女性嚴肅認眞地講這樣一通歪理
邪說，很難找到別的理由，只能說是他的立場由於站到男性利益上而嚴重
偏頗。

　　當然，要指出的是，一方面林語堂在作品中的這些觀點是他的一貫觀
點，在他的其他文章中反覆陳述過類似的見解〔註49〕；另一方面，這又不是
他的全部觀點，他的「一團矛盾」在性別問題上同樣有所表現，即使在《京
華煙雲》中，也是既有上述這樣男性本位的故事情節與偏頗觀念，也有贊揚
女性解放的內容。如對姚木蘭個性的肯定，還有對其婚外戀情細膩的描寫等
〔註50〕。不過，後一方面的分量不能與前者相比罷了。

　　作爲典範的家庭題材小說，《京華煙雲》的價值首先在於有關家庭內容的
豐富、多樣，這是其他同類作品少有的，無論其認識價值，還是審美價值，
都可以佔有一席之地。其次，這部作品提供了一種很獨特的創作立場的範例：
這種獨特性包括對正在逝去的家庭文化的傳統滿懷深情的回望，以及立足男
性本位的對女性的大力贊揚。林語堂以這樣的立場、態度描繪家庭生活，既
有他個人人生經歷、思想觀念方面的原因，也有時代的原因。就在《京華煙
雲》創作的同時，他的同輩人，「新文化」運動的健將錢玄同給正在巴黎求學

〔註49〕如《家庭與婚姻》、《理想中的女性》、《妓女與姬妾》、《纏足的習俗》等。見
　　　　於林語堂的散文集《人生的盛宴》等。
〔註50〕對於林語堂的作品中女性形象，有的研究者給與相當高的評價，如王兆勝《論
　　　　林語堂女性崇拜思想》（《社會科學戰線》1998年第1期），認爲林語堂有「女
　　　　性崇拜思想」，是「站在女性視角，爲女性代言。」這個問題之所以見仁見智，
　　　　與林語堂思想及其表達的複雜有關。

的兒子錢三強寫了一封家書〔註51〕，信中寫道：

> 二十年來教誨後進，專以保存國粹昌明聖教爲期。……每日必溫習經書一二十頁……此於修養身心最爲有益。

同時勉勵兒子：

> 作顯親揚名榮宗耀祖之想，自是吾家孝子順孫。

如果我們記憶力沒有喪失，讀到這裡就很自然會想到，同一個錢玄同，在1919 年《新青年》著文，談及兒子將入小學時，熱情洋溢地祝願少年人「少讀聖經賢傳，少讀那些『文以載道』的古文」，「庶幾可爲將來新中國的新人物」。

一念及此，我們怎能不爲時代風氣轉換之快而歎息呢！

四

林語堂在小說中涉及家庭的書寫，還有一個特別著力的角度，就是婚外戀。無論是《京華煙雲》，還是後來的《紅牡丹》、《賴柏英》，作者都對男主人公的婚外戀情進行了筆酣墨飽的描寫（當然，連帶地也有女性「紅杏出牆」的綺思）。這些情節在很大程度上成爲作品的神魂所在，也便集中生動地表現出作者的性別觀念、家庭觀念。

通觀林語堂的系列「婚外戀」描寫，可以發現一個有趣的現象，就是儘管各部作品設定的時代、地域、階層等大不相同，但「婚外戀」的最基本結構——兩位當事女性的基本類型卻是十分近似。我們可以把這種情況概括爲「雙姝並秀模式」。

《京華煙雲》的男主人公孔立夫娶了姚莫愁，心中卻始終放不下大姨子姚木蘭。小說中多處可以看到這一對姐妹形象被放在一起刻意地加以比較：

> 木蘭的活潑如一條小溪，莫愁的安靜如一池秋水。木蘭如烈酒，莫愁似果露。木蘭動人如秋天的林木，莫愁的爽快如夏日的清晨。木蘭的心靈常翱翔於雲表，莫愁的心靈靜穆堅強如春日的大地。

這簡直如同古人評價李白與杜甫一樣，春蘭秋菊各極一時之秀。不過，作者還不是平行地寫出兩個不同性格，而是有主有從。莫愁在很大程度上是襯托木蘭性格之「不凡」，同時也是補充其「若有所憾」的偏頗。

〔註51〕如 31、38、39 章，都有這方面的內容。

　　《京華煙雲》裏表現木蘭不同凡俗、童心未泯，常常襯之以莫愁的成熟、務實與穩健。比如已爲人母的木蘭像小孩一樣又跳又跑地放風箏，莫愁卻稱木蘭「不可思議」、「好沒羞」；兩姐妹夜晚泛舟湖上，莫愁伸手打落在身上的螢火蟲，木蘭難過地認爲螢火蟲是一條很美的生命，莫愁不以爲然；全家出遊，「木蘭喜愛攀登高山，喜愛看壯觀的景色」，莫愁則因爲「身體生得豐滿，性情又好靜」而留下陪伴母親；一家人吃螃蟹，莫愁「眞是吃螃蟹的內行，她把螃蟹的每一部分都吃得乾乾淨淨，所以她那盤子裏都是一塊塊薄薄的，白白的，像玻璃，又像透明的貝殼一樣」，木蘭卻是一邊高談闊論，一邊豪飲，「吃螃蟹像吃白菜豆腐那樣亂吞」；莫愁訂婚之際，心裏十分歡喜無法抑制，「也不過嘴唇上流露一絲微笑」，木蘭卻因歡喜激動「眼裏流出淚來」。木蘭被塑造成近乎完美的「不凡」女性，而與之比照的莫愁沒有因此相形見絀。林語堂不吝筆墨地贊美莫愁風度大方得體、頭腦聰慧機敏，而其與生俱來的母性、賢妻良母的品質更是作者賦予的最大優長——這恰恰是木蘭所欠缺的。

　　對於有些許文學分析能力的讀者而言，看出作品中的孔立夫帶有作者本人投影皆非難事。而木蘭則帶有作家強烈的想像色彩，更典型地表現林語堂的「個人概念」。有趣的是，作家林語堂按捺不住爲「替身」孔立夫謀求幸福的衝動，直接在小說中出面「現身說法」，非常認眞負責地替立夫「考量」在雙姝間選擇的得失：

> 　　木蘭會改變立夫的家庭生活，會使他多做逍遙之遊，會使他的日子過得更富詩情畫意，當然也許一切事情不那麼井然條理。木蘭會覺得和立夫在蘇州河的畫舫上細品佳釀，是件樂不可支的事。她不是事事小心勤儉過日子的人，也許立夫會更清貧……立夫性情剛烈而有才氣，恐怕木蘭是不易使他做到明哲保身的……
>
> 　　莫愁是把立夫往回拉，勒住他，限制他……若使木蘭推動氣盛才高的立夫，則大可能招致災難，後果不堪。

孔立夫對姚木蘭的情感更多地表現爲柏拉圖式，但也有「發乎情止乎禮義」的時候，如前面曾引述的：

> 　　（孔立夫）看見了木蘭雪白的腳腕子，又光潤，又細小，木蘭根本就沒想掩藏。反而抬頭看了看，向立夫低聲說：「拉我起來！」不勝大姨子的撒嬌與美麗的魔力，立夫就把她拉起來。木蘭的眞純

自然，竟使尷尬的場面，一變而爲天眞美麗。

顯然，這比起莫愁那雖「雪白豐滿」卻「生來是爲拿盤子拿鍋」的手「更富詩情畫意」。但是，作者爲孔立夫選擇的「砝碼」最終偏向了莫愁，因爲木蘭象徵的詩情畫意般的「逍遙遊」並不能帶來富足的生活，任性隨情可能導致荊棘滿途，而這就是林語堂在現實中持守的嚮往浪漫而立足「現實」的人生態度。

《京華煙雲》出版二十年後，林語堂又推出了《紅牡丹》。如果說《京華煙雲》是現代版、外銷版《紅樓夢》的話，《紅牡丹》則在一定程度上是現代版、外銷版的《金瓶梅》。這部小說比起《京華煙雲》來，人物關係的大框架頗有相似處，不過它更放肆地倡言情慾，且宣諸筆墨。若從林氏最感興趣的文化哲理看，《京華煙雲》的基調可以說是「魏晉高士」化，《紅牡丹》的基調則是「晚明名士」化。

在《紅牡丹》中，林語堂的「雙姝」結構更進了一步。《京華煙雲》的雙姝結構，折射了林語堂所感知的理想與現實的矛盾，書寫方式、表現情感還比較含蓄、節制，而到了《紅牡丹》則發生較大變化，作者似乎是甩開筆墨、縱情而寫，放膽去作「白日夢」，以更戲劇化情節渲染矛盾調和的艱難心態。

雙姝間的男性人物，孟嘉堪比立夫：同是才華橫溢的讀書人，心存「道」之高遠，備受作者推崇。林語堂《八十自敘》裏盤點畢生寫的小說，特別提到三個人物，「心裏總要浮出《京華煙雲》主角姚木蘭的父親、《風聲鶴唳》中的老彭和《紅牡丹》的梁翰林」，梁被作者高度認同可見一般。梁孟嘉與牡丹姊妹的關係同樣不脫《京華煙雲》的「雙姝」模式：孟嘉視牡丹爲靈魂知音，覺得牡丹「在精神和思想上，都與他自己很相近。」但孟嘉終娶素馨爲妻，得到一個賢淑能幹的妻子及安穩有序的家庭，心中既滿足又有不可名狀的失落，對牡丹仍然魂牽夢繞，這些情節都與《京華煙雲》差相彷彿。

如同《京華煙雲》不時將「雙姝」做一番比較一樣，《紅牡丹》中也頗多這種刻意安排的對比。如「雙姝」相貌的頻頻比較：

> 有旁邊那一片光亮的水襯托著，妻子臉面的側影，看來明顯清楚，蠻像姐姐的臉盤，他不由感到驚奇──都是同樣的鵝蛋臉，尖尖的鼻子，同樣端正秀氣的嘴唇和下巴。
> 素馨是比牡丹更年輕，更甜蜜的構型，是把剛猛的性格和任性衝動的氣質肅靜之後的牡丹。多麼相像！又多麼不同！

（孟嘉覺得）牡丹的嘴和她特別的微笑，她那甘美的嘴唇，確是美得非凡。而素馨的臉缺乏那種完美，五官也缺乏那種精緻——她的臉是圓的，下巴頦兒太堅硬。但是這沒關係，孟嘉喜愛素馨的坦白眞純。

再如品性的比較，以及比較後男主人公的選擇：

（牡丹）是與眾不同的，完全不像我認識的別的女孩子。總是生氣勃勃，極端的聰明，精力旺盛，腦筋裏總有新花樣——剛愎自用，遇事急躁，非常任性……（素馨）是那麼中規中矩，白玉無瑕……素馨也蠻像牡丹，只是加上了忠實貞節。

（孟嘉）之愛素馨，彷彿素馨是牡丹的一個刪節本，是眞純的牡丹，是他心愛的牡丹，不是後來他知道的那個牡丹的錯亂本。

孟嘉：「我曾把你妹妹比作是你這本書的刪節本，把你想做是『負號』的牡丹——我現在不願再看見你由實際上再減去什麼。你的本身正是牡丹，牡丹就是這個樣子，素馨不是你牡丹——普天之下，只有一個牡丹，不能有兩個。這就是爲什麼我說難，曾經滄海難爲水，除卻巫山不是雲哪！」

和《京華煙雲》相同之處在於爲男主人公身邊擺設了「雙姝」，「雙姝」一爲熱情奔放的情人，一爲賢內助型的妻子。而明顯不同之處則表現在「雙姝」與男主人公的關係。《京華煙雲》中，莫愁是孔立夫的妻子，木蘭是情人，這情人雖有刻骨銘心的感情，卻是發乎情止乎禮義。而《紅牡丹》毫不費力地就突破了「禮義」的底線。牡丹與孟嘉不再是柏拉圖式的精神戀愛，而是一開始就很快發生了肉體關係。作者對此做了大篇幅繪聲繪色的描寫：

他還不知不覺時，兩個人的胳膊互相摟抱起來，完全出乎自然，幾乎是同時，兩人的嘴唇湊到了一起，急切地緊壓在一起，滿足了強烈的渴望與相思……倆人的肉體和靈魂，在痛苦與喜悅的狂歡之中一同融化了，肉體長期積鬱的渴望，終於突然獲得了滿足。兩個人合二爲一了。陰陽相交，九天動搖，星斗紛墜，彼此只有觸摸對方、緊抱對方。兩人彷彿忽然沉陷入遠古洪荒的時代，不可知的原始天地，只有黏液、變形蟲、有刺的軟軟的水母、吸嘬的海葵。只有肉的感覺，別的一無所有了……旋轉衝撞的動作稍微低弱下來，而牡丹的手正在堂兄的身上，以無限的甜蜜溫軟的情愛在移動、尋

求、探索、捏搓、緊壓、撫摸。

次日，作者又安排了兩人到林中野合的場面：

> 牡丹四仰八叉仰臥在草地上……「這個時刻——在這和你……」
> 牡丹把眼睛轉過來，對孟嘉正目而視，默默無言。她的兩個乳房起
> 伏上下，清楚可見。牡丹說：「你現在好吸引我。」「小鬼，」孟嘉
> 挪動了身子，把頭枕在了牡丹的乳房上……他從牡丹的大腿雪白的
> 肉上，撿起一個壓扁的螢火蟲。

作者饒有興味地描寫著肉體的歡樂，渲染底線突破後的愉悅。這種變化
和當時美國社會環境——特別是性開放的大環境有關，同時也有受到《查泰
來夫人》影響的痕跡，但更重要的是反映出作者「白日夢」的升級。林語堂
用了十分細膩的筆墨描寫男性在交合之後的感覺：

> 孟嘉恣意觀看美人的睡態，凝視牡丹在酣睡中的面容：那微微
> 撅起的雙唇，長而黑的睫毛——她那關閉的心靈百葉窗，她兩個眼
> 睛下面迅速顫動的肌肉，現在是一片平靜，就像風雨之夜過後湖面
> 的黎明。她那雪白的肉體，那麼勻稱，那麼完美……孟嘉所感覺的，
> 在一次滿足之後……結合不只是肉欲的滿足，而是天生來的兩個心
> 靈全部的融洽結合。

這裡，作者對於男主人公的認同十分明顯，借孟嘉表達男人的欲望想像的書
寫心理也幾乎是不加掩飾的。

《紅牡丹》問世不久，林語堂又推出了《賴柏英》。這部小說再次出現了
典型的「雙姝」描寫，不過，在《紅牡丹》的「新變」基礎上，《賴柏英》又
推出了新版「白日夢」。如果要尋找創作歷程中作者思想演變軌跡的話，那麼
從《京華煙雲》到《紅牡丹》，從《紅牡丹》到《賴柏英》，倒是一個典型的
例證。同理，這也表現在從姚木蘭到牡丹，再到韓沁之間的某種草蛇灰線式
的關聯。

表面看來，《賴柏英》與《京華煙雲》、《風聲鶴唳》、《紅牡丹》皆有相當
大的差異。一是故事發生的場景完全不同了，《賴柏英》兩個主要生活場景中
一個是異域——新加坡，一個是福建的農村；二是人物的身份完全不同了，
一個女主角是混血兒，是社會下層的蕩女，行為幾近娼妓，另一個則是地道
的農婦，而且是守寡的農婦。但深入閱讀之後，卻有十分明顯的骨架浮現出
來：仍然是一個男人面對兩個女人的徘徊與選擇；兩個女性仍然是一個浪漫

而情慾恣肆，一個是溫柔而敦謹持家；而身處中間的男性也仍然在「雙肯定」的前提下，選擇了穩定的家庭。簡言之，「雙姝」模式在「新變」的幌子下再次復現。就模式的延續與新變而言，《賴柏英》繼續《紅牡丹》的趨勢，情慾的描寫與肯定更為大膽。同時「雙姝」的另一極則賢良淑惠也更趨極端，使得「雙姝」形成的對比更加強烈。

賴柏英，從一個純樸的農村少女，到一個肩負起兩個家庭生計的農村主婦，身上幾乎具有一個傳統女性所「應該」具有的一切美德。這不僅是通常所謂的「相夫教子」、「勤儉持家」之類〔註52〕，還包括常人難以做到的事情。例如在他的弟弟經營產業失敗，家族面臨敗落的關頭，她挺身而出，全面擘畫，度過了難關。小說深情地描寫新洛當此時的感受：

> 他看到真正的柏英，她內在的性格。一切都那麼真摯、誠懇，而又自然，使他覺得她頗有高貴的氣質。

另外，賴柏英對於男主人公，不但可以給予他想要的一切，而且還能夠承擔起一切，解除男主人公的各種後顧之憂。當男主人公的母親沒人照顧身體欠佳時，她毅然接到自己家中，使老人得到康復。以致老人對兒子說出：

> 新洛，你不在的時候，柏英一直照顧我。她對我比親生女兒還要好。

而男主人公的感受則是：

> 新洛坐在那兒，一邊是母親，一邊是柏英，心裏真快樂，那份幸福太完滿了。他靜靜坐著，什麼話也不想說。世上怎麼會有柏英這樣的可人兒呢？

如果拿此時志得意滿，感謝上蒼的男主人公的處境，與巴金《寒夜》那夾在母親與妻子之間的痛苦的主人公處境做一比較，新洛之「男人白日夢」的秉性便顯露無遺了。

與賴柏英相對待的另一個女性是韓沁。這是一個混血兒，在酒店做侍者。其所作所為如果拿世俗通行的標準衡量，就是典型的蕩婦。但新洛卻不這樣看。二人初識的時候，還可以說是為其美貌所迷，且韓沁的行為也還算自律。但在同居一段之後，韓沁對新洛的經濟狀況感到失望，於是本性復發，不安

〔註52〕作品對此有濃墨重彩的描寫，如第十章大段文字寫其教育兒子讀書，以及從中得到的快樂——「柏英臉上的驕傲、愉快和滿足是新洛一生所見過的最幸福的畫面。」

於室。出人意料的是，作者對她的基本態度仍然是欣賞。

當韓沁告訴新洛，她「一直在外面和男人幽會」，甚至因此懷孕時，新洛的反應是「這女孩對一切太誠實，太坦白，太勇敢了」。並對於韓沁自我標榜的「本性」——「喜歡工作，喜歡獨立」（以前後文觀之，分明不是事實），立即表示認同與好感。然後，他又有一個「總結性」評價：

> 我是說眞的，她很偉大。以前我只愛她的外表，現在倒讓我看出她靈魂的光輝了。我喜歡她那種堅持獨立的方式……我這位女朋友具有了不起的人性觀念。她已經證明這一點。

這是完全正面的、高度的評價。這在我們普通讀者心中引起的驚詫，甚至會超過讀到《紅牡丹》那種評價時的感覺。也就是說，這個放蕩的韓沁同樣是和賴柏英「雙峰對峙、二水分流」的人物。韓沁與賴柏英，作爲一種特殊的「情節／人際」結構，同木蘭與莫愁、牡丹與素馨一樣，都是作者刻意設計的「雙姝模式」。

總括林語堂這幾部小說，可以肯定地講，林語堂筆下的「雙姝」結構的的確確成爲作者自覺建立的一種模式，成爲林氏小說的一個特色。雖有表面的變化演進，卻有以下基本點成爲此模式的核心要素：1、男主角的身邊有兩個關係密切的女性。2、兩個女性的性格有很大的差異，有些地方甚至是相反的。3、男主角對於性格迥異的兩個女性都持欣賞、喜愛的態度；而最終選擇了「賢妻良母」來建立家庭。4、男主角較爲明顯地表現爲作者本人的影子，他在「雙姝」間的「豔遇」一定程度可以解讀爲作者的「白日夢」，而其最終的選擇也反映了林語堂本人「一捆矛盾」的精神狀態，以及務實的現實生活態度。

「雙姝」模式有其文學史淵源。最明顯的自屬《紅樓夢》。

如前所述，林語堂是在《紅樓夢》的啓發下創作的《京華煙雲》。《京華煙雲》的人物、情節諸方面對《紅樓夢》多有借鑒。他給郁達夫的信中直言：「以紅樓人物擬之，木蘭似湘雲（而加入陳芸之素雅），莫愁似寶釵，紅玉似黛玉，桂姐似鳳姐而無鳳姐之貪辣……。」〔註53〕

雖然從性格基調看木蘭不似黛玉，但是木蘭與莫愁的反襯、對應關係卻肖似釵、黛的「雙姝」設置。特別是從「雙姝」對於男主角的意義角度看，

〔註53〕林語堂《給郁達夫的信——關於〈瞬息京華〉》，《林語堂名著全集》第十八卷，東北師範大學出版社，1994 年，第 297 頁。

黛玉與寶釵之關係具有結構原型的意義——一偏重於理想、精神境界，一偏重於現實、生存境界。釵、黛「雙姝」在文本中造成的「二選一」困境，以及由此衍生出的情感張力空間，百分百地「平移」到了木蘭、莫愁身上。

林語堂還將」雙姝」結構的內涵進一步引向自己對宗教思想文化的理解：「寶釵和黛玉相對的典型，或者依個人的好惡，認爲眞僞之別，但卻不是眞僞二字可了。飄逸與世故，閒適與謹飭，自在與拘束，守禮與放逸，本是生活的兩方面，也就是儒、道二教要點不同所在」，〔註54〕他又將之還原爲兩種人生態度，強調「人生也本應有此二者的調劑」。《京華煙雲》正是在這樣帶有超越性的意義上承續且發展了文學史上的「雙姝」模式，不僅莫愁、木蘭兩個人物象徵了所謂「儒」與「道」的對比，林語堂亦將自身的執著理想與正視現實、崇奉性靈與心繫俗世等亦彼亦此的矛盾心態織入了「雙姝」結構。而孔立夫與兩姐妹的情感糾結，則直接折射了作家本人的這種複雜心理。

由《紅樓夢》前溯，清初的小說中已頗多類似的結構，可以說開《紅樓夢》「雙姝」的先河。如《平山冷燕》的山黛與冷絳雪，即從二人姓名、家世看，已約略可見林黛玉與薛寶釵的影像。所不同的是二人分別嫁給了平如衡與燕白頷兩個人——但這一點卻又與《京華煙雲》的人物關係相似了。至於安排二女圍繞同一個男性的作品，則有《玉嬌梨》、《金雲翹》、《聊齋·青梅》、《聊齋·小謝》等。其中《金雲翹》與《聊齋·青梅》尤近於「雙姝」模式。前者寫書生金重身邊出現兩個美貌女子：王翠翹、王翠雲。翠翹才情過人、熱情過人，與金重心靈相通，允爲知音。王翠雲則「容貌端莊」，「福德深厚」，「別是一種風采」。最終，金重娶了王翠雲爲妻，而王翠翹則成爲他的情人。《青梅》中的張生，先後娶了青梅與阿喜。青梅有狐女血統，機智、豪爽；阿喜則端謹守禮，二人互異而互補，於是張生盡享齊人之福。

林語堂的「雙姝」模式無疑受到這一傳統很大的影響，既有直接的——如《紅樓夢》，又有間接的。而另一方面，他的「雙姝」模式與本人現實的人生經歷亦有很直接的關聯。

小說中諸多立夫與莫愁的生活細節脫胎於林語堂現實婚姻生活。立夫的形象有林語堂夫子自道的意味，莫愁身上則可以看到廖翠鳳的影子。小說寫到莫愁爲人妻後，從立夫的角度讚歎其相夫治家的天性、具有世俗的智慧：

〔註54〕林語堂《論晴雯的頭髮》，《林語堂名著全集》第二十六卷，第 1～3 頁。

「因爲莫愁高度的智慧使立夫日子過得那麼舒適」,「他對莫愁極其高看,極其珍愛,覺得莫愁永遠堅強可靠,猶如大地一樣。」立夫將莫愁比作水母,「總是黏著他,包圍著他」,以其柔軟的彈性改變外形「以適應他的願望,適應他的任性」,保護他免遭外界的傷害。這與現實生活中妻子廖翠鳳給林語堂的感受如出一轍,林語堂曾形容「我像個輕氣球,要不是鳳拉住,我不知要飄到哪裏去」〔註55〕,林太乙稱母親「是個海葵,牢牢地吸住父親這塊岩石。」〔註56〕

莫愁屬於充滿現實色彩的人物形象,而木蘭則滿載浪漫元素,不似「塵世中人」。這個人物帶有作家強烈的想像色彩,更典型地表現林語堂的「個人概念」。眾所周知,現實生活中有兩個女性對於林語堂來說,是「紅樓相望隔雨冷」的關係。一個是他的二姐美宮。這是一個聰明、美麗、善良、活潑的女孩,對林語堂極好,不幸早夭。林語堂非常傷感,在自己的作品中融入了她的影子。另一個是戀人陳錦端。她天真、浪漫、有藝術氣質,與林語堂相知相愛。不幸被其父母間阻反對,造成了林語堂一生的心理創傷。於是,林語堂就在文學書寫中來自我療治了。

林語堂是高調頌揚女性的——無論是在說理敘事的散文隨筆中,還是煌煌百萬言的長篇巨著中。而在其長篇小說中,把女性放到舞臺中心,不吝大量優美的文字描述女性之美,對於筆下女性多舛的命運給予真誠的同情,這都是不爭的事實。「雙姝」模式的建立,在一定程度上也是與此寫作意圖相關,同時也確實有利於這樣的意圖的實現。

但是,如果我們稍微苛刻一點,透過這些表象,是不是還可以有另外的發現呢?

在性別關係中,男性的理想與要求往往是較爲複雜的。如《戰國策》中「鄒忌諷齊王納諫」一段,鄒忌以男女關係比喻君臣關係,自述在自己的家庭中:「吾妻愛我也」,「吾妾畏我也」。對於女性的真實感情與臣服態度,他都是自覺而愉悅地享有著的。「雙姝」模式的骨子裡正是類似的男性本位的女性想像——雖然是充滿了讚美與同情的想像。

滿足男性的兩個方面的需求:穩定舒適的家庭生活與富有激情的性愛。

〔註55〕林太乙《林語堂傳》,《林語堂名著全集》第二十九卷,東北師範大學出版社,第 123 頁。
〔註56〕同上,第 120 頁。

在現實生活中，這兩個方面往往不能得兼。於是轉化到文學作品中，形成了「雙姝」的模式。其實，在《紅樓夢》中，作品對於釵、黛究竟是何態度？是抑彼揚此，還是不分軒輊？這在文本中是相當含混的——尤其是八十回的脂本《石頭記》。之所以「紅學」在這個問題上幾百年爭執不休，恰恰是源於作品文本的態度含混。《京華煙雲》第二十六章設置了木蘭和莫愁爭辯的情節，木蘭主張用桃雲小憩作日常出入的門，即使雨天披蓑衣踏小徑也不失情趣；莫愁以離客廳太遠、雨天有泥不便爲由反對。眾人好奇立夫想法，立夫說：「雨天，我走前門。晴天，走桃雲小憩，」結果贏得雙姝歡心。立夫的「選擇」頗具象徵意味：兩個園林意象代表女性的兩種類型，取捨之際可謂「語帶雙關」。而孔立夫態度微妙，以調和的方式兩個皆選，正是作者「兼得」之白日夢的流露。

在林語堂一系列作品中，其「雙姝」模式，既有穩定的連續性，又有所演變。追蹤其演變軌跡，對於看清他構建「雙姝」模式的核心所在，事半而功倍。

演變之一：在三十年代的《京華煙雲》中，男主人公孔立夫與「雙姝」的關係是一「實」一「虛」。「實」者，娶了莫愁做妻子，組成了現實的「美好」的家庭；「虛」者，有姚木蘭做精神戀愛的對象，保持著「紅顏知己」的關係。到了六十年代的《紅牡丹》、《賴柏英》中，男主人公孟嘉與新洛則都和「雙姝」發生了實實在在的肉體關係。

演變之二：「雙姝」中，作爲具有獨立傾向的女性，姚木蘭豪放、瀟灑而不失自愛、自律；到了紅牡丹，自律幾乎蕩然無存，情慾成了行爲的主導；再到韓沁，完全是一個不加檢束的蕩婦形象。但令讀者驚詫的是，作者通過男主人公之口，仍然一再表示理解與贊賞。

演變之三：「雙姝」中，作爲具有「賢妻良母」傾向的女性，莫愁雖「現實」卻不失其雅致；《紅牡丹》中的素馨則有意扮演一位合乎社會規範的「翰林夫人」，胸襟更近於「俗世」；而到了賴柏英，純然是一位賢良、能幹的農婦了。這三位都是男主人公組成家庭的最終選擇。其間演化的軌跡顯然越來越接近現實生活。

綜合來看，在三十年的時光隧道中，作者的心態有了明顯的變化，三個方面的演變實際上都指向一個維度：更加趨向現實。這與作者的年齡、閱歷，以及生活環境的濡染都有關係。不過，不管怎麼演變，有一點是不變的，就

是男性的主體地位。「雙姝」好比是兩個相對待的端點，而她們一系列彼此相映襯的行為如同形成了一個美麗的圓，那個男主角就是「得其環中」的圓心──因為她們相對比而呈現的差異，相對待而呈現的異樣而豐富的美，都是從男主角角度的感知，是潛在作者通過男主角設置下的心理預期的實現。我們來看《紅牡丹》中孟嘉與其保姆丁媽的一段對話：

> 她（丁媽）說：「孟嘉，你不懂得女人。我懂得。你們男人看女人，只看她美不美。我承認，她（指牡丹）是非常之美。可是將來誰娶她，那個男人就可憐了。」

> 「……做飯，洗衣裳，修修……縫縫……」孟嘉興致很好，這樣接著往下說，「噢，我忘了。為什麼我不娶一家飯館子，娶個洗染店呢？」

這實則是林語堂頭腦中兩個聲音的爭執，而核心的潛在的一句話便是：「我需要女人怎樣」。

正是基於這樣的核心，林語堂在贊揚女性之美的時候，總是帶有玩賞的意味。如論及文章的趣味、情致時，他以女性形象比附這種微妙的美感，稱賞李漁的觀點：「識趣的人若李笠翁，看美人專看風韻，李笠翁所謂三分容貌，有姿態等於六七分，六七分容貌，乏姿態等於三四分」〔註57〕，「先從女人說起，可以一直說到文學作風，一貫而下」〔註58〕。「風韻」云云，實為頗具玩賞色彩標準的代名詞。這幾部作品中頻頻出現對女性身體美的描寫，大多可以準此例來衡量。而小說中寫「雙姝」另一面，即賢淑持家一面的時候，則多著眼於對男人的呵護、照顧，給男人帶來的穩定與舒適。

林語堂說：「文章可幽默，做事須認真。」徐訏將之看作「一種很幽默的矛盾」，他說：「讀語堂先生的文章，往往誤會他是一個不拘形骸，瀟灑放浪隨便自然任性的人，其實他的生活是非常有規律拘謹嚴肅井井有條的。」〔註59〕「理想／性靈／幽默」對應著「務實／世俗／謹飭」，類似的矛盾範疇深蘊於林語堂的思想行為中，才有其「一捆矛盾」的自我嘲歎。小說中的「雙姝」模式與上述對應範疇實為同構關係，是矛盾思想的藝術化再現，也

〔註57〕《論讀書》，《林語堂名著全集》第十三卷，東北師範大學出版社 1994 年，第 170 頁。

〔註58〕林語堂《說瀟灑》，《林語堂名著全集》第十八卷，第 377 頁。

〔註59〕徐訏《追思林語堂先生》，子通（主編）《林語堂評說七十年》，中國華僑出版社 2003 年，第 173 頁。

是作者消解心理緊張的一種高雅方式。而這種模式中透露出的男性作家對待家庭、婚姻的矛盾態度，其實具有相當程度的「普適性」——作品中呈現「雙姝並秀」筆墨的絕非一個林語堂而已。

第四章　現代女作家的家庭書寫

第一節　十年爲期的鳥瞰

　　現代文學三十年中，女作家的成績越來越得到研究者的重視。特別是近年來，隨著價值多元的新批評尺度的建立，以及一些沉潛多年的作品文本進入視野，張愛玲、蕭紅、凌叔華、蘇青等人在文學史上的地位，得到了更多正面的評價。

　　毋庸諱言，當新文化運動狂飆突起，魯迅、周作人、胡適、郭沫若、錢玄同等弄潮於文壇時，冰心、盧隱、石評梅等只是亦步亦趨的學步者。這倒不是歧視或話語霸權之類問題，僅從年齡來看，後者也明顯屬於晚輩，何況還有女性爭得受教育權利之滯後因素。因此，在第一個十年裏，女作家們所達到的思想與藝術高度，總體上是無法與她們的老師、前輩相頡頏的。當然，這樣說並不意味著她們沒有自己的優長，如女性細膩的觀察能力，優雅的筆觸等，特別是性別差異帶來的視角差別，更是與男作家各擅勝場。在這一階段裏，馮沅君、石評梅、盧隱、冰心等，創作的小說、散文以及詩歌，多爲青年人的理想與苦悶，還有以個人經歷爲素材的友情、親情回憶，而最爲成功的還是關於戀愛自由、婚姻自主方面的題材。至於家庭題材的作品，由於年齡的原因，她們很難寫出力作。較有特色的如冰心的《兩個家庭》、《斯人獨憔悴》，凌叔華的《酒後》，陳哲衡《一隻扣針的故事》等，局部或有巧思，而內容終顯單薄。

　　女作家關於家庭題材的寫作，在後兩個十年有了長足的進步，足以形成

與男作家們抗衡的陣容。正如冰心在《無家樂》中所寫：「這九年的光陰，把我們從『蒙昧』的青春，推到了『瞭解』的中年。」這裡的「瞭解」，既包括對社會、人生的深入瞭解，也特指對「家庭」的意義、本質的體認。一方面是女作家群體的成熟（包括更有才份的新人的加盟），一方面社會文化環境的改變，都使得女作家們在家庭題材的領域發揮出奪目的光華。較早一代的，如冰心的散文《無家樂》，以輕鬆的筆調寫出家庭對於個人的兩面意義，特別是少年時所不知的束縛、拖累、繁瑣因素，「過來人」的現實代替了少年時分粉紅色的夢，略有《圍城》的意味，較之《寄小讀者》中那種單純、簡單的愛意，已有明顯的不同。不過，總體來說，仍感親切優雅有餘，厚重深刻不及。盧隱的散文《那個怯弱的女人》、《烈士夫人》都較多地涉及家庭問題，特別是前者，對女性的家庭角色、自我解放問題等都有一定的挖掘，情調與筆鋒顯然已不是當年北平高師意氣風發的學生領袖，而是備嘗人生五味的中年女性了。三十年代初，丁玲以她親身的經歷為素材創作的《母親》，雖然沒有完成，但立意宏闊，表現新女性與舊家族的衝突，顯示出前所未有的氣魄。至於淩叔華，她在五十年代初推出的英文版小說《古韻》，更是舉重若輕，可以和《京華煙雲》各極其妙。而新加盟的成員，蕭紅、張愛玲都是難得的天才。張氏畢生寫作不離家庭生活的圈子，自是此中聖手。蕭紅似乎視野更開闊，但其成名作《生死場》中家庭題材其實佔了相當大的比重，而其獨特與深刻處，又是他人難以達到的。蘇青不僅《結婚十年》（及續）是最嚴格意義上的家庭小說，其大量散文也在此範圍內，其中的觀念頗有超前至今日容不為過時者。沈櫻的小說《欲》與《女性》則是帶有心理探索性的作品。前者書寫女性在平淡的家庭生活中滋生的苦悶，以及因苦悶而越軌，因越軌而負疚的複雜心理。後者以女性之筆詫為男性之口，來寫女性流產前後的情感以及相關的家庭問題，大膽與恣肆都是少見的。與張愛玲同時且頗有齟齬的潘柳黛，以《退職夫人自傳》享名一時。該書也是從女性的視角寫家庭的組建與崩毀，而在故事的曲折方面則超過了《結婚十年》，特別是寫變態的男性——「我」的丈夫阿乘，其控制欲、虐戀傾向等，都給人留下深刻印象。

這一時期，在抗戰的文藝隊伍裏，對「純粹」家庭問題感興趣的作家是很少的，有所涉及的多與戰爭、農民教育等問題交織著來寫的，而重心大多不在此。《李有才板話》、《小二黑結婚》一類的作品，寫農民生活自有其生動

活潑的特長，但對於本文討論的領域，其細緻、深入程度就都有所不足了。革命營壘中對家庭問題談得較深、影響較大的是丁玲在 1942 年寫下的《「三八節」有感》。在這篇雜文中，丁玲從社會結構——主要是家庭結構——來討論女性的處境，指出就是在「救亡」的革命隊伍中，女性的解放問題與家庭制度問題仍然沒有得到眞正的解決。此文爲丁玲帶來了厄運，也在一定程度上預示著其後將近半個世紀中國婦女解放運動的走向與局限。

和前一章同樣，本書不是全面的史蹟描述，而三十年間大小作家與各式作品又難以勝數，所以本章仍選取三個時段中最典型的表現家庭題材的作品，較爲深入地進行文本分析，併兼及作家其他作品。鑒於對此題材的表現力不同，下面選取的文本主要是小說，有關的散文作品連帶而及。

第二節　先行者冰心的家庭小說

一

與二十世紀同齡的冰心，1919 年「五四」運動的時候，正值人生最富理想與激情的階段。她的寫作生涯也恰在此時開端：

9 月 18 日～22 日，北京《晨報》連載了她的第一篇小說《兩個家庭》。這是謝婉瑩第一次以「冰心」爲筆名的寫作，也是最早以「家庭」名篇的白話小說。

10 月 7 日～12 日，《晨報》連載她的第二個短篇小說《斯人獨憔悴》。不久，作品被改編爲三幕話劇，公演後獲得好評。

10 月 30 日～11 月 3 日，《晨報》連載冰心自稱爲「實事小說」的《秋雨秋風愁煞人》。

11 月 11 日，《晨報》發表她的《我做小說，何曾悲觀呢？》，做一階段性創作小結。

11 月 22 日～26 日，《晨報》連載短篇小說《去國》。

僅僅兩個月裏，「冰心」便成爲了冉冉升起在文壇上空耀眼的新星了。此時正是新文化運動如火如荼展開之際，距中國第一篇白話小說《狂人日記》發表一年零四個月，而先於《阿 Q 正傳》兩年。

因此，這連續發表的四篇小說都帶有鮮明的時代印記，同時也帶有冰心當時的年齡的印記。

有趣的是，冰心的第一篇小說就是《兩個家庭》，而接下來的兩篇同樣是典型的家庭題材；若干年之後，她又寫作了《瘋人筆記》。而同時段裏，魯迅也有以「家庭」名篇的《幸福的家庭》和《狂人日記》。另外，《去國》的題旨和某些情境，與稍後一些的老舍《離婚》中的某些章節頗有神似之處。考慮到他們這些作品都是在北京的文壇上發表，彼此之間很可能是有所瞭解的，這就為我們後文的比較研究提供了充分的理由。

《兩個家庭》寫的是「我」眼中所見的兩個家庭悲喜劇的比較。小說一開篇就借某李博士之口點出主題：「家庭的幸福和苦痛」對「男子建設事業能力」有很大的影響。然後寫了兩個海外歸來的留學生，一樣的才華，一樣的英俊，不同的就是兩個人的家庭。「三哥」娶的是知書達理，既和藹靜穆又活潑熱情的亞茜，二人志同道合，「紅袖添香對譯書」，連孩子也是又乾淨又文明，落落大方——家庭生活之「幸福」自不待言了。而「陳先生」原來是「才乾和學問，連英國的學生都很妒羨的」，可是娶了一個「宦家小姐」，每日裏只知道「珠圍翠繞」地結伴打牌，「家政」「凌亂不堪」，「兒啼女哭」，於是使得這位「陳先生」自暴自棄沉湎於醉鄉，精神與身體終於崩潰，而家庭也陷入了極度的困境。

應該說，這是一篇內容較為淺薄的作品，明顯帶有試筆之作的痕跡。但是，作者出眾的文學才華也在此初露端倪。無論是流暢的語言、細膩的描寫，還是篇章的結撰，都給人輕靈精巧的感覺。不過，由於冰心本人生活在一個物質條件優裕、家庭關係和諧、家長慈愛而開明的環境裏，又是成長在得風氣之先的東部沿海地區，因此對於封建宗法的嚴酷體認不深，以致對家庭問題的描寫，完全落到了「家政」優劣的對比上，未免有些「孩子氣」。

通觀全篇，在很大程度上是一個涉世未深的女孩子所作的粉紅色的夢。「三哥」與「亞茜」的琴瑟和諧，以及共築的愛巢，都明顯地流露出作者的嚮往之情。「我」在「三哥」家裏，所見所聞無不是女孩子們對家庭的理想化想像：

> 一個老媽出來，很乾淨伶俐的樣子……
>
> 一個小男孩在那裏擺積木玩。漆黑的眼睛，緋紅的腮頰……
>
> 進到中間的屋子，窗外綠陰遮滿，幾張洋式的椅桌，一座鋼琴，幾件古玩，幾盆花草，幾張圖畫和照片，錯錯落落的點綴得非常靜雅。右邊一個門開著，裏面幾張書櫥，疊著滿滿的中西書籍……

　　　　參觀他們的家庭，覺得處處都很潔淨規則，在我目中，可以算
是第一了……

　　　　我們便出來，坐在廊子上，微微的風，送著一陣一陣的花香。
亞茜一面織著小峻的襪子，一面和我談話。一會兒三哥回來了，小
峻也醒了，我們又在一處遊玩。夕陽西下，一抹晚霞，映著那燦爛
的花，青綠的草，這院子裏，好像一個小樂園。

　　　　晚餐的菜肴，是亞茜整治的，很是可口……

從家庭衛生到家庭環境，從可愛的孩子到伶俐的老媽，從可口的菜肴到宜人
的花草，這裡沒有一點宏大敘事的話語，甚至沒有一點新女性的姿態，有的
全是具體而微的理想家庭生活的瑣屑卻又實在的內容。

　　作品以「兩個家庭」為篇名，開端又直接地提出了家庭的幸福與痛苦的
主旨，所以作者設計的情節處處做兩個家庭之間的對比。看看對比的內容，
也是很有趣的事情。首先是孩子教養及其效果的對比。陳先生的孩子是：

　　　　廊子底下有三個小男孩。不知道他們弟兄為什麼打吵，那個大
寶哭的很利害，他的兩個弟弟也不理他，只管坐在地下，抓土捏小
泥人玩耍。

　　　　（陳太太）從袋裏抓出一把銅子給了大寶說：「你拿了去跟李媽
上街玩去罷，哭的我心裏不耐煩，不許哭了！」大寶接了銅子，擦
了眼淚，就跟李媽出去了……表妹忽然笑了，拉我的衣服，小聲說：
「姐姐！看大寶一手的泥，都抹到臉上去了！」

「三哥」的孩子卻是：

　　　　一個小男孩在那裏擺積木玩。漆黑的眼睛，緋紅的腮頰，不問
而知是聞名未曾見面的侄兒小峻了。亞茜笑說：「小峻，這位是姑姑。」
他笑著鞠了一躬，自己覺得很不自然，便回過頭去，仍玩他的積木，
口中微微的唱歌。

　　　　三哥又喚小峻進來。我拉著他的手，和他說話，覺得他應對很
聰明，又知道他是幼稚生，便請他唱歌。他只笑著看著亞茜。亞茜
說：「你唱罷，姑姑愛聽的。」他便唱了一節，聲音很響亮，字句也
很清楚，他唱完了，我們一齊拍手。

　　　　我說著「三隻熊」的故事，小峻聽得很高興，同時我覺得他有
點倦意，一看手錶，已經八點了。我說：「小峻，睡覺去罷。」他揉

一揉眼睛，站了起來，我拉著他的手，一同進入臥室。他的臥房實
在有趣，一色的小床小傢具，小玻璃櫃子裏排著各種的玩具，牆上
掛著各種的圖畫，和他自己所畫的剪的花鳥人物。他換了睡衣，上
了小床，便說：「姑姑，出去罷，明天見。」我說：「你要燈不要？」
他搖一搖頭，我把燈撚下去，自己就出來了。

一邊是吵鬧、骯髒、毫無教養；一邊是文雅、乾淨、聰明、有禮貌，簡直就
是小天使。這樣的對比性筆墨，作者的褒貶意圖非常顯豁。小說作對比的另
一個方面是夫妻之間的情趣所在。據「陳先生」的自述：

> 我內人是個宦家小姐，一切的家庭管理法都不知道，天天只出
> 去應酬宴會，孩子們也沒有教育，下人們更是無所不至。我屢次的
> 勸她，她總是不聽，並且說我『不尊重女權』、『不平等』、『不放任』
> 種種誤會的話……逼得我不得不出去了！既出去了，又不得不尋那
> 劇場酒館熱鬧喧囂的地方，想以猛烈的刺激，來沖散心中的煩惱。
> 這樣一天一天的過去，不知不覺的就成了習慣。每回到酒館的燈滅
> 了，劇場的人散了；更深夜靜，踽踽歸來……

而在「我」的眼中：

> 陳先生在廊子上踱來踱去，微微的歎氣，一會子又坐下。點上
> 雪茄，手裏拿著報紙，卻抬頭望天凝神深思。又過了一會兒，仍不
> 見他們回來，陳先生猛然站起來，扔了雪茄，戴上帽子，拿著手杖
> 逕自走了。

這裡顯然帶有作者強烈的感情色彩：為「陳先生」感到不平，對陳太太則是
深不以為然，同時給予了「陳先生」歎息與同情。相比之下，「三哥」與亞茜
的夫婦之間則是完全不同的一番景象：

> 三哥坐在書桌旁邊正寫著字，對面的一張椅子，似乎是亞茜坐
> 的。我走了進去，三哥站起來，笑著說：「今天禮拜！」我道：「是
> 的，三哥為何這樣忙？」三哥說：「何嘗是忙，不過我同亞茜翻譯了
> 一本書，已經快完了，今天閒著，又拿出來消遣。」我低頭一看，
> 桌上對面有兩本書，一本是原文，一本是三哥口述亞茜筆記的，字
> 跡很草率，也有一兩處改抹的痕跡。在桌子的那一邊，還墨著幾本
> 也都是亞茜的字跡，是已經翻譯完了的。亞茜微微笑說，「我那裏配
> 翻譯書，不過藉此多學一點英文就是了。」我說：「正合了梁任公先

生的一句詩『紅袖添香對譯書』了。」大家一笑。

又高雅，又和諧，又很時尚，又富情趣，無怪乎「陳先生」對「三哥」要豔羨不已，而興天堂地獄之歎。

我們注意到，冰心在作種種對比的時候，對於女性在家庭中的地位倒不是十分關心。「女權」、「平等」之類口號成爲反面人物陳太太自我辯護的護身符，作者的態度是不以爲然的。而作爲「幸福家庭」裏的幸福女性，亞茜的生活內容無非是相夫教子，包括教老媽子認識「百家姓」。即使和丈夫合作作了一些翻譯的事情，也自甘小學生的地位，一再謙稱「我那裏配翻譯書，不過藉此多學一點英文就是了。」

要理解冰心這樣的家庭觀念，可以對照她在幾乎同時寫的一篇議論性文章《「破壞與建設時代」的女學生》。其中，她對「竭力的圖謀『參政選舉』、『男女開放』，推翻中國婦女的舊道德，抉破中國禮法的藩籬」的「中國女學生」大加撻伐，稱她們的「目的」、「思想」、「行動」，都是「囂張的言論行爲」，「鬧出種種可憐可笑的事實，大受舊社會的鄙夷唾罵。」然後向社會發出聲明，自稱是新一代「建設性」的女學生，而新女生與那些「聲名狼藉的」破壞性「女學生」相比，主要的區別在於：

衣裙的顏色要用「穩重的」、「雅素的」，樣式要用「平常的」、「簡單的」。

避去那些「好高騖遠」、「不適國情」的言論。……要挑那「實用的」、「穩健的」如「家庭衛生」、「人生常識」、「婦女職業」這種的題目。

不要走到「劇場」、「遊藝園」這等的地方。

現在已經漸漸的有了男女「團體」和「個人」的交際，但是若沒有必要的時候，似乎不必多所接近，因爲這種的交際很容易引起社會的誤會心。

我們要常常注意到「家事實習」、「兒童心理」、「婦女職業」等等。

如此等等，一個中心意思就是要適應「舊社會」的輿論與要求，不要作刺激男權社會的事情，要在社會允許的範圍內改善女性的處境。她在這篇文章裏講的是「好」女學生、「建設性」女學生，而在《兩個家庭》裏宣傳的其實是相同的思想，只不過是把「好」女學生轉換爲「好」妻子與「好」母親罷了，

或者說「好」女學生所「建設」的就是賢妻良母的家庭。

二

冰心在這篇小說中寫了兩個男性，一個是「三哥」，一個是「陳先生」。敘述者對「三哥」的敘事態度自不待言，可以說是具有一切美德的「好丈夫」：有作「大英雄」的理想，有自我調節、適應環境的能力，有體面的工作，有留學的背景，有很好的經濟條件，有高雅的情趣而無不良的嗜好，對家庭生活有濃厚的興趣，對妻子體貼、溫存，對孩子喜愛、耐心──這簡直就是時下報刊上徵婚爲「理想丈夫」所開列的條件總匯，或者說是「白馬王子」的家庭版。而陳先生雖是一個生活中的失敗者──眞正的家破人亡，但敘述者的態度卻也有某種欣賞的成分在裏面。對於大多數讀者，故事中「陳先生」的形象很難喚起同情，因爲他的墮落、死亡的理由似乎太不充分了。就是因爲太太不善理家，用「舅媽」的話說不過是「年輕貪玩，家政自然就散漫一點」，何至於兩個月的時間就把自己折磨死了？可是，敘述者──這裡其實就是作者──的態度中除了惋惜、同情之外，還隱含地夾雜了欣賞。小說從不同角度來評介「陳先生」，包括「三哥」、「舅媽」的介紹，「陳先生」的自述，「我」的眼中所見。綜合這些，「陳先生」是一個「英俊的」、「聰明的」青年，有著「可敬可愛的精神態度」，留學時學業優異，有作「大英雄」的抱負；對妻子儘管不滿也不發火，只是委屈自己，「決意不去難爲她，只自己獨力的整理改良」。這些評價用語，在上下文的語境裏，頗顯得有幾分「礙眼」，使讀者感到這個講故事的少女極力要表達對「陳先生」的好感，以致毫不顧及這些廉價的讚譽是否用到了合適的地方。如果說，敘述者對「三哥」表現出的是傾慕之情的話，那麼她對「陳先生」就是憐惜之情。由此而代爲不平，忽略了「陳先生」實際上（按照故事中的交待）百無一用的眞相。

綜合故事中對兩位家庭主婦命運的安排，可以看出作者的家庭理想與家庭觀念：1、女性應該安於相夫教子。2、男性應該尊敬、體貼女性。3、子女教育很重要。4、家庭生活應井然有序，處理好「家政」是女性的責任。5、家庭中應有高雅的情趣。6、家庭問題不必與宏大話題掛鉤，宏大話題對家庭是有害的。這與《「破壞與建設時代」的女學生》一文中的觀點是完全一致的。而綜合故事中對兩位男主人公命運的描寫，透露出的是作者自身妻性與母性實現的衝動。作品中的「我」對兩位男性主人公家庭生活表現出濃厚的

興趣。有意思的是，這種興趣的實現很大程度上是依靠了「窺視」與「聽壁」來實現的。「我」進入陳家生活之始就是隔牆窺視：

> 舅母家和陳家的後院，只隔一個竹籬，本來籬笆上面攀緣著許多扁豆葉子，現在都枯落下來；表妹說是陳家的幾個小孩子，把豆根拔去，因此只有幾片的黃葉子掛在上面，看過去是清清楚楚的。陳家的後院，對著籬笆，是一所廚房，裏面看不清楚，只覺得牆壁被炊煙薰得很黑。外面門口，堆著許多什物，如破瓷盆之類。院子裏晾著幾件衣服。廊子上有三個老媽子，廊子底下有三個小男孩。

不是看一眼，而是看得津津有味：

> 我看得忘了神，還只管站著，表妹說：「他們都走了，我們走罷。」我搖手說：「再等一會兒，你不要忙！」

然後是對陳先生的隔籬觀察與「窺聽」：

> 忽然聽有皮鞋的聲音，穿過陳太太屋裏，來到後面廊子上。……只聽見陳先生問道……陳先生半天不言語。過一會兒又問道……陳先生急了，說……陳先生在廊子上踱來踱去，微微的歎氣，一會子又坐下。點上雪茄，手裏拿著報紙，卻抬頭望天凝神深思……又過了一會兒，仍不見他們回來，陳先生猛然站起來，扔了雪茄，戴上帽子，拿著手杖徑自走了。

儘管這也可以解釋爲作者敘事筆法幼稚，只能出此下策，但直接的閱讀效果卻是，「我」這個女孩子對陳先生的家庭生活充滿了興趣，甚至超出了常理：「看得忘了神」，「還只管站著，……搖手說：『再等一會兒，你不要忙！』」尤其是「忘了神」與「搖手說」，維妙維肖地刻畫出窺視者的神情。

後面進一步的則是一次典型的「聽壁」。「我」到「三哥」家作客，適逢「陳先生」也來做客，於是就有了這樣一幕：

> 我也坐下，看著對面客室裏的燈光很亮，談話的聲音很高。這時亞茜又被老媽子叫去了，我不知不覺的就注意到他們的談話上面去。

> 只聽得三哥說……陳先生的聲音很低說……這時陳先生似乎是站起來，高大的影子，不住的在窗前搖漾，過了一會說……這時陳先生的聲音裏，滿含憤激悲慘……陳先生就問道……陳先生冷笑說……」這時已經聽見陳先生嗚咽的聲音。三哥站起來走到他面前。

這樣的敘事方式，使得「我」對「陳先生」的關心若隱若現地產生出一種隱秘的味道。而與其觀察陳太太的挑剔態度——「挽著一把頭髮，拖著鞋子，睡眼惺忪，容貌倒還美麗，只是帶著十分嬌情的神氣」——結合起來看，她的潛意識裏分明有「介入」的衝動，這種衝動的潛臺詞是，如果換了我，可以建設一個與亞茜同樣的美好的家庭，可以讓陳先生得到幸福，得到盡展才華的機會。而這個「我」則始終把自己放在假想的關懷者、呵護者的地位。

總之，作為一篇明確地描寫家庭生活、討論家庭問題的小說，《兩個家庭》從思想、內容到手法，都是稚嫩的。但是，它又是很有特色的。這種特色染有鮮明的性別、年齡的痕跡，對於我們的研究具有非常的意義。

三

可能是冰心自己覺得《兩個家庭》對於家庭問題表現得不夠全面，特別是社會與文壇都在關注的父權與青年命運問題未曾涉及，所以緊接著連續發表出兩篇作品，雖仍是家庭題材，卻完全改換了角度。一篇是《斯人獨憔悴》，一篇是《秋風秋雨愁煞人》。

《斯人獨憔悴》寫一個天津的官宦家庭，兩個兒子穎銘、穎石在南京讀書，參加了愛國學生運動，被父親叫回家來痛斥，並最終剝奪了他們迴學校學習的機會。故事情節其實相當簡單，就內容而言，一是揭露這樣的家庭中家長的專制與昏庸腐朽，二是寫壓制之下青年人的憤懣與無奈，三是對學生運動作出反思與評價。

小說中真正意義的家長只有父親化卿一人。這是一個典型的封建官僚，他抽大煙，娶多個小老婆，「臥在床上吞雲吐霧，四姨娘坐在一旁，陪著說話」，「書房裏雖然也壘著滿滿的書，卻都是制藝、策論和古文、唐詩等等。」對於子女，他是一味專橫獨斷絲毫不考慮他們的意志、願望，稍有悖逆，就大發脾氣：

> 忽然一聲桌子響，茶杯花瓶都摔在地下，跌得粉碎。化卿先生臉都氣黃了，站了起來，喝道：「好！好！率性和我辯駁起來了！這樣小小的年紀，便眼裏沒有父親了，這還了得！」

而其思想的迂腐與昏庸，也到了可笑的地步：

> 化卿便上下打量了穎石一番，冷笑說：「率性連白鞋白帽，都穿

戴起來，這便是『無父無君』的證據了！」

　　化卿又說道：「要論到青島的事情，日本從德國手裏奪過的時
　　候，我們中國還是中立國的地位，論理應該歸與他們。況且他們還
　　說和我們共同管理，總算是仁至義盡的了！現在我們政府裏一切的
　　用款，那一項不是和他們借來的？像這樣緩急相通的朋友，難道便
　　可以隨隨便便的得罪了？」

他對子女的最厲害的一招就是威脅「要是再不回來，就永遠不必回家了。」
而這一招最能掐住看似激進實則軟弱的青年們的命脈，因為他們經濟不能自
立，又不肯放棄優裕的生活條件，所以除了乖乖就範之外，唯一的反抗就是
「低徊欲絕的吟」幾句唐詩：「冠蓋滿京華，斯人獨憔悴。」

　　小說寫化卿得到兒子參加學生運動的消息，大發雷霆的情節，與《紅樓
夢》中賈政聽說寶玉所交匪人等「劣跡」後的一節，頗有幾分相似。不過，
化卿暴怒的程度遠比不上賈政。這既有事情性質不同，以及時代不同的原因，
也與作者的創作意圖相關。冰心塑造化卿的形象，設定的就不是一個「敵對」
的人物，他的一切行為儘管專橫、迂腐，但都是由他的身份——舊官僚、家
長所決定的。他不僅沒有其他劣跡，專橫也是有限度的，所以發了脾氣，四
姨太勸一勸，女兒打一個圓場，就比較快地煙消雲散。這樣寫，較為合乎一
個「父親」的真實，但也使作品的思想張力與藝術張力被弱化了。

　　這篇小說中值得注意的是穎銘、穎石的姐姐穎貞。這個人物的「戲」並
不多，但給人以「正確之化身」的感覺。首先，她對弟弟們的舉動很理解，
很寬容，兩個弟弟也以她為精神上的靠山，「最以為快樂的事情，便是和姊姊
穎貞，三人在一塊兒，談話解悶。」其次，她明達事理，斡旋在父親與弟弟
之間，一定程度地維繫著家庭的安定，也給兩兄弟以庇護。更重要的是，她
對國家、社會大事有一套獨到的看法，比起那兩個「衝鋒」在第一線的弟弟
更顯高明。比如說到參加學生運動的策略：

　　穎貞道：「……其實我在學校裏，也辦了不少的事。不過在父親
　　面前，總是附和他的意見，父親便拿我當做好人，因此也不攔阻我
　　去上學。」

而對於學生請願前景的分析，更是深刻老到：

　　穎貞道：「外交內政的問題，先不必說。看他們請願的條件，哪
　　一條是辦得到的？就是都辦得到，政府也決然不肯應許，恐怕啟學

生干政之漸。這樣日久天長的做下去，不過多住幾回警察廳，並且
兩方面都用柔軟的辦法，回數多了，也都覺得無意思，不但沒有結
果，也不能下臺。我勸你們秋季上學以後，還是做一點切實的事情，
穎銘，你看怎樣？」穎銘點一點頭，也不說什麼。穎石本來沒有成
見，便也贊成兄姊的意思。

激進無用，高調誤事誤己，這其實和冰心自己在《「破壞與建設時代」的女學
生》中表達的社會主張是一致的。作為一種政治觀點，今天看來自然偏於保
守，但作為當時的「局中人」，似也不必苛求。而她對學生運動策略與前景的
分析，還是比起一味「熱血」的學生更有頭腦一些。

　　穎貞這個形象給人一種類似薛寶釵的感覺，溫和、明達、聰敏，善於調
處家庭中的人際關係，而這也是冰心自己追求的感覺——亞茜與「新女學生」
具為明證。

　　據作者自己的題記，《秋風秋雨愁煞人》是一篇所謂「實事小說」，但現
在看起來這主要是一種敘事策略。這篇小說的故事情節同樣簡單，寫的是某
中學三位女學生具為高材生，彼此友情甚篤，而淑平不幸病夭，英雲與「我」
頗生人生無常的感慨。英雲才情最佳，又懷鴻鵠之志，文中對其讚譽之詞幾
同天人：

　　　　（其舞姿是）婉若遊龍、翩若驚鴻
　　　　（其神情是）月光如水、衣袂飄舉、意滿志得的莞然微笑
　　　　（其志向是）「離著服務社會的日子，一天一天的近了。要試試
　　這健兒好身手了……再往下研究高深的學問，為將來的服務上，豈
　　不更有益處嗎！」

可是這樣一個胸懷大志，才情超卓的女孩子，過了一個暑假就彷彿變了一個
人，作者便也不吝另一類的形容用語：

　　　　容光非常的消瘦
　　　　顏色更見悽惶
　　　　形銷骨立

　　從此英雲便如同變了一個人，不但是不常笑，連話都不多說
了。成天裏沉沉靜靜地坐在自己座上，足跡永遠不到球場，讀書作
事，都是孤孤零零的。也不願意和別人在一處，功課也不見得十分
好。

　　　　　　　我聆了英雲這一席話，如同聽了秋墳鬼唱一般。

其原因就是她出嫁了。婚姻是父母做的主，丈夫是她的姨表兄。家庭裏並沒
有丈夫打罵，婆婆凌踐之類的事情。但是，那是一個典型的舊家庭，家長只
知道安富尊榮，子女完全是紈綺習氣，於是經歷過新式教育的英雲，感到無
法忍受的窒息。她試圖去改變，而結果是無能為力而只有被環境改變。於是
她絕望，自稱「也可以算是死了」。而她的密友——這次是直接以「冰心」身
份出現的，也只能感歎「秋風秋雨愁煞人」。

　　小說反對父母包辦婚姻，以及對舊式封建色彩濃厚的大家庭持批判態
度，都是顯而易見的，而更深一層則是冰心自己對女性命運的思考與憂慮。
作品裏，英雲自稱是：「我的性情溫柔婉順，沒有近來女學生浮囂的習氣。」
可注意的是「浮囂的習氣」一語，因為這是冰心在《「破壞與建設時代」的女
學生》中批判激進的女學生用的詞。在那裏，她認為女學生因了「浮囂的習
氣」而被社會排斥，影響自己的前途。在稍後的《是誰斷送了你》的小說中
也有「最要緊的千萬不要學那些浮囂的女學生們，高談『自由』、『解放』，以
致道德墮落，名譽掃地，我眼裏實在看不慣這種輕狂樣兒！」可是，在這篇
小說中，她所描寫的英雲恰恰是沒有「浮囂的習氣」的毫不「輕狂」的「好
女生」，但等待她的命運竟然如此！顯然，這是冰心自我反思、詰問的結果。
她通過這個虛構的故事，展示出她曾經深信並宣揚過的理想國，被現實碰得
粉碎的慘狀，從而指出在當時的社會環境中，對於女性，家庭是無奈的藩籬
與宿命。

　　小說定名為《秋風秋雨愁煞人》，既有情與境會，信手拈來的一面，也包
含著一點特別的意味。這句詩是鑒湖女俠秋瑾的絕命辭，當時流傳甚廣。秋
瑾是晚清走出家庭，投身社會革命的先驅，而其結局是悲慘的身首異處。英
雲與冰心當然不具有秋瑾那樣的抱負，但文中也用了一些諸如「天生我材必
有用」「大丈夫勉為其難者」「要試試這健兒好身手」這樣頗帶誇張口吻的話，
使人很容易聯想到鑒湖女俠，從而使作品的意義通過互文性得到延伸。數年
後，另一位現代女性文學的先驅盧隱創作了同名的小說《秋風秋雨愁煞人》，
表達對鑒湖女俠的敬意，也可作為這種互文性的旁證。

　　今天來讀冰心的家庭題材作品，尤其是早期的、新文化運動激蕩時期
的，總覺得作品內在的張力不夠，批判的力度也不夠。這是因為我們已經先
驗地對那個時代有一個宏大的定義了。其實，當時的狀況絕非一種聲音存

在。冰心的聲音雖不夠高亢，卻也是新文化大合唱中的一個聲部，正如她自己所說：

> 我做小說的目的，是要想感化社會，所以極力描寫那舊社會舊家庭的不良現狀，好叫人看了有所警覺，方能想去改良，若不說得沉痛悲慘，就難引起閱者的注意，若不能引起閱者的注意，就難激動他們去改良。何況舊社會舊家庭裏，許多眞情實事，還有比我所說的悲慘到十倍的呢。

在她看來，她已經寫得很「沉痛悲慘」了，而爲了改良社會的目的，只能是這樣寫來──內心裏甚至爲此懷有一些歉疚，表示接下來就要寫點快樂的來補償於讀者。之所以這樣，如我們前文指出的，和她自己的生活經歷、生活環境有直接的關係。只要看她就寫作、發表這些小說和父母如何交換意見，就可以知道她比起大多數同時代的女孩子，不知要幸福多少倍。她在《我做小說，何曾悲觀呢？》〔註1〕一文中記述了這種情況：

> 我笑了一笑，便遞給母親，父親也走近前來，一同看這封信。母親看完了，便對我說，「他說得極是，你所做的小說，總帶些悲慘，叫人看著心裏不好過，你這樣小小的年紀，不應該學這個樣子，你要知道一個人的文字，和他的前途，是很有關係的。」父親點一點頭也說道，「我倒不是說什麼忌諱，只怕多做這種文字，思想不免漸漸的趨到消極一方面去，你平日的壯志，終久要銷磨的。」

> 我笑著辯道：「我並沒有說我自己，都說的是別人，難道和我有什麼影響。」母親也笑著說道，「難道這文字不是你做的，你何必強辯。」我便忍著笑低下頭去，仍去掃那落葉。

> 五點鐘以後，父親出門去了，母親也進到屋子裏去。只有我一個人站到廊子上，對著菊花，因爲細想父親和母親的話，不覺凝了一會子神，抬起頭來，只見淡淡的雲片，擁著半輪明月，從落葉蕭疏的樹隙裏，射將過來，一陣一陣的暮鴉咿咿啞啞的掠月南飛，院子裏的菊花，與初生的月影相掩映，越顯得十分幽媚，好像是一幅絕妙的秋景圖。

生活在這樣寬鬆的、溫情的家庭裏，寫作時的環境是：

> 我的書齋窗前，常常不斷的栽著花草，庭院裏是最幽靜不過的。

〔註 1〕原載《薔薇週刊》（1927 年 6 月）第 2 卷第 29 期。

> 屋子以外，四圍都是空地和人家的園林，參天的樹影，如同曲曲屏
> 山。我每日放學歸來，多半要坐在窗下書案旁邊，領略那「天然之
> 美」，去疏散我的腦筋。就是我寫這篇文字的時候，也是簾卷西風，
> 夜涼如水，滿庭花影。

當此之時，要讓冰心寫出「人吃人」的文字來，恐怕真的是強人所難了。

　　此後的兩年裏，冰心的創作雖然多產，但家庭題材的作品並不算多，比起開端的幾篇來，也不見大的變化。如《莊鴻的姊姊》，與《秋風秋雨愁煞人》題旨接近，也是寫女孩子得不到受教育的機會，家庭重男輕女，終於釀成悲劇。《是誰斷送了你》，寫女孩子好不容易得到上學的機會，無奈社會險惡，莫名其妙地送了命。而《最後的安息》題材有所拓展，寫鄉下窮人家童養媳的悲慘命運，不過題旨限於對惡婆婆的控訴。另外，《離家的一年》、《寂寞》分別寫姐弟情、兄妹情，近於兒童文學。還有《骰子》，寫兒童刺血救祖母，意在表彰其孝心，不過更顯出冰心觀念上的搖擺。

第三節　家與國雙重主題的變奏曲《生死場》

一

　　《生死場》是一部很獨特的作品，1935 年問世之初即引起各方面關注，蕭紅也因之一夜成名。魯迅為這部小說寫了序，其評價也很獨特，稱其為「越軌的筆致」。這個論斷成為了後人評論這部作品的基調。

　　《生死場》的「越軌」與獨特表現在方方面面。首先是「不像」當時人們習見的「小說」，所以儘管魯迅給了相當高的評價，多數評論者還是對其藝術水準不無微詞。其次，作品的主題究竟是什麼，也不是一下子就可以看透，更不是輕易可以準確概括的。1995 年版的《中國現代小說精品‧蕭紅卷》的序言中這樣概括《生死場》的內容：「《生死場》寫一個東北偏僻的鄉村，在侵略者到來時，終於認識到「國家興亡，匹夫有責」的道理，從沉睡中醒了過來，拉起隊伍，投奔革命軍。大刀，向鬼子們的頭上砍去。」〔註2〕實際上，五六十年代，這樣的概括幾乎是通行的。可是這樣的概括放到《呂梁英雄傳》、《新兒女英雄傳》上面，似乎更貼合一些。把《生死場》定義為一部「抗日小說」，雖然簡捷明白，但也有難以解釋的問題，就是全書十七

〔註 2〕《中國現代小說精品‧蕭紅卷》「序言」，陝西人民出版社，1995 年。

節，日軍佔領以後的故事只有六節，其中金枝進城一節還與抗日沒有直接的關聯，也就是說，直接、間接寫抗日有關內容的不過五節，占全部篇幅的三分之一弱。如果我們稱之為「抗日小說」，那麼三分之二的部分豈不成了冗贅。

其實，《生死場》貫穿始終的主題就是題目明確標示著的「生死場」──死的命運與生的掙扎。但是，這個「生死場」的具體內涵有一個遞進的意義變遷過程。以中間的第十節與十一節為分節，前一半是寫芸芸眾生在惡劣的生存環境中掙扎，死亡的陰影隨時籠罩著每一個人，卑賤的生命幾乎沒有了人的尊嚴與感情；後一半仍然是在寫「生死場」，只是造成生死的原因有了大的變化，面對生死的態度有了大的變化。在這一部分，既有新意義漸次滲入，又有原有意義的繼續延伸──仍然是生存與死亡的主題，仍然是拚命的掙扎，只不過生存與死亡都與民族的存亡聯繫到了一起，生的掙扎漸漸變得自覺起來，生命的舞臺也由前一部分的一個個孤立的家庭擴大開來，悲壯的國家、民族的救亡曲與原有的個體、家庭的蒼涼的生命悲歌逐漸融合到了一起。

在這部架構宏大的家與國的變奏中，「國」的聲部是華麗而高亢的，但聲音是較多地漂浮在上面的；而「家」的聲部是沉重而厚實的，既展開著自己的旋律演進，也成為高聲部依託的基礎。

從文本的實際構成來看，所有事件的發生與演進，大半是在家庭的「平臺」上──全書共分十七節，去掉極短的過渡性的兩節，十五節中有十一節描寫的是家庭中的故事〔註3〕。從這個意義上講，「生死場」的「場」，既可以說就是那塊災難深重的黑土地，也不妨說是那塊土地上的一個個痛苦的家庭。因此，這部作品中的家庭描寫，無論是對於自身來說，還是對於「家庭」類別的研究來說，都是不容忽視的。

這部作品的總體結構看似散漫，實則別有匠心在。貫穿全書的是三個家庭的變遷。開篇與收尾寫二里半與麻面婆的家庭，以二里半與羊的故事開始，以二里半與老羊的分離結束全篇。這個家庭的核心是二里半──這當然只是一個諢名，是一個窩囊、膽小的殘疾農民；老婆同樣沒有名字，只是被稱為麻面婆，這是一個輕度智障的女人；兒子同樣是殘疾，書中稱為「羅圈腿」。一家三口全部是殘疾人，作品以這樣一個家庭開篇又以它結束，是和描寫畸

〔註3〕只有14、15、16、17四節是例外，而這與主題的發展有關。

形人生的旨趣密切相關的。「套」在結構第二層的是王婆與趙三的家庭。開篇寫二里半找羊被打後，緊接著就寫王婆講故事和王婆、趙三「搶場」；而結尾則是二里半把老羊託付給趙三，然後去投奔游擊隊。再「套」在裏面的一層，則是金枝家庭的故事。小說第一節由二里半的家庭寫到王婆的家庭，然後整個第二節寫金枝的家庭，重心是金枝的愛情與婚姻。最後一節寫二里半與趙三，而前面一節也是整節寫金枝，寫她萬念俱灰無家可歸。全篇首尾呼應，一層套著一層，在三個家庭的空間裏演進著生與死的故事〔註4〕。

作者在描寫「生」與「死」的掙扎過程與慘烈場面時，人與人之間被異化、被扭曲的關係是其重點落筆之處。這種關係主要是家庭內部的關係，尤其是家庭成員之間的感情狀況〔註5〕。而這，蕭紅是通過一個又一個事件表現出來的。

他特別著力刻畫家庭中夫妻關係的異化，最驚心動魄的是月英、王婆與金枝的遭際。月英原是村子裏最漂亮的女人，作者只用一句話就寫出了她當年的可愛：「生就的一對多情的眼睛，每個人接觸她的眼光，好比落到綿絨中那樣愉快和溫暖。」可是在她久病之後，被丈夫憎厭、虐待，陷入生不如死的絕境：

> 她患著癱病，起初她的丈夫替她請神，燒香，也跑到土地廟前索藥。後來就連城裏的廟也去燒香，但是奇怪的是月英的病並不為這些香火和神鬼所治好。以後做丈夫的覺得責任盡到了，並且月英一個月比一個月加病，做丈夫的感著傷心！他嘴裏罵：
>
> 「娶了你這樣老婆，真算不走運氣！好像娶個小祖宗來家，供奉著你吧！」
>
> 起初因為她和他分辨，他還打她。現在不然了，絕望了！晚間他從城裏賣完青菜回來，燒飯自己吃，吃完便睡下，一夜睡到天明，坐在一邊那個受罪的女人一夜呼喚到天明。宛如一個人和一個鬼安放在一起，彼此不相關聯。
>
> 「你們看看，這是那死鬼給我弄來的磚，他說我快死了！用不著被子了！用磚依住我，我全身一點肉都瘦空。那個沒有天良的，

〔註4〕 從結構角度看，小說開頭部份，先後出場的家庭是二里半→王婆→金枝，結尾收場的順序是金枝→趙三→二里半。

〔註5〕 其它關係，如和地主的矛盾，都是背景式的略寫。

他想法折磨我呀！」

在這個時候，夫妻的感情分毫也不存在，家庭對於這個女人成了真正的地獄，而只有村子裏的姐妹們還可以給她帶來一點安慰。

王婆的家庭相比之下是好得多了──這當然是由於她自己的性格所決定，但是一旦有了意外，夫妻之間同樣是不可依靠。作品寫王婆自殺未遂，趙三不但沒有盡力搶救，反而生怕她復活，殘暴地要促使她斷氣。

更能正面表現作者對此看法的是圍繞金枝婚前婚後的描寫。全書唯一的柔情描寫是金枝開始戀愛的時候。那時像所有初墮情網的少女一樣，世界忽然變得一片光明，到處蕩漾著春光。「靜靜悄悄地他唱著寂寞的歌；她為歌聲感動了！」「口笛婉轉地從背後的方向透過來；她又將與他接近著了！」「彷彿她是一塊被引的鐵跟住了磁石。」「靜靜的河灣有水濕的氣味，男人等在那裏。」可是作者明確地表示，這一切都是少女自己的感覺，是少女眼中所見、耳中所聞。她筆鋒一轉，把敘事角度由金枝轉到一個冷漠的旁觀的「全知」，整個事情的意味忽然發生了質變：

> 五分鐘過後，姑娘仍和小雞一般，被野獸壓在那裏。男人著了瘋了！他的大手敵意一般地捉緊另一塊肉體，想要吞食那塊肉體，想要破壞那塊熱的肉。儘量的充漲了血管，彷彿他是在一條白的死屍上面跳動，女人赤白的圓形的腿子，不能盤結住他。於是一切音響從兩個貪婪著的怪物身上創造出來。

一切美感不復存在，只有野獸一樣的本能。作者此時採取了「天地不仁，以萬物為芻狗」的敘事態度，似乎漠然俯視著旋生旋滅的生物界，把人類為自己披上的文化外衣剝了個乾淨，使其赤裸裸地現出本相。但是，讀到下文，就會明白作者不但不是漠然，而且是以極其強烈的主觀的態度來觀察，來敘述。她在這裡所要表達的是為天真的女孩子的惋惜，以及對男人的憎厭與警覺。這一段文字帶有預示性，預示著金枝家庭生活的悲劇。

金枝結婚沒有幾天，就感受到了「男人是炎涼的人類」。她的丈夫成業不顧她懷孕後身體的虛弱，不斷地責罵「懶老婆」，而且只顧自己的欲望強行房事，導致了她的早產。更不可思議地是，當他不斷地把生計的壓力轉移到金枝頭上，不斷地爭吵罵詈之後，脾氣越來越暴躁，竟然演出了這樣的人間慘劇：

> 過節的前一天，他家什麼也沒預備，連一斤麵粉也沒買。燒飯

的時候豆油罐子什麼也倒流不出。

　　成業帶著怒氣回家，看一看還沒有燒菜。他屬聲嚷叫：

　　「啊！像我……該餓死啦連飯也沒得吃……我進城……我進城。」

　　孩子在金枝懷中吃奶。他又說：

　　「我還有好的日子嗎？你們累得我，是我做強盜都沒有機會。」

　　金枝垂了頭把飯擺好，孩子在旁邊哭。

　　成業看著桌上的鹹菜和粥飯，他想了一刻又不住的說起：

　　「哭吧！敗家鬼，我賣掉你去還債。」

　　孩子仍哭著，媽媽在廚房裏，不知是掃地；還是收拾柴堆。爹爹發火了：

　　「把你們都一塊賣掉，要你們這些吵家鬼有什麼用……」

　　廚房裏的媽媽和火柴一樣被燃著：

　　「你像個什麼？回來吵打，我不是你的冤家，你會賣掉，看你賣吧！」

　　爹爹飛著飯碗！媽媽暴跳起來。

　　「我賣：我摔死她吧！……我賣什麼！」

　　就這樣小生命被截止了。

不能想像這個蠻橫狂野的男人，半年前還是唱著「昨晨落著毛毛雨，……小姑娘，披蓑衣……小姑娘，……去打魚」的那個溫情脈脈的情郎；不能想像這個痛苦的母親就是半年前那個沉浸在自己甜蜜夢想中的小姑娘；不能想像這兩人的結合，就是為了互相拖累，「連做強盜都沒有機會」。而這就是蕭紅要表達的，就是蕭紅要告訴讀者的。當然，這樣的情境是特定的，是在那個閉塞、愚昧的「生死場」中發生著的，自然是不會發生在冰心的「兩個家庭」之中的。但是，蕭紅顯然不是想把對家庭、對夫妻關係的質疑限於這個閉塞的空間，因為聯繫前文對熱戀中男女感受的不同描寫，聯繫其他幾對夫妻的感情狀況，這個成業就不是被蕭紅設定為特殊的變態者，而是作為男性之負心，之不可靠的典型來刻畫的。如同《白居易》的《新樂府·井底引銀瓶》在講述了一個具體的少女悲慘遭遇故事後，唯恐讀者把故事的含義局限了，特意加上了「寄言癡小人家女，慎勿將身輕許人」，從而把意蘊擴大開來使其

具有某種普適性。蕭紅也在這段故事前後加了若干感歎性的文字，如：「年青的媽媽過了三天她到亂崗子去看孩子……成業他看到一堆草染了血，他幻想是捆小金枝的草吧……亂崗子不知曬乾多少悲慘的眼淚？」「小金枝來到人家才夠一個月，就被爹爹摔死了：嬰兒爲什麼來到這樣的人間？」這樣就把個別的事件，賦予了意義輻射的功能。

對於家庭中其他關係，蕭紅大多也是以酷烈的筆調來描寫的。例如寫金枝和她的母親之間的關係，「母親和老虎一般捕住自己的女兒。金枝的鼻子立刻流血。她小聲罵她，大怒的時候她的臉色更暢快笑著，慢慢的掀著尖唇，眼角的線條更加多的組織起來。『小老婆，你眞能敗毀。摘青柿子。昨夜我罵了你，不服氣嗎？』」寫王婆對平兒：「王婆宛如一陣風落到平兒的身上；那樣好像山間的野獸要獵食小獸一般兇暴。」對此，敘事人直接出面評論道：

> 母親一向是這樣，很愛護女兒，可是當女兒敗壞了菜棵，母親便去愛護菜棵了。農家無論是菜棵，或是一株茅草也要超過人的價值。
>
> 媽媽們摧殘孩子永久瘋狂著。
>
> 冬天，對於村中的孩子們，和對於花果同樣暴虐。他們每人的耳朵春天要膿脹起來，手或是腳都裂開條口，鄉村的母親們對於孩子們永遠和對敵人一般。

在嚴酷的生存環境中，家庭中的親情，甚至是被歷代文人墨客謳歌不已的母愛，竟然也被扭曲、異化到了如此境地。當然，蕭紅的這些描寫是不是嚴格意義的寫實？有沒有出於個人原因的偏見、誇張？都是可以討論的問題。但透過這些描寫，表達出她本人對於家庭，對於親情的看法，則是無可爭論的。

集中表達蕭紅對家庭與婚姻看法的一段是成業嬸與成業之間的一段對話：

> 嬸嬸遠遠的望見他，走近一點，嬸嬸說：
>
> 「你和那個姑娘又遇見嗎？她眞是個好姑娘。……唉……唉！」
>
> 嬸嬸像是煩躁一般緊緊靠住籬牆。侄兒向她說：
>
> 「嬸娘你唉唉什麼呢？我要娶她哩！」
>
> 「唉……唉……」

嬸嬸完全悲傷下去，她說：

「等你娶過來，她會變樣，她不和原來一樣，她的臉是青白色；你也再不把她放在心上，你會打罵她呀！男人們心上放著女人，也就是你這樣的年紀吧！」

嬸嬸表示出她的傷感，用手按住胸膛，她防止著心臟起什麼變化，她又說：

「那姑娘我想該有了孩子吧？你要娶她，就快些娶她。」

侄兒回答：「她娘還不知道哩！要尋一個做媒的人。」

牽著一條牛，福發回來。嬸嬸望見了，她急旋著走回院中，假意收拾柴欄。叔叔到井邊給牛喝水，他又拉著牛走了！嬸嬸好像小鼠一般又抬起頭來，又和侄兒講話：

「成業，我對你告訴吧！年青的時候，姑娘的時候，我也到河邊去釣魚，九月裏落著毛毛雨的早晨，我披著蓑衣坐在河沿，沒有想到，我也不願意那樣；我知道給男人做老婆是壞事，可是你叔叔，他從河沿把我拉到馬房去，在馬房裏，我什麼都完啦！可是我心也不害怕，我歡喜給你叔叔做老婆。這時節你看，我怕男人，男人和石塊一般硬，叫我不敢觸一觸他。」「你總是唱什麼落著毛毛雨，披蓑衣去打魚……我再也不願聽這曲子，年青人什麼也不可靠，你叔叔也唱這曲子哩！這時他再也不想從前了！那和死過的樹一樣不能再活。」

年青的男人不願意聽嬸嬸的話，轉走到屋裏，去喝一點酒。他為著酒，大膽把一切告訴了叔叔。福發起初只是搖頭，後來慢慢的問著：

「那姑娘是十七歲嗎？你是二十歲。小姑娘到咱們家裏，會做什麼活計？」

爭奪著一般的，成業說：

「她長得好看哩！她有一雙亮油油的黑辮子。什麼活計她也能做，很有力氣呢！」

成業的一些話，叔叔覺得他是喝醉了，往下叔叔沒有說什麼，坐在那裏沉思過一會，他笑著望著他的女人。

「啊呀……我們從前也是這樣哩！你忘記嗎？那些事情，你忘

記了吧！……哈……哈，有趣的呢，回想年青真有趣的哩。」

女人過去拉著福發的臂，去撫媚他。但是沒有動，她感到男人的笑臉不是從前的笑臉，她心中被他無數生氣的面孔充塞住，她沒有動，她笑一下趕忙又把笑臉收了回去。她怕笑得時間長，會要挨罵。男人叫把酒杯拿過去，女人聽了這話，聽了命令一般把杯子拿給他。於是丈夫也昏沉的睡在炕上。

女人悄悄地躡著腳走出了，停在門邊，她聽著紙窗在耳邊鳴，她完全無力，完全灰色下去。場院前，蜻蜓們鬧著向日葵的花。但這與年青的婦人絕對隔礙著。

這是蕭紅精心結撰的一段文字，把成業叔父與嬸娘戀愛、婚姻與家庭的經歷與成業即將開始的這種經歷聯繫起來，以那段情歌做紐結，強化了嬸娘預言的說服力，使得女性在這一過程中的悲劇命運塗上強烈的宿命色彩。而這些，作者不是由敘述人直接出面訓誡，而是通過生動的典型的場景描畫出戀情與家庭的對照圖：在兩代人的對話過程中，女性雖然滿懷幽怨，卻仍期待著感情的回歸，於是小心翼翼地作出親昵的動作；而男人早已心如木石，不僅暴烈，而且麻木。這樣，站在人生這條道路起點的侄子與將要到達終點的叔父，彼此之間的語言和態度交相發明，展示著婚姻與家庭的過去與現在、現在與未來。兩代人的「同臺」出現，就把時間維度引入了婚姻家庭問題中，明確告訴讀者：一切都是注定的，一切都是無奈的。熱情終要變得冷淡，親密終要變得疏遠，追求終要變為壓制，審美終要讓位於實用——這就是當時農民們家庭的實況，也在一定程度上展示了人類兩性之間「戰爭與和平」的部分真相。作者通過這種類似實況描寫的文字，來集中表達自己的認識與態度——站在女性立場上的態度。這一大段描寫可以說是對「家庭」做文學性詮釋的經典文字，如同《詩經・氓》的「士之耽兮，猶可說也；女之耽也，不可說也。」「桑之落矣，其黃而隕。」「言既遂矣，至於暴矣。」同樣，「等你娶過來，她會變樣，她不和原來一樣，她的臉是青白色；你也再不把她放在心上，你會打罵她呀！男人們心上放著女人，也就是你這樣的年紀吧！」也是可以跨越時空的文字。

文學中的家庭題材，自有其恆定不變的內容，如親情的狀況，生存的狀況，成員間的關係，等等。但是，文化背景的差異，時代的不同，作者性別、經歷、個性的差別，也必然使得具體作品呈現千差萬別的面貌。蕭紅的

《生死場》之所以震動文壇，給讀者強烈的印象，是和她對家庭題材力度極大的拓展分不開的。她的拓展主要是在兩個維度上，一個是向下，掘取家庭在生物學意義上的內涵；一個是向外，從家國同構的意義上表現時代的影響。

家庭具有雙重屬性，一重是社會的、文化的，古代儒家所講的「禮」，很大一部分就是描述、規範這方面的內容，馬克思所講「人是社會關係的總和」也與此密切相關；還有一重是自然的、生物的，如兩性的相異相吸是構建家庭的基礎，生育、養育是家庭的重要功能，等等。在中國的文學傳統中，前一方面的表現十分充足，而後一方面則非常缺乏。《生死場》在這方面是一個突破，尤其是對女性生育場面的描繪，把生命延續的痛苦表現得淋漓盡致，令人慘不忍睹。而在這一家庭的重要祭典中，女性的犧牲，男性的失職，也都有全新角度的揭示與質疑。在這一部分，蕭紅有兩個「越軌」之處：一個是對分娩過程之慘烈的大膽、逼真描摹，一個是把人的生育與動物的繁殖並列對照。第六節的開頭是這樣寫的：

> 房後的草堆上，溫暖在那裏蒸騰起了。全個農村跳躍著泛濫的陽光。小風開始蕩漾田禾，夏天又來到人間，葉子上樹了！假使樹會開花，那麼花也上樹了！
>
> 房後草堆上，狗在那裏生產。大狗四肢在顫動，全身抖擻著。經過一個長時間，小狗生出來。
>
> 暖和的季節，全村忙著生產。大豬帶著成群的小豬喳喳的跑過，也有的母豬肚子那樣大，走路時快要接觸著地面，它多數的乳房有什麼在充實起來。

這當然是扣緊著「生死場」的「生」而安排的，既是把筆下農民們的生存狀態之惡劣再做強化——和牲口一樣地活著，又是在「萬物芻狗」的意義上觀照人類的生育。蕭紅唯恐這一意圖被讀者忽略，在此節結尾又贅上一筆：

> 麻面婆的孩子已在土炕上哭著。產婆洗著剛會哭的小孩……窗外牆根下，不知誰家的豬也正在生小豬。

她的這種筆法和前文引述的金枝偷情的動物式性愛描寫一樣，都是對人類生存、人類家庭的文化裝飾的顛覆。

至於家庭題材向外的拓展，把「家」與「國」在生死之「場」的意義上同構起來，論者頗多，這裡就不展開論述了。

二

《生死場》的獨特敘事方式，使作品顯得彷彿沒有一個中心人物。但深入尋繹，作者筆觸的輕重還是有很大差別的。小說落筆最重的一個形象，就是王婆；而作者描寫的最爲深入的家庭就是王婆的家庭；作者的家庭觀念，也是在王婆的刻畫中得到淋漓盡致的表現。

王婆形象的特點有四個突出的方面：一個是多次的婚姻，一個是旺盛的生命力與堅強的意志，一個是在家庭中的主心骨作用，一個是村子裏婦女們的「無冕」領袖地位。

王婆結過三次婚，有過三個家庭。第一個家庭是她自己主動離開的。對於她的第一個男人，作品著墨甚少，只是寫他打老婆，不負責任，把老婆、孩子打跑了，自己也就光棍一個回老家了。可注意的是王婆的態度，面對家庭暴力，到了忍無可忍的時候，自己斷然帶著孩子離開，去開始新的生活，使得村子裏的婦女對此又好奇又「感動」。第二個家庭十分不幸，先是這個姓馮的丈夫病死，繼而王婆帶去的兒子又被官府捉去槍斃。王婆是在丈夫死後不久，便離開已經成人的兒女，孤身一人再次改嫁到了趙三的家中。把這樣一個多次主動改嫁的女人作爲女主角來寫，並塑造成令人敬佩的形象，這本身就表現出作者對封建傳統觀念的大膽叛逆。而通過王婆三次不同的家庭生活經歷，還流露出蕭紅對於家庭一種深刻的解構態度——這一點，我們留待後面分說。

王婆的第二個特點是她旺盛的生命力與堅強的意志。作品裏對這個多次逸出生活常軌的女人情有獨鍾，非常生動的描寫著她的動作、言語和心靈：

> 王婆束緊頭上的藍布巾，加快了速度，雪在腳下也相伴而狂速地呼叫。

> 王婆宛如一陣風落到平兒的身上；那樣好像山間的野獸要獵食小獸一般兇暴。

> 閃光相連起來，能言的幽靈默默坐在閃光中。鄰婦互相望著，感到有些寒冷。

> 王婆永久歡迎夏天。因爲夏天有肥綠的葉子，肥的園林，更有夏夜會喚起王婆詩意的心田，她該開始向著夏夜述說故事。

這實在不像一個鄉村老太婆，或者說不像尋常的老太婆。而更令人難忘的是其死而復生的經歷。當她爲兒子死訊而痛不欲生服毒自盡時，所有的人都以

爲她已經死了，甚至怕她還魂而施以毒手，她卻奇跡般地復活了。這一情節是蕭紅非常在意的，所以特地探詢魯迅的讀後感覺，得到魯迅的首肯後才放下心來。

　　蕭紅也許有意也許無意，在描寫王婆的生命力、意志力的時候，多與其丈夫趙三對比來寫。趙三在作品的諸多男人形象中是一個強悍的角色，但是與王婆的意志較量中卻總是占不到上風，甚至處於劣勢地位。最令人驚心動魄的一段是王婆的復活：

> 　　　　許多條視線圍著她的時候，她活動著想要起來了！人們驚慌了！女人跑在窗外去了！男人跑去拿挑水的扁擔。說她是死屍還魂。
>
> 　　喝過酒的趙三勇猛著：
>
> 　　「若讓她起來，她會抱住小孩死去，或是抱住樹，就是大人她也有力量抱住。」
>
> 　　　　趙三用他的大紅手貪婪著把扁擔壓過去。紮實的刀一般的切在王婆的腰間。她的肚子和胸膛突然增漲，像是魚泡似的。她立刻眼睛圓起來，像發著電光。她的黑嘴角也動了起來，好像說話，可是沒有說話，血從口腔直噴，射了趙三的滿單衫。

這一段描寫潛在的意味非常複雜：王婆不肯輕易死去，作爲丈夫的趙三卻唯恐她不乾脆利落地死；趙三「勇猛地」、「貪婪地」要置自己的女人於死地，而女人不僅沒有被整死，反而頑強地活過來；復活的表現是噴出一口黑血，這血「射了趙三的滿單衫」。王婆生之意志在與男人的搏鬥中顯現，並最終獲得了勝利，其中蘊含的象徵意味是蕭紅自己對於人生與家庭深隱的恐懼、執著與訴求的不自覺流露。

　　小說多次寫到王婆與趙三之間在日常生活小事上的意志較量。如趙三從一開始就有經商的願望，因進城而誤了打麥場，被王婆狠狠數落了一通；又如後來抗租失敗只得編雞籠賣，一度也賺了一點錢，於是他就讓王婆也來加入這樁營生，王婆不僅不肯加入，而且對他掙來的那一點錢也做出很淡漠的姿態。作品這樣寫道：

> 　　　　銅板興奮著趙三，半夜他也是織雞籠，他向王婆說：
>
> 　　「你就不好也來學學，一種營生呢！還好多織幾個。」
>
> 　　　　但是王婆仍是去睡，就像對於他織雞籠，懷著不滿似的，就像

反對他織雞籠似的。

而最後的結果是王婆勝利：

> 趙三自己進城，減價出賣。後來折本賣。最後他也不去了。廚房裏雞籠靠牆高擺起來。這些東西從前會使趙三歡喜，現在會使他生氣。……趙三是受了挫傷！

在家庭裏，不管趙三什麼態度，王婆就是自行其是，旁若無人。當她高興的時候，儘管趙三父子都不在家裏，她也是興致勃勃地炸魚、烹調，熱氣騰騰地自己享用；當她對趙三失望，對生活失望的時候，她就把一切家務都拋到腦後，自顧自地「燒魚，吃酒」，然後一個人在院子裏露宿。

但是，王婆絕不是懶婆娘或是悍婦。她無論是在全村的婦女之中，還是在趙三甚至其他男人們面前，都表現出超眾的見識與能力。她的第三個特點就是在家庭中的主心骨作用。在暴風雨襲來的時候，她指揮趙三搶救場上的糧食；在處置家庭重要一筆資產——老馬的時候，也是她來出面。特別是面臨生死悠關的抗租危機時，她的果決、大膽、機智，都不是尋常農婦所能望其項背的。這一情節蕭紅寫得簡練而生動，王婆的形象躍然紙上：

> 「你們的事情預備得怎樣了？能下手便下手。」
>
> 他驚疑。怎麼會走漏消息呢？王婆又說：
>
> 「我知道的，我還能弄隻槍來。」
>
> 他無從想像自己的老婆有這樣的膽量。王婆真的找來一支老洋炮。可是趙三還從沒用過槍。晚上平兒睡了以後王婆教他怎樣裝火藥，怎樣上炮子。
>
> 趙三對於他的女人慢慢可以感到可以敬重！但是更秘密一點的事情總不向她說。
>
> 忽然從牛棚裏發現五個新鐮刀。王婆意度這事情是不遠了！
>
> 李二嬸子和別的村婦們擠上門來打聽消息的時候，王婆的頭沉埋一下，她說：
>
> 「沒有這回事，他們想到一百里路外去打圍，弄得幾張獸皮大家分用。」

她機警地發現了丈夫的秘密後，不是像其他農婦那樣驚恐擔憂，而是不動聲色地觀察著，然後作出比趙三更激烈的事情，並親自教趙三使用火槍。這裡對趙三的態度描寫得很細，開始是「驚疑」，後來是「無從想像」，接下來是

感到「敬重」，但仍心存疑慮。而接下來的一個小細節堪稱神來之筆，就是當趙三擔心王婆泄密的時候，王婆「頭沉埋一下」果斷地講出了掩飾之詞。正是由於這些表現，王婆不僅確立了在她的家庭中的主心骨地位，也確立了在讀者心中近乎女傑似的形象——雖然只是在平凡的村落，只是在平凡的生活中。

王婆在家庭中的精神領袖地位，還有一處看似瑣細實則重要的描寫，就是當趙三抗租受挫後萎靡下來時，她對趙三的兩次嘲諷，一次是：

> 他說話時不像從前那樣英氣了！臉是有點帶著懺悔的意味，羞慚和不安了。王婆坐在一邊，聽了這話她後腦上的小髮卷也象生著氣：「我沒見過這樣的漢子，起初看來還像一塊鐵，後來越看越是一堆泥了！」

另一次是：

> 「狗，到底不是狼，你爹從出事以後，對『鐮刀會』就沒趣了！青牛就是那年賣的。」
> 她這樣搶白著，使趙三感到羞恥和憤恨。

這都不是夫妻間常見的吵嘴打架，而是把王婆置於道義的、人格的制高點，俯視著趙三。

王婆形象的第四個特點是她在女性中儼然的「領袖」地位。她的家是婦人們農閒時聚會的「根據地」。這當然是因為她在自己家裏有地位，但也反映出她在女友中的威信。小說著意寫了她的口才，「王婆領著兩個鄰婦，坐在一條餵豬的槽子上，她們的故事便流水一般地在夜空裏延展開。」「她的講話總是有起有落；關於一條牛，她能有無量的言詞。」所以作者戲稱她做「能言的幽靈」。她豐富的人生經歷也是「領袖群雌」的資本。村子裏有女人難產，她總是到場並果斷地動手來保住母親的生命；當少婦不懂妊娠衛生傷及身體的時候，她就來傳授自我保護的道理。而最為濃墨重彩的一筆是她對月英的幫助。月英因病被丈夫虐待，狀況慘不忍睹。王婆不避髒臭為她擦洗，讓這個可憐的女人在生命的終點感受到人間的一絲溫暖。正是因為她的這些表現，村裏的女人沒事的時候願意聚到她的周圍，有事的時候則到她這裡來討主意。

這樣一個個性鮮明、極具特色的女性形象，除了表現出黑土地上底層民眾「生的堅強和死的掙扎」之外，還傳達出作者顛覆傳統家庭觀念的渴求與努力。

西蒙娜‧德‧波伏娃指出，婚姻使得女人成爲男人的附庸：

> 在（家庭）這個「聯合企業」中，男人是經濟首腦……女人改用他的姓氏，屬於他的宗教、他的階級、他的圈子；她結合於他的家庭，成爲他的「一半」……依附於她丈夫的世界。
>
> 女人在家裏的工作並沒有給她帶來自主性……無法贏得做一個完整的人的資格……她終歸是附屬的、次要的、寄生的。

她還認爲，女人從未形成過一個可以和男人對等的群體，而只能通過男人所主導的家庭來體現自己的價值，實現自己的生存〔註6〕。

這當然都是對於當時家庭狀況的準確的描述。家庭對於女性的意義，很大程度就是如此。

《生死場》中的王婆形象卻對此提出了尖銳的挑戰。在女人和家庭關係的問題上，王婆最突出的意義就在於對「依附性」的徹底顚覆。首先，她的三次婚姻經歷就使得家庭不再具有對她畫地爲牢的束縛作用，更何況，在脫離、選擇家庭的過程中，王婆是遵照自己的自由意志而行事的。這樣，就把家庭對於女性那些曾被認爲是天經地義的約束力解構掉了。其次，如前文分析的那樣，她在家庭中不僅不甘於被支配的地位，而且實實在在地與丈夫分庭抗禮，甚至在重大事項上發揮著主導的作用。更爲引人注目的是，作者對她的自作主張、任意行事的自由意志，給與了充分的同情，筆墨之間流露出欣賞的、傾慕的態度，這樣就把王婆對家庭的態度和王婆其他優良的品性——剛強、機警、明達等一起，放到了道德制高點上。

這樣一個挑戰傳統家庭觀念的女性，卻是全書感情世界最爲豐富的形象。她自述第一個孩子夭折前後自己的心理變化，看似無情實則令人心酸。她對兒子死訊的強烈反應，對女兒的復仇教育，都是帶有震撼力的情節。她是這樣教育女兒：

> 王婆思想著女孩怎麼會這樣烈性呢？或者是個中用的孩子？
>
> 王婆忽然停止酗酒，她每夜，開始在林中教訓女兒，在靜的林裏，她嚴峻地說：
>
> 「要報仇。要爲哥哥報仇，誰殺死你的哥哥？」
>
> ……女孩子想過十幾天以後，她向媽媽躊躇著：

〔註 6〕《第二性》，西蒙娜‧德‧波伏娃著，陶鐵柱譯。中國書籍出版社，1998 年，第 488～492、521 頁。

「是誰殺死哥哥？媽媽明天領我去進城，找到那個仇人，等後
來什麼時候遇見他我好殺死他。」

孩子說了孩子話，使媽媽笑了！使媽媽心痛。

「使媽媽笑了！使媽媽心痛。」簡短的十個字，寫出了王婆的複雜、矛盾的
心理活動，也爲其性格再添豐滿的一筆。如此情感豐富的腳色，她對傳統家
庭觀念的蔑視與叛離，自然會贏得讀者的同情。

對於女性對家庭的依附性，作品的第四節還通過另外的方式進行了顛
覆。這一節主要寫的是女人們之間的友情，中心則是王婆。

冬天，女人們像松樹子那樣容易結聚，在王婆家裏滿炕坐著女
人。五姑姑在編麻鞋，她爲著笑，弄得一條針丟在席縫裏，她尋找
針的時候，做出可笑的姿勢來，她像一個靈活的小鴿子站起來在炕
上跳著走，她說：

「誰偷了我的針？小狗偷了我的針？」

「不是呀！小姑爺偷了你的針！」

新娶來菱芝嫂嫂，總是愛說這一類的話。五姑姑走過去要打
她。

「莫要打，打人將要找一個麻面的姑爺。」

王婆在廚房裏這樣搭起聲來：王婆永久是一陣憂默，一陣歡
喜，與鄉村中別的老婦們不同。她的聲音又從廚房打來：

「五姑姑編成幾雙麻鞋了？給小丈夫要多多編幾雙呀！」

五姑姑坐在那裏做出表情來，她說：

「哪裏有你這樣的老太婆，快五十歲了，還說這樣話！」

王婆又莊嚴點說：

「你們都年青，哪裏懂什麼，多多編幾雙吧！小丈夫才會希罕
哩。」

大家嘩笑著了！但五姑姑不敢笑，心裏笑，垂下頭去，假裝在
席上找針。等菱芝嫂把針還給五姑姑的時候，屋子安然下來，廚房
裏王婆用刀刮著魚鱗的聲響，和窗外雪擦著窗紙的聲響，混雜在一
起了。

這是整部作品中唯一的歡樂場面。如果和女人們在自己家庭中的屈辱、苦悶
情景相比較的話，眞有天堂與地獄的差別。「像松樹子那樣容易結聚」，「滿炕

坐著女人」，表現出女人同性之間的聚合力，也就從反面顯示出家庭中情感的缺乏與彼此的隔膜。正是由於家庭功能的殘缺，才使得女人們暫時地逃離家庭那狹小空間的束縛，在同性的友情中尋找另外的精神家園。「嘩笑」、「可笑」、「靈活的小鴿子」，這些歡樂與輕鬆的字眼，有力地表達出「此地樂，不思蜀」式的心態，與王婆的特立獨行形象呼應著，共謀解構著女人對於家庭的依附性。

蕭紅在這一節對女人們的談話做了一個概括，或者說是評價：

> 在鄉村永久不曉得，永久體驗不到靈魂，只有物質來充實她們。

這句話向來被看作是一種悲憫式的批評，但如果顧及整個語境的話，其中還有不盡然的地方。這句話的上下文是女人們開始放肆地談論「性」，不僅「邪昵」地說笑，還要彼此動一動手腳，然後從中感到極大的快樂：

> 每個人為了言詞的引誘，都在幻想著自己，每個人都有些心跳；或是每個人的臉都發燒。就連沒出嫁的五姑姑都感著神秘而不安了！她羞羞迷迷地經過廚房回家去了！只留下婦人們在一起，她們言調更無邊際了！王婆也加入這一群婦人的隊伍，她卻不說什麼，只是幫助著笑。

可見「靈魂」、「物質」云云，在這裡是特指男女之間的關係，「靈魂」指的是城裏人、文化人掛在嘴邊的「愛情」、「戀愛」，「物質」則專指性交。聯繫到小說裏其他地方描寫的性愛場面無不粗野乃至恐怖，這裡的「心跳」、「發燒」、「羞羞迷迷」反而帶有幾分美感了。同性的情誼幾乎要替代組成異性家庭的根基——性愛，家庭對於女性的向心引力在此受到了又一次嚴峻的挑戰。

三

作為女性作者，蕭紅在《生死場》內容的選擇、情節的設計、敘事的角度以致語言風格上，都自然而然地打上自己性別的印記。實際上，蕭紅《生死場》的寫作是女性特徵最為明顯的作品，理由很簡單——男人不會這樣來寫。不過，蕭紅不是沉湎於個人生活的哀樂與夢想，而是以女性的眼光來觀察女性世界，並以女性化的筆觸來把這些女人們活靈活現地描繪出來。有時她把自己對女人們的理解直接訴諸筆下，有時通過作品中女人們互相的理解

來表現。如刻畫王婆的言語特徵：「有時她並不注意孩子們哭，她不聽見似地，她仍說著那一年麥子好；她多買了條牛，牛又生了小牛，小牛後來又怎樣？……她的講話總是有起有落；關於一條牛，她能有無量的言詞：牛是什麼顏色？每天要吃多少水草？甚至要說到牛睡覺是怎樣的姿勢。」這看似平平無奇的陳述，卻是地地道道的女性筆法：女性之間的對話風格，女性在場者的眼光，女性對女性的觀察與理解。又如金枝母親對金枝的前後矛盾的態度，王婆對金枝的指教，等等，都表現出女性特有的觀察與理解。

不過，最為突出的女性特色筆法，是蕭紅表現家庭生活時所大膽選擇的一個獨特視角：生育。她用了整整一節來集中描寫村子裏女人們生孩子的場面，包括五姑姑的姐姐、金枝、麻面婆和李二嬸。這樣處理，生育就不再是其他故事中的一個環節，而是本身成為了直接表現的對象。其實，生育幾乎可以說是家庭生活的題中必有之義，但在大多數的家庭題材作品中沒有正面的描寫。即使以生育為重要情節的《家》，瑞珏的難產也只是虛寫，讓覺新隔著一扇門，聽著裏面女人「微弱的呻吟」或是「痛苦的叫喊」。同時，巴金寫瑞珏生育的真實意圖（或說實際效果）是控訴大家族中的愚昧與殘忍，並非把生育當作表現的目的。而蕭紅則不然，生育的描寫是她要表現的題旨的重要支撐。蕭紅與男性作家們之間出現這樣明顯的差別，表面的原因是性別不同造成在場與否的視角問題，但那只是表面的原因。真實的深層的原因是對生育本身的感情態度根本不同。

在男權主導的家庭觀念中，生育是婦女在家庭中的第一天職，母性、母愛也總是被罩上神聖的光環。而在蕭紅的筆下，生育被賦予了完全不同的意義。她賦予生育的第一重意義前文已經提及，就是完全著眼於生理性、動物性，通過對性交的「獸性化」描繪，以及把生育和牲畜繁殖平行對照（「人和動物一起忙著生忙著死」），蕭紅實現了這一意圖。另一重意義則是從女性的感受角度，把生育看作加在女人身上的刑罰。她把第六節徑直標作「刑罰的日子」，並一再突出這一看法：「刑罰，眼看降臨到金枝的身上」、「很快做媽媽了，婦人們的刑罰快擒著她」。蕭紅並以在場者的視角，正面描寫了一個分娩的場面：

> 赤身的女人，她一點不能爬動，她不能為生死再掙扎最後的一刻。天漸亮了。恐怖彷彿是僵屍，直伸在家屋。
>
> 五姑姑知道姐姐的消息，來了，正在探詢：

「不喝一口水嗎？她從什麼時候起？」

一個男人撞進來，看形象是一個酒瘋子。他的半面臉紅而腫起，走到慢帳的地方，他吼叫：「快給我的靴子！」

女人沒有應聲，他用手撕扯慢帳，動著他厚腫的嘴唇：

「裝死嗎？我看看你還裝不裝死！」

說著他拿起身邊的長煙袋來投向那個死屍。母親過來把他拖出去。每年是這樣，一看見妻子生產他便反對。

日間苦痛減輕了些，使她清明了！她流著大汗坐在慢帳中，忽然那個紅臉鬼，又撞進來，什麼也不講，只見他怕人的手中舉起大水盆向著帳子拋來。最後人們拖他出去。

大肚子的女人，仍漲著肚皮，帶著滿身冷水無言的坐在那裏。她幾乎一動不敢動，她彷彿是在父權下的孩子一般怕著她的男人。

她有不能再坐住，她受著折磨，產婆給換下她著水的上衣。門響了她又慌張了，要有神經病似的。一點聲音不許她哼叫，受罪的女人，身邊若有洞，她將跳進去！身邊若有毒藥，她將吞下去。她仇視著一切，窗臺要被她踢翻。她願意把自己的腿弄斷，宛如進了蒸籠，全身將被熱力所撕碎一般呀！

產婆用手推她的肚子：

「你再剛強一點，站起來走走，孩子馬上就會下來的，到了時候啦！」

走過一個時間，她的腿顫顫得可憐，患著病的馬一般，倒了下來。產婆有些失神色，她說：「媳婦子怕要鬧事，再去找一個老太太來吧！」

五姑姑回家去找媽媽。

這邊孩子落產了，孩子當時就死去！用人拖著產婦站起來，立刻孩子掉在炕上，像投一塊什麼東西在炕上響著。女人橫在血光中，用肉體來浸著血。

至少在中國的文學史上，蕭紅之前從未有人這樣寫過。在生育的過程中，母體與新生命一起在生死邊緣掙扎。「女人橫在血光中，用肉體來浸著血」，「孩子掉在炕上，像投一塊什麼東西」，這種血淋淋的場景是和她的「刑罰」生育觀緊密聯繫著的。這裡，蕭紅的「越軌」不僅僅是在「筆致」上，更重要的

是在觀念上。由於她完全站到了女性的立場上，對生育者的痛苦就不僅是旁觀者，而是有感同身受的體驗，於是就有了追問與不平：這種痛苦究竟是為了什麼？為什麼在家庭中，這樣的刑罰要單單落到女人的頭上？蕭紅通過對比來強化她的詰問，男人的冷漠、無情與女人巨大的痛苦形成了十分強烈的反差。當那個酒醉的男人幾近變態地折磨分娩的老婆時，家庭對於她就成了名副其實地地獄，「受罪的女人，身邊若有洞，她將跳進去！身邊若有毒藥，她將吞下去。她仇視著一切，窗臺要被她踢翻，她願意把自己的腿弄斷。」這是何等強烈的嘶喊，又是何等強烈的控訴！一切被遮蔽的、掩飾的真像在這樣震耳的聲浪中凸顯，一切被天經地義化的價值面臨著重新的審視。當然，蕭紅的態度不無偏頗，但是沒有這樣振聲發饋的聲音，也不可能使人們從習焉不察的麻木中驚醒。〔註7〕

在蕭紅的其他作品中，家庭的內容雖不時出現，卻沒有哪一部如《生死場》這樣集中，這樣深入。甚至六年後的《呼蘭河傳》，雖然大部分篇幅也是寫發生在四、五個家庭中的故事，其中作者自家和老胡家（即團圓媳婦家）的故事篇幅遠遠超過《生死場》中任何一個家庭，但是，作者的興奮點已經不是對家庭中人們的生存狀況的揭示，因而她的筆墨或者是帶著淡淡鄉愁的憶舊，或是帶著幾分調侃、嘲諷的獵奇。即使像團圓媳婦那樣殘酷命運的情節，也不是像《生死場》那樣表現出強烈的意義輻射。

在現代文學第二個十年中，出自女作家之手的家庭文學的代表作，非《生死場》莫屬。

第四節　變態與常態的糾葛：張愛玲筆下的家庭

一

張愛玲本人的家庭身世，張愛玲的婚姻家庭經歷，和張愛玲筆下的家庭描寫，都是近二十年來現代文學研究與大眾傳媒共同的熱點。可以說，和「家庭」這個詞聯繫最為密切的現代作家，非張愛玲莫屬。

張愛玲有一個顯赫的家世，同時也有一個充斥著冷漠與敵意的家庭。她的祖母是李鴻章的女兒，她的祖父張佩綸是晚清大臣，曾膺海疆重任，失機

〔註7〕莫言的《豐乳肥臀》中有大段關於分娩的描寫，明顯受到蕭紅的影響。但細加體味，彼此的差異還是很耐人尋味的。

得罪。她的父親是典型的遺少，抽大煙，逛妓院，無所事事。張愛玲的弟弟張子靜這樣形容自己對家庭的印象：「沒落了的、頹靡的家裏」，「有的只是永遠煙霧迷濛的家：一堆僕人侍候著我那吸大煙的父親，以及我那也吸大煙的後母。」在張愛玲四歲的時候，她的母親丟下丈夫和子女去了法國。幾年後，夫妻終於離異。張愛玲的姑姑和張愛玲關係很密切，卻和她的父親相互敵視，甚至大打出手。張愛玲唯一的弟弟和她的母親以及她本人關係也相當冷淡。而張愛玲不僅被她的後母毆打，甚至被她父親毒打並囚禁。所以在她有了發表作品的機會之後，幾次三番著文直接大暴家醜。

張愛玲的異乎常人的家世背景與早期家庭生活使她的敏感的心靈對家庭題材情有獨鍾，而自己相對狹小的人生空間也迫使（或者說是促成）她把精力集中於這方面。因此，張愛玲的個人經歷給她的作品打上了深深的印記。傅雷曾指《金鎖記》「材料大部分是間接得來的；人物和作者之間，時代，環境，心理，都距離甚遠，使她不得不丟開自己，努力去生活在人物身上，隨著情慾發展的邏輯，盡往第三者的個性裏鑽。」〔註8〕認爲《金鎖記》的故事情境與張愛玲本人的經歷「距離甚遠」，這大體不錯。不過，要說裏面所寫人物情感、心理都是「丟開自己」而求「客觀化」的結果，卻只能說是講對了一半。因爲《金鎖記》的故事框架其實也是其來有自，而更重要的是其中表現出的家庭生活深層的精神上的朽敗，家庭成員互爲地獄的情形，卻分明有個人切身的體驗在。至於在其他若干篇作品中凸顯的「父親缺位」現象與戀父情結，更是和作者本人少年的人生經歷直接相關的。

張愛玲對於自己所選擇的創作路徑，是自覺的，並堅決爲之辯護的。她針對左翼批評家指責其題材狹小的意見反駁說：

> 我用這手法描寫人類在一切時代之中生活下來的記憶，而以此給予周圍的現實一個啓示。我存著這個心，可不知道做得好做不好。一般所說「時代的紀念碑」那樣的作品，我是寫不出來的，也不打算嘗試，因爲現在似乎還沒有這樣集中的客觀題材。我甚至只是寫些男女間的小事情，我的作品裏沒有戰爭，也沒有革命。我以爲人在戀愛的時候，是比在戰爭或革命的時候更素樸，也更放恣的。戰爭與革命，由於事件本身的性質，往往要求才智比要求感情的支持更迫切，而描寫戰爭與革命的作品也往往失敗在技術的成份大於藝

〔註 8〕傅雷《論張愛玲的小說》，《張愛玲文集》第四卷，安徽文藝出版社，1992 年。

術的成份。和戀愛的放恣相比，戰爭是被驅使的，而革命則有時候
多少有點強迫自己。眞的革命與革命的戰爭，在情調上我想應當和
戀愛是近親，和戀愛一樣是放恣的滲透於人生的全面，而對於自己
是和諧〔註9〕。

她承認自己是「缺乏社會意識的」，不過又說自己的作品是要給人們以「啓
示」，是爲了改變「現代婚姻制度的不合理」。同時，她也聲稱自己寫作的基
調是寫實：「我的本意很簡單：既然有這樣的事情，我就來描寫它。」〔註10〕
可見，晚清以來強調文學社會價值的主流認識對她還是有相當大影響的。她
爲自己題材範圍相對狹窄一再辯護，稱在得心應手的題材範圍內馳騁有利於
藝術水平的提高，如同「園裏的一棵樹，天生在那裏的，根深蒂固，越往上
長，眼界越寬，看得更遠，要往別處發展，也未嘗不可以，風吹了種子，播
送到遠方，另生出一棵樹，可是那到底是很艱難的事。」〔註11〕基於這樣的
認識，張愛玲在她所熟悉的「婚戀與家庭」土壤上紮下了深深的根基，終其
整個寫作生涯，這棵挺秀的大樹也沒有遷徙。

　　張愛玲文學創作的黃金時期是在 1943 年的年中到 1945 年的年中，大約
兩年有餘的時間。在這段時間裏，她發表的小說有《沉香肩——第一爐香》、
《第二爐香》、《茉莉香片》、《心經》、《傾城之戀》、《琉璃瓦》、《金鎖記》、《紅
玫瑰與白玫瑰》、《創世紀》等，散文作品有《到底是上海人》、《洋人看京戲
及其他》、《更衣記》、《道路以目》、《公寓生活記趣》，《自己的文章》、《蘇青
張愛玲對談記》、《姑姑語錄》、《我看蘇青》等。這樣的成績，不但是高產，
而且幾乎可以說是奇跡。尤其是 1943 年的下半年，她的最重要的作品如《沉
香肩——第一爐香》、《茉莉香片》、《心經》、《傾城之戀》、《金鎖記》等都在
這短短的時間內問世，無怪乎當時聳動了文壇。

　　這些作品從題材看，清一色的是婚姻與家庭。但細推究，在戀愛與家庭
兩個方面，每一篇作品的側重點又明顯有所不同。

　　在這一時期裏，張愛玲的開山之作是她的「兩爐香」。這兩篇作品雖然已
經顯示出她的才情與特色，但畢竟未臻圓融之境。《沉香屑：第一爐香》是以
《紅樓夢》的筆法演繹一個近於《日出》的故事，其主旨不在家庭問題上，

〔註 9〕　張愛玲《自己的文章》，見《張愛玲文集》第四卷，安徽文藝出版社，1992
　　　　年。
〔註 10〕　張愛玲《寫什麼》，見《張愛玲文集》第四卷，安徽文藝出版社，1992 年。
〔註11〕　同前注。

但故事背後透露出的家庭親情狀況，卻也有作者自身經歷的淡淡的影子。無論是長一輩的葛豫琨和他的親妹妹梁太太之間，還是梁太太和他的親侄女葛薇龍之間，親情都已經淡薄如水。甚至還充斥著敵意與算計。作為一種家庭認識的基調，也可以說，這篇小說已經為日後的《金鎖記》、《怨女》等打下了基礎。

「第二爐香」表面上看寫的是一個家庭中連續的兩個悲劇，但主旨是揭露愚蠢的社會輿論如何殺死無辜者。其中涉及家庭生活的內容只是一個引子而已，所以兩個家庭悲劇在很大程度上只是一個「傳奇」。對於絕大多數家庭來說，蜜秋兒太太的家事可以說是無法理解的奇譚。儘管張愛玲解釋說，她的「傳奇」其實還是意在表現現實。對於本篇，若說指的是羅傑以及佛蘭克丁貝莫名其妙地死於愚蠢的流言，這個解釋還是站得住腳的；但如果就家庭題材的表現說，「奇」的成分便遠遠超過了「真」的成分。不過，小說中那種不無誇張的家庭成員之間的隔膜以及蜜秋兒一家對家庭生活的變態心理，和她日後的一系列家庭題材力作同樣是消息相通的。

張愛玲在 1944 年的幾篇作品，如《年青的時候》、《花凋》、《殷寶灩送花樓會》等，則是側重於戀情問題的一類。雖然作品不可能不涉及到一些家庭的其他方面的話題，但其主旨皆不在家庭生活與家庭關係上。

張愛玲在這一時期的作品，正面描寫家庭並表達出作者一些獨到的家庭觀念的是《茉莉香片》、《心經》、《封鎖》、《傾城之戀》、《琉璃瓦》、《金鎖記》、《阿小悲秋》、《連環套》、《留情》、《鴻鸞禧》、《創世紀》、《紅玫瑰與白玫瑰》等，其中或是內涵豐富，或是手法獨特，或是觀念深刻的家庭小說，又以《茉莉香片》、《心經》、《金鎖記》、《連環套》、《創世紀》更為突出。

《茉莉香片》是一篇傑出的家庭題材短篇小說。稱其傑出，是因為在短小的篇幅內，作者不僅寫出了兩代人的家庭悲劇，給了作品十分豐富的情節內涵，而且對其中人物的心理，所涉及到的家庭問題，都有非常深刻同時又是非常感性的描繪。小說的中心人物是男青年聶傳慶，他和父親、繼母一起由上海來到了香港，進入華南大學讀書。關於他的家庭生活情景，小說是這樣描寫的：

> 他父親聶介臣，汗衫外面罩著一件油漬斑斑的雪青軟緞小背
> 心，他後母蓬著頭，一身黑，面對面躺在煙鋪上。……滿屋子霧騰
> 騰的，是隔壁飄過來的鴉片煙香。他生在這空氣裏，長在這空氣裏，

可是今天不知道爲什麼，聞了這氣味就一陣陣的發暈，只想嘔。

顯然，這有作者自己的早期記憶在其中。聶傳慶的父親和繼母對他充滿敵意，甚至把他的耳朵打得半聾。他無意間發現了一個家庭秘密：自己的生母馮碧落婚前曾有過一個戀人，這個人就是自己的大學教授言子夜。而言子夜的女兒言丹朱不僅是他的同學，而且還極力要和他交好。於是，故事就在聶傳慶與言丹朱之間的感情衝突中展開。在故事的顯層面，表現的是聶傳慶因爲畸形家庭關係造成的「精神上的變態」；而在故事的隱層面，表現的則是馮碧落當年的愛情、婚姻與家庭悲劇。馮碧落故事的前一半類同於《傷逝》裏的子君。假如把《傷逝》寫成 AB 劇的話，子君出走前如果退縮了，就是馮碧落；同樣，馮碧落如果大膽同言子夜一起高飛遠走，結局很可能就是子君。張愛玲以她特有的華麗而陰冷的筆調描寫馮碧落的命運：

> 關於碧落的嫁後生涯，傳慶可不敢揣想。她不是籠子裏的鳥。籠子裏的鳥，開了籠，還會飛出來。她是繡在屏風上的鳥——恓鬱的紫色緞子屏風上，織金雲朵裏的一隻白鳥。年深月久了，羽毛暗了，黴了，給蟲蛀了，死也還死在屏風上。

這樣，作品就由聶家一個家庭輻射到馮家、言家的家庭，並由聶家的現在發散到這個家庭的過去和未來。在作者的筆下，言家雖然落墨不多，卻由言丹朱這個「陽光女孩」的身上隱現出一個開明知識分子家庭的親情關係與氛圍，並和聶家那種壓抑的、窒息的氛圍形成強烈的對照。

聶傳慶的畸形家庭關係主要是父子間的相互敵視。作品對此寫得很細：當年夫妻的不合，後來繼室的挑撥，都是聶介臣厭惡兒子的原因；但促使矛盾尖銳化的直接原因卻是對家庭財產支配權的爭奪。雖然這種爭奪並沒有真的開始，但心理的衝突同樣是尖銳的：

> 傳慶想道：「我的錢？我的錢？」總有一天罷，錢是他的，他可以任意地在支票簿上簽字。他從十二三歲起就那麼盼望著，並且他曾經提早練習過了，將他的名字歪歪斜斜，急如風雨地寫在一張作廢的支票上，左一個，右一個，「聶傳慶，聶傳慶，聶傳慶」，英俊地，雄糾糾地，「聶傳慶，聶傳慶。」可是他爸爸重重地打了他一個嘴巴子，劈手將支票奪了過來搓成團，向他臉上拋去。爲什麼？因爲那觸動了他爸爸暗藏著的恐懼。

家庭中，財產對親情的侵蝕與擠壓是張愛玲有著切膚之痛的體驗，當年她被

父親、繼母毒打，一個重要原因就是向他們要錢留學造成衝突；而在自己生母的家裏失去溫情，也和錢財有關。所以，張愛玲描寫婚姻家庭總是冷酷地撕開溫情的面紗，露出赤裸裸的金錢利益的考量。

不過，《茉莉香片》寫的最深刻的地方還是聶傳慶的怪誕幻想。他的幻想是由母親的悲劇命運和自己的可悲處境引起的：

> 她死了，她完了，可是還有傳慶呢？憑什麼傳慶要受這個罪？碧落嫁到聶家來，至少是清醒的犧牲。傳慶生在聶家，可是一點選擇的權利也沒有。屏風上又添上了一隻鳥，打死他也不能飛下屏風去。他跟著他父親二十年，已經給製造成了一個精神上的殘廢，即使給了他自由，他也跑不了。跑不了！跑不了！索性完全沒有避免的希望，倒也死心塌地了。但是他現在初次把所有的零星的傳聞與揣測，聚集在一起，拼湊一段故事，他方才知道：二十多年前，他還是沒有出世的時候，他有脫逃的希望。他母親有嫁給言子夜的可能性。差一點，他就是言子夜的孩子，言丹朱的哥哥。也許他就是言丹朱。有了他，就沒有她。

這種想法初看似乎很無稽，但涉及到一個很現實也很根本的問題，就是：家庭對於個人的宿命意義與選擇可能。這應該說是個人與家庭關係的「元問題」。聶傳慶的「原罪」——萎瑣的性格、殘廢的精神、變態的心理，都是由此而生。這是一個向來被熟視無睹的問題，因其似乎「不言而喻」而被遮蔽。張愛玲憑藉她的過於敏感的心靈和特別的家庭體驗，捕捉到了並揭示出了無奈的真相：「一壺茉莉香片，也許太苦了一點」。

《茉莉香片》大膽地描寫了聶傳慶的仇父心理，而《心經》則更為大膽地描寫了女孩子許小寒的戀父情結。有研究者指出，仇父與戀父是張愛玲自身心理的兩個方面，雖似矛盾卻相依存——從她的一系列作品以及現實生活中的情感趨向看，此說不無道理。但是，《心經》的意義並不止於對「厄萊克特拉情結」的大膽表現，而在於表現時女性視角的顯露。例如許小寒和他母親之間對話的情形：

> 許太太道：「有些事，多半你早已忘了：我三十歲以後，偶然穿件美麗點的衣裳，或是對他稍微露一點感情，你就笑我。……他也跟著笑……我怎麼能恨你呢？你不過是一個天真的孩子！」
>
> 小寒劇烈地顫抖了一下，連她母親也感到那震動。她母親也打

了個寒戰，沉默了一會，細聲道：「現在我才知道你是有意的。」小寒哭了起來。她犯了罪。她將她父母之間的愛慢吞吞地殺死了，一塊一塊割碎了——愛的凌遲！雨從簾幕下面橫掃進來，大點大點寒颼颼落在腿上。

母女之間爲了愛情互相嫉妒的細節，痛陳衷曲時的氛圍，都顯現女性觀察、體驗的特色。尤其是一些感性色彩濃厚的筆墨，這種體驗的感覺更爲明顯，如：

> 隔著玻璃，峰儀的手按在小寒的胳膊上——象牙黃的圓圓的手臂，袍子是幻麗的花洋紗，朱漆似的紅底子，上面印著青頭白臉的孩子，無數的孩子在他的指頭縫裏蠕動。小寒——那可愛的大孩子，有著豐澤的，象牙黃的肉體的大孩子……峰儀猛力掣回他的手，彷彿給火燙了一下，臉色都變了，掉過身去，不看她。
>
> 天漸漸暗了下來，陽臺上還有點光，屋子裏可完全黑了。

這是很曖昧的一段文字。父女之間徘徊於亂倫邊緣的矛盾心理、尷尬情態刻畫得十分細膩。一再重複的「象牙黃的肉體」、「豐澤的」、「圓圓的」，與父親「隔著玻璃」把手按在女兒胳膊上，卻又「彷彿給火燙了一下」似的逃開去，都是暗示平日這種畸戀的犯罪感與連帶產生的誘惑力。又如：

> 她的腿緊緊壓在她母親的腿上——自己的骨肉！她突然感到一陣強烈的厭惡與恐怖。怕誰？恨誰？她母親？她自己？她們只是愛著同一個男子的兩個女人。她憎嫌她自己的肌肉與那緊緊擠著她的，溫暖的，他人的肌肉。呵，她自己的母親！

這樣來寫女性之間的肉體接觸的感受，也是大膽而獨特的寫法。

《金鎖記》、《連環套》、《創世紀》是三個中篇，故事情節比上述兩個短篇複雜一些，都是描寫女人的一生。其中，《金鎖記》與《連環套》內容有相通之處：前者的主人公曹七巧和後者的主人公霓喜皆出身社會下層，薄有姿色而進入上層（相對而言）社會，而身處的畸形家庭環境扭曲了她們的人生與靈魂。《創世紀》則更多地帶有作者自己家族及經歷的痕跡〔註12〕，把祖母紫微與孫女瀠珠的遭際連綴在一起，對照來寫，作品的意味就複雜了許多，

〔註12〕紫薇的父親戚寶彝，即影射李鴻章，不僅名字關聯，而且事跡相同，如「戚寶彝在馬關議和，刺客一槍打過來，傷了面頰。有這等樣事，對方也著了慌，看在他份上，和倒是議成了」，完全是李鴻章的經歷。

祖孫兩代婚戀不如意的命運產生一種歷史感，即女性的生命無謂的流逝。而
這又是「不合理的婚姻制度」直接的後果——祖母時代是包辦，孫女時代是
男性的不負責任。

就作品思想深度而言，能夠透過家庭中的恩怨表現「人類永恆的困境」，
當屬《金鎖記》與《傾城之戀》，而這兩篇作品又同是深受《紅樓夢》之影響
的。張愛玲的文學天才在這兩篇小說中得到最充分的實現：微妙的心理描寫，
圓融而複雜的意象，亦虛亦實的背景，都使得作品具有了強烈的發散、超越
功能，既表現出特定的「那一個」的家庭生活，又涵攝了「『一切時代』皆有
皆通的人性狀態」〔註13〕。

張愛玲家庭小說的創作資源可以歸結爲五個方面：1、閱歷。這包括身
世、家族、家庭的背景和自己親身的經歷，包括幼年、少年和青年的家庭生
活經歷和香港讀書的經歷。這是一些切實的素材，是張愛玲結構其空中樓閣
的磚瓦木石。2、體驗與想像。這是給那些磚瓦木石以生命，以個性的源泉。
張愛玲的極爲敏感的心靈和複雜的內心世界使得這種源泉靈動、豐沛而帶有
幾分怪異；而作品的性別色彩也由此而獲得。3、多方面的藝術修養和西方文
藝的薰陶。這在很大程度上決定了張愛玲結構作品的方式，以及作品中的趣
味與觀念。4、新文化運動中前輩作家的影響，如老舍等〔註14〕。5、古典文
學、傳統文化的滋養。張愛玲作品的個性鮮明的語言、意象，以及人物的神
韻，在很大程度上與此相關。

在這五個方面中，與這一時期的其他女性作家相比，第五個方面尤顯張
愛玲與眾不同之處。她多次談到對古典文學的喜愛與借鑒——這與巴金的絕
口不談形成特別鮮明的對照。例如在小說中如何借鑒古代詩歌的情境：

> 《傾城之戀》的背景即是取材於《柏舟》那首詩上的：「……亦
> 有兄弟，不可以據……憂心悄悄，慍于群小。覯閔既多，受侮不
> 少。……日居月諸，胡迭而微？心之憂矣，如匪澣衣。靜言思之。
> 不能奮飛。」「如匪澣衣」那一個譬喻，我尤其喜歡。堆在盆邊的髒
> 衣服的氣味，恐怕不是男性讀者們所能領略的吧？那種雜亂不潔
> 的，壅塞的憂傷，江南的人有一句話可以形容：「心裏很『霧數』。」

〔註13〕劉再復《張愛玲的小說與夏志清的現代小說史》，見《再讀張愛玲》，劉紹銘
　　　　等編，山東畫報出版社，2004年。
〔註14〕張愛玲的《連環套》、《私語》中都提及老舍的作品，流露喜愛之情。

「霧數」二字，國語裏似乎沒有相等的名詞〔註15〕。

從《柏舟》中能夠讀出這樣多的信息，大約非張愛玲莫屬。尤其是對「如匪澣衣」的體會，她的文學天賦和女性特有感受力都得到最充分的展現。又如：

> 小時候愛看《聊齋》，連學它的《夜雨秋燈錄》等，都看過好幾遍，包括《閱微草堂筆記》，儘管《閱微草堂》的冬烘頭腦令人髮指。多年不見之後，──純粹記錄見聞的《閱微草堂》卻看出許多好處來，裏面典型十八世紀的道德觀，也歸之於社會學，本身也有興趣。

張愛玲不僅喜讀文言小說與筆記，而且在文章中多次引述《閱微草堂筆記》，這在女作家中很可能是唯一的。

不過，對張愛玲的人生與創作產生決定性影響的還是《紅樓夢》。她對《紅樓夢》的學習、模仿與超越，可說伴隨了整個的生命歷程。

二

張愛玲的文學一生與《紅樓夢》關係至爲密切。她試筆之處女作就是《摩登紅樓夢》，而最後的長篇著作則是《紅樓夢魘》。她自己曾講，《紅樓夢》「在我是一切的泉源」，又講：「像《紅樓夢》，大多數人於一生之中總看過好幾遍。就我自己說，八歲的時候第一次讀到，只看見一點熱鬧，以後每隔三四年讀一次，逐漸得到人物故事的輪廓、風格、筆觸，每次的印象各各不同。現在再看，只看見人與人之間感應的煩惱。──個人的欣賞能力有限，而《紅樓夢》永遠是『要一奉十』的。」〔註16〕因此，討論《紅樓夢》與張愛玲人生及創作的關係，或是張愛玲作品與《紅樓夢》的互文關係，自屬張愛玲研究的題中必有之義。

從這方面來看，《金鎖記》最具有典型的意義。關於《金鎖記》受《紅樓夢》的影響，學界的看法大體不出以下四個方面：1、關於曹七巧的某些筆墨受王熙鳳形象的影響。2、作品語言風格受《紅樓夢》影響。3、作品的主題以及審美追求與《紅樓夢》有一定的關係。4、《金鎖記》的一些敘事技法有《紅樓夢》的影子。這些，無疑都是正確的。但是，考慮到張愛玲獨特的創作道路──《紅樓夢》作爲「摹本」對於她早期創作的意義，上述說法就略

〔註15〕張愛玲《談寫作》，《張愛玲文集》第四卷，安徽文藝出版社，1992 年。
〔註16〕同前注。

顯浮泛。實際上，《紅樓夢》對《金鎖記》的影響還要更直接一些，程度也深得多，甚至可以說，《金鎖記》是脫胎於《紅樓夢》，也是毫不爲過的。

我們至少可以在以下幾個方面看到籠罩著《金鎖記》的濃重的「紅樓夢魘」。最直接而又明顯的是故事情節和人物形象方面。

首先看基本的故事框架。人們通常把王熙鳳來比曹七巧，實際上，《金鎖記》的故事框架與《紅樓夢》中夏金桂的故事更爲相近：夏金桂出身於專賣桂花的商人家庭，出嫁時已經敗落，因此經常通過乾兄弟往娘家搬運錢物；夏金桂相貌俊俏而爲人粗鄙，故與薛家以及賈府諸人格格不入，甚至公開吵鬧；夏金桂因不甘「守活寡」而反覆挑逗小叔子薛蝌，「天天抱怨：『要是能夠同二爺過一天，死了也是願意的。』」薛蝌對她則是不即不離；夏金桂因情慾不得滿足而移恨於香菱，幾乎置香菱於死地；最後她死於自己的情慾之火──「金桂自焚身」。這裡面，門戶不當的婚姻，俊俏而粗鄙的媳婦同整個家庭的摩擦，因壓抑的情慾產生仇恨，叔嫂之間的曖昧情事，以及欲火焚身的自戕，這些情節要素同樣出現在《金鎖記》中，並構成基本的故事框架。當然，《金鎖記》絕非簡單照抄，自有其帶有根本性的超越；而且即使是對《紅樓夢》，也不是抱定這一段來仿傚，鴛鴦的故事、鳳姐的故事、甚至秦可卿的故事等，作者也或多或少有所採擷。不過，曹七巧故事的基本框架，受到夏金桂故事的直接啟發當可無疑──要知道，張愛玲八歲即讀《紅樓夢》，已到了熟極而流的程度，正如她所自詡的：「我唯一的資格是實在熟讀《紅樓夢》，不同的本子不用留神看，稍微眼生點的字自會蹦出來。」所以在她要編織一個變態的情慾故事時，《紅樓夢》中的類似故事也難免「自會蹦出來」了。

其次看人物的刻畫。人們談到曹七巧的形象，往往認爲受王熙鳳形象影響而來。其實影響最大的首先是夏金桂。王熙鳳雖不文雖潑辣但言行總是「得體」。而夏金桂的潑辣則是粗鄙失態，在文化層面上與整個家庭格格不入，這恰是曹七巧作爲家庭角色的基調。另外，夏金桂的叔嫂戀描寫，心理上依違不定，行爲上幾近變態，這也是曹七巧情感矛盾的主要特色。

夏金桂之外，其他人物的影子也在曹七巧周圍若隱若現，如曹七巧斥罵哥嫂一節：

> 七巧啐了一聲道：「──鬥得過他們，你到我跟前來邀功要錢；
> 鬥不過他們，你往那邊一倒──頭一縮，死活我去。」

而《紅樓夢》46回鴛鴦罵哥嫂一節：

> 鴛鴦照他嫂子臉上下死勁啐了一口：「——我若得臉呢，你們在
> 外頭橫行霸道，自己就封自己是舅爺了；我若不得臉敗了時，你們
> 把王八脖子一縮，生死由我。」

從語言結構到遣詞造句，都是如出一轍。由於張愛玲對《紅樓夢》熟極而流的把握，不自覺間就在自己的人物身上打上了《紅樓》人物的印記〔註17〕——甚至於到了幾近「克隆」的地步。

　　還有更細微的地方，如曹七巧的衣飾、神態描寫等，也都不難在《紅樓夢》中找到相應的藍本。

　　除此之外，《金鎖記》矛盾衝突的展開方式，背景描寫與氣氛渲染，以及敘述的技巧等方面，也是在在可以見到若經意若不經意的《紅樓》印記。甚至如果我們不避穿鑿的話，在不少細部也可以發現類似的話題，如曹七巧的娘家賣香油，夏金桂的娘家賣桂花；「七巧」喻指秋令，「金桂」也是喻指秋令；「金鎖記」與「紅樓夢」恰成對語〔註18〕，等等。

　　說到這裡，其實我們只為坐實《金鎖記》「脫胎」於《紅樓夢》——這不過是我們研究的第一步。因為「脫胎」，便使二者之間的比較研究具有了可能性和較為特別的意義。而「脫胎」的另一層含義是「超越」，即一個新生命體如何脫離母體而成長。所以我們接下來要討論的是，兩篇血脈相連的作品，兩個如此相似的故事，都是寫家庭中的衝突、家庭中女性的悲劇命運，其中所表現出的家庭觀念有何異同？這種異同對創作又產生了怎樣的影響？

　　在夏金桂的故事中，夏金桂是家庭的外來者，也是家庭的破壞者。敘述者在講述這個故事的時候，始終是站在家庭的立場上，認同家庭，抨擊破壞者。其實，薛家這個家庭很可置疑。家庭的男主人是呆霸王薛蟠，酒色荒淫，橫行霸道。對此，很難說薛姨媽和薛寶釵一點責任都沒有。但是，在故事的講述中，給讀者的印象是，薛姨媽是慈母，薛寶釵是淑女，香菱則是小鳥依人的妾侍。至於薛蟠的胡鬧，不過是有幾分滑稽的浪子表演。因此，夏金桂

〔註17〕張愛玲對《紅樓夢》這段話印象太深，在另一篇作品《琉璃瓦》中，寫女孩子曲曲笑罵家人：「我若是發達了，你們作皇親國戚；我若是把事情弄糟了，那是我自趨下流，敗壞你的清白門風。你罵我，比誰都罵在頭裏。」也是如出一轍。

〔註18〕張愛玲曾以「紅樓夢未完」與「綠蠟春猶捲」作對，可見她對「紅樓夢」的字面是很有興趣的。

進入這個家庭，和家庭產生矛盾，責任全應該由她來承擔。講述者的立場是十分鮮明的。

在曹七巧的故事中，雖然她也是一個「反面形象」，也是一個外來的家庭破壞者，但是講述者的立場卻與《紅樓夢》完全不同。曹七巧在姜家的大家庭中，處處表現得粗鄙討厭。無疑講述者是以譏嘲的態度來描述她的這些言行的。但是，作為彼此不能和諧兼容的另一方，講述者也沒有給予同情和認可。相對於七巧的粗鄙討厭，這個家庭——上自老太太下到丫環，表現出的則是無所不在的虛偽、是非與勢利。這些在《紅樓夢》中也同樣存在，但講述者是以好蘋果上的爛疤痕來看待的，不像《金鎖記》講述的就是一個爛蘋果的故事。至於曹七巧與家庭衝突的更主要原因，她的畸形的情慾和病態的貪婪，講述者當然是持批判的態度。但是，同樣的，對於被破壞的那個大家庭在這兩方面的責任，講述者同樣沒有給予絲毫的赦免與寬恕。如果不是有那樣一個非人道的婚姻安排——把一個充溢著生命活力的女性終生禁錮在一個「軟的、重的」殘廢肉體旁邊，這一切就都不會發生，至少不會這樣發生了。而這樣的安排，在故事中是一場赤裸裸的交易，既為交易，自然雙方負有相同的責任。對於姜家來說，作出這樣的安排並不是哪一個壞人的惡行，而是「家庭」的利益使然，是這個「家庭」自身的邏輯使然。於是，《金鎖記》在對曹七巧進行末日審判的同時，也把「家庭」推到了被告席上。

顯然，在這兩個近似的故事中，曹雪芹（以及高鶚）與張愛玲表現出的家庭觀念是大相徑庭的。

我們還可以把視野進一步擴大。不僅在夏金桂的故事中，也不僅是對待薛家的家庭，整部《紅樓夢》的敘述立場都表現出同樣的傾向。《紅樓夢》毫不留情地揭示出貴族之家不肖子孫的墮落，近乎冷峻地展示了「忽喇喇如大廈傾」的過程，但是作者對家庭本身是持肯定態度的。這既表現在對家庭中親情的依戀，也表現在對家庭沒落的惋惜。即使是對待壓制生機的家庭綱常秩序，故事的講述者也僅僅作了十分有限的否定。「大觀園」可以看作是作者為男主人公設計的逃避封建家庭秩序與封建家庭責任的世外桃源，但這個避風港絕不是反家庭的。相反，其中的歡樂大半仍來自家庭親情。可以說，當故事的講述者一步步描述著這個貴族大家庭走向衰敗的時候，他的口吻是哀傷的、惋惜的。

《金鎖記》中與夏金桂故事相似的主要是前一部分，而後一部分（分家

之後）則更多屬於張愛玲的戞戞獨造。前一部分的故事發生在姜家的大家庭中，後一部分的故事則發生在曹家的小家庭中。事實上，《金鎖記》先後描寫了兩個（相連接的）家庭。在前一個家庭中，「家庭」是主人公曹七巧的對立面。如上所述，講述者在譏嘲、貶抑七巧的同時，也揭露了「家庭」在她性格畸變中的誘發、毒化作用。而在後一個家庭中，曹七巧成了主人，成了「家庭」的代表。這個家庭在毒化人性方面卻比前者更有過之。「家庭」的一切都處在極端的變態之中，通常被認為最能表現家庭溫暖的母愛也被徹底解構掉了。在這個變態的家庭中，戀情是虛偽的，手足情是可疑的，母子（母女）情是扭曲、可怕的，「他人即地獄」，而地獄的毒焰不僅腐心蝕骨地慢慢吞噬著每一個家庭的成員，而且把這毒焰蔓延開來，毒化著環境，並延續到未來。

顯然，張愛玲雖然仿傚但卻絕不是在重複著《紅樓夢》。故事的框架、人物的某些特徵可以相當接近，但同為家庭悲劇，所構設出的家庭形態卻是迥然不同的，其中透射出的家庭觀念也是彼此相左的。其中的緣由值得我們再作深入的探究。

當然，《金鎖記》的家庭觀念不同於《紅樓夢》，首先是因為時代變了，張愛玲雖未親歷「五四」，但「五四」新文化運動的洗禮畢竟是影響長遠的。特別是二三十年代的新文藝創作中對封建家庭的激烈抨擊，對張愛玲的人生與寫作都產生了一定的影響。正如她自己所認識到的：

> 那又是一個各趨極端的時代。政治與家庭制度的缺點突然被揭穿。年輕的知識階級仇視著傳統的一切，甚至於中國的一切。[註19]

> 在古中國，一切肯定的善都是從人的關係裏得來的。孔教政府的最高理想不過是足夠的食糧與治安，使親情友誼得以和諧地發揮下去。近代的中國人突然悟到家庭是封建餘孽，父親是專制魔王，母親是好意的傻子，時髦的妻是玩物，鄉氣的妻是祭桌上的肉。一切基本關係經過這許多攻擊，中國人像西方人一樣地變得局促多疑了。而這對於中國人是格外的痛苦的，因為他們除了人的關係之外沒有別的信仰。所以也難怪現代的中國人描寫善的時候如此感到困難。[註20]

如果說前面一段是她對那個時代潮流的強烈而模糊的感受的話，那麼後面一

〔註19〕張愛玲《更衣記》，《張愛玲文集》第四卷，安徽文藝出版社，1992年。
〔註20〕張愛玲《中國人的宗教》，同上。

段顯然有她自己的思考甚至創作感受在其中。

其次有她個人的生活經歷留下的印痕。人所共知，張愛玲青少年階段的家庭生活中，陰霾遠遠多於陽光。她這樣追憶當時對家庭的感受：

> 後來我想，在家裏，儘管滿眼看到的是銀錢進出，也不是我的，將來也不一定輪得到我，最吃重的最後幾年的求學的年齡反倒被耽擱了。這樣一想，立刻決定了。這樣的出走沒有一點慷慨激昂。我們這時代本來不是羅曼蒂克的。〔註21〕

> 小孩不像我們想像的那麼糊塗。父母大都不懂得子女，而子女往往看穿了父母的爲人。我記得很清楚，小時候怎樣渴望把我所知道的全部吐露出來，把長輩們大大地嚇唬一下。〔註22〕

> 我沒有再哭，只感到一陣寒冷的悲哀。——我咬著牙說：「我要報仇。有一天我要報仇。」〔註23〕

正是切身的經歷，使她樹立了對家庭中「銀錢進出」的經濟利益優於親情關係的觀念。而日後作品中對家庭「內幕」的無情揭露以及誇張的抨擊，也與當年「嚇唬」、「報復」的誓言不無關係。

不過，這只是問題的一部分，另一部分原因是張愛玲與《紅樓夢》作者不同的性別立場與性別視角而使然。這種不同促使一個故事在從香油女兒移到桂花女兒的時候，其家庭背景的感情色調有了上述的根本變化。

喬以鋼先生在《張愛玲的女性觀及其前期創作》〔註24〕中指出，張愛玲作品的「自成一格」與「長久的生命力」得益於她的「創作所取的獨特視角」，並強調：

> 在這之中，作者鮮明而獨特的女性意識起著重要作用，甚至可以說是形成張氏創作景觀的根基之一。

綜觀張愛玲的寫作生涯，性別視角的自覺、鮮明、獨特，確確實實是她的成功法寶，也是她的認軍大纛。

以獨特的女性視角與女性立場審視傳統並進行價值重估，這在張愛玲的創作與評論中都是十分自覺的。如她對傳統劇目《紅鬃烈馬》的分析：

> 《紅鬃烈馬》無微不至地描寫了男性的自私。薛平貴致力於他

〔註21〕張愛玲《我看蘇青》，《張愛玲文集》第四卷，安徽文藝出版社，1992年。
〔註22〕張愛玲《造人》，同上。
〔註23〕張愛玲《童言無忌·弟弟》，同上。
〔註24〕《中國文化研究》1998秋之卷。

的事業十八年，泰然地將他的夫人擱在寒窯裏像冰箱裏的一尾魚。
有這麼一天，他突然不放心起來，星夜趕回家去。她的一生的最美
好的年光已經被貧窮與一個社會叛徒的寂寞給作踐完了，然而他以
爲團圓的快樂足夠抵償了以前的一切。他不給她設身處地想一想
——他封了她做皇后，在代戰公主的領土裏做皇后！在一個年輕
的、當權的妾的手裏討生活！難怪她封了皇后之後十八天就死了
——她沒這福分。可是薛平貴雖對女人不甚體諒，依舊被寫成一個
好人。〔註25〕

立場與視角的變化導致了這一典型地對傳統的顚覆，喜劇變成了悲劇，有情
有義的男主人公變成了負心冷酷的反面形象。立場的一步之變，視角的一嚮
之轉，世界的影像就這樣地覆而天翻。

　　在這段評論中，特別值得注意的是，張愛玲提出的「他不給她設身處地
想一想」一段話。站在男性的立場看來，與丈夫團圓了又被立爲皇后，這是
何等榮光而圓滿的結局；但經由張愛玲「設身處地」一想，景象就全然不同
了：青春已逝、生命枯萎的女人，在情敵的威權下討生活，儘管頭頂著紙糊
的桂冠——這卻是多麼凄慘的處境！

　　從《紅樓夢》脫胎而到《金鎖記》，張愛玲揮舞著相同的魔杖，使得「家
庭」的狀態與價值自然而然旋轉到了反面。這個魔杖的訣竅其實就在「設身
處地」，也可以說是一種潛入、內化的書寫策略。

　　正如張愛玲所說：「我們的文明是男子的文明。」〔註26〕所以，整個的社
會以及社會的枝枝節節，包括社會的基本單位——家庭，從根本上看都是站
在男子立場上構建的。於是乎，男性的言說與通行的言說在立場與視角上是
默認的重合。他們不必特意確定自己的視角，而只消站在看似中性的立場講
著通行的話語，就已經完成了對女性的漠視。《紅樓夢》是以同情女性，特別
是同情純情少女而著稱的。比起來，稱贊女孩子「水做的骨肉」當然比宣揚
「紅顏禍水」要好得多。不過，我們千萬不能被假象所迷惑，當賈寶玉以「意
淫」的態度放言高論的時候，他仍然是把女性當作「他者」，當作觀賞的對象。
其實，今天的晴雯、麝月就是明天的周瑞家、王善保家，今天的周瑞家、王
善保家也曾經是昨天的晴雯與麝月。賈寶玉以及講述者揚晴雯、麝月而貶那

〔註25〕張愛玲《洋人看京戲及其它》，《張愛玲文集》第四卷，1992 年。
〔註26〕張愛玲《談女人》，《張愛玲文集》第四卷，安徽文藝出版社，1992 年。

些「濁氣逼人」的婆子，無非是因爲有無觀賞、「意淫」的價值而已。假設夏金桂並不是出嫁到薛家，而是如同寶琴、岫煙一般來走親戚，那麼即使再刁鑽，講述者的感情態度也不會是這個樣子。唯其如此，《紅樓夢》的家庭觀念從根本上說，與通行的家庭觀念並無本質區別。講述者有時以賈寶玉的視角爲視角，有時以超然全知視角爲視角，而這從性別視角的意義上看，幾乎並無二致。

張愛玲的逾越便是在這裡開始的。

張愛玲與蘇青惺惺相惜，她講：

> 把我同冰心、白薇她們來比較，我實在不能引以爲榮，只有和蘇青相提並論是我甘心情願的。

> 蘇青最好的時候能夠做到一種「天涯若比鄰」的廣大親切，喚醒了往古來今無所不在的妻性母性的回憶，個個人都熟悉，而容易忽略的。實在是偉大的。她就是「女人」，「女人」就是她。〔註27〕

她認同蘇青，特別稱許了蘇青寫作所達到的「她就是『女人』，『女人』就是她」的境界。聯繫前文「和蘇青相提並論是我甘心情願的」表白，這種稱許所含有的夫子自道意味便顯而易見了。

張愛玲在寫作中總是自覺地「設身處地」，體驗著女性之體驗，感受著女性之感受。即以《金鎖記》而論，像這樣的一些描寫：

> 七巧直挺挺的站了起來，兩手扶著桌子，垂著眼皮，臉龐的下半部抖得像嘴裏含著滾燙的蠟燭油似的，用尖細的聲音逼出兩句話道：「你去挨著你二哥坐坐！你去挨著你二哥坐坐！」她試著在季澤身邊坐下，只搭著他的椅子的一角，她將手貼在他腿上，道：「你碰過他的肉沒有？是軟的、重的，就像人的腳有時發了麻，摸上去那感覺……」季澤臉上也變了色，然而他仍舊輕佻地笑了一聲，俯下腰，伸手去捏她的腳道：「倒要瞧瞧你的腳現在麻不麻！」七巧道：「天哪，你沒挨著他的肉，你不知道沒病的身子是多好的……多好的……」她順著椅子溜下去，蹲在地上，臉枕著袖子，聽不見她哭，只看見髮髻上插的風涼針，針頭上的一粒鑽石的光，閃閃掣動著。髮髻的心子裏紮著一小截粉紅絲線，反映在金剛鑽微紅的光焰裏。她的背影一挫一挫，俯伏了下去。她不像在哭，簡直像在翻腸攪胃

〔註27〕張愛玲《我看蘇青》，同上。

地嘔吐。

　　隔著密密層層的一排弔著豬肉的銅鉤，她看見肉鋪裏的朝祿。朝祿趕著她叫曹大姑娘。難得叫聲巧姐兒，她就一巴掌打在鉤子背上，無數的空鉤子蕩過去錐他的眼睛，朝祿從鉤子上摘下尺來寬的一片生豬油，重重的向肉案一拋，一陣溫風直撲到她臉上，膩滯的死去的肉體的氣味……她皺緊了眉毛。床上睡著的她的丈夫，那沒有生命的肉體……

　　七巧低著頭，沐浴在光輝裏，細細的音樂，細細的喜悅……這些年了，她跟他捉迷藏似的，只是近不得身，原來還有今天！可不是，這半輩子已經完了——花一般的年紀已經過去了。人生就是這樣的錯綜複雜，不講理。當初她爲什麼嫁到姜家來？爲了錢麼？不是的，爲了要遇見季澤，爲了命中注定她要和季澤相愛。她微微抬起臉來，季澤立在她跟前，兩手合在她扇子上，面頰貼在她扇子上。他也老了十年了，然而人究竟還是那個人呵！他難道是哄她麼？他想她的錢——好容易她死了心了，他又來撩撥她。她恨他。他還在看著她。他的眼睛——雖然隔了十年，人還是那個人呵！就算他是騙她的，遲一點兒發現不好麼？即使明知是騙人的，他太會演戲了，也跟眞的差不多罷？——。七巧一頭掙扎，一頭叱喝著，然而她的一顆心直往下墜——她很明白她這舉動太蠢——太蠢——她在這兒丟人出醜。

　　她到了窗前，揭開了那邊上綴有小絨球的墨綠洋式窗簾，季澤正在弄堂裏往外走，長衫搭在臂上，晴天的風像一群白鴿子鑽進他的紡綢褲褂裏去，哪兒都鑽到了，飄飄拍著翅子。——七巧眼前彷彿掛了冰冷的珍珠簾，一陣熱風來了，把那簾子緊緊貼在她臉上，風去了，又把簾子吸了回去，氣還沒透過來，風又來了，沒頭沒臉包住她——一陣涼，一陣熱，她只是淌著眼淚。

正是這樣的一些文字，使讀者不只是在讀一個故事，而是從一個特別的角度進入了這個世界。這個特別的角度一方面消解掉了默認預設的通行視角，一方面帶領讀者走入女性身體與靈魂，和那個女人一起體驗著、感受著生命的律動，同時傳達出帶有女性特徵的對外部世界（包括家庭）的印象與感受。

　　這樣的筆墨是《紅樓夢》裏所沒有的——這並不意味著貶抑，只是客觀

的陳述——因爲這樣的視角是《紅樓夢》所沒有的。正是從這樣的視角看出去，家庭中的天經地義不見了，家庭成員耀祖光宗的責任不見了，家庭中的脈脈溫情不見了，連維繫家庭最爲神聖的母愛也不見了。並不是因爲《金鎖記》寫變態的情慾方才如此，如此視角恰是張愛玲理性思考後才形成的。如她是這樣看待母愛的：

> 自我犧牲的母愛是美德，可是這種美德是我們的獸祖先遺傳下來的，我們的家畜也同樣具有的——我們似乎不能引以自傲。本能的仁愛只是獸性的善。人之所以異於禽獸者並不在此。〔註28〕

> 普通一般提倡母愛的都是做兒子而不做母親的男人，而女人，如果也標榜母愛的話，那是她明白她本身是不足重的，男人只尊敬她這一點，所以不得不加以誇張，渾身是母親了。〔註29〕

這當然很有偏頗之嫌，但也不能不看到她在習焉不察的地方揭示出的某些眞相。特別是關於母愛提倡者的性別利益問題，還確實是入木三分的。聯想到蕭紅《生死場》中對生育與母愛的描寫，便不能不承認，在這些看似天經地義的「通行」的話語後面，其實是隱藏著特定的性別立場的。

《金鎖記》從《紅樓夢》中脫胎，《金鎖記》又與《紅樓夢》的題旨、風格，尤其是所表現的家庭觀念，卻又大相徑庭，移步之間形神迥異，可見性別視角與文學創作的關聯何等重要。

三

比《金鎖記》早半年，《茉莉香片》發表於上海《雜誌》月刊第 11 卷第 4 期，時當 1943 年 7 月。兩個月前，她的《沉香屑　第一爐香》刊出，以「小荷才露尖尖角」的姿態聳動文壇。次月，《沉香屑　第二爐香》刊出，雖在敘事技法上有匠心獨運的地方，但總體水平上仍與「第一爐香」相頡頏而已。而只有到了「香片」的問世，這個天才奇女子的文學創作才邁入了一流高手的境地。

前文已經講到過，《茉莉香片》中交織了多條家庭矛盾的線索。處於現在時的、故事中心位置的線索是聶傳慶與言丹朱的感情衝突，而追溯衝突的根源則出現了另一條線索，一條過去時的、隱伏於聶、言衝突背後的線索，就

〔註28〕張愛玲《造人》，《張愛玲文集》第四卷，安徽文藝出版社，1992 年。
〔註29〕《女作家座談會》，《雜誌》1944 年 4 月。

是聶傳慶的母親馮碧落的悲劇一生。看起來，這條線索是次要的，作者表現的筆法也不過是撮其大要的敘述，幾乎沒有生動的描寫出現。但是，這條線索卻是全篇情節得以構建、發展的基礎，作者的家庭觀念以及表現家庭觀念的主要手法都圍繞著這一線索有相當豐富的表現，所以很值得我們來作進一步的專門的分析。

馮碧落的「故事」用作品裏的話講，是「平淡得可憐」。她出身於一個顯赫的大家族，是一個「守舊的人家」。二十幾年前，正當新文化運動之後，在新的社會潮流影響下，馮碧落曾經和表妹們計劃著出去讀書。雖然沒有得到家長們的同意，卻因此邂逅了表妹們的家庭教師——一個遠房親戚言子夜。言子夜是大學二年級的學生，出身於門第不高的生意人家庭。於是，馮家的老姨娘傲慢地以這個門第的理由回絕了言家的提親。這時，馮碧落作出一個大膽的舉動，私下裏約會了言子夜，希望他再去向自己的父母爭取。可是言子夜提出了更為大膽的建議，要馮碧落「採取斷然的行動」，逃出家庭，和他一起到國外去。可惜的是，馮碧落不能，「她得顧全她的家聲，她得顧全子夜的前途。」結果言子夜單身出國，回來時馮碧落已經被馮家嫁給了聶介臣。至於馮碧落的婚後家庭生活，作品有一段極度概括卻又生動形象的描寫：

> 她不是籠子裏的鳥。籠子裏的鳥，開了籠，還會飛出來。她是繡在屏風上的鳥——惆鬱的紫色緞子屏風上，織金雲朵裏的一隻白鳥。年深月久了，羽毛暗了，黴了，給蟲蛀了，死也還死在屏風上。

籠中的鳥，這是常用的比喻；可是張愛玲覺得還遠遠不足以表達她對失去自由與活力的感受。屏風上的絲繡，裝飾著富貴的家庭，卻根本沒有自己的生命。而歲月連這一點裝飾性都還要剝奪，使她惆鬱地迅速地朽敗下去——「死在屏風上」的時候，她還不到四十歲。

在上個世紀的二三十年代，類似馮碧落的故事不知在現實中演出過幾許，就是在文學作品中，相似的開端、不同的結局也有很多不同版本。《傷逝》中的子君就是「採取了斷然的行動」，於是有了「傷逝」。《雷雨》中的繁漪，就是不甘心「死在屏風上」，於是釀成一同毀滅的大「雷雨」。而這些文學作品的思想背景都離不開「五四」新文化運動。或是延續著新文化運動的批判封建家庭觀念、解放個人解放女性的思潮，或是反思思想解放與社會現實的關係，深入思考「夢醒了，出路何在」的問題。到張愛玲創作《茉莉香片》的時候，距離「五四」已經二十多年，無論思想界還是文壇，中心的人物也

已經換了兩批。可供她閱讀的中國小說，既有《吶喊》、《彷徨》、《家》，也有《兩個家庭》、《離婚》、《二馬》，所以她對於仍然延續著的社會現象，作出了有別於前輩的回應。

對此，張愛玲是相當自覺的。她在寫到聶傳慶對母親命運的感歎時，特意借他的口點明時間：「傳慶回想到這一部分不能不恨他的母親，但是他也承認，她有她的不得已。二十年前是二十年前呵！」這個「二十年」的字樣，在此之外又先後出現了四次。作為閱讀效果來說，這樣反覆的強調，顯然除了陳述一段客觀的時間距離外，還自然地帶有了回顧、評價的意味。何況，張愛玲在講述這段歷史的時候，還採用了一些容易產生象徵性聯想的筆法：

> 丹朱的父親是言子夜。那名字，他小時候，還不大識字，就見到了。在一本破舊的《早潮》雜誌封裏的空頁上，他曾經一個字一個字吃力地認著：「碧落女史清玩。言子夜贈。」他的母親的名字是馮碧落。……他的臥室的角落裏堆著一隻大藤箱，裏面全是破爛的書。他記得有一疊《早潮》雜誌在那兒。藤箱上面橫縛著一根皮帶，他太懶了，也不去脫掉它，就把箱子蓋的一頭撬了起來，把手伸進去，一陣亂掀亂翻。突然，他想了起來，《早潮》雜誌在他們搬家的時候早已散失了，一本也不剩。

就名詞來說，「子夜」無論是時序還是特定的作品名稱，都有一定互文性功能；「碧落」，也因「上窮碧落下黃泉」而有理想成空的意味。當然，我們之所以這樣分析，更重要的是相關聯的文字中關於《早潮》的幾處筆墨：先是言丹朱在《早潮》扉頁上為馮碧落的題詞，這一細節彷彿在告訴我們：正是在那二十年前的「早潮」之中，因為對《早潮》的共同的喜愛、嚮往，馮碧落與言子夜情感撞擊出了火花。接下來，是收藏在大藤箱裏的「一疊《早潮》」，而藤箱放在臥室裏，橫縛著皮帶。可見，馮碧落曾經較長時間訂閱《早潮》，《早潮》裏寄託著她永遠不能彌補的遺憾和永遠不能實現的理想。緊縛著的「大藤箱」這一意象還隱約象徵著馮碧落閉鎖起來的心靈，裏面收藏著當年的理想與感情。而最後，聶傳慶忽然想起來，「《早潮》雜誌在他們搬家的時候早已散失了，一本也不剩。」聯繫前面《早潮》與馮碧落命運的密切聯繫，這裡的「早已散失」、「一本也不剩」就決不能看作是閒筆，而是隱含著對當年那場社會文化變革大潮的喻指，而這種喻指又與馮碧落當年的理想重疊，同時隱含了另一層意義：隨著家庭環境的更換，馮碧落曾經有過的生機與活

力也完全消散了；這個家庭裏新思潮的影響也蕩然無存了。

十四年後，張愛玲在《五四遺事》裏通過一個誇張的故事，調侃、揶揄了新文化運動中的新派人物，以及他們當時對理想的追求。極力擺脫包辦婚姻，克服巨大阻力自由戀愛的新派人物羅先生與密斯范，組成家庭後卻淪入了痛苦、庸俗的泥沼，而羅更重覆收水形成了一夫三妻的怪誕格局。這篇小說有濃厚的遊戲筆墨的痕跡，在張氏作品中應屬下乘。但其中正面表現出的對「五四」新文化運動的態度，卻是值得注意的。這篇作品的思想風格與老舍《離婚》中對「馬克同」的描寫相似，都有幾分淺薄的文化保守主義傾向。而在遊戲、調侃的背後，張愛玲表現出的是對家庭制度的深深失望──包括對其變革之可能的失望。

《茉莉香片》正是表達這種深刻失望情緒的力作。在張愛玲看來，馮碧落的二十年前的選擇是一種無奈，而一旦選擇就陷入了宿命。這一宿命還將透過生命的延續，在她的兒子聶傳慶身上繼續下去。有評論說《茉莉香片》中的人物「幾乎都是病態的」，這並不完全準確。至少出嫁前的馮碧落是健全的。可是，前面的家庭──無法選擇的娘家──決定了她必陷入聶家的泥沼；後面的家庭──是她自己的又不屬於自己的──以不可更改的程序演繹了這個曾經富有理想與活力的少女朽敗僵死的全過程。

張愛玲的深刻在於，通過聶傳慶對宿命的質疑與幻想，延續並加強了馮碧落命運中宿命的主題。小說有一段精彩的幻覺描寫：

> 他有一種奇異的感覺，好像天快黑了──已經黑了。他一個人守在窗子跟前，他心裏的天也跟著黑下去。說不出來的昏暗的哀愁……像夢裏面似的，那守在窗子前面的人，先是他自己，一剎那間，他看清楚了，那是他母親。她的前劉海長長地垂著，俯著頭，臉龐的尖尖的下半部只是一點白影子，至於那青郁郁的眼與眉，那只是影子裏面的影子。然而他肯定地知道那是他死去的母親馮碧落。他四歲上就沒有了母親，但是他認識她，從她的照片上。她婚前的照片只有一張，她穿著古式的摹本緞襖，有著小小的蝙蝠的暗花。現在，窗子前面的人像漸漸明晰，他可以看見她的秋香色摹本緞襖上的蝙蝠。她在那裏等候一個人，一個消息。她明知道消息是不會來的。她心裏的天，遲遲地黑了下去。……傳慶的身子痛苦地抽搐了一下。他不知道那究竟是他母親還是他自己。至於那無名的

> 磨人的憂鬱，他現在明白了，那就是愛──二十多年前的，絕望的
> 愛。二十多年後，刀子生了鏽了，然而還是刀。在他母親心裏的一
> 把刀，又在他心裏絞動了。

在聶傳慶的幻覺世界裏，不僅馮碧落和自己的影子重合、混融起來，而且他們的痛苦也混融起來，以致「他不知道那究竟是他母親還是他自己」。他能感覺到的，就是當年母親心裏的一把刀已經又插到了自己的心頭。聶傳慶所希望的命運變更──假如當年母親隨言子夜出走，自己現在就是生活在另一個家庭中的快樂少年；假如當年母親大膽沖決禮法羅網獻身愛情，自己的血管裏就會流淌著別樣的血液──只能是幻想，這就從反面揭示出一個殘酷的真理：家庭，包括著特定的關係、遺傳的血液、成長的環境，對於一個人所具有的毫無選擇餘地的宿命。

　　張愛玲的高明在於並不簡單直露地表達這一觀念，而是通過一連串的浮動著象徵意味的文字，在若有若無之間把這種悲觀、無奈的情緒散播到讀者的心頭。她寫聶傳慶那「奇異的感覺」，是在一個「天好像快黑了──已經黑了。他一個人守在窗子跟前，他心裏的天也跟著黑下去。說不出來的昏暗的哀愁……像夢裏面似的」的環境裏；而在這個昏黑的夢幻世界裏，馮碧落的心靈世界同樣是「心裏的天，遲遲地黑了下去」。這兩重的幻覺，使得人物如同置身於潛意識自由發露的境界，在心理的黑箱之中，母子兩代的夢隨意飄散。張愛玲在這裡插入了一個細節，寫聶傳慶把雙手插到大藤箱裏，然後：

> 他就讓兩隻手夾在箱子裏，被箱子蓋緊緊壓著。……他從箱子
> 蓋底下抽出他的手，把嘴湊上去，怔怔地吮著手背上的紅痕。

這似乎只是一個無意的動作，至多表現聶傳慶的遲鈍、魂不守舍。可是如果我們聯想到這個大藤箱的歷史以及其中的收藏，特別是聶傳慶這一動作發生的夢幻一樣的環境，就自然別有會心之處：馮碧落的生命記憶，她的少女之夢和怨婦之思，在這個不屬於自己的家庭中，唯一的寄託之處就是這個大藤箱；而一切逝去的，無論是美好還是空幻，都裝在了這個記憶的黑箱中，這個黑箱以其神秘而吸引著後來者，抓住了後來者。而後來者也因冥冥中的聯繫，宿命地靠攏過去，極力地鑽入那黑箱──正如張愛玲所描寫：「剛才那一會兒，他彷彿是一箇舊式的攝影師，鑽在黑布裏為人拍照片，在攝影機的鏡子裏瞥見了他母親。」──似乎自願地把自己交給歷史的宿命，而歷史留下

的痕跡就這樣刻到了後來者的身上。

張愛玲善於創造意象，對此論者頗多，而許子東的《物化蒼涼——張愛玲意象技巧初探》〔註30〕一文還有追根溯源的分析，並指出張氏的一個特點就是選擇寄託情緒的意象時，既有蒼涼的風景，也有「身邊室內觸手可及的實物意象」。遺憾的是，他舉出的例子多屬服飾之類，而這個意蘊豐富的大藤箱沒有進入他的視野。

《茉莉香片》給人印象最深的是聶傳慶的變態。這種變態集中表現在對言家父女的態度上面：

> 他對於丹朱的憎恨，正像他對言子夜的畸形的傾慕，與日俱增。

聶傳慶這兩方面的態度都與常人常情迥異。言子夜是她母親過去的情人，而她母親一生的悲劇，乃至聶家家庭的悲劇都與此人有關。作為一個男孩子，仇視言子夜似乎更合乎常情一些。可是聶傳慶卻對言子夜傾慕非常：自己原本喜歡穿西裝，只因為言子夜穿了長衫，便「第一次感覺到中國長袍的一種特殊的蕭條的美……那寬大的灰色綢袍，那鬆垂的衣褶，在言子夜身上，更加顯出了身材的秀拔」；更為出格的是，他在幻覺中把自己想像成「言子夜夫人的孩子」，想像著「自己的血管中」「流著這個人的血」的樣子，想像那樣的結果是一個「淡青色的晶瑩多汁的果子」「甜裏面帶著點辛酸」，想像自己會因為言子夜的血統變成一個深沉、勇敢、有思想的傑出青年。如果說這樣的傾慕有些變態的話，他因傾慕而致的行為就更不可以常理揣度。他在言子夜的課上魂不守舍，成績最差；當言子夜的掌珠言丹朱向他示好的時候，他竟然產生了仇視的心理：

> 如果她愛他的話，他就有支配她的權力，可以對於她施行種種絕密的精神上的虐待。那是他唯一的報復的希望。

在這種心理支配下，他殘忍地毆打那個無辜的可愛的女孩子，甚至一心要致其於死地——「不能不再狠狠地踢兩腳，怕她還活著」。

對於聶傳慶的嚴重變態，論者往往注意到作者自己的生活經歷，認為聶傳慶身上兼有張愛玲與他的弟弟兩個人的投影。從創作心理的角度看，這無疑是正確的。可是，張愛玲也罷，她的弟弟也罷，誰都沒有上述「傾慕－敵視」的經歷，聶傳慶說到底還是作者虛構出來的文學形象。那麼，這個虛構

〔註30〕見《再讀張愛玲》，劉紹明等編，山東畫報出版社，2004年。

的形象作出如此不近常理的變態行為，為什麼讀者仍然能夠認可呢？

這裡的奧秘就在於聶傳慶的故事與馮碧落的故事的緊密關聯。

馮碧落的故事是聶傳慶故事的因緣所在。馮碧落的故事是悲慘的，但同時又是非常現實的，是那個時代絕對的「常態」。作者極力渲染聶傳慶那些怪誕的幻想之虛幻，便從反面凸現了他的命運的不可更改，也就把他的一切與馮碧落的遭際宿命地連到了一起。張愛玲寫下了這樣一句意味複雜的話：

整天他伏在臥室角落裏那隻藤箱上做著「白日夢」。

藤箱，象徵著馮碧落被放逐的理想與失敗的人生。聶傳慶整天伏在上面，喻示著他無法擺脫母親留下的夢魘。而「白日夢」云云，更是直接把他的變態心理與馮碧落的影響聯繫到了一起。

有了這樣一個充分現實的、充分「常態」的故事作支撐，聶傳慶「變態」意味十足的故事就有了依靠。「變態」與「常態」在說服讀者方面形成了共謀，同時在表達作者意圖方面也成為了配合無間的共謀者。馮碧落雖有過自己的追求，而最終服從了家長的意志，這在那個時代應屬常態；馮碧落嫁到聶家，「平淡」地耗盡了自己的生命，這在那個時代也屬常態。她留下的孩子失寵於父親與繼母，這更屬人情之常。如果作品寫的就是這些，讀者是很難留下什麼印象的，因為它「太平常」了──當然，那也就不是張愛玲了。張愛玲的本領就是在「平常」的枝干上嫁接「異常」的枝葉與花朵。於是就有了極度變態的聶傳慶。張愛玲抓住聶傳慶對於家庭出身的選擇狂想，從而強化了家庭對於個人的宿命意義，把聶傳慶的「變態」緊緊聯繫到馮碧落的身上，在作品中形成了一個邏輯：舊的家庭制度是釀生變態的根源。而這正是作者所要表達的意圖。

細玩張愛玲的小說，不難發現她的敘事有兩個常用的範式：一個是兩代人命運的映照，一個是常態與變態的糾纏。《茉莉香片》在這兩個方面都可以說是「始作俑者」。

四

上文我們對張愛玲家庭題材的小說中最有代表性的兩篇作了個案的分析，下面聯繫她的一些理論性觀點再作較為全面的評述。

我們知道，張愛玲一嚮明確標榜作品主題與人物評價之模糊性，這也就是當下海內外一些論者稱道其寫作具有「現代性」的一個重要原因。她講：

　　我寫作的題材便是這麼一個時代，我以為用參差的對照的手法
是比較適宜的。我用這手法描寫人類在一切時代之中生活下來的記
憶。而以此給予周圍的現實一個啟示。

　　因為我用的是參差的對照的寫法，不喜歡採取善與惡，靈與肉
的斬釘截鐵的衝突那種古典的寫法，所以我的作品有時候主題欠分
明。但我以為，文學的主題論或者是可以改進一下。寫小說應當是
個故事，讓故事自身去說明，比擬定了主題去編故事要好些。許多
留到現在的偉大作品，原來的主題往往不再被讀者注意，因為事過
境遷之後，原來的主題早已不使我們感覺興趣，倒是隨時從故事本
身發見了新的啟示，使那作品成為永生的。

　　現代文學作品和過去不同的地方，似乎也就在這一點上，不再
那麼強調主題，卻是讓故事自身給它所能給的，而讓讀者取得他所
能取得的。

　　《連環套》就是這樣子寫下來的，現在也還在繼續寫下去，在
那作品裏，欠注意到主題是真，但我希望這故事本身有人喜歡。我
的本意很簡單：既然有這樣的事情，我就來描寫它。〔註31〕

應該說，這個夫子自道還是很客觀很準確的。在當時，這種觀點處於嚴重的
邊緣化地位；而時過境遷，張愛玲自己也絕對想不到到了二十一世紀，她和
她的觀點都成為了主流或準主流的「祖師奶奶」〔註32〕。本文指出這一點，
是要說明由於張氏作品這一模糊性特點，她的觀念與形象之間並非一一契
合，下面的分析只是就其大端而已。

　　張愛玲的女性觀對她寫作的立場有很大的影響，要準確把握其作品內
涵，清理其女性觀念就是必不可少的工作。

　　性別方面的話題，在張愛玲的文集中觸目皆是，不過較為系統的卻只有
《談女人》、《我看蘇青》、《雙聲》和《蘇青、張愛玲對談錄》等。這幾篇
文字集中發表於 1944 年初到 1945 年初，與張愛玲小說創作的高潮期大體同
步，正可以拿來與作品所透露的觀念對照。綜合這幾篇文章，張愛玲發表
的關於女性的看法主要在以下三個方面：1、推崇「地母」所表露出的女性的

〔註31〕《自己的文章》，《張愛玲文集》第四卷，安徽文藝出版社，1992 年。
〔註32〕王德威《「祖師奶奶」的功過》，見《再讀張愛玲》，劉紹銘等編，山東畫報出
　　　　版社，2004 年。

根本品性。她在《談女人》中用了大段文字談論「地母」，有些看法較爲費解，但基本的意思卻十分明確，也相當大膽。她講：「女人縱有千般不是，女人的精神裏面卻有一點『地母』的根芽。」她還宣稱：「如果有這麼一天我獲得了信仰，大約信的就是奧涅爾《大神勃朗》一劇中的地母娘娘。」可是，這個地母卻是個「粗鄙而熱誠」的妓女。對此，喬以鋼先生曾有透闢的解讀〔註33〕：

> （張愛玲的）女性觀是以「地母」爲基礎的，在内涵上基本步塵了「五四」時期周作人所倡導的「神性加魔性」的女性觀。……張愛玲談論女人本質時所取西方藝術家筆下的「地母」形象實際上很近於這樣一種「母婦」「娼婦」的混合體。「地母」身上的原始性，出自女人生命自然的性欲求，而其神性，則指她所擁有的「廣大的同情，慈悲，瞭解，安息」的精神特質。

也就是說，張愛玲是在生命的根本意義上來看女性的，包括其生命欲求與生命情感。而正是由此出發，她對女性爲了生存而姘居等行爲都是持理解、寬容的態度。2、強調女性與男性的本質區別。雖然，張愛玲也多次指出「女子的劣根性是男子一手造成的」，「女人的缺點全是環境所致」，「女人的活動範圍有限，所以完美的女人比完美的男人更完美。同時，一個壞女人往往比一個壞男人壞得更徹底。」但她更多地是採取比較的方法，指出女人從根本上就有迥別於男人的地方。她說：「我們想像中的超人永遠是個男人。……超人是純粹理想的結晶，女人是最普遍的，基本的，代表四季循環，土地，生老病死，飲食繁殖。女人把人類飛越太空的靈智拴在踏實的根椿上。」「人生安穩的一面則有著永恒的意味，……它存在於一切時代。它是人的神性，也可以說是婦人性。」〔註34〕「那是女性的本質，因爲女人要崇拜才快樂，男人要被崇拜才快樂。」〔註35〕歸納張愛玲的見解，似乎可以把她稱之爲「修正的本質主義者」，也就是說，女人是有其迥異於男人的本質屬性的，比如人生價值取向的現實性、穩定性，兩性同處時的心理趨勢等，當然還有上文提到的慈悲、同情心理等；但是環境、活動範圍也在改造著女性，也形成了一些普遍的屬性，如小性兒、矯情等，所以「社會性別」也是不能完全忽視的另

〔註33〕 喬以鋼《張愛玲的女性觀及其前期創作》，《中國文化研究》1998 年第 3 期。
〔註34〕 《談女人》，《張愛玲文集》第四卷，安徽文藝出版社，1992 年。
〔註35〕 《蘇青、張愛玲對談錄》，同上。

一個方面。3、女性應該自立。在《蘇青、張愛玲對談錄》中,有一半篇幅是在談職業女性的問題,如女性應該做全職太太還是應該到社會上去,職業女性的甘苦等等。其實兩個人對這些問題的看法是有細微區別的,比較之下,張愛玲更強調女性的自立。她講:「用別人的錢,即使是父母的遺產,也不如用自己賺來的錢自由自在,良心上非常痛快。」「和這樣的女人(指全職太太)比起來,還是在外面跑跑的職業女性要可愛一點,和社會上接觸得多了⋯⋯但是談話資料也要多些,有興趣些。」〔註 36〕可見她是從經濟利益、家庭地位和自我完善等多方面來看女性的自立問題,雖然理論化程度上不夠高,但都是出自現實體驗的認識,所以格外真切。

這樣一些觀念影響並散播在張愛玲的小說寫作中,論者夥矣,這裡不再縷述,僅舉幾個突出文例證明觀念對創作的直接影響。

如《連環套》中的霓喜,作者寫其貪婪、粗鄙,但深層次又頗有恕詞,如暗示其少女時曾遭受非人虐待,所以生存意識特別強烈;寫她自立的意志等。張愛玲就此解釋道:「霓喜並非沒有感情的,對於這個世界她要愛而愛不進去。但她並非完全沒有得到愛,不過只是撿食人家的殘羹冷炙,⋯⋯她倒像是在貪婪地嚼著大量的榨過油的豆餅,雖然依恃著她的體質,而豆餅裏也多少有著滋養,但終於不免吃傷了脾胃。而且,人吃畜生的飼料,到底是悲愴的。」又分析其生存方式:「姘居不像夫妻關係的鄭重,但比高等調情更負責任,比嫖妓又是更人性的,走極端的人究竟不多,所以姘居在今日成了很普遍的現象。」〔註 37〕其中的悲憫、同情之意是很明顯的。又如《創世紀》中的紫微,本是個令人同情的女孩,「兼有《紅樓夢》裏迎春的懦弱與惜春的冷淡」,而最終生命浪擲,張愛玲把責任全歸之於家庭制度與環境。最典型的例子是《花凋》。這本是一篇主題模糊的作品,悲劇的框架內調侃的味道十足,其中鄭先生、鄭太太都是嘲諷的對象,但是作者卻讓鄭太太講出這樣一篇大道理:

> 章先生,今天你見著我們家庭裏這種情形,覺得很奇怪罷?我是不拿你當外人看待的,我倒也很願意讓你知道知道,我這些年來過的是一種什麼生活。川嫦給章先生舀點炒蝦仁。你問川嫦,你問她!她知道她父親是怎樣的一個人。我哪一天不對她姊姊們說——

〔註36〕《自己的文章》,《張愛玲文集》第四卷,安徽文藝出版社,1992 年。
〔註37〕《自己的文章》,同上。

我說:『蘭西,露西,沙麗,寶麗,你們要仔細啊!不要像你母親,遇人不淑,再叫你母親傷心,你母親禁不起了啊!』從小我就對她們說:『好好念書啊,一個女人,要能自立,遇著了不講理的男人,還可以一走。』唉,不過章先生,這是普通的女人哪。我就不行,我這人情感太重。情感太重。我雖然沒進過學堂,烹飪,縫紉,這點自立的本領是有的。我一個人過,再苦些,總也能解決我自己的生活。」雖然鄭夫人沒進過學堂,她說的一口流利的新名詞。她道:「我就壞在情感豐富,我不能眼睜睜看著我的孩子們給她爹作踐死了。我想著,等兩年,等孩子大些了,不怕叫人擺佈死了,我再走,誰知道她們大了,底下又有了小的了。可憐做母親的一輩子就這樣犧牲掉了!

這樣一段說理性長文,在張愛玲的筆下是不多見的。讓一個淺薄、庸俗的鄭太太一本正經地講出來,自然有一種反諷的味道——張愛玲刻薄的一面由此亦約略可見(這種筆法與錢鍾書差可相比)。不過除此之外,也反映了張愛玲思想狀況的真實一面:面對女性的理想生存狀態與現實之無奈狀況的巨大落差,矛盾衝突時時困擾著自己,於是自然流露於筆下,就有了這樣的文字。

張愛玲的家庭倫理觀對小說情節構設與人物刻畫也有直接的影響。她對於中國傳統的家庭制度、家庭觀念,尤其是傳統的家庭倫常都有尖銳的批判。她毫不諱言,這種批判往往是以西方文化作為參照之背景的,如在《婆媳之間》裏引述《閱微草堂筆記》的故事後對「孝道」的抨擊。故事是這樣的[註38]:

　　十八世紀的《茅亭客話》(按:意譯,原書不詳＿＿此為原譯者按語)記有一丐婦帶著兒子和婆婆過河。但河水很深,她只有力量背著過河。她決定救婆婆。當她們過了河後,婆婆罵她:「為什麼要

────────

[註38] 這篇文章發表時原為英文,載 1943 年 9 月的《二十世紀》,中譯文出自陳炳良之手,見《張看》下冊。經濟日報出版社,2002 年 9 月。陳氏對書名誤譯。這段文字實出於紀昀《閱微草堂筆記》卷 12《槐西雜誌二》,原文略謂:「東光王莽河,即胡蘇河也,旱則涸,水則漲,每病涉焉。外舅馬公周籙言雍正末,有丐婦一手抱兒,一手扶病姑,涉此水。至中流,姑蹶而僕,婦棄兒於水,努力負姑出。姑大詬曰:『我七十老嫗,死何害。張氏數世,待此兒延香火,爾胡棄兒以拯我!斬祖宗之祀者,爾也!』婦泣不敢語,長跪而已。越兩日,姑竟以哭孫不食死,婦嗚咽不成聲,癡坐數日亦立槁。」

救我，不救孩子？我老了，我快要死了，孩子是我家唯一男丁，你
是要我家的香火斷絕嗎？」媳婦跪下求饒，但婆婆始終不原諒她。
她們就這樣傷心的死去。

就此，張愛玲從四個方面批判了封建孝道：首先，她指出這是中國傳統文化
與西方文化大不相同的地方。她在評論中反覆強調這是「在中國」，是「在古
中國」，稱孝道爲「中國人傳統上虛擬的孝心」，然後不無諷刺地講：「（孝心）
畸形發達……的結果，中國人到底發展成爲較西方人有道德的民族了。中國
人是最糟的公民……近代的中國人突然悟到家庭是封建餘孽，父親是專制魔
王……中國人像西方人一樣地變得局促多疑了。而這對於中國人是格外的痛
苦的，因爲他們除了人的關係之外沒有別的信仰。」〔註 39〕其次，誇張的孝
道壓抑了家庭中各種正常的感情，「因爲我們要時時刻刻去實踐孝道，所以它
常和其他事情衝突。」張愛玲敏銳地指出，這種孝道「自然和男女之愛發生
衝突」，「中國人不但談戀愛『含情脈脈』，就連親情友情也都有約制。『爸爸，
我愛你』，『孩子，我也愛你』只能是譯文。」再次，孝道只是強調了自下而
上的義務、責任，卻忽略了做子女的在家庭裏與生俱有的權利。張愛玲揭示
出孝道的邏輯起點：「生命的來源較之生命本身更爲可貴」，「中國人還不能看
到子女本身的意義」。而這種單向度的權力關係是中國傳統家庭制度的基礎，
「中國的家庭制度就在過於誇張的孝心和相對的被壓抑了的父母之愛這種情
況延續著。」〔註 40〕另外，畸形的孝道還滋生了道德的虛僞。張愛玲認爲，
這種爲人子的「反常的發展」的感情，不是自然的，「要把自己去適合過高的
人性的標準，究竟麻煩，因此中國人時常抱怨『做人難』。『做』字是創造、
摹擬、扮演，裏面有吃力的感覺。」可以看出，她的批判不像魯迅那樣激烈，
甚至也不像巴金那樣煽情，但是卻很具體、很實在，在否定的態度上，一點
也不比兩位先行者遜色。

張愛玲的這種態度也貫徹到她的作品裏，幾乎她的每篇小說都有程度不
同的對於傳統倫理包括孝道的質疑，如《傾城之戀》中言清行濁的三爺：「你
別動不動就拿法律來唬人！法律呀，今天改，明天改，我這天理人情，三綱
五常，可是改不了的！」又如白流蘇觀念轉變的那段精彩描寫：「依著那抑揚
頓挫的調子，流蘇不由得偏著頭，微微飛了個眼風，做了個手勢。她對著鏡

〔註 39〕《中國人的宗教》，《張愛玲文集》第四卷，安徽文藝出版社，1992 年。
〔註 40〕張愛玲《婆媳之間》，《張看》，經濟日報出版社，2002 年 9 月。

子這一表演，那胡琴聽上去便不是胡琴，而是笙簫琴瑟奏著幽沉的廟堂舞
曲。她向左走了幾步，又向右走了幾步，她走一步路都彷彿是合著失了傳的
古代音樂的節拍。她忽然笑了——陰陰的，不懷好意的一笑，那音樂便戛然
而止。外面的胡琴繼續拉下去，可是胡琴訴說的是一些遼遠的忠孝節義的故
事，不與她相干了。」在此語境下的「天理人情」、「三綱五常」、「忠孝節義」，
都有很強烈、很明顯的反諷意味。尤其是後一段關於音樂幻覺的描寫，更是
富有象徵意蘊的筆墨。不過，對「孝道」的質疑與嘲諷又以《金鎖記》最為
典型，如：

> 這天晚上，七巧躺著抽煙，長白盤踞在煙鋪跟前的一張沙發椅
> 上嗑瓜子，……七巧伸過腳去踢了他一下道：「白哥兒你來替我裝兩
> 筒。」長白道：「現放著燒煙的，偏要支使我！我手上有蜜是怎麼著？」
> 說著，伸了個懶腰，慢騰騰移身坐到煙燈前的小凳上，卷起了袖子。
> 七巧笑道：「我把你這不孝的奴才！支使你，是抬舉你！」她眯縫著
> 眼望著他，這些年來她的生命裏只有這一個男人，……七巧把一隻
> 腳擱在他肩膀上，不住的輕輕踢著他的脖子，低聲道：「我把你這不
> 孝的奴才！打幾時起變得這麼不孝了？」長安在旁笑道：「娶了媳婦
> 忘了娘嗎！」七巧道：「少胡說！我們白哥兒倒不是那們樣的人！我
> 也養不出那們樣的兒子！」長白只是笑。七巧斜著眼看定了他，笑
> 道：「你若還是我從前的白哥兒，你今兒替我燒一夜的煙！」長白笑
> 道：「那可難不倒我！」七巧道：「眈著了，看我捶你！」……長白
> 打著煙泡，也前仰後合起來。七巧斟了杯濃茶給他，兩人吃著蜜餞
> 糖果，討論著東鄰西舍的隱私。

七巧對兒子如此曖昧的舉動——「把一隻腳擱在他肩膀上，不住的輕輕踢著
他的脖子」、「兩人吃著蜜餞糖果，討論著東鄰西舍的隱私」，卻是在「孝」的
名義下進行。短短一小段文字，「孝」字出現了三次，即使不論作者動機，只
從閱讀效果看，反諷的意味也是十分明顯的。

在質疑傳統倫常的同時，張愛玲在小說中注重描寫經濟利益對家庭關係
以及家庭成員人性的影響，形成了她的家庭小說的另一特色。

家庭對於其成員來說，具有兩個基本功能：精神的互助與經濟的互助。
在儒家文化的「不言利」、「小人喻於利」的傳統影響下，中國人對後者通常
是只能作不能說的。如父母的「養兒防老」就只能是鄉里俗語，而臺面上的

官方話語就是堂而皇之的「百善孝爲先」了；「嫁漢嫁漢，穿衣吃飯」也只能是市井俚語，而官方話語則是「琴瑟和諧」、「天地化生之道」一類。於是，在官家的文告中，在經典的訓誡裏，甚至在文人墨客的筆下，家庭總是罩在溫情脈脈的面紗之下。張愛玲用她華麗而又冷酷的小說，揭開了這一幅罩了兩千多年的面紗，顯露出讓人不快但又一豁耳目的眞相——家庭建立在經濟利益關係上的另一個側面。

《傾城之戀》的故事大略可分爲兩幕，一幕是發生在白公館大家庭中的勾心鬥角、恩怨衝突，一幕是白流蘇到達香港後同范柳原的勾心鬥角、終成眷屬。故事的背景與筆墨的格調，前後都有明顯的區別，唯有在勾心鬥角的描寫上前後相承——都是爲了家庭中的經濟利益而彼此算計、衝突。前一幕如：

> 　流蘇道：「哦？現在你就不怕我多心了？你把我的錢用光了，你不怕我多心了？」三爺直問到她臉上道：「我用了你的錢？我用了你幾個大錢？你住在我們家，吃我們的，喝我們的，從前還罷了，添個人不過添雙筷子，現在你去打聽打聽看，米是什麼價錢？我不提錢，你倒提起錢來了！」
>
> 　四奶奶站在三爺背後，笑了一聲道：「自己骨肉，照說不該提錢的話。提起錢來，這話可就長了！我早就跟我們老四說過——我說：老四，你去勸勸三爺，你們做金子，做股票，不能用六奶奶的錢哪，沒的沾上了晦氣！她一嫁到婆家，丈夫就變成了敗家子。回到娘家來，眼見得娘家就要敗光了——天生的掃帚星！」三爺道：「四奶奶這話有理。我們那時候，如果沒讓她入股子，決不至於弄得一敗塗地！」

一切關於手足親情的神話都在赤裸裸的經濟利益面前破滅。而後一幕破滅的則是愛情的詩意與神聖：

> 　總之，沒有婚姻的保障而要長期的抓住一個男人，是一件艱難的，痛苦的事，幾乎是不可能的。啊，管它呢！她承認柳原是可愛的，他給她美妙的刺激，但是她跟他的目的究竟是經濟上的安全。
> 　這一點，她知道她可以放心。

對此，張愛玲的態度是比較曖昧的。一方面，她毫不留情地揭示出陷於利欲世界芸芸眾生的醜態；另一方面，她又承認這只不過是一種平淡而正常的生

存狀況而已。所以她爲《連環套》中的霓喜辯護道：

> 霓喜的故事，使我感動的是霓喜對於物質生活的單純的愛，而
> 這物質生活卻需要隨時下死勁去抓住。她要男性的愛，同時也要安
> 全，可是不能兼顧，每致人財兩空。結果她覺得什麼都靠不住，還
> 是投資在兒女身上，囤積了一點人力──最無人道的囤積。……霓
> 喜並非沒有感情的，對於這個世界她要愛而愛不進去。

這和她宣示的創作理念倒是很一致的：「現實生活裏其實很少黑白分明，但也
不一定是灰色，大都是椒鹽式。好的文藝裏，是非黑白不是沒有，而是包含
在整個的效果內，不可分的。」出於貴族式的清高，張愛玲鄙夷七巧、霓喜
甚至白流蘇的算計；出於上海市井的務實，張愛玲認可她們算計的某種合理
性──這就構成了張氏家庭小說獨特的情感態度的張力〔註41〕。

與這一特色相關聯，張愛玲小說還有一種特別的張力：常態與變態的交
相爲用。

張愛玲在《有幾句話同讀者說》中介紹了新版《傳奇》的封面設計：

> 封面是請炎櫻設計的。借用了晚清的一張時裝仕女圖，畫著個
> 女人幽幽地在那裡弄骨牌，旁邊坐著奶媽，抱著孩子，彷彿是晚飯
> 後家常的一幕。可是欄杆外，很突兀地，有個比例不對的人形，像
> 鬼魂出現似的，那是現代人，非常好奇地孜孜往裏窺視。如果這畫
> 面有使人感到不安的地方，那也正是我希望造成的氣氛。

看起來這只是對封面的一個說明，但是，張愛玲結末所講「正是我希望造成
的氛圍」給了讀者另一重理解的空間。換句話講，這幅封面是張愛玲自己心
目中對自己小說的「圖說」。按照張愛玲的介紹，這幅圖突出的特點是對比，
「家常的一幕」與怪誕變形的對比，而且是突兀的、令人不安的對比。這也是
十分準確的自我把握──張氏作品的美學風格很難有更好的「圖說」了。

確實，張愛玲筆下的家庭生活，大體可分爲兩類，就是變態與常態。如
前所說，她的天才在於把二者巧妙結合到一起，交相爲用，產生出巨大的文
本張力，形成獨特的藝術風格。如《茉莉香片》、《心經》、《金鎖記》、《第二

〔註41〕 張愛玲在《童言無忌‧錢》中寫到：「我母親是個清高的人，有錢的時候固然
　　　　絕口不提錢，即至後來爲錢逼迫得很厲害的時候也還把錢看得很輕。這種一
　　　　塵不染的態度很引起我的反感，激我走到對面去。因此，一學會了「拜金主
　　　　義」這名詞，我就堅持我是拜金主義者。」其實，這正是作品中流露的看似
　　　　相反的兩種態度的根源。

爐香》等等。

　　張愛玲對筆下的常態與變態，也是有著清醒認識的，她在《談看書》中
總結自己的創作時講：

> 　　題材也有是很普通的事，而能道人所未道，看了使人想著：「是
> 這樣的。」再不然是很少見的事，而使人看過之後會悄然說：「是有
> 這樣的。」我覺得文藝溝通心靈的作用不外這兩種。二者都是在人
> 類經驗的邊疆上開發探索，邊疆上有它自己的法律。

「很普通的事」就是常態，「很少見的事」就是變態。張愛玲認爲，文學題材
「不外這兩種」，但這兩點需要特殊的觀察與表現，所以說是「在人類經驗的
邊疆上」探索。「邊疆上有它自己的法律」，就是說不同於一般的現實人生
——否則就不叫「邊疆」了，同時還需要藝術化的處理。對於張愛玲來說，
把常態與變態糾纏起來，以變態克服常態的平庸，以常態賦予變態可信。由
於家庭題材本身就限定了取材範圍是人情之常，所以如何擺脫常態的平庸是
張愛玲一生的課題。

　　張愛玲重視「很少見的事」，重視「邊疆」的自有法律，一則是追求常中
有奇的可讀性（不排除迎合讀者的成分），同時還有深挖人物心理的考量。張
愛玲在創作中與現實中都注重心理的觀察，她曾炫耀讀書時因「能夠揣摩每
一個教授的心思，所以每一樣功課總是考第一」〔註42〕。對於文學藝術作品，
她反對「道德觀念太突出」而遮蔽了「人性深處不可測的地方」〔註43〕，主
張研究「裏面的錯綜心理」〔註44〕，重視「人物的多面複雜性」〔註45〕。這
些，都是她把平凡的家庭題材寫得「華麗蒼涼」、驚心動魄的重要原因。

第五節　現代女性版《浮生六記》──《結婚十年》

一

　　現代文學中，一部作品把女性在家庭中面對的問題作出最全面的反映，
並且站到女性的立場上，大膽、明確地表達自己反禮教、反男權的態度，恐
怕很難找出哪部小說可以同蘇青的《結婚十年》比肩了。

〔註42〕　《我看蘇青》，《張愛玲文集》第四卷，安徽文藝出版社，1992年。
〔註43〕　《談看書》，同上。
〔註44〕　《借銀燈》，同上。
〔註45〕　《國語本〈海上花〉譯後記》，同上。

　　蘇青當時和張愛玲齊名，可謂一時瑜亮。張愛玲惺惺相惜地講：「把我同冰心、白薇她們來比較，我實在不能引以爲榮，只有和蘇青相提並論是我甘心情願的。」〔註46〕這一表態不僅表現出兩位才女的相互欣賞，而且包含著她們對自己創作道路的自覺。

　　蘇青的文學活動始於 1935 年，四十年代初因婚變而成爲職業作家。1943年，長篇自傳體小說《結婚十年》開始在《風雨談》連載，次年出版單行本，半年內再版九次，一時成爲文壇奇觀，而到 1948 年竟達到十八版之多。其後又有長篇小說《續結婚十年》、《歧途佳人》，散文集《浣錦集》、《逝水集》、《飲食男女》等。她的散文平實、親切，自成一格。張愛玲甚至認爲其成就超過了《結婚十年》。蘇青在筆耕的同時，還主編過一本《天地》雜誌，同樣十分暢銷。這本雜誌有「衣食住」、「生育問題」等特輯──可以說，蘇青的整個文字生涯就是在「家庭」的範圍內。顯然，她的這些工作與當時救亡圖強、國計民生的大題目毫不搭界，正如李慶西、張子善先生所說：「她們的藝術視線很少越過世俗人生的邊際進入公共領域」，「她們的筆墨盡可從飲食男女的日常起居中完成自適己意的審美觀照」，「從物質生活中發現生活，從人性的黑暗中感受黑暗」〔註47〕。對於當時無論是延安還是重慶的文藝界來說，蘇青的寫作如同激流旁的一條清淺的小溪（有趣的是，張愛玲也使用「清淺」二字來評論蘇青其人），在時代的大視野中，它自然地被奔騰的激流遮蔽。而一旦我們收攏視野，留連眼前、腳下的風光時，它的曲折、它的漣漪也自會吸引你的目光，甚至顯示出不可替代的別樣情致──尤其是當激流消歇之後。

　　當時，《結婚十年》之所以聳動文壇，有三個方面原因：一個原因是蘇青確有文學才分，能夠把平淡的家庭生活內容講述得有滋味、有情趣，而且對於這種半自傳、半小說的文體運用自如，形成了獨特的風格；另一個原因是作品的以女性視角表現，家庭觀念與道德觀念都在一定程度上有所突破，以致被稱爲「大膽女作家」；如果說前兩個原因是作品本身文學價值的正面體現的話，那麼還有一個原因則帶有一些負面色彩了，如張愛玲所說：「許多人，對於文藝本來不感到興趣的，也要買一本《結婚十年》看看裏面可有大段的

〔註46〕張愛玲《我看蘇青》，同上。
〔註47〕李慶西、張子善《「邊緣書庫」總序》。見蘇青《飲食男女》卷首，新世界出版社，2003 年 8 月。

性生活描寫」〔註48〕。這實際反映出這部小說的雙重性質：既是一部觀念、手法包含相當多超前因素的具有某種探索意義的文學作品，又是一部十分通俗、帶有濃厚市民氣的小說。

從文學史的角度看，《結婚十年》很像是《浮生六記》的現代版。因為我們很容易在二者之間發現以下的可比之處：

1、文體相同

兩部作品都是介乎自傳與小說之間——這樣的文體在中國文學史上鮮有成功的範例，因而更凸現出二者的同調。這兩部作品都是以自身經歷為主要素材，第一人稱敘事，視角既有明顯局限，又有深入隱微的優長，於是形成了相似的平淡、實在的文字風格和親切、自然的閱讀效果。

2、主要內容相近

《結婚十年》從女主人公出嫁之日寫起，到十年後婚變離異結束。內容主要包括兩大部分。一部分是在婆家大家庭中的生活。其中的重點是大家庭複雜的人際關係及其形成的壓抑環境，生育過程與傳宗接代觀念對女性造成的巨大壓力，以及女主人公試圖擺脫桎梏的努力及失敗。另一部分是脫離大家庭後，夫妻到上海建立小家庭的經過。其中的重點是經濟上的困窘與打拼，夫妻間感情的變化，大家庭對小家庭的影響和大事變對家庭生活的衝擊。與《浮生六記》相比，小家庭與大家庭之間的關聯與齟齬，傳統觀念對女性的束縛與壓制，脫離故里、親人後的小家庭生活以及經濟困窘對小家庭產生的生活壓力等，都有十分相似的筆墨——有的地方是神似，有的地方甚至是形神皆似。

3、都有細緻的民風、習俗之類的描寫

從全書來看，《浮生六記》在婚姻家庭的內容之外還有諸如海內外民俗、禮儀、制度等方面的生動描述；而《結婚十年》雖不像《浮生六記》那樣進行獨立的習俗民風描寫，卻也有大量且細緻的相關筆墨貫穿在故事情節之中，如婚禮的全過程、孩子滿月的慶典等描寫，都是既有文化人類學的資料價值，又有性別文化研究的價值。

〔註48〕張愛玲《我看蘇青》，同上。

4、都有對傳統家庭觀念、倫理觀念的強烈批判

《浮生六記》通過芸娘與作者充滿恩愛與情趣的小家庭被摧毀的悲劇，無言地控訴了封建家族制度與禮教觀念；而由於時代的進步，《結婚十年》的批判意識自是顯豁與強化了很多。蘇青筆下的公婆並非惡人，但是他們的觀念與既有的制度卻使一個新婦感到極大的壓抑。寫出這種壓抑，雖不像《浮生六記》那樣撕心裂肺般痛楚，卻自有別樣的深刻的效果。

當然，兩部作品的時代畢竟發生了巨大變化，作者的性別差異也使其落墨的角度與視野也有很大的不同，指出二者的可比之處，只是爲了通過比較更深入地認識家庭題材在不同時代、不同性別作家筆下的相承接與相差別。

二

作爲家庭題材的作品，《結婚十年》通過看似平淡無奇的家庭生活描寫，把大家庭、小家庭中的典型情境相當全面地反映出來，並深刻地觸及了一些普遍性的問題，特別是女性在當時的家庭制度中面對的最基本的困境，也就是造成「第二性」局面的最根本問題──父權制（男主女從）問題，女性難於進入公共領域問題，生育給女性造成的負擔問題，傳宗接代、重男輕女觀念的問題──全面、生動地呈露、凸顯出來，同時站在女性的立場上，明確地反對、批判封建傳統禮法的殘餘。從這個意義上說，這部作品的思想、文化價值甚至超過了它的文學、藝術價值。在呈露、批判的書寫中，作者的女性身份使其視角、視閾、態度都明顯不同於大多數的男作家；而其「大膽」的個性，又使其有別於大多數女作家，從而在一些題材的表現上幾乎達到了中國文壇獨一無二的地步。正因爲如此，有研究者指蘇青作品中表現出來的婦女解放意識與「五四」之後廬隱等一代有質的區別：「廬隱、淦女士、白薇、丁玲等女作家都偏重於強調個性解放、人格獨立、婚姻自主、戀愛自由等主題，看重女性的政治權力和社會地位。因此，有人稱之爲浪漫的女權主義者。同「五四」一代女性作家比較起來，蘇青則是現實的女性主義者。」〔註49〕而這種「現實主義」指的就是更多的日常家庭生活內容。

例如男尊女卑的觀念在生育問題上給女性造成的巨大心理壓力與精神痛苦，似乎從來未有一部文學作品能像《結婚十年》這樣，既深刻又細膩地表現出來。

〔註49〕王豔玲《談蘇青小說的女性批判意識》，《語文學刊》2004 年第 5 期。

　　古今中外，生育問題都是家庭的最根本問題；而在中國，直到現在，後代的性別仍是絕大多數夫妻很在意的事情。對此，早在西周時代的《詩經》作品中就有明確的對比性描寫：「維熊維羆，男子之祥；維虺維蛇，女子之祥。乃生男子，載寢之床，載衣之裳，載弄之璋，其泣喤喤，朱芾斯皇，室家君王。乃生女子，載寢之地，載衣之裼，載弄之瓦，無非無儀，唯酒食是議，無父母詒罹。」從比喻象徵物到對嬰兒的待遇，甚至到兒童將來的命運預期，男孩與女孩都有天壤之別。而這種差別一旦與現實生活中的財產繼承制度、姓氏制度、祭祀制度等發生直接的聯繫，其價值取向上的偏頗就越發發酵膨脹了。由於缺乏科學的生育知識，加上諉過弱勢的慣性社會心理，生育女嬰的「罪過」就毫無道理地扣到產婦的頭上。這一扣就是兩三千年，成為中國女性沉重的夢魘。用文學的形式徹底刻畫出這一夢魘，並揭示出它的荒誕與危害，蘇青是最成功的，也是最用力、最專注的──這當然是因為她的切身體驗，因為她的「苦大仇深」。

　　蘇青的文學生涯就是從表現這一題材開始的。1935 年，她為抒發生育後精神的苦悶，寫出《產女》投稿給林語堂主辦的《論語》雜誌，發表時改題為《生男與育女》，這篇散文既顯示出她的文字能力，也表現出對這一問題透徹的觀察。這篇散文可以說是對生育中重男輕女惡習的第一篇專門的討伐檄文。其中有生動的描寫：

　　　　產時痛苦不能稍減，而當場開彩，一個啞爆竹！天乎？命乎？又怨誰？目光遲鈍地凝視著眾人的臉，一個個勉強的笑容掩不住失望的神情。

　　　　「好吧，先開花，後結子！」
　　　　「明年定生小弟弟！」
　　　　「先產姑娘倒可安心養大，女的總賤一些。」
　　　　「好清秀的娃娃，大來抱弟弟。」
　　　　「大小平安。我們明年待你生兒子時再來吃你的紅蛋。哈，哈，哈……」鄰居張四嫂，汪大嬸子等擠擠眼一窩風去了。室中只餘下產婦的慘笑面容，婆婆的鐵青臉色，僕婦的無聊神情，及嬰兒的呱呱哭聲。

繪聲繪色的場景中蘊含了多少辛酸苦楚，只有親身感受者才能體會；「慘笑面容」、「鐵青臉色」、「無聊神情」，以及「擠擠眼一窩風去了」，都不是男作家

寫得出來的。而描寫性文字之外，還有相關民俗風習的記述：

> 有嘲生女詩云：「去歲相招云弄瓦，今年弄瓦又相招；弄來弄去
> 都是瓦，令正原來是瓦窯。」故女人能多弄幾個璋固佳；若成瓦窯，
> 不如不弄矣！

> 在被失望，討厭的狀態中生長著的女孩，自有她的特徵，表現
> 這個特徵的工具，即此女孩之「芳名」：正面意義，名為「招弟」者
> 有，「領弟」者有，「來弟」者有，惟「有弟」更爽快。反面意義，
> 有連生四女皆以「春」為排行，至第五女乃名「春回」，請繼續前來
> 投胎之女鬼速返香輦也。又有生女取名擬用「芬」字者，後終屏棄
> 他擇，蓋恐「芳」將繼「芬」而至也。

更有直截的批判文字：

> 古國古禮，無子為七出之一，為人妻者，無論你的德容言工好
> 到怎樣程度，可是若生不出兒子的話，按法據理，就得被丈夫逐出
> 去；即使「夫恩浩蕩」，不忍逼令大歸，你就得趕快識趣，勸夫納妾
> 圖後，自己卻躲在「不妒」的美名下噙著眼淚看丈夫與別個女人睡
> 覺。

> 生產的是女人，被生的是女人，輕視產女的也是女人。生產的
> 女人感到悲哀，被生的女人覺得不舒適，輕視產女的女人困在失望
> 的痛苦中。生產的女人恨輕視產女的女人予以難堪而遷怒於被生的
> 女嬰，輕視產女的女人因怪生產的女人的肚子不爭氣而遷怒於被生
> 的女嬰，於是眾怒之的──女嬰──雖有「千金」、『掌珠』之名而
> 不能有「千金」「掌珠」之實矣！『精』之過乎？『卵』之過乎？女
> 嬰有知，質諸達爾文？

> 男人要老婆，而不要自己老婆替人塑老婆；苟將來科學的力量
> 能使精卵會合時必男不女，則來日之「老婆」將供不應求矣。還是
> 請上帝開個瓦窯，則既可預防公妻主義，且亦替女人受過，功德無
> 量！

道理深刻、態度憤激而文字從容自如，甚至不失幽默，無怪乎張愛玲認為蘇
青的散文成就還要高過小說。這篇散文的內容在八年後以另外的文學形式
幾乎全部復現於《結婚十年》，足見這個生育方面的打擊對於蘇青是如何創巨
痛深。作為觀點，《結婚十年》在這個問題上並不比《生男與育女》有所變

化或是深入，但小說畢竟有其表現力上的優長，如寫蘇懷青生育前後家人的
態度：

　　賢送我到了家，公婆都笑逐顏開地，只有杏英的臉上冷冰冰
的。她說：「嫂子，恭喜你快養寶貝兒子了呀，我知道你一定會養個
男的。」我的臉上不免紅了起來，心想：養兒子不是兒子怎麼可以
擔保得住呢？萬一我養了個……

　　明天賢又要回上海去了，夜裏我們全家坐在廂房裏閒談。賢的
父親說：「我生平不曾做過缺德的事，如今懷青有了喜，養下來要是
真的是個小子，我想他名字就叫做承德如何？」於是婆婆說：「承德！
承德好極了！懷青一定養男孩，因爲他的肚子完全凸在前面，頭是
尖的，腰圍沒有粗，身子在後面看起來一些也不像大肚子。」

　　杏英向賢撇撇嘴，冷笑著：「養個男小子，才得意呢！將來他做
了皇帝，哥哥，你就是太上皇，你的少奶奶就是皇太后了。」賢不
自然地笑了笑，抬眼向我瞧時，我卻皺了皺眉毛直低下頭去。

　　婆婆問我：「懷青，你是不是覺得肚臍眼一塊特別硬，時時像有
小拳頭在撐起來，怪好玩，又怪難過的？」我微微頷首，含羞地，
頭再也抬不起來，……

　　賢的父親摸了摸鬍子，滿臉高興，卻又裝作滿臉正經的教訓賢
道：「你以後還不快快用心呀，兒子也有了，可真了不得！」賢似乎
也訕訕的答應又不是，不答應又不是。

　　承德，懷德，仁德……做祖父的天天在替將出世的孫兒想取名
字，「德」字必不可少，德音同得，得了一個又一個，孩子自然愈多
愈好。──但是他自己說他的願望並不太奢，他只想有四個孫子，
眼前最好先揀齊四個名字安放著。

　　……賢走後，公婆待我可真好。天天爲我準備吃食，蹄筋，板
鴨，小鯽魚湯，巴不得把我餵得像個彌勒佛才好。吃飯的時候，菜
上來，公公便說：「這個是補血的。」於是婆婆便趕緊移到我面前，
省得我伸手向遠處夾菜，牽動臍帶。杏英賭氣不吃飯了，她說她頭
痛。

　　母親知道我回來了，也曾遣人好幾次來望我，而且帶來了不少
吃食。她不敢接我歸寧，恐怕一不小心，弄壞了大肚子，可負不起

責任。她叫人對我說：「靜靜的保養身體吧，生個胖小子，連外婆家
也有面子呢！」

女人懷了孕，成爲全家人最關心的事情，甚至於與公公是否「做過缺德的事」
聯繫到了一起，與孕婦的娘家的「面子」也聯繫到一起。當然，關心是有預
設前提的，就是將要出生的後代是一個男性。小說寫公婆的過度的關心與照
顧，寫小姑的妒忌與冷嘲，寫母親的祝福，一筆筆只是平平寫來，但交織在
一起就形成了生存空間裏彌漫著的、包圍著的空氣，三分是幸福七分是惶恐。
無論是幸福還是惶恐，唯一的承受者就是孕婦。她無奈地感受著、承受者這
一切，毫無辦法地等待著命運的宣判。蘇青的高明在於她只是把眾人的言行
描寫出來，而孕婦的精神壓力並不過多的正面落墨，讓讀者從字裏行間自行
感受。蘇青對大家庭中成員種種言行的觀察角度，以及細膩的描寫筆墨，充
分體現著女性的特色。她在這裡把全家人「幸福期待」的氛圍渲染到了十二
分，正是爲了下面失落後的對比：

西醫似乎在忙著不留心似的，半晌，這才毫不經意地回答她道：
「是女的！」

頓時全室中靜了下來，孩子也似乎哭得不起勁了，我心中只覺
得一陣空虛，不敢睜眼，慚愧著做了件錯事似的在偷聽旁人意見，
有一個門口女人聲音說：「也好，先開花，後結子！」

另一個聲音道：「明年準養個小弟弟。」

婆婆似乎咳嗽了一聲，沒說話。

杏英衝進來站在我床前向西醫道：「可以給我瞧瞧吧，原來是女
的，何不換個男孩？」

我躺在床上聽著聽著覺得心酸。痛苦換來的結果，自己幾月來
心血培養起來的傑作，竟給人家糟蹋到如此地步！她的祖父也許現
在歎氣了吧？也許以爲她的名字是什麼德也不配用，只會叫做招弟
也罷，領弟也罷，只要圖個吉利便完事了。甚至於連忙碌了大半夜
的西醫也像做了多餘的事情似的，誰都不需要他，認爲他多事，也
有些惹厭，何必來揭幕呢？揭出這一幕不愉快的無聊角色！

……

杏英提起酒壺，向我的母親敬酒道：「外婆恭喜你，抱了個外孫
女兒！」

> 我的母親苦笑了一下道：「生男育女可是作不得主的，好在他們
> 兩口子年紀還輕呢。」
>
> 我的臉上直發燒，心中怒火更狂燃著：心想你們這批不自尊重
> 的女人呀，少了個卵，便自輕視自己到如此地步了。我偏要做些事
> 業給你們看，請別小覷我同簇簇，我們可決不會像你這個黃毛尖嘴
> 的醜丫頭呀。
>
> 席散後，我的母親將回去了，她只託言要小便，叫我陪她到後
> 房去。在後房她拉住我的手嗚咽道：「兒呀，委曲些吧，做女人總是
> 受委曲的，只要明年養了個男孩……」我黯然掙脫她的手，腹中自
> 尋思，我偏不要養男孩，永遠不！

一個知識女性，一個自尊的女性，與彌漫著的歧視與愚昧的衝突，雖然是眾
寡不敵，但理性與道義卻因作者的敘事而明確地站到了她的一邊。誠然，作
者筆下的蘇懷青只是一個養尊處優的少奶奶，可是她所經歷的卻是中國絕大
多數女性共同的生命歷程，甚至可以說她所感受的是中國女性的幾千年的宿
命。從這個意義上講，蘇青《結婚十年》中對生男育女的描寫，是女性寫作
所樹立的最有自覺性的一面旗幟。在以往的研究中，人們較多地關注作品中
走出家庭的那部分情節，認為那是與「五四」相承接的，是「娜拉」情結的
延續，其實，對生育中性別歧視的揭露同樣是女性解放，尤其是中國女性解
放的重要話題。蘇青在這方面的貢獻因其獨特而愈顯其可貴。

《結婚十年》表現的家庭諸多問題中，同樣富有女性自覺意識的是女性
如何走出家庭進入公共領域。這個話題在「五四」之後眾多作家的筆下——
包括男性的，也包括女性的——早已有過反覆的表達。但是，蘇青有著自己
的思考。她認為女性應該走出家庭，這樣一方面可以從經濟上保障自己的獨
立性，另一方面也是避免完全陷入家務瑣事的需要。但是，她明確反對籠統
地談「男女平等」，認為真正的平等恰好是在承認女性生理特性與考慮家庭角
色差別基礎上的各盡所能狀態。不平乃平，這是蘇青對女性現實地位考慮再
三的真知灼見：

> 女人不是與男人一樣的人，是女人。男女先有一種天然的不平
> 等，即生產是。我們要做到真正的男女平等地步，必須減輕女人工
> 作，以補償其生產所受之痛苦。假如她更擔任養育兒童工作，則其
> 他一切工作更應減輕或全免，這才能以人為補自然之不足，也就是

婚姻的本意。婚姻是給人保障，也規定雙方義務；與其說有益於男
人，不如說更有益於女人孩子。

所以女人說要與男人做一樣的事，那是很吃虧的，除非她先自
免掉養孩子的責任，婦女運動是婦女要求合法的，也是合理的減輕
工作，不是要求增加工作，或與男人一樣的工作。

只要男女同樣做事就該同樣被尊重，固不必定要爭執所做事情
的輕重，男人會當海軍會造兵艦並不比女打字員高貴，就是管小孩
處理家務的女人，也同樣的出著勞力。不過這也得有保障才行，法
律該有明文規定：男女的職業雖然不同，但是職業的地位是平等
的。〔註50〕

在《結婚十年》中，蘇青用更形象化的語言表達了自己的這一見解。女
主人公在大家庭裏生活時，爲了擺脫無聊與人際摩擦，謀到一個小學教員的
工作。可是，教育局之腐敗，學校條件之惡劣，都是始料不及的。而進入公
共領域，異性間的接觸不可避免，這又引出了無中生有的流言。蘇青寫女主
人公進退維谷的微妙心理：「天是陰沉的，我的心裏更陰沉。好容易走出這個
磨難人的學校，又該回到沒情愛的家中去了。走進家門，我馬上裝出歡愉欣
慰的神情，因爲我要對杏英表示：這是高尚的，有意義的，受人尊敬的工作，
她不能做，我做了，而且得到美滿與快樂。」這種矛盾心理，看似瑣屑，卻
非常眞切，只有親身體驗過的人才能注意到。脫離大家庭後，蘇懷青在輕鬆、
憧憬的心態裏開始「二人世界」的小家庭生活。爲了貼補家用，也爲了在家
庭中的尊嚴，她又開始了另一種職業生涯——自由撰稿人。就是這樣相對自
由的工作，也在家庭中遇到了意想不到的阻力。她的丈夫出於狹隘的大男人
心態，既不支持她寫作，更猜疑她與男性編輯的聯繫，以致蘇懷青爲了家庭
生計作出的努力反而成爲家庭破裂的主要導火索。

《結婚十年》並沒有給出解決問題的藥方，但是她描寫出蘇懷青努力求
職而遭遇的種種困境、挫折，本身就是發人深思的。不過，在女性是否應該
走出家庭，是否應該參與公共事務的基本判斷上，《結婚十年》的態度是十分
明確的。它用文學的語言生動地傳達出作者的意見。作品從反面著墨，寫蘇
懷青從社會回到家庭後的狀況：

〔註50〕蘇青《談婚姻及其它》，《蘇青散文精編》，浙江文藝出版社，1995年，第271
頁。

從此我知道買小菜應該挨到收攤時去塌便宜貨，一百錢雞毛菜可以裝得滿滿一籃子了。我也知道把人家送來的沙利文糖果吃完了，紙匣子應該藏起來，以後有必要送人時只要到小糖果店裏去買些普通貨色來，把它們裝進沙利文匣子便是了。有時候我上公司裏去剪些衣料，回來以後再不把繫著的彩色繩子一齊剪斷，只同林媽兩個小心地解開來，繞成小線團放在一格抽屜內，再把包紙也鋪直折好，慢條斯理的，一副當家人腔調。

但是我覺得生命漸漸的失去光彩了，有時候靜下來，心頭像有種說不出的悵惘，彷彿有一句詩隱隱綽綽的在腦際，只是記不起來。賢坐在對面瞅著我，似乎很贊成我的改變，只是仍不能滿足他，因為每晚上我已經沒有熱情了。

他輕輕撫著我的前額說：「好一個賢妻，要不要再做良母呢？」

我木頭似的沒有感覺，只想起件毫無趣味而不關緊要的事，對他說道：「我看廚房裏的一塊抹布已經壞了，最好把房裏用的一塊較好的抹布拿下去，把你的洗腳毛巾移作房間抹布用，再把我的手巾給你做洗腳布，我自己……」話來說完，他已經打個呵欠轉身朝裏臥，大家弄得興趣都索然了。——他慘然望著我，說道：「青妹，你不愛我了嗎？」我也覺得心中怪凄酸，只是沒有淚，轉瞬間，我又想到該叫林媽買草紙了。

可以把這段文字與魯迅的《傷逝》中子君操持家務的那些文字作個比較：都是寫完全成為家庭婦女後，靈性是如何被異化的：細緻、瑣碎，滿腦子家務，生活情趣與愛情都被油鹽醬醋替代。這些地方看起來完全相同。但是，如果細加品味，就不難發現，魯迅畢竟是站在涓生的立場，雖曰懺悔其實隱含不滿；而蘇青則站在女性一邊，更多是幽怨、無奈與不平。

三

與前輩的女作家相比，蘇青還有一個突出的特點，就是她的大膽。胡蘭成曾評價「蘇青的文章正如她之為人，是世俗的，是沒有禁忌的。」〔註51〕這特別表現在與「性」有關的內容上。冰心一代在作品中大多談情不談性，到了丁玲一代，談性多與浪漫情調關聯，而蘇青則更多地作為生理現象來理

〔註51〕《蘇青文集》下冊，上海書店出版社，1994 年，第 473 頁。

解，同時又與世俗的家庭婚姻制度聯繫到一起。如她大膽提出「婚姻取消、同居自由」的觀點，大膽地描寫獨身女人的情慾：「她此刻在他的心中，只不過是一件叫做『女』的東西，而沒有其他什麼『人』的成份存在」，「欲望像火，人便像撲火的蛾。」〔註52〕

蘇青大膽言論與世俗化態度受到市民讀者的大力歡迎，也被一些批評者在諸如《光化日報》等媒體上攻擊為「月經帶文字」，是「毒害青年，麻醉社會」。這自然招來了蘇青更為大膽、潑辣的反擊，而其文字內容、風格依然故我。

在《結婚十年》的家庭內容中，她的「大膽」突出表現在赤裸裸地為女性的性要求與性幻想張目，以及對生育過程的詳細描寫。考慮到她是使用「準自傳」的文體進行寫作，其「大膽」便愈加不同凡響。

《結婚十年》的第四章明白標示作《愛的饑渴》。開篇就是「回到學校裏，已經是深秋天氣了，但我卻懷起春來。」然後，便是對少女時代初嘗「懷春」滋味的回顧。這一段的心理描寫十分細膩而有趣，寫自己十五歲的時候，去看劉備招親的戲，結果喜歡上了舞臺上的趙雲，「注意的倒是粉面朱唇，白緞盔甲，背上插著許多繡花三角旗的趙雲。他的眉毛又粗又黑，斜掛在額上，宛如兩把烏金寶刀。這真是夠英雄的，……我就希望自己是孫夫人，而劉備最好給東吳追兵擒去殺了，好讓趙雲保護著我雙雙逃走。」然後呢，小姑娘就迷上了《三國演義》中有關趙雲的一切情節，特別是趙雲的「家庭」、「婚姻」的情況。當趙云「不愛趙範的寡嫂」時，「真使我暗暗快意不置」；揣想趙雲的太太才貌不會太佳，「這頗使我在快快之徐，似乎還覺得欣慰一些」。這種朦朧的偶像崇拜心態，我們在今天的少男少女中還是經常會看到；而把它形諸文字，表現於文學作品，可能蘇青是第一個人。

接下來，蘇青寫到女主人公的當下了。當下的狀態是新婚不久就與丈夫分別，蘇青大膽地描寫了她的性饑渴：

> 於是我懷春了，不管窗外的落葉怎樣索索掉下來，我的心只會向上飄——到軟綿綿的桃色雲霄。而且，從前我對於愛的觀念還是模糊的，不知該怎樣愛，愛了又怎樣，現在可都明白了。我需要一個青年的，漂亮的，多情的男人，夜夜偎著我並頭睡在床上，不必多談，彼此都能心心相印，靈魂與靈魂，肉體與肉體，永遠融合，

〔註52〕蘇青《蛾》，《上海兩才女：張愛玲蘇青小說精粹》，花城出版社，2001年。

擁抱在一起。

這裡可注意的是，作者對此毫無褒貶之意，只是把它當作自然而又自然的狀態來描寫。而當敘事以第一人稱「我」來進行的時候，這個「我」又名叫「蘇懷青」，如此坦率，甚至放肆的文字就無怪乎被人們驚呼爲大膽了。

蘇青對女性的性心理描寫也同樣坦率。她與張愛玲對談時，就特別提出女子和男人同處時，有一種「被屈抑的快樂」，她講：「以性心理爲例吧，男的勇敢，女的軟弱，似乎更可以快活一些，倘若男女一樣的勇敢，就興趣全失的了。」

在《結婚十年》中，她把這種認識灌注到故事裏：

> 女子是決不希求男子的尊敬，而是很想獲得他的愛的！只要他肯喜歡她，哪怕是調戲，是惡德，是玩弄，是強迫，都能夠使她增加自信……我覺得很失望，在失望當中，卻又好像說不出口來。好幾次我故意挑逗他，但當他找近身來的時候，我卻又疾言屬色的直嚷道：「請你不要觸著我呀！」他似乎出於意外地大吃一驚，躊躇半晌，只得悻悻地默默走開了，我覺得很傷心。
>
> 他雖然是我的丈夫，但是我還不能明白我的心呀！沒有狂歡，沒有暴怒，我們似乎只得瑣瑣碎碎地同居下去了，始終是一股不得勁兒。

這樣的筆墨不僅冰心不會有，就是丁玲也是不肯落下的，因爲這既不浪漫，又冒著被世俗罵一聲「下賤」的危險。

蘇青對女性生育經歷的描寫同樣坦率而大膽。《結婚十年》的第六章這樣描寫：

> 但是我實在痛得不能忍受了，想要死，還是快死了吧！望一眼新房裏什物，簇新的亮得耀眼的，許多許多東西，什麼都不屬於我了！我的媽媽，半年多不見了，以後也許見不到了吧。「媽媽！」我不禁大哭起來，進陣又來了，西醫說：「孩子見頂了呢。」但是我息下來，孩頭又進去了。
>
> 這樣一次又一次的進著，也不知過了多少時間，在我已有些迷惘，連恐懼悲哀的心思都沒有了，只覺得周身作不得主，不知如何是好。痛不像痛，想大便又不能大便，像有一塊很大很大的東西，堵在後面，用力進，只是進不出來。白布單早已揭去了，下身赤露

著，不覺得冷，更不覺得羞恥。

……

結婚究竟有什麼好處呢？只要肚子痛過一次，從此就會一世也不要理男人了。

可恨的孩子！可咒詛的生育！假如這個叫做什麼德的出來了，我一定不理他，讓他活活的餓死！

痛呀，痛呀，痛得好難忍受；起初是哭嚷，後來聲音低啞了，後來只透不過氣來，後來連力氣也微弱了，醫生說：「剪吧！」颼的一陣冷，裂開了似的，很大很大的東西出來些，再送陣氣，使滑出來了，接著是哇哇的嬰兒哭聲。

我的眼睛緊閉著，下面似乎還有什麼東西未收拾乾淨，熱的血液又湧出去了。我想，不要流到孩子的眼睛裏去吧，於是有氣沒力的低喚道：「醫生……，請你當心……當心孩子呀！」醫生更不答話，只把我的腹部用力抓了幾抓，胞胎就下來了。

像解脫了大難似的，我的心中充滿了安慰。

在此前的文學作品中，正面描寫生育場面的，要首推蕭紅的《生死場》。但那多少是有一些變形的。蘇青《結婚十年》則更要寫實一些。這段描寫是否有必要？論者意見也不完全一致。如果我們注意到這一場面描寫其實是整個「生兒育女」過程的一個環節，前面極力渲染了在舊的家庭制度、家庭觀念下，女性在生育問題上感受的巨大心理壓力，後面則描寫了生下女兒後，產婦遭遇的尷尬，那麼中間關於分娩過程的描寫就顯得極其自然了。分娩的痛苦，在重男輕女的家庭環境中，竟然是那樣的毫無意義、毫無價值。大的落差裏，便包含著作者對這一荒誕傳統的質疑與控訴。

和蕭紅的那段著名的描寫相比，蘇青的筆鋒稍微柔軟了一些。不過，她是以「我」的口吻來敘述的，於是所寫的生理感受與交織的心理活動就更顯得真切，思想內涵也因此變得更複雜一些。當然，這樣來寫「我」赤裸裸、血淋淋的情形，所需要的膽量和解放程度，都要更大一些。

四

蘇青為文，既有十分大膽，驚世駭俗的一面，也有細緻綿密、含蓄蘊藉的一面。特別是寫到心靈深處的時候，文風中就似乎多了些傳統的味道。

　　中國文學傳統中，表現親情，最為適用同時也是成績最好的文體當屬散文，如《祭十二郎文》《項脊軒志》等。究其原因，主要是散文用第一人稱敘事，自述家事，可以充分把作者個人情感融入敘事之中，閱讀者自會感到親切、真實，從而產生感情共鳴。《浮生六記》界乎小說與散文之間，作者也把第一人稱敘事的優長發揮得淋漓盡致。作品中那些記「閨房之樂」與「貧賤夫妻百事哀」的文字，特別是描寫夫妻生離死別的段落，每每可以催讀者落淚，原因即與此有關。《結婚十年》在文體上與《浮生六記》相近，在這方面也同樣有出色的表現。如寫蘇懷青歸寧，經濟困窘，又要給母親撐面子的一段：

　　　　我母親是個要強的女人，她可以自己節省吃苦，但卻不肯讓人家道聲不是哪，當然我要體會她的苦心，我得對她略盡孝思，即使我在最最沒錢的時候。我是母親的女兒，寧可委曲自己，不應該委曲了我母親；即使委曲我母親不妨，也要在沒人的跟前，我不能讓她給五姑母，徐太太，以及一切一切的親戚鄰舍笑話呀。我要錢！我的錢不是為她花的，而是為她而花給我們的親戚鄰居看的。

　　　　於是我想過又想，那裏可以去找一筆錢呢？出賣自己的勞力吧？沒人要，倒還是東西值錢。但是我的東西有什麼呢？……沉吟了幾次，我終於盛裝拎起皮筐子出外看朋友去了，回來時，我替母親買了些東西，不是吃的，而是耐久不壞的，可以讓她隨時留著告訴給親戚鄰居聽，讓她們知道女兒這番回家著實盡過些孝思了，她的穀子賣掉得不冤枉：某家某家的小姐那兒及得上我呢？於是她們都嫉妒地聽著，心裏不相信，巴不得找出些不合處來戳穿她，然而找不到，東西真是我買來的，林媽是證人。五姑母似乎很失望，徐太太則是擔心，愁的鳳珠將來不知道會不會不及我……

　　　　我拉住她的手說：「媽媽你別太累吧？急什麼？」她說東西點齊頂要緊，否則偶然少了件什麼，給你婆婆發現出來，她嘴裏不說，心裏總猜是通到娘家去了，還要怪你有二心呢。我默默不答，趕緊放了她的手，自己坐到燈暗處去，她也猛然覺察到了，問道：「你的一隻紅玫瑰寶石戒呢？」我的頭直低下去。

　　　　我的寶石戒已經賣掉了，孝思便是從這上面來的，但是我怎能說出口，良久良久，急中生智，想出一句很大方很漂亮的措辭來回

答道：「那天看朋友去在路上不小心，掉了。」

她似乎很惋惜，但是卻也不十分著急，彷彿是胸有成竹似的。一面整理我的提筐，一面輕輕向我歡息道：「這也怪不得你，才只二十歲呢，終究是一個孩子……」

次日婆家差人來接時，母親已買好一大堆包頭糕餅水果之類，讓我去還禮，看上去好像比我前次帶來的更多。林媽拎著這些東西先堆到車上去了，母親拉我在後房面對面站定，眼中噙著淚，但卻不肯去揩，恐怕給我注意到了。其實揩也揩不盡的，她的淚也許滿肚皮都是，一直往上湧，連喉嚨都塞住了，只使勁拉起我的手把一塊硬的涼的東西按在我掌中，一面嗚咽道：「有一對……這只是……這我預備歸西時戴……戴了去的……」我不忍再睹，她又把我推出去了，我只緊緊捏住那東西。上車的時候，我給了林媽十塊錢，林媽笑得合不攏嘴來，想繃臉裝出惜別之狀，卻是不能夠；我母親則是只想裝出坦然很放心的樣子，別的倒還像，就是眼淚撐不住紛紛墮下來。我也想哭，但不知怎的卻哭不出，賢明天就要回家了。直到車子去遠後想到自己手中還握著塊硬的——但是已經不涼了的東西，才定睛看時，原來卻是隻與先前一模一樣的，我母親本來預備她自己戴著入殮用的紅玫瑰寶石戒，我的淚湧下來了。

就故事的輪廓而言，這一段寫由「面子」問題引出的首飾得失，與莫泊桑的《項鏈》有幾分相似。不過，相比之下，比法國人少了些刻薄與調侃，多了些親情與感傷，同時行文之間，蘇青表現出的女性的細膩，也使這一段讀來更近於生活真實。這段文字既可作為寫情感的典範美文來讀，也可作為瞭解家庭與社會、娘家與婆家、新娘的經濟狀況等社會問題的典型個案來研究。一是婆家與娘家之間在各種環節上都要把面子撐足，而這與新娘在婆家的處境密切相關。二是新娘在很長一段時間裏處於「兩棲人」的尷尬境地。娘家一邊開始把她當「外人」了，她再不能像過去一樣與母親之間親密無間了；而婆家一面她又是外來人，彼此保持某種禮貌與戒備。正是這種處境，使得她不得不出賣首飾來「盡孝」與掙「面子」。三是親戚、鄰里對他人家庭的窺視癖，到了可以給對方產生巨大心理壓力，改變對方生活狀況的地步。

而行文中，寫母親的神態的幾段文字尤為傳神，如：「她似乎很惋惜，但是卻也不十分著急，彷彿是胸有成竹似的。一面整理我的提筐，一面輕輕向

我歎息道：「這也怪不得你，才只二十歲呢，終究是一個孩子……」把母親的關愛、理解，以及曲意呵護的苦心，都十分傳神地表現出來，同時又是點到即止，留下回味的空間。

　　《結婚十年》中另一段含蓄、蘊藉的文字是終篇與曾禾女士友情的描寫。在蘇懷青與丈夫的感情已經徹底破裂之後，離婚在即，兩個人馬上就要分手的時候，曾禾走進了她的生活。作品中對曾禾落墨不多，卻是從所未有的筆調。第二十四章的後一半貫穿著有關曾禾的內容，共計四段。一段是二人初識，曾禾給她的印象，以及她在心理上對曾禾產生的依賴感，如「她使我認識了人類最大最深的同情」，「有了患難的時候，我不期而然的總會想到她了」。第二段是蘇懷青獨身帶著孩子的時候，兩個孩子得了重病，曾禾幫她渡過難關。「我」滿懷感激之情，「不能忘記她是如何的接到電話便匆匆的趕來」。第三段是曾禾為蘇懷青查出肺結核。第四段是蘇懷青與丈夫離婚，無人肯為之作證。結果是只有曾禾，「很爽快的答應簽了字」。而在她的丈夫退場後，曾禾非常激動，以致險些出了醫療事故。繼而，又很突兀地問蘇懷青：「現在我可以問你了，你以前有沒有愛過人呢。說真話！」而蘇懷青也就很坦率地把一直對丈夫隱瞞的情感隱私和盤托出。

　　作品這裡有幾段很特異的文字，如：

　　　　在這校中我遇見了一位德國留學過的女博士曾禾醫師，她是生得這樣的美麗，舉止高貴，態度卻慈祥到萬分。漸漸的我同她熟了，我知道她的身世，她是青年與丈夫離婚的，因此特別容易同情人家，也非常瞭解社會的情形。

　　　　她的臉龐是美麗的，舉止高貴，態度又是這樣的慈祥；像一個白衣天使在我面前宣讀福音，我忽然起了宗教的虔誠，心中茫茫只想跪在她腳下做禱告。

「美麗」、「高貴」、「慈祥」，這樣的形容詞在全書中僅見於此，而且反覆使用，可見對曾禾的情感態度不同一般。

　　如何解讀有關曾禾的文字，我們其實有兩種選擇：一種就事論事，那麼這就是一段普通的友情描寫。另一種解讀基於兩個疑惑：如此分量的文字用於一個與「結婚十年」毫無關聯的人物身上，不無喧賓奪主之感；最後的虔誠、敬仰的態度似乎有些誇張。於是，我們不妨從功能的角度看看曾禾對女主角的意義。1、在丈夫背叛之後，曾禾走到她的身旁，成為了她的精神支柱。

2、曾禾見證並一定程度地推進了女主角與丈夫共建的家庭的破裂。3、曾禾是一個獨身女人，與蘇懷青彼此分享情感的隱私，相互給與理解與支持。4、對於離婚後的蘇懷青，曾禾成了她精神寄託與崇拜的偶像，以致於使她的生活有了新的意義。

雖然不能說如此描寫就是同性戀，但是，在女主角對異性婚姻組成的家庭徹底失望之際，這樣一段全新的美好情感發生了，替代了情感上與生活中的空白，在價值取向上與同性戀有相當的近似之處，恐怕也是毋庸諱言的。

當然，作者這樣來寫，未必自覺到這一重意義，但也不排除有某種自覺在。因為「見證離婚」、「情感激動」、「詢問隱私」一類的筆墨，畢竟不是尋常交往所應有的。

儘管蘇懷青與曾禾的友情超乎尋常，但作品渲染得非常美好。致使整部作品雖然以離異告終，女主角的婚姻與家庭生活雖然以失敗終結，但全文卻結束於光明，給讀者的感覺是女主角舊的家庭破裂了，實際上是生命的一次涅槃。這樣的效果，也是與作者含蓄蘊藉的處理方式分不開的。

第五章 性別視角下家庭文學書寫之比較

第一節 有關「可比性」的理解

在個案研究的基礎上,我們再來進一步做些綜合性研究,特別是對不同性別的作家在家庭文學的領域內的作品做一些比較研究。

這是一個相當困難的工作。通過前面的個案研究,我們可以看到,作家本人的性別在家庭文學的書寫中確是留下了或多或少的痕跡;不同性別的作家在處理類似題材的時候,其觀念、立場、手法等有時也確有明顯的差異。但當我們要把這種差異做更為具體、深入的分析時,就會發現將面臨的困難與不確定因素。因為一位作家之所以這樣來寫而不是那樣來寫,之所以採取異於他人的處理手法,關聯著的因素、影響著的因素實在是太多了。年齡、閱歷、遭際、家世、時代、生活地域、個人心理、個人性格,等等,當我們採用某些作品作為分析、比較的樣例時,既要顧及這些因素,又不可能完全精確地進行計量。

更何況本文研究的歷史時段是中國經歷著天翻地覆的大事變的階段。而這一激變中首當其衝的就是延續了幾千年的家族／家庭制度。於是,家庭題材的書寫不可避免地與宏大的歷史背景發生密切的關聯,與意識形態的鬥爭發生密切的關聯。恩格斯說:「一定歷史時代和一定地區內的人們生活於其下的社會制度,受著兩種生產的制約:一方面受勞動的發展階段的制約,另一

方面受家庭的發展階段的制約。」〔註1〕這是很深刻很全面的認識。他把家庭制度看作是歷史的範疇，指出其演變的不可避免性，同時又把這種變化同社會制度、經濟活動方式聯繫到一起，認為家庭關係是受社會經濟條件制約的。這提示我們不能把文本完全封閉起來做研究。可是，文學與現實的關聯形式又是很複雜的，由於創作主體的不同選擇，文學書寫可能是反映式的，也可能是逃避式的，還可能是刻意變形的，這都為我們的工作增添了困難。

有鑒於此，下面的比較將從兩個方面加以調整：一方面是儘量注意可比性問題，儘量使比較的對象在其他方面也較為接近；另一方面是簡化比較內容，多做單項比較，少作總體判斷，使比較的結論相對簡明。

對於現代文學的三十年，王德威以一個簡明、生動的命題概括了時代潮流的變遷，就是「從吶喊到流言」，這與李澤厚的「啓蒙、救亡雙重變奏」之說相互補充，可以把這個複雜的時代描述得更為全面一些。而不論從這兩種角度的哪一種看，這三十年的前後兩個階段，家庭文學的基本面目發生了很大的變化，都是顯而易見的。後一階段的作品如《京華煙雲》、《霜葉紅於二月花》、《寒夜》、《圍城》、《金鎖記》、《茉莉香片》、《傾城之戀》、《結婚十年》等，和當年魯迅的、茅盾的、巴金的、乃至冰心的、丁玲的、馮沅君的、石評梅的作品比較，最大的差別就是其中多了對人生的滄桑、浮沉的感受，少了啓蒙的熱情與吶喊的激情。當然，這樣說並無軒輊之意，甚至還可以說，在某種程度上，這一多一少對於家庭文學來說，毋寧是一種緣份或是一種福份。而對於本文的研究來說，指出這一點，是強調這一時代的因素在比較的時候不能不加以注意。

那麼，在同一時代同一階段的男女作家，他們對於相同問題所持的態度，所書寫的內容就具有較多的可比性。例如上面列舉的這幾部作品，對於家庭文化傳統的態度，男作家們明顯地由魯迅、巴金的立場退向了保守；而女作家們則比她們的前輩更具批判的意識。無論是丁玲的《三八節有感》，還是張愛玲的《傾城之戀》、蘇青的《結婚十年》，對現行家庭制度在性別關係方面的弊端，都有相當深刻的揭露與表現。可以說，由於立場的不同、視角的不同，這同一時代的男作家與女作家對這同類題材的情感態度，就呈現為漸行漸遠的「剪刀差」。

要說明的是，性別視角下的不同景象是有顯有隱的。在相當多的題材上，

〔註1〕 恩格斯《家庭、私有制和國家的起源》，人民出版社，1972年，第3～4頁。

男女作家的表現是看不出明顯的差異的。如寫封建家庭阻止青年參加學生運動的《斯人獨憔悴》與《家》，寫乏味的機關事務消磨人們生命的《兩個家庭》與《離婚》，寫父權之蠻橫的《雷雨》與《茉莉香片》等。這裡原因也是多方面的，有的是男女作家都在時代潮流影響之下，有的是作家之間的影響，等等。

不過，在直接涉及性別利益，或是某些與性別有關的特殊領域中，作家們的立場差別和視角差別就會不由自主地表現出來。例如家庭中的繼承制度、社會上的就業制度、舊傳統的多妻制度，還有纏足制度、守節制度等，男作家和女作家觀察的立足點與視角往往大相逕庭。還有子女問題、生育問題等，女作家的興趣通常也是明顯高於男作家的。

以上是筆者對於性別視角之比較的一些認識。具體的研究思路是將定量的比較與定性的比較結合起來。我們將先對若干樣例文本進行分項統計，就其寫到的家庭關係種類，家庭生活及家庭文化、家庭衝突的種類，作粗線條的分析，並以列表的形式表現出來。之所以採取列表的形式，是為了進行比較的時候，更加清楚，更便於對比。統計表比較，有利於顯示大的方面的差別；不過統計與概括本身就是一種簡單化，所以雖說是量化，但也只是觀其大略而已。在此基礎上，我們選取若干家庭矛盾的類別，比較男作家與女作家筆下的異與同。選取的原則是較為普遍的常見的家庭衝突、家庭難題，同時在男女性別之間容易發生岐見的。這樣的定性比較，不可能面面俱到，所希望的是比較的內容或多或少能有一些舉一反三的效用。

第二節　家庭關係敘描的對比分析

下面統計分為三組，分別是第一組：中國古代文學作品樣例家庭關係描寫統計；中國古代文學作品樣例家庭描寫內容統計。第二組：中國現代文學男作家作品樣例家庭關係描寫統計；中國現代文學男作家作品樣例家庭描寫內容統計。第三組：中國現代文學女作家作品樣例家庭關係描寫統計；中國現代文學女作家作品樣例家庭描寫內容統計。

這裡所謂的「家庭關係」，是指作品中與故事情節有關連的那些家庭範圍內的人物關係。如果只是泛泛提到的關係，或家庭以外的關係，都不在本文統計範圍內。所謂的「描寫內容」，不是指作品的全部內容，而只是選取和家庭生活、家庭文化有直接關係、文學書寫中出現較多的情節類別。

　　統計的範圍是本文前面論述所涉及的作品，計有古代小說 8 部，現代文學作品 43 種。前文對文本的涉及，雖主要是著眼其家庭題材，但並沒有刻意選擇特定的類別，所以也有一定的隨機性，作爲樣例還是可以說明一些問題的。

　　這些統計是爲了宏觀比較而作的基礎性工作。爲了比較研究的方便，筆者對表格作了一些處理，主要有：

1、表格主體部分，「圓圈」表示該項內容「存在」，「雙圓圈」表示該項內容是這部作品「著力描寫，著力表現」的。

2、前五個表的最後一列中，「粗體」的內容也是表示該項內容是這部作品「著力描寫，著力表現」的。

3、六個表格的表頭部分，即作品名稱一列，「粗體」的是表示強調，該作品這一欄目存在的內容有四項或以上，應視爲更有代表性的「典型樣例」。

　　當然，這種統計只是就大端而言，採取表格的方式則是爲了比較起來一目了然。一部百萬言的巨著，進行這樣的概括，不可能絕對精確。而「存在」與否，「著力」與否，全是就其對作品情節所起作用而言，難免見仁見智。何況，在文本的有機結構中，同樣的「關係」，同樣的「內容」，意義並不見得一樣，甚至還會有較大的差距。所以，這種比較只是在特定的角度才是有效的，而其意義也是有相當限度的。

第一組：

表一之 1：中國古代文學作品樣例家庭關係描寫統計

作品 （簡稱）	作　者	父子	母子	父女	母女	夫妻	兄弟	婆媳	其　他
金瓶梅	蘭陵笑笑生					◎			妻妾，翁婿，主僕，情人
醒世姻緣傳	西周生	○	○			◎		○	妻妾，甥舅，親家
續金瓶梅	丁耀亢				○	○			妻妾，主僕
天雨花	陶貞懷			◎	○				姐妹，妻妾
歧路燈	李綠園	○	○		○	○		○	主僕，甥舅，親家
林蘭香	隨園下士		○			◎			妻妾，主僕

紅樓夢	曹雪芹	◎	○	○	○	○	○	○	祖孫，妻妾，表親，妯娌，主僕，情人
浮生六記	沈復	○				◎	○	○	妯娌，妻妾

表一之2：中國古代文學作品樣例家庭描寫內容統計

作　品	作　者	家族	家產謀生	亂倫變態	愛情	婚變別戀	生育養育	社會	家務及其他
金瓶梅	蘭陵笑笑生		◎	○		◎	○	◎	○
醒世姻緣傳	西周生	○	○	◎		◎		○	○
續金瓶梅	丁耀亢		○			○		◎	民族矛盾
天雨花	陶貞懷	○			○	◎		◎	父女衝突，夫妻衝突
歧路燈	李綠園	○	◎			○		○	家庭教育
林蘭香	隨園下士	○	○			◎	○	○	
紅樓夢	曹雪芹	◎	○	○	◎	○	○	◎	父子衝突、政爭
浮生六記	沈復	○	◎					○	父子、翁媳衝突

第二組：

表二之1：中國現代文學男作家作品樣例家庭關係描寫統計

作　品 （簡稱）	作者	父子	母子	父女	母女	夫妻	兄弟	婆媳	其　　他
狂人日記	魯迅						◎		
幸福的家庭	魯迅			○		◎			
傷逝	魯迅					◎			叔侄
在酒樓上	魯迅		○	○		○			伯侄
孤獨者	魯迅								祖孫
離婚	魯迅			○		○			
金粉世家	張恨水	○	○	○	○	◎	○	○	姐妹，翁媳，妯娌，主僕，情人，妻妾
離婚	老舍	○	○	○	○	◎		○	情人，女友
牛天賜傳	老舍	○	○			○			師生，主僕，情人
駱駝祥子	老舍			◎		◎			情人

作品	作者								家務及其他
四世同堂	老舍	◎	○	○	○	○	◎	○	妻妾，祖孫，翁媳，情人
家	巴金	◎				◎	◎		祖孫，表親，妯娌，情人，叔侄
寒夜	巴金		◎			◎		◎	情人
雷雨	曹禺	◎	○	○	○		◎	○	情人
原野	曹禺		◎			○		◎	情人
霜葉紅於二月花	茅盾					○			姐弟，情人，表親
財主的兒女們	路翎	◎		○			◎	○	姐弟，姐妹，情人，表親
京華煙雲	林語堂	◎	○	◎	○	◎	○	◎	姐妹，翁媳，妯娌，主僕，情人，妻妾
圍城	錢鍾書	○				◎		○	情人，親家

表二之 2：中國現代文學男作家作品樣例家庭描寫內容統計

作品	作者	家族	家產謀生	亂倫變態	愛情	婚變別戀	生育養育	社會	家務及其他
狂人日記	魯迅	○						◎	
幸福的家庭	魯迅		○		○			○	◎
傷逝	魯迅	○	○		◎			◎	◎
在酒樓上	魯迅								○
孤獨者	魯迅	○	○					◎	
離婚	魯迅	○				○		◎	
金粉世家	張恨水	◎	○		○			○	◎
離婚	老舍		○					○	◎
牛天賜傳	老舍	○	◎					○	
駱駝祥子	老舍		○	○	◎	○	○	○	
四世同堂	老舍	◎	○					○	○
家	巴金	◎	◎		○	○	◎	◎	宴樂，喪事
寒夜	巴金		◎		○			◎	病痛
雷雨	曹禺	○	○	◎	○			◎	
原野	曹禺		○					◎	復仇
霜葉紅於二月花	茅盾		○		○		○	◎	
財主的兒女們	路翎	◎	◎		○	◎		◎	殺女

作品	作者	父子	母子	父女	母女	夫妻	兄弟	婆媳	其他
京華煙雲	林語堂	◎	◎		◎	◎	○	◎	宴樂，喪事，俗習，文藝
圍城	錢鍾書	○	○		◎	◎		◎	

第三組：

表三之1：中國現代文學女作家作品樣例家庭關係描寫統計

作品	作者	父子	母子	父女	母女	夫妻	兄弟	婆媳	其他
兩個家庭	冰心		○			◎			
斯人獨憔悴	冰心	◎					○		姐弟
秋風秋雨愁煞人	冰心					○		○	女友
酒後	淩叔華					○			情人
一支扣針的故事	陳哲衡								情人
那個怯弱的女人	廬隱					○			
烈士夫人	廬隱					○			
母親	丁玲				○				姐弟，女友，姑嫂
生死場	蕭紅	○	○		◎	◎			女友
呼蘭河傳	蕭紅							○	祖孫
古韻	淩叔華			◎	○	◎			妻妾，童伴
欲	沈櫻					◎	○		叔嫂，情人
女性	沈櫻					○			
金鎖記	張愛玲		○		○	○		◎	叔嫂，妯娌
茉莉香片	張愛玲	◎	○	○		○			情人，女友
心經	張愛玲			◎	◎	◎			情人
傾城之戀	張愛玲				○	◎			情人，兄妹，姑嫂
沉香屑：第一爐香	張愛玲								情人，姑侄
沉香屑：第二爐香	張愛玲					○	○		姐妹，
連環套	張愛玲					◎			情人
創世紀	張愛玲		◎	○	○	○		○	情人，翁媳，姐妹，姑嫂，祖孫
五四遺事	張愛玲		○			◎			情人

退職夫人自傳	潘柳黛			○	◎			情人
結婚十年	蘇青	○	○	○	◎	◎	◎	姑嫂，翁媳，女友，情人

表三之2：中國現代文學女作家作品樣例家庭描寫內容統計

作　品	作者	家族	家產謀生	亂倫變態	愛情	婚變別戀	生育養育	社會	家務、女子教育、女子職業
兩個家庭	冰心				○		○		○
斯人獨憔悴	冰心							○	
秋風秋雨愁煞人	冰心							○	○
酒後	凌叔華				○	○			
一支扣針的故事	陳哲衡				○				
那個怯弱的女人	廬隱			○	○	○			○
烈士夫人	廬隱				○	○			○
母親	丁玲	○	○				○	○	◎
生死場	蕭紅			◎	○	○	◎	○	
呼蘭河傳	蕭紅	○		○				◎	
古韻	凌叔華	◎			○	○	○	◎	○
欲	沈櫻				○	◎			
女性	沈櫻				○		◎		○
金鎖記	張愛玲	○	○	◎	○	◎			
茉莉香片	張愛玲	○	○	◎	○				
心經	張愛玲			◎	○	○			
傾城之戀	張愛玲	○	◎		◎	○		○	
沉香屑：第一爐香	張愛玲				○	○			○
沉香屑：第二爐香	張愛玲			◎	○	○			
連環套	張愛玲	○	◎			○			○
創世紀	張愛玲	○	○		◎	○		○	◎
五四遺事	張愛玲				○	○			
退職夫人自傳	潘柳黛	○	○	◎	○	◎	◎	○	
結婚十年	蘇青	○	◎		○	◎	◎	◎	◎

　　依據這些粗略的統計，我們可以做以下一些方面的對比分析：

　　一、對於家庭內部關係的表現。在所有樣例中，幾乎都寫到了夫妻關係；而在典型的家庭文學作品中，更是百分之百如此。與夫妻關係關聯的，古代的幾部作品都描寫了妻妾關係，而現代的 43 部作品中只有三兩部寫到，這當然是婚姻制度變化的自然反映。而現代家庭文學中，代替了「妻妾」關係位置的是「情人」的關係，43 個樣例中，寫到情人關係的有 25 個。而在三四十年代的作品中，男作家的 13 部 100%寫到了情人，女作家的 19 部中則有 12 部寫到，約占 63%；男作家的 13 部中有 8 部作爲重要的情節因素，約占 12 部的 67%；而女作家的 12 部中 100%都是作爲重要的情節因素來對待的。

　　二、對於父子關係，古代的 8 部作品樣例中有 4 部寫到。現代男作家作品的 19 部中，有 9 部寫到。另外 10 部中，又有 3 部寫了近似的具有某種替代功能的叔侄、伯侄或兄弟關係。也就是說，在所選古今 27 個男作家作品樣例中，把父子關係作爲情節因素的有 16 個，約占 59%。而 24 個女作家的作品樣例中，把父子關係作爲情節要素的則有 4 個，僅占 16%強。

　　三、對於母女關係，現代文學男作家的 19 個樣例中，有 6 個寫到，約占 32%。女作家作品的 24 個樣例中，有 10 個寫到，約占 42%，而其中有 4 個是作爲重要的情節因素來著力表現的。

　　四、另一個有比較意義的關係是「兄弟」。古代的 8 個樣例中，只有 2 個寫到，而且都是次要的情節因素，作爲負面的家庭關係出現。這在重視「手足之情」，「悌」與「孝」並稱的中國封建社會，應屬較爲反常的情況。現代女作家的作品樣例中，寫到兄弟關係的有 2 例，約占 24 例中的 8%。而現代男作家的 19 個樣例中，寫到兄弟關係的則有 8 例，約占 42%；其中作爲重要情節因素的有 5 例，比例遠遠高於女作家和古代作家。

　　五、還有一個可注意的情況，就是婆媳關係寫到的比例普遍不高。特別是現代女作家的 24 個樣例中，寫到這一方面的只有 5 個。5 個之中描寫婆媳矛盾，刻畫「惡婆婆」形象的只有兩個。這和人們通常印象中的家庭矛盾情況不甚相合。

　　六、對於作品所涉及家庭生活、家庭文化的內容，本文的統計開列了 8 個大的方面，實際包括了 13 個方面的內容。這些當然不能包括全部，但主要的方面或已基本包括在內。

七、由家庭而及社會，或者說描寫家庭生活時，其興趣頗多在於社會問題，視野較多由家庭向外透射的情況，本文的統計中便標在「社會」一欄。所統計的古今 27 個男作家的作品樣例中，百分之百地對此有所表現。而 24 個女作家的樣例中，寫到這方面內容的有 11 個，約占 46%。男作家中，把社會問題作爲情節要素的古代作家有 4 位，占到全部古代樣例的 50%。現代男作家的 19 個樣例中，把有關「社會」問題放到比較重要地位來對待的有 17 個，占到 89%。而女作家的 24 個樣例中，把有關「社會」問題放到比較重要地位來對待的有 5 個，約占 21%。

八、由小家庭而及於大家庭、及於家族的作品，古代作家樣例中爲 6 個，約占 75%。現代男作家爲 12，約占 63%。女作家爲 10 個，約占 41%。把家族內容作爲重要情節因素來寫的，男作家爲 5 個，女作家爲 1 個。與此密切相關的家產以及謀生的內容，在古今 26 個男作家作品的樣例中，寫到的有 23 個，約占 88%；其中作爲重要內容來表現的有 9 例，約占總數的 35%。而在 24 個女作家的樣例中，寫到有 8 個，約占 33%；作爲重要內容對待的 3 例，約占總數的 12%。

九、家庭生活中的亂倫、變態內容，現代男作家的 19 個樣例中，僅有 2 例，約占 11%。女作家的樣例中則有 8 例，約占 33%。而其中作爲重要內容來對待的也有 6 例之多。

十、涉及愛情的內容歷來是家庭文學中最受作家矚目的。在古代的 8 個樣例中，寫到的有 4 例，爲 50%；作爲重點的 2 例，爲 25%。現代的作家，包括男性與女性，共計 43 例，寫到愛情內容的 36 例，約占 84%。而男作家的樣例中把愛情作爲重要內容的有 11 例，約占 58%，遠遠高於古代的作家，同時也高於女作家的 16%。

十一、婚變、別戀的內容幾乎是家庭文學中最爲普遍的素材，全部 51 個樣例中，有 38 個寫到這個方面。可注意的是，古今的男作家作品的樣例，有 15 個是把婚變、別戀作爲重要內容來組織到情節中的，約占樣例總數的 79%，而女作家的樣例中作爲重要內容的有 5 例，約占 21%，兩方面的差別還是比較明顯的。

十二、還有一個特殊的方面——生育（包括流產）及兒童教育，男女作家的差別是比較大的。女作家正面描寫這方面內容的有 7 例，重點描寫的 4 例，比起現代男作家的 1 例重點描寫來，顯然數量、比例都要大很多。

　　綜上所列，在家庭文學的作品中，由於性別視角的不同，所關注的家庭關係、家庭生活、家庭文化的內容也隨之有所不同，在某些方面甚至有相當大的差別。當然，這種不同與差別也與時代因素有一定的關聯。

　　家庭關係方面，相比之下，男作家更為關注父子關係，女作家更為關注母女關係。這既有作家本身生活經歷的影響，也與他們描寫的家庭生活場景相關聯。現代文學作品中，情人關係代替了古代作品的妻妾關係，佔有很高的比例。比較起來，男作家寫到這方面的多於女作家；而在所寫具體內容方面，女作家對情人關係的描寫，筆墨要重於男作家。

　　另外，兄弟之間的關係，現代男作家的樣例中，寫到的明顯多於女作家；而女作家們寫到的家庭中姑嫂關係、家庭外的女友關係則是男作家們較少涉及的。

　　家庭生活、家庭文化的內容方面，男作家的視野要比女作家寬闊，這表現在對社會問題、政治局勢的關注，也表現在超出小家庭、超出夫妻生活的家族問題的關注與描寫。

　　男作家比起女作家來，對待家庭生活的經濟基礎要關注更多一些，包括大家庭的分家析產，也包括小家庭的謀生方式。

　　愛情、婚姻是家庭生活最重要的內容，特別是作為文學表現對象的時候。相比之下，現代作家比古代作家寫愛情要更多些，這是時代變化引起的社會生活變化所致。就兩性而言，現代男作家寫愛情的熱情要高於女作家；而女作家——尤其是三四十年代的女作家，則寫亂倫、變態的比例明顯要高於男作家。這種情況除了這幾位女作家個人性格、經歷的原因之外，女作家對家庭中人際關係觀察的細膩、深入也應該是一個因素。

第三節　家庭衝突書寫的深層比較

　　從上面的統計可以一定程度地從量化的角度看到性別視角對家庭文學創作的影響，但是深入下去，我們會發現有些在數量上沒有差別的東西，實際內容卻大不相同。例如作品中的父親形象。男作家或是刻意迴避不正面出現，或是寫成落伍的、壓迫的權威性人物，他們的筆下較少見到代表正面價值的具有精神力量的父親形象——這大約只有姚思安一個例外。而女作家的筆下，父親的偶像化與戀父怨思往往是並存在作品中，從《天雨花》、《古韻》、《茉莉香片》、《心經》等作品中都可以看到這種複雜心態。再如母親形象，

男作家寫得不多，但寫到的常有一種依戀的情感，如《在酒樓上》、《寒夜》之類。而女作家則走向兩個極端，有的寫母女之情十分親密，馮沅君的《母親》、蘇青的《結婚十年》都是典型；也有的卻是具有明顯的解構神聖的傾向，特別是張愛玲，她的《金鎖記》、《心經》、《創世紀》、《傾城之戀》、《第二爐香》等作品，母親的形象都不再是慈祥可敬的，有的甚至是令人畏懼的。當然，夫妻的形象，在不同的性別視角下就更有「公說公有理，婆說婆有理」的傾向了。而這種情況，在寫到家庭中的矛盾衝突時，表現的也就更加集中、突出了。所以，下面就從三種較爲常見的家庭衝突入手，進一步作性別視角的比較研究。

視角比較之一：「神聖」與「世俗」的書寫

在現代文學對於家庭生活的描寫中，「神聖」與「世俗」的衝突是經常出現的內容。最早一批女性創作的小說中，冰心的《兩個家庭》主題就是如何使神聖的愛情在日常的生活中延續，而魯迅的名作《傷逝》則是「世俗」侵蝕「神聖」的輓歌。這一對矛盾在文學作品中頻頻出現，反映了中國社會走出封建的陰影後，人們的個性意識逐漸得到伸張，精神自由的要求逐漸強烈。但是，作爲家庭生活中的現象，卻不是這一時段的專利，甚至可以說，古今中外的專偶制家庭無不受此類矛盾的困擾，只是程度與形式有所不同罷了。前蘇聯學者沃羅比約夫在《愛情的哲學》中談到：

> 愛情的熄滅是一個古老的、世界性的問題。

> 在愛情上升到頂點時，它總感到自己是永恒的。這聽起來很離奇，但事情只能是這樣。難道在傾心相愛的時候，在一個人拋卻了私心，感到自己是一個眞正的人的時候，會想到這種幸福有朝一日會完結嗎？但是，遲早會有清醒的一天，那時往往是雙方都感到失望。〔註2〕

他認爲兩個人愛的激情燃燒只能是一個過程，這個過程中，雙方完全沉浸其中，充滿了神聖的感覺；但是這一過程必定要有一個終點，然後所進入的共同生活階段中，伴隨著神聖終結必然要產生失落；這是人類社會一個普遍的現象。對於這一現象的深層原因，他又作了進一步的分析：

〔註 2〕沃羅比約夫《愛情的哲學》，《情愛論》瓦西列夫著，趙永穆等譯，三聯出版社，1984 年，第 429 頁。

　　……肉體的幸福和精神的幸福很難達到和諧。壓制一方（特別
　是婦女）的愛好、興趣和習慣的自由發展，整個生活程序日復一日
　的強制和種種繁瑣的細則……這就造成了一種無法忍受的精神氣
　氛。在這種氣氛中最忠實的愛情也會窒息而死。

這一分析相當深刻，指出了這種衝突的三個層面的原因，首先是家庭生活所
具有「物質性」與「精神性」的悖離傾向，然後指出物質性的生活內容所具
有的重複性與繁瑣性，繼而指出這種重複與繁瑣必然產生厭倦感，使浪漫的
愛情「窒息」而死。也就是說，當二人實現了肉體的結合，愛情向婚姻發展
之後，家庭生活不可避免地常態化，柴米油鹽替代花前月下，於是「詩」演
化爲「散文」。

　　可以說，所有進入家庭「圍城」的人都要經過這一過程——「圍城」之
爲圍城，原因也大半在此，而其中多數人雖會有所苦惱，但也會很快適應。
因爲人類本質上是物質的和實用優先的。不過，對於精神生活要求過高的
人，精神高度敏感的人，對於身處特別關注精神自由的時代的人，他們的適
應就會是很困難，甚至是無法適應的。結果就是苦悶、破滅，以至於衝出「圍
城」、愛巢毀棄。把這樣的精神－心理狀態表現於文學，就有了《傷逝》一類
作品。

　　在古代的家庭文學作品中，之所以幾乎看不到這種衝突，是因爲幾乎沒
有哪一部作品從愛情寫到家庭（罕見的例外是《浮生六記》），而成了家的女
性嚴格遵守「女主內」的分工準則，其處境是別無選擇的。沒有了選擇的可
能，「圍城」也就成了「鐵屋」，大家儘管苦悶卻只有聽從命運安排。不過，《紅
樓夢》中賈寶玉崇拜未婚少女、鄙視婚後的婦女，其隱含的心理也是對家庭
生活的世俗屬性的反感。

　　現代文學中的敘事文學，比起古代的同類作品來，愛情描寫增加了很多，
同時很多都與追求思想解放，追求自由生活的題旨發生聯繫，這樣就進一步
把愛情神聖化了。在這種情況下，家庭生活與愛情感受之間的落差也便隨之
增加。神聖的愛情被世俗的家務侵蝕，家庭裏彌漫起「窒息」的毒霧，當日
的愛侶忽然反目生怨，這是誰的責任？

　　我們且看在不同的性別視角下見到的情景各自如何？

　　《傷逝》，雖然是涓生在懺悔，但說到家庭破裂的責任卻似乎不是悔而是
責。子君不僅完全陷入了「重複而繁瑣」的物質生活裏——「管了家務便連

談天的工夫也沒有，何況讀書和散步」；而且精神上也隨之急劇降落——「子君的功業，彷彿就完全建立在這吃飯中」，「她似乎將先前所知道的全都忘掉了」，「她總是不改變，仍然毫無感觸似的大嚼起來」。透過涓生的眼睛，那個美麗的戀人的形體也急劇改變的粗俗難看，手變得粗糙，人變胖了，整天汗流滿面，而目光變得冰冷。而精神世界空虛得除了雞和狗之外，只剩下和房東太太生閒氣了。那麼，涓生如何呢？他勉力同惡劣的環境鬥爭，拼命寫作、翻譯，可是不但要受到子君的干擾，而且連飯都吃不飽，因為子君要剩下糧食餵雞和狗。顯然，男人在極力維持這個家庭，在留戀當日的聖潔而浪漫的愛情，而女人則變成了世俗的俘虜，進而變為世俗的同謀，來聯手毀棄掉男人珍愛的一切。

《幸福的家庭》，情況和《傷逝》相近，或者說是《傷逝》的節選——淡化了正劇的開頭與悲劇的結尾，只把中間一節變為了一幕喜劇。而這一幕喜劇恰恰就是家庭世俗化的樣本。在這一幕喜劇中，充分世俗化的太太證明了「幸福的家庭」這一命題本身的虛妄，而男人的苦惱也便成為對破壞家庭「幸福」責任的無言的追究。

老舍的《離婚》立意更近於《幸福的家庭》，而由於篇幅的加大，對男人陷身「世俗」家庭的苦惱描寫更細，渲染更充分。小說所寫的兩個家庭中，老張的家庭已經最充分地世俗化了，口腹之欲成了全家人最高的生存目標，而由於這個家庭成員精神世界同樣「俗」透了，所以他們沒有因為世俗而生的苦惱。但是，這個家庭是作者調侃的對象。老李的家庭則衝突不斷，老李也總是陷入苦惱的泥沼。老李有一段表白，自述苦惱之源：

> 我要追求的是點——詩意。家庭，社會，國家，世界，都是腳踏實地的，都沒有詩意。大多數的婦女——已婚的未婚的都算在內——是平凡的，或者比男人們更平凡一些；我要——哪怕是看看呢，一個還未被實際給教壞了的女子，情熱像一首詩，愉快像一些樂音，貞純像個天使。

他的苦惱是家庭中沒有「詩意」，而沒有「詩意」的原因是婦女「被實際教壞了」。家庭不能給男人帶來精神上的滿足，是因為女人「比男人更平凡」，因為女人的「被實際教壞」。也就是說，當女人辛辛苦苦忙著家務，忙著那些單調、重複、勞碌的事務的時候，她們的勞動不但沒有產生價值，反而是破壞性的——這就是老李的家庭觀念，而老李在一定程度上是作者聲音的代表。

我們再來看看女作家們如何處理類似的衝突。

蕭紅的《生死場》寫的都是農村下層民眾的家庭，但是這種感情的跌落過程卻是完全相同的。作者借成業嬸娘之口訴說了女人對於這個跌落過程的痛苦感受，她講說了自己少女時對愛的渴求，也訴說了男人無情的改變：「你總是唱什麼落著毛毛雨，披蓑衣去打魚……我再也不願聽這曲子，年青人什麼也不可靠，你叔叔也唱這曲子哩！這時他再也不想從前了！那和死過的樹一樣不能再活。」蕭紅又用兩段傳神的描寫來渲染這一小小的家庭悲劇，她寫女人主動地「去嫵媚他」，而得到的卻是冰冷的回應；然後就描寫道：

　　　女人悄悄地躡著腳走出了，停在門邊，她聽著紙窗在耳邊鳴，
　她完全無力，完全灰色下去。場院前，蜻蜓們鬧著向日葵的花。但
　這與年青的婦人絕對隔礙著。

家庭的溫暖、情趣完全死滅了，女人的精神世界也完全枯涸了。而這不是她本身的原因，她不甘心，她要挽回，但是那個完全浸泡到種田、喝酒裏的男人，是她根本無力改變的。在這個問題上，蕭紅的深刻與巧妙在於描寫了成業和他叔父兩代人的愛情、婚姻與家庭的對照圖，而兩代人重複著同樣的軌跡，就使得悲劇的製造者不再是某個個別的丈夫，而成為了帶有普遍性的「男人們」，從而有力地實現了女性的無言的控訴。

《結婚十年》是一部完整的「家庭破裂史」，從二人相愛到建立家庭，再到情感冷卻，最終分道揚鑣。比起前面舉出的男作家的幾部作品來，蘇青既寫了在「柴米油鹽」的考驗面前，兩個人的不同表現，還寫了當女性挺身而出為家庭建設新的精神空間時，男人的表現。面對家務的考驗，女主人公一方面感到厭煩，但同時又毫不猶豫地挑起了這副重擔，而她的丈夫卻是毫不領情，甚至不肯稍盡自己的一點經濟責任——連買米的錢都不肯出，家庭的氣氛就這樣開始被惡化了。而當女主人公要把自己的「愛好、興趣」「自由發展」一下時，她的丈夫莫名其妙地充滿敵意，為了不讓她讀書，就把書櫥鎖起來。當她的處女作發表出來時，高興地用稿費買了酒菜和丈夫一起慶祝，而丈夫卻是「吃了我的叉燒與酒，臉上冷冰冰地，把那本雜誌往別處一丟看也不高興看」。總之，男人不但自己不去努力恢復家庭的生機與情趣，而且破壞女人含辛茹苦的建設物質基礎與精神家園的工作，其偏狹、蠻橫到了不可理喻的程度。自然，家庭最終破裂的責任就是這個不能負起責任的丈夫。

　　《退職夫人自傳》裏家庭的破裂過程比較曲折，丈夫既負心又變態，不過在對待結婚後的家庭生活負擔的態度上，與蘇懷青的丈夫毫無二致。由於經濟的拮据，妻子擔負了更多的家務勞動，對此，丈夫先是質問妻子：「你為什麼沒有錢呢？」「你為什麼這樣懶呢？」，再後來就極端惡毒地把家庭氣氛變壞的責任推到妻子身上，處心積慮地暗示妻子的精神出了毛病。於是，家庭對於女人變成了地獄──「他從天堂把我推到了地獄，我在地獄裏幻想著天堂的生活。」顯然，這種「天堂地獄」之論，在《傷逝》、《幸福的家庭》、《離婚》中都有相近似的表達，所不同的只是推者與被推者的性別倒換了過來。

　　不過並不是所有的女作家的筆下都是這樣處理此類衝突的。冰心的《兩個家庭》就是把家庭「世俗化」的責任完全推到了那個妻子的身上。不過「她」不是因做家務而「俗」，而是不理家政只知打牌應酬之「俗」。因了她的俗，丈夫精神「窒息」而死，家庭也自然瓦解。作者的同情心完全在丈夫身上，所以把那個妻子的形象刻畫得俗不可耐：「挽著一把頭髮，拖著鞋子，睡眼惺忪，容貌倒還美麗，只是帶著十分嬌情的神氣。」有趣的是，作者同時描寫了一個不「俗」的家庭，夫妻二人「紅袖添香對譯書」，居所則在綠蔭花徑之中，孩子則是只知道童話與積木的模範兒童。這個家庭足以打破「俗化」的定律，不過它只能存在於小姑娘的粉紅色想像中──前文已經指出，冰心作此篇時還是一個單純的女學生。

　　同樣的家庭問題，在不同性別視角下所見竟有這麼大的差異，這既有各自經歷不同的原因，又有立場的因素。只要把自家的立場作為唯一的立場，就難免視角的偏頗。正如波伏娃所講：

> 　　只要男女不承認對方是對等的人……這種不和就會繼續下去。
> 　　「譴責一個性別比原諒一個性別要容易」，蒙田說。贊美和譴責都是徒勞的，實際上，如果說這種惡性循環十分難以打破，那是因為兩性的每一方都是對方的犧牲品，同時又都是自身的犧牲品。〔註3〕

她講的是在現實家庭生活之中情況，其實同樣適用於文學創作之中。由愛情的「詩」到家庭的「散文」，這幾乎可以說人類永恒的主題，減輕其消極衝擊的唯一妙藥就是超越自己性別的自然態，求取夫妻雙方的理解與體諒。同樣，

〔註3〕波伏娃《第二性》，陶鐵柱譯，中國書籍出版社，1998年版，第81頁。

作品中克服偏頗以臻更高境界的妙藥也是超越，是作家超越人物的立場，站到足以俯視雙方，俯視愛情與家庭的高度。

視角比較之二：「淑女」與「蕩婦」的書寫

《禮記・昏義》：「男女有別而後夫婦有義，夫婦有義而後父子有親，父子有親而後君臣有正。」〔註 4〕顯然，夫妻關係是家庭得以建立的最基礎關係。而夫妻關係建立的基礎，則是「男女有別」——即性別關係。「性別」之「別」，在家庭生活中，既是異性相吸引的關鍵，也反映了家庭性生活中男女所持態度的差別。

文學作品表現家庭生活，涉及「性」的內容，往往比較敏感，所以作家們有的明寫，有的暗寫，有的迴避。但無論怎麼寫，其立場與態度都會自覺不自覺地流露到筆下。特別是寫到男女主人公在「性」生活上出現分歧的時候，或是在性生活與道德評判相糾纏的時候，尤其是如此。

例如對於女人在家庭生活中的性要求，蕭紅在《生死場》中數次寫到，雖然都是含蓄的、或是間接的，卻也旨趣相當顯豁。一次是前文提到的福發媳婦和丈夫之間的一冷一熱：媳婦由於回憶起當年的恩愛而一時情動，「過去拉著福發的臂，去撫媚他」，結果遭到冷遇，丈夫先是無動於衷，繼而要發脾氣，最後自家酣然入睡；可憐的女人只能孤獨地看著春天裏花開蟲飛，寂寞地「聽著紙窗在耳邊鳴」。這裡的筆調顯然是對女人充滿了同情，而不滿於那個麻木的丈夫。另一處是寫村婦們在王婆家的聚會，女人們放肆地談論著家庭中的性生活：

> 菱芝嫂在她肚皮上摸了一下，她邪昵地淺淺地笑了：「真沒出息，整夜盡摟著男人睡吧？」「誰說？你們新媳婦，才那樣。」「新媳婦……？哼！倒不見得！」「像我們都老了！那不算一回事啦，你們年青，那才了不得哪！小丈夫才會新鮮哩！」每個人為了言詞的引誘，都在幻想著自己，每個人都有些心跳；或是每個人的臉都發燒。

對此，蕭紅是以興味盎然的態度來描寫的，甚至可以說這一段是「生死場」中唯一充滿了歡樂的描寫段落。女人們訴說著自己的欲望，在快談中得到某種滿足，甚至在虛擬狀態下實現自己的心理要求。在蕭紅的筆下，這一切都

〔註 4〕《禮記集說・昏義第四十四》，中華書局，1994 年，第 499 頁。

是完全自然地發生著，毫無羞惡之感，更無貶斥之意。

　　同是寫下層社會的家庭性生活，老舍筆下的虎妞與祥子也是一冷一熱。虎妞從一開始就是主動的，而且是從性誘惑開始二人關係的，祥子則從一開始就試圖逃避。兩個人結婚後，身強力壯的祥子最怕的就是虎妞的性要求，他認為虎妞對自己「好像養肥了牛好往外擠牛奶」，而這樣的老婆「像什麼兇惡的走獸」，「是個吸人血的妖精」，「能緊緊的抱住他，把他所有的力量吸盡」。所以每次的性生活之後，老舍描寫祥子的心理是：「覺得混身都黏著些不潔淨的，使人噁心的什麼東西」。對於夫妻床上的不協調，老舍的態度是很明確的：女人的主動、強烈是男人的災難。他不僅在以上這些具體描寫中流露自己的感情態度，而且在整部作品的大框架上也有所體現。祥子一生的悲劇起源於虎妞的糾纏，虎妞的「虎」既有形象的特徵，也有吞噬了駱駝的隱義，與上述「兇惡的走獸」描寫相互發明。不僅老舍如此，在這一時期男作家的筆下，女性在性方面主動、強烈的人物形象，似乎沒有一個是正面的，有好結果的〔註5〕。

　　與此相映襯的，那些對此持「無所謂」態度的女性，在「性」的問題上較為「淑女」的人物，男作者的筆觸會流露較多欣賞的態度。如《京華煙雲》中的曼娘、木蘭，《財主的兒女們》中的蔣淑華等。

　　相關的另一個家庭問題，是作品裏對男人性無能的描寫。不同的立場也有不同態度，著眼點也因之有所不同。女作家筆下的典型是《金鎖記》，貧家女嫁給了殘疾的丈夫，作者著眼的是她的生理方面的感覺，寫她接觸那沒有活力的肉體時的苦悶：「你碰過他的肉沒有？是軟的、重的，就像人的腳有時發了麻，摸上去那感覺……」「天哪，你沒挨著他的肉，你不知道沒病的身子是多好的……多好的……」；更深一層則著眼她內心欲望與利益的衝突，揭示其本性、本能的扭曲。而同樣的故事也發生在《京華煙雲》的曼娘身上，作者林語堂的著眼點卻是這個守寡一生的女人道義上的表現，寫她守活寡時如何恪盡婦責。而終其一生作者儘管寫到一些生活的單調，卻從未寫到她的生理的苦悶和怨悔，甚至暗示性的筆墨也沒有，彷彿她就是生活在純粹理念的世界裏。

　　對於家庭生活中的男性性無能，茅盾有過更為正面的描寫，如短篇小說

〔註 5〕 甚至在戀愛方面過於主動的女性形象，也難得男作家的青睞，如《圍城》的
　　　　蘇文紈、孫柔嘉，《財主的兒女們》的王桂英等。

《水藻行》，面對有生理缺欠的男性，女性的生命欲望最終服從於人倫與家庭的利益。《霜葉紅於二月花》中女主人公張婉卿也是忍受著個體生命的苦楚，屈就於無生命的倫理規範。而作者寫她以理性戰勝欲念，心安理得地追求家庭的利益時，作家的態度是欣賞的、贊許的，女性在家庭生活中的正當生理要求則被他看得很淡很淡。

在家庭與性的話題中，「紅杏出牆」之類的越軌現象是引人注目的，也是文學表現的熱點。在前面的統計中，我們已經提到，涉及的家庭文學作品百分之七十以上有這方面的內容，而男作家興趣似乎更濃一些，一半以上對這方面的情節有濃墨重彩的處理，相對而言，女作家的態度要淡然一些。

一般而言，男作家筆下的淑女，遊走於「出牆」邊緣的時候，總是能「發乎情止乎禮義」，最終保持住「淑女」的身份——而這樣的形象往往都是作家自己情之所鍾的對象。如老舍《離婚》中的馬少奶，遇人不淑，實際上長期守活寡，但她對老李總是若即若離，以其善解人意而讓老李神魂顛倒，同時又以「在水一方」的姿態保持著自己的「名節」及對老李的神秘感。林語堂的《京華煙雲》中，姚木蘭對孔立夫也是一直遊走於邊緣，作者幾次讓她走到越軌的邊緣，甚至出現身體接觸、身體誘惑的苗頭，然後迅速「急轉彎」讓她從危險地帶走開。

而女人一旦「出牆」，或是「將身輕許人」，其結果大多十分不妙。最典型的是曹禺的《雷雨》、《原野》，繁漪、金子不但自己身敗名裂，也毀滅了身邊的一切。

女作家對此態度明顯有所不同。蘇青筆下的女主角，新婚後初嘗禁果即孤身外出，在寂寞難耐的情況下對應其民產生了好感。作者對此不僅毫無譴責之意，而且把這一節徑直命名為「愛的饑渴」。這顯然是從女性自身體驗的角度來觀察的。潘柳黛的《退職夫人自傳》寫女主角被丈夫阿乘拋棄後，先後與「畫家」、「阿康」交好，作家是這樣來描寫這種關係的：「我像戲院裏的幕間休息一樣，沒有一個男朋友在我身邊，於是阿康便又乘隙而入，與我接近。」一切顯得很自然、很隨意。沈櫻的《欲》寫女性的越軌，毫不掩飾地把其根源與「欲」聯結到一起，一切毛病都是因為「平凡不堪的婚後生活」，而越軌的誘惑給女人帶來了新的生命，「那因結婚而冷靜了的青春之血，似乎又在綺君的身內沸騰起來。」作者的同情、惋惜之情溢於筆端。

周作人曾經指出：「（在男權社會裏）假如男女有了關係，這都是女的不

好，男的是分所當然的」〔註6〕舒蕪也講過類似的意見：「既云性的犯罪，本來總要有男女兩方，有罪也該均攤，但是性道德的殘酷，卻在於偏責乃至專責女子。」〔註7〕可以說，很多男作家對待此類情節，常常不能擺脫這種偏見，有意無意間流露到自己的筆下。而在女作家的筆下，則開始改變這種雙重標準帶來的不公。爲女性的生理欲望站出來講話的女作家首推丁玲。在丁玲的《莎菲女士日記》裏，作者大膽而直露地表現了一個女人對於男人的渴望：「去取得我所要的來滿足我的衝動，我的欲望。」作者把她刻畫成真實、熱烈、富有生命活力的女人，基調是贊揚的。到了張愛玲的時代，她在《傾城之戀》中，揭露男權社會的偏見道：「一個女人上了男人的當，就該死；女人給當給男人上，那更是淫婦；如果一個女人想給當給男人上而失敗了，反而上了人家的當，那是雙料的淫惡，殺了她也還污了刀。」她又借人物對話直接對男性的自私與偏見進行批判：

> 柳原道：「一般的男人，喜歡把好女人教壞了，又喜歡感化壞的女人，使她變爲好女人。我可不像那麼沒事找事做。我認爲好女人還是老實些的好。」流蘇瞟了他一眼道：「你以爲你跟別人不同麼？我看你也是一樣的自私。」柳原笑道：「怎樣自私？」流蘇心裏想：你最高的理想是一個冰清玉潔而又富於挑逗性的女人。冰清玉潔，是對於他人。挑逗，是對於你自己。如果我是一個徹底的好女人，你根本就不會注意到我。她向他偏著頭笑道：「你要我在旁人面前做一個好女人，在你面前做一個壞女人。」柳原想了一想道：「不懂。」
> 流蘇又解釋道：「你要我對別人壞，獨獨對你好。」

張愛玲筆下的白流蘇對待愛情與婚姻是非常「世俗」的，行爲也是不「嚴謹」的，但作者對她並無貶抑，而是七分理解三分同情。她的這一番話很大程度上傳達了作者的聲音，核心就是揭露男權世界的虛僞與偏見，同時也是在爲白流蘇這樣爲生計所迫有所「越軌」的女性作一自我辯護。在張愛玲之前的男性作家似乎沒有這樣看，這樣寫的。

視角比較之三：「支配」與「平等」的書寫

家庭成員之間的關係可以分爲三個類別：一類是由血緣紐帶聯結的，如

〔註6〕 周作人《談虎集》，河北教育出版社，2002年，第213頁。
〔註7〕 舒蕪《女性的發現》，《周作人的是非功過》，人民文學出版社，1993年，第156頁。

父母與子女之間、兄弟姐妹之間等；一類是由姻緣紐帶聯結的，如夫妻之間、婆媳之間等；一類是附屬關係，包括主僕之間及收養等。而無論哪種關係，使彼此願意維繫並留在家庭這一特殊社會組織之內的，無非下列的因素，即感情關聯、利益關聯與權力關聯。前兩種關聯是顯而易見的，而後一種則有時十分隱蔽。家庭內部的權力關聯在家庭內部往往被前兩種關聯所遮蔽，表現爲含蓄的形式，但對於社會來說，卻最容易成爲公共話題，並與社會的權力結構問題產生共振。美國學者古德在其《家庭》一書中指出：

> 在某種程度上，即使最幸福的家庭也可以被看作是一種權力制
> 度⋯⋯幾乎在一切社會中，傳統的規範和壓力都給予丈夫以更多的
> 權威和特權來管教孩子〔註8〕。

他的意見包含四層意思：一是家庭的基本屬性之一是某種權力制度，二是父子間父親是權力結構的強勢方，三是男女間男性是強勢方，四是這樣的結構是社會所認可、所維護的。

權力關係無論在或大或小的範圍、或公或私的領域，都意味著支配與被支配。其強化就意味著地位懸殊、利益差別的進一步拉開，其弱化則意味著雙方在走向平等。就大趨勢而言，家庭中的權力關係的強弱，是與社會的文明程度、家庭成員的受教育程度成反比的；同時也與社會思潮、社會變革有著密切的關係。在我們所關注的三十年間，恰恰是中國社會激烈動蕩，各種社會思潮此起彼伏，而民眾受教育的程度——特別是女性受教育的程度空前提高的階段。因此，現實中傳統的家庭權力關係被質疑、被撼動，而文學作品中也就有了相應的、甚至是先導的表現。

比較家庭文學中，不同性別的作家在表現家庭權力問題時，更關心家庭權力的哪些方面，例如哪些權力關係——族權、父權抑或夫權？哪些權力因素——經濟支配、人身支配或是權力的運作方式？還有他們／她們如何表現自己的這種關心，即在描寫家庭中支配與反支配時作家的立場、態度，還有各自的手法與方式，都是很有趣味的課題。

男性在家庭中的權力有縱向與橫向兩個不同向度的體現，縱向的體現爲父權，橫向的體現爲夫權。所造成的反作用力，前者是子女的平等、自由的要求；後者是妻子的平等、自由的要求。我們下面的考察便分別循著兩個不同的向度來進行。

〔註 8〕古德《家庭》，社會文獻出版社，1986 年，第 117 頁。

　　德國學者溫德爾在《女性主義神學景觀》中分析「父權制」的屬性時講：「這個概念最初源於社會學，『父權制』意味著『一種社會結構。在這種社會結構中，父親就是家長。』（《杜登詞典》）這個意義迄今在我們的科學理解中占居統治地位。」〔註9〕他所強調的是家庭中父親權力的社會屬性。而中國古代的典籍則有不同的著眼點。《儀禮・喪服傳》：「父者，子之天也。」〔註10〕《說文解字》：「（父的字義、字形）家長率教者，從又舉杖。」〔註11〕更多的是著眼其道德依據和功能表現。這在很大程度上反映了文化傳統的差異。因而中國的文學家描寫父權，無論古今，無論肯定否定，也都是從天倫道德、人生訓誡、強力意志的角度來觀察與描寫的。

　　由於「經歷巨大社會變革的大型社會的一大特徵」就是存在「一二十歲的年輕人」普遍地「反抗父母」的行為〔註12〕。所以，現代文學三十年中，描寫家庭中子女反抗父權的作品空前增多。而這一點又突出表現在男作家身上。根據前面所做的統計，現代文學男作家的 19 篇樣例作品中有 13 篇寫到了父權，明顯有支配與反支配衝突內容的 7 篇，使用了較多筆墨的則有 5 篇。如果具體分析的話，似乎有以下幾種不同的情況：早期的家庭描寫如魯迅作品《狂人日記》、《長明燈》、《傷逝》等，稍後的巴金的《家》，其批判的鋒芒很大程度落在了「族權」上，父權的功能由秉持著族權的祖父、叔父，乃至長兄來實現。這樣的寫法，一方面批判封建家族制度的意義得到凸顯，另一方面也有不忍「弒父」的潛在心理。正面批判家庭中的「父親」的作品，當以《雷雨》為典型。周樸園對兒子們聲色俱厲的訓誡，在很大程度上是故意「耍威風」，是在有意強化父權。而周萍的亂倫行為，其潛在的意義之一正是對這種絕對父權的另類反抗。另一種情況出現在稍晚一些的作品中。《京華煙雲》、《財主的兒女們》立意都是要寫家族與時代歷史變遷的大著作。由於作者的閱歷、價值觀志和讀者設定都有很大不同，所以二者之間的思想差別是很明顯的。可是，與前述兩種情況比，這兩部著作又有其相近之處。由於到了三四十年代之交，批判封建文化、封建制度已經不再是社會關注的熱點，所以這兩部以家族為描寫對象的百萬言大作，對族權的批判幾乎了無痕跡了。與此相關的是，兩部書中父親的家長形象也不是可惡的悲劇製造者，他

〔註 9〕 溫德爾《女性主義神學景觀》，三聯書店，1995 年，第 30 頁。
〔註 10〕 《儀禮》，《四部叢刊初編・經部》，上海商務縮印明徐氏仿宋本，第 113 頁。
〔註 11〕 許慎撰，段玉裁注，《說文解字注》，上海古籍出版社，1981 年，第 115 頁。
〔註 12〕 古德《家庭》，社會科學文獻出版社，1986 年，第 130 頁。

們儘管也享有對子女的很大的支配權力，但權力的使用經常給讀者以「合理」的感覺，有時他們本身反而帶有可悲、可憫的色彩。

　　簡言之，這三十年間的很多男作家對父權題材有較濃的興趣，而其表現則趨於兩極：一極或是「為尊者諱」，迴避直接描寫父親形象，或是筆下留情，表現出對父權的一定程度的理解與同情；另一極卻是無惡不歸之於父權，並讓其受到最嚴厲的懲罰。

　　比較起來，女作家的態度與視角大多都有所不同。在本文選取的 24 篇樣例中，寫到了父權的有 5 篇，用了較多筆墨的只有兩篇。這與男作家相比，數量少得很多，說明一般而言女作家對於這方面的題材缺乏興趣。正面描寫父子之間意志衝突的，一篇是冰心的《斯人獨憔悴》，一篇是張愛玲的《茉莉香片》。關於前者，前面已經指出：「冰心塑造化卿的形象，設定的就不是一個『敵對』的人物，他的一切行為儘管專橫、迂腐，但……沒有其他劣跡，專橫也是有限度的」「這樣寫，較為合乎一個『父親』的真實，但也使作品的思想張力與藝術張力被弱化了。」《茉莉香片》的特點是寫了聶傳慶的兩個「父親」，一個是現實的真實的父親聶介臣，一個是想像的精神的父親言子夜。二者都對聶傳慶持有威壓的權利。聶介臣的威壓是直接的物質層面的，包括打罵、經濟管制等。言子夜則是精神層面的，包括知識能力的輕蔑和人格形象的鄙視。這篇小說有雙重視角，一重是聶傳慶的，兩種父權的威壓感都是通過這一特定視角傳達給讀者的；另一重視角是敘述者的，在這裡與作者的基本重合。在這重視角下，既有對聶傳慶感受的觀察，也有對這兩位「父親」、兩種「父權」的審視。而審視之下，這兩種「父權」都不再具有威壓的力量。聶介臣威嚴與力量的失落緣於他自己的腐朽——這種意味只在敘述者的視角下呈露。言子夜威嚴與力量的失落緣於歷史的追溯。這兩重視角的重疊造成了複雜的敘事效果，也表現出對於父權的複雜態度。這種態度的基本點是審視的，是「執其兩端而扣之的」，也就是說既揭示其強力支配的負面，又揭示其虛弱的無力的本質。

　　就小說的意味複雜程度和敘事技巧來說，《茉莉香片》高出《斯人獨憔悴》多多。但就兩篇作品對父親形象與父權的態度來說，卻又有相似之點，就是都有「審父」的傾向而無「弒父」的動機。

　　家庭中的橫向權力關係主要是夫權，這是男權的更直接的體現。由於和性別衝突的關係密切，在不同性別作家筆下的表現也就有更大的差異。

　　溫德爾在《女性主義神學景觀》中指出：「尼采的定理是：『男人的幸福意味著：我願意。女人的幸福意味著：他願意。』這個定理說中了迄今佔據統治地位的性別關係。」〔註13〕在他看來，男性主導家庭是普遍的現象，女性的從屬地位主要表現爲主體性的喪失。這應該是和男權社會的大多數家庭的情況相合的。可是，在我們所研究的作品中，描寫到的家庭情況卻有很多不是這樣的。在我們列舉出的 19 篇現代男作家作品樣例中，寫到夫妻關係的有 17 篇，17 篇中寫到家庭中的夫權的只有 5、6 篇，而其中的魯迅的《離婚》、老舍的《離婚》還是隨寫隨抹，那邊剛剛寫了老張的有限的夫權，這邊馬上寫老李在家中面對潑辣太太的無奈，這邊剛剛寫了愛姑的控訴，那邊卻又寫愛姑的潑悍。眞正的控訴夫權，描寫女性在夫權下痛苦掙扎的，只有《雷雨》一部。

　　在本文列舉的女作家 24 篇作品中，寫到夫妻關係的有 19 篇，其中寫到夫權的有 10 篇，其中持揭露、控訴態度的有《那個怯弱的女人》、《生死場》、《金鎖記》、《茉莉香片》、《心經》、《結婚十年》、《退職夫人自傳》等，這個比例無疑遠高於男性。而其揭露的戲劇性、控訴的激烈或許不及《雷雨》，但描寫的矛盾衝突的細緻、眞實又多有過之。

　　更有意思的是，在不少男作家的作品中，不僅沒有描寫女性在夫權支配下的痛苦，而且寫了家庭內權力旁移，男人們在「婦權」籠罩下的苦悶。如老舍《牛天賜傳》中牛奶奶對牛老者的支配權，《駱駝祥子》中虎妞對祥子的支配權，曹禺《原野》中金子對焦大星的支配權，巴金《寒夜》中曾樹生對汪文宣的支配權，路翎的《財主的兒女們》中金素痕對蔣蔚祖的支配權，以及相應的這些丈夫們內心的苦惱與無奈。這些女性的共同特點是精力旺盛，而其中的金素痕、曾樹生和花金子還都貌美如花，主體性很強，不安於室。在對這些形象的刻畫中，隱隱流露出作者本人對此類女性的疑慮甚至恐懼。

　　作爲對比的是，女作家也寫了一系列主體性強，有活力，爭取家庭權利的女性形象。如蕭紅《生死場》中的王婆，張愛玲《傾城之戀》中的白流蘇，《創世紀》中的紫薇，蘇青《結婚十年》中的蘇懷青，潘柳黛《退職夫人自傳》中的柳思瓊。她們在一定程度上主宰著自己的命運，在各自的家庭中有著起碼的發言權，或是爭取著這份權力。爲此，她們不可避免地與丈夫之間出現衝突，而作者的同情無一例外地放在這些「不安份」的女人身上。這一

<hr>

〔註13〕溫德爾《女性主義神學景觀》，三聯書店，1995 年，第 29 頁。

點，適足可以同前面的《寒夜》等作品進行比較，其立場與態度的迥然相異是一目了然的。

　　閱讀這一時期幾位著名女作家的小說，有時還會為她們流露在作品中的一種共同的傾向感到詫異，這種傾向就是對女性「母愛」的弱化乃至顛覆。蕭紅的《生死場》描寫王婆講述她沒有照看好自己的第一個孩子，以致孩子摔死的情況：「一個孩子三歲了，我把她摔死了，要小孩子我會成了個廢物。……孩子死，不算一回事，你們以為我會暴跳著哭吧？我會嚎叫吧？起先我心也覺得發顫，可是我一看見麥田在我眼前時，我一點都不後悔，我一滴眼淚都沒淌下。」在生存與母愛之間，蕭紅筆下的女性選擇的是生存優先。而作者唯恐我們沒有注意王婆的感情態度，特意讓王婆講出「絕情」的不後悔、不流淚的話來。這顯然和我們通常持有的母親愛孩子勝過一切，乃至自己的生命的印象大不相同。不止是王婆一個母親如此，《生死場》中的母親形象大半如此，如金枝的母親：「因為無數青色的柿子惹怒她了！金枝在沉想的深淵中被母親踢打……金枝沒有掙扎，倒了下來。母親和老虎一般捕住自己的女兒。金枝的鼻子立刻流血。……母親一向是這樣，很愛護女兒，可是當女兒敗壞了菜棵，母親便去愛護菜棵了。農家無論是菜棵，或是一株茅草，也要超過人的價值。」「老虎一般」、「踢打」、「立刻流血」，這都是在描寫親生母親對待自己女兒的用語。不知道在蕭紅之前有沒有哪一位男性作家這樣塑造過母親的形象。

　　張愛玲對母愛的質疑更是眾所周知的。她說：「自我犧牲的母愛是美德，可是這種美德是我們的獸祖先遺傳下來的，我們的家畜也同樣具有的——我們似乎不能引以自傲。」〔註14〕「母愛這大題目，像一切大題目一樣，上面作了太多的濫調文章。普通一般提倡母愛的，都是做兒子而不作母親的男人。而女人，如果也標榜母愛的話，那是她自己明白她本身是不足重的，男人只尊敬她這一點所以不得不加以誇張，渾身是母親了。」〔註15〕她的這種觀念是和她個人的生活、感情經歷分不開的，「張愛玲……寫角色的母女關係，其實也在象徵性地再現她身上的母女關係。」〔註16〕在這種觀念以致個人情感的影響下，她筆下的母親幾乎沒有「慈母」的形象。從「沉香屑」兩爐香的

〔註14〕張愛玲《造人》，《張看》，經濟日報出版社，2002年，第67頁。
〔註15〕張愛玲《談跳舞》，同上，第258頁。
〔註16〕平路《傷逝的週期》，《閱讀張愛玲》，廣西師範大學出版社，2003年，第137頁。

不稱職的母親、《傾城之戀》的不可依靠的母親到《金鎖記》中變態的母親，《心經》中與女兒成爲情敵的母親，非常突出地顯示了「身爲女性作家，張愛玲的確是不標榜母愛的。」〔註17〕

蘇青倒是正面描寫了蘇懷青的失女之痛，但同時用更多的篇幅以及更強烈的筆觸描寫了女人生育的痛苦。她還把母親和父親對孩子的態度作比較，父親反而是溺愛的反面形象。到了《續結婚十年》中，女主角儘管不斷陷入孤獨寂寞的境況，但始終不再組成新的家庭，原因就是對於生育的痛苦記憶和離別子女的折磨——這些負面的代價超過了做母親帶來的正面的享受。

拿這些母親的形象和男性作家的作品來比較，差異是巨大的。根據我們前面列出的統計，男作家著意描寫母親形象的作品並不多，有的儘管落墨不少，人物卻也不一定是正面的，如《原野》中的焦母、《寒夜》中的汪母。男作家之間對待「母親」這一感情符號的態度也並不相同，如魯迅在作品中流露出的依戀感就是老舍、巴金所沒有的。但是，這些男性作家在寫到母親和子女關係的時候，換言之在寫到「母愛」的時候，其觀念卻是基本一致的。無論這「母愛」結出的果實是甜是澀、是善是惡，「母愛」本身都是眞誠的、強烈的。

也就是說，男性作家看待與表現「母愛」的態度與女性作家相比，明顯有所不同。男作家的評價更積極些，表現更正面寫。如何認識這種差異呢？

羅素在《婚姻革命》中的一段論述可能對我們會有些啓發：

母性的情感長期以來一直爲男人所控制，因爲男人下意識地感到對母性情感的控制是他們統治女人的手段〔註18〕。

在他看來，男性實現自己性別統治的手段有兩種，「父權的發現導致了女人的隸屬地位……這種隸屬起初是生理上的，後來則是精神上的。」〔註19〕而「精神上的」軟手段就是塑造利於自己的女性社會性別形象，而「好的女人都是對性沒有興趣」，而「對孩子天然熱愛」，就是這種塑型的兩個密切關聯的重要方面。

有趣的是，前面引述的張愛玲談母愛的言論，就其著眼於兩性牴牾而言，與羅素的見解頗有相通之處。雖不能斷言張愛玲受到羅素的影響，但二人對此問題犀利的觀點確是異曲而同工。從這個角度來看，這一時期女作家對傳

〔註17〕 胡錦媛《母親，你在何方》，《閱讀張愛玲》，同上，第154頁。
〔註18〕 羅素《婚姻革命》，東方出版社，1988年，第141頁。
〔註19〕 《婚姻革命》，同上，第17頁。

統母親形象與「母愛」觀念的解構，可以說是包含著主體性的覺醒和對家庭中男權及其話語挑戰的因素。當然，無論是男作家對母愛的肯定性描寫，還是女作家的顛覆性描寫，背後所具有的與家庭中權力關係的聯繫，在大多數的情況下，都不見得是十分自覺的。

家庭生活中，和夫權相關的還有一些重要的方面，例如女性的受教育權力問題，職業女性與家庭關係的問題，女性的社會交際問題等，在不同的性別視角下，也呈露著程度不同的差異。這裡就不一一縷述了。

英人密爾曾尖銳地指出：「家庭關係問題，就其對於人類幸福的直接影響來說，卻正是比所有其他問題加在一起還要更為重要的一個問題。」〔註 20〕他又指出，家庭關係中惡性的夫權與父權因當事者立場的偏隘──「公然以權力擁有者的立場來說話」〔註 21〕──而難於真正解決。要徹底解決這方面的問題，還有很遠的路要走，因為性別之「別」就意味著男人與女人立場的差別，於是就有了視角的差別，而不能相互理解與瞭解，真正意義上的平等就不能實現。

通過上述比較、分析，我們既能感覺到一般意義上不同性別之間的隔膜，也能看出，即使在文化精英裡，在力主男女平等的作家中，性別視角仍然是會遮蔽一些東西，扭曲一些東西的。其實，這也是很自然的事情。女性被男性「他者化」，其實正如同男性被女性「他者化」一樣，其本源乃在於兩方面生理上的差異以及由此差異造成的需求、吸引與隔膜。因此，這種情況的存在是不可能徹底根除的。所能做的事情，只是在精英的範圍內較為清醒、較為充分地認識此種現狀的缺失，並通過先覺者的工作，最大限度地降低彼此「他者化」的程度，進而對社會、對民眾有一積極性的導引──文學及文學的解讀都應發揮這方面的作用。

就這個課題而言，本文所做的工作僅僅是一個開端，還有很多層面都可以從這個角度切入觀察，如不同性別的作家對家庭本身的認識有何差異，包括家庭價值觀、家庭功能觀等；又如，他們在表現家庭題材的時候，藝術手法、語言風格有何因視角而生的差別，等等。這些也都是饒有興味的話題，希望將來有能力繼續做下去。當然，更希望看到更多學界的朋友一起來關注這些話題，來把精力投入其中。

〔註20〕密爾《論自由》，商務印書館，1982 年，第 114 頁。
〔註21〕同上。

後　記

　　這部書稿從第一次付梓至今已有三年，現在它即將以繁體的形式再版，這對於作者當然是喜悅的事情。《因性而別》凝結了我求學時期的一系列思考，直到工作的頭兩年還在打磨，可以說是人生的一個小小里程碑。

　　回首醞釀、撰寫時的情境，覺得最有意思的是與日常生活發生了呼應。寫作時期我經歷了結婚、生子，婚姻、家庭的諸般體悟日漸豐富，而這也正是我苦心思索「家庭書寫與性別視角」這一問題的過程。雖然說論文的寫作通常是感性元素宜少不宜多，但是由於這一選題的特殊角度和社會／個體的密切關聯，似乎研究者具備一點「柴米油鹽」的經歷也是利於寫作、思考的必要條件。如若不然，何以領悟那些五味雜陳的家庭描繪，想像看似平淡家庭生活中情感的千回百轉，特別是作家滲透著自身體驗的微妙表達，那些「因性而別」的視角與心態？所謂得失寸心知，觀者若無親身組建家庭之經歷，怕對那些文字中隱含的幽微之情總會有些隔膜，而不能曲盡其妙吧？另一方面，這一次讀書和寫作的歷程，又時時燭照著我生活的篇章，啟發我面對新的人生課題時總能有幾分自覺與超越的眼光。以「家庭」話題為紐帶，我倒是頗有與前人交友的快慰，諸多收穫似乎已不盡在行文謀篇了。

　　這裡我要特別感謝導師喬以鋼先生，她的引導與督促是書稿完成的關鍵；還有教研室的諸位老師、同仁，對我的研究工作都給予過不同程度的助力；感謝花木蘭文化出版社及李怡老師促成了拙作此番「新生」。當然，最使我心懷感念的是我的家人，他們的關愛與支持使我能夠在自己心愛的園地安心耕耘，願這本小書成為我對他們誠摯的回饋。

二零一六年十一月於南開園